北宋生活顧問 2

游素蘭 繪
阿昧 著

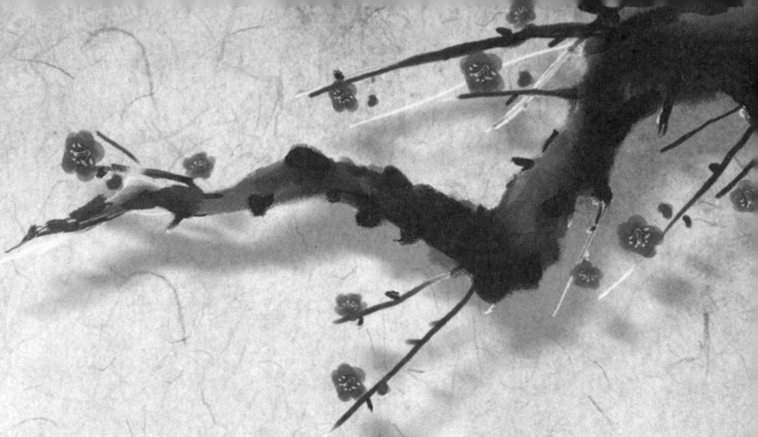

目次

壹之章　生財有道　05
貳之章　苦盡甘來結良緣　47
參之章　舉家進京　85
肆之章　莫名不速嬌客　125
伍之章　高貴的京都物價　163
陸之章　三娘誤陷圈套　205
柒之章　小丫頭巧計復仇　245
捌之章　三娘的開店計畫　277

壹之章　生財有道

張家分家在前，向李家提親在後，因此在李舒看來，婆家還是欺騙了自己，她辭別林依，心裡仍舊堵得慌，遂喚了錦書來吩咐：「去探聽探聽，二夫人可還有什麼事瞞著我，或是騙了我。」

錦書是個得力的，領命後，並不四處打聽，而是逕直去尋任嬸，與之閒話道：「真沒想到，二夫人連幾十畝田，也要扯謊。」

任嬸到底是方氏陪房，替她打馬虎眼道：「家裡窮，二夫人也是無法。」

錦書問道：「真只有六十畝地？」

任嬸如實答道：「可不是，自分了家，就只有這些了，雖有幾畝旱地，卻是不值錢。」

錦書看了看她，又將在廚房忙活的楊嬸望了一眼，問道：「咱們沒來時，家裡就兩個下人？怎麼忙得過來？」

任嬸朝扭腰路過的冬麥努了努嘴，道：「那也是個丫頭，自從暗地爬上了二老爺的床，就拿自己當個妾了。」

錦書心驚，她一個丫頭都曉得孝期不可同房，張梁堂堂老爺，怎背地裡做此等事體。她忙道：「妳莫要瞎說，二老爺尚在孝中，這不合規矩。」

任嬸笑道：「二老爺又不是官，鄉民而已，哪個來理會這些事？」

錦書雖瞧不起張家，但到底成了一家人，不替張梁打算，也要替張伯臨打算，遂急道：「二老爺不做官，大少爺可是要做官的，我們老爺甚是器重他，怎能因這樣的事壞了他前程？」

任嬸不以為意，道：「他們又沒明目張膽行事，只要咱們不說，誰人曉得，再說他們還沒鬧出事，怕什麼。」說完又神神祕祕笑了：「那鬧出事來了的，都有二夫人壓著，妳且放心吧。」

錦書聽了冬麥的事本就吃驚，再一聽她提方氏，更生警覺，忙問何事。任嬸但笑不語，錦書會意，道：「大少夫人正閒坐無聊呢，妳何不去她面前講講故事，討兩個賞錢使用？」

任嬸要的就是這話，大喜，忙道：「勞煩妳帶路。」

錦書領她到李舒房裡，使了個眼色，稟道：「大少夫人，任嬸說她有一樁好故事要講與妳聽。」

李舒暗地坐直了身子，笑道：「正愁無事做呢，任嬸快坐。」

小丫頭搬來一小板凳，任嬸朝上坐了，她為了多討賞錢，故意將故事拉長了講，慢吞吞道：「大少夫人未進門前，大少爺是有個丫頭服侍的。」

她這才起了個頭，李舒就失了興致，大戶人家未娶妻前有幾個通房都不足為奇，何況只是個丫頭。她歪向椅子一旁，胳膊肘撐著扶手，懶洋洋問道：「丫頭呢，沒見著人呀。」

任嬸見她這模樣，生怕賞錢跑了，忙講了句重的：「因那丫頭在孝期就懷上了，見不得人，二夫人將她藏去親戚家了。」

李舒心下大駭，後背猛地繃直，斥道：「胡說八道，大少爺熟讀聖賢書，明白事理，怎會做出這樣的事來。」

任嬸還道她是吃醋，忙道：「大少夫人息怒，不是大少爺的錯，都是那妮子使壞，卯足了勁要勾引大少爺。」

她卻是料錯了，官宦家出身的李舒，首先擔心的，乃是張伯臨孝期得子會對仕途造成怎樣的惡劣影響；其次是庶子生在嫡子前頭，有損李家臉面；至於吃醋——她李舒何等身分，會將一個丫頭放在眼裡？其實只要嫡子先出生，她並不介意有幾個庶子，就如同出閣前季夫人教導她的——庶子再多，也是庶子，沒出息，就當半個奴使喚，有出息，受封賞的是嫡母。

李舒心思急轉，長指甲在椅子扶手上劃了幾下，問道：「那丫頭叫什麼？」

任嬸見她有興趣，來了精神，連忙答道：「叫如玉，大少爺給取的，說是什麼顏如玉。」

書中自有顏如玉？李舒冷笑，又問：「她人現在何處？」

任嬸磨蹭起來，道：「不能說，若被二夫人曉得，我老命不保。」

李舒此時沒有與她廢話的力氣，只向旁邊招了招手，甄嬸便捧了一只小匣子出來，錦書掀蓋兒，取出一張一貫的交子，擱到桌上，道：「講清楚，才能拿。」

任嬸還是銀姊在時才見過面額這樣大的賞錢，登時口水就要淌出來，直直盯著那交子道：「如玉在隔壁村子方大頭家，那是二夫人的遠房親戚。」

甄嬸聽了這些，越聽越疑惑，忍不住插嘴道：「我看是妳胡謅，二夫人再糊塗，也是大少爺親娘，難道她不曉得孝期生子不合規矩，非要以此毀了大少爺的前程？」

方氏向林依討那兩頭死豬錢的時候，李舒就已將她劃歸為不可理喻之人，因此懶得去分析方氏這樣做的緣由，只向任嬸問明鄰村道路，派了個小丫頭去實地探聽消息。

任嬸得了一貫賞錢，笑得合不攏嘴，樂孜孜地走回舊屋去，全然沒想方氏得知此事會如何罰她。

舊屋院子裡，林依家正在殺年豬，圍了許多人看，任嬸心情好，笑呵呵走去幫忙，楊嬸打趣她道：「又是害了哪個，這樣高興。」

任嬸心中有鬼，聽了這無心之語，臉色立時就變了，支支吾吾幾句，丟下手走了，留下楊嬸莫名其妙。

楊氏聽見院子裡頭豬叫，心煩皺眉：「這豬叫得可真夠淒厲。」

田氏窮苦人家出生，見不慣楊氏住在鄉間還要耍弄清高，遂道：「那是林三娘家殺豬呢，哪有不叫喚的。」

流霞趴在窗子前看著，歡喜道：「晚上有豬血飯吃了，只不知林三娘擺不擺酒。」

田氏也走到窗邊瞧，道：「她家有佃農，一年辛苦到頭，要請來吃頓飯，自然是要擺酒的。」

她料得沒錯，果然到了晚間，地壩上就擺開了幾桌，一半坐的是佃農，一半坐的是相熟鄰居，方氏與李舒也位列其中。青苗在席間穿梭，代主招待客人，流霞與田氏正奇怪沒見林依，就見她在門口笑道：「大夫人賞臉，去吃盅酒？」

楊氏卻不願意，道：「妳殺豬，我高興，但那外頭都是些村人，我不願去與他們同席。」

林依曉得她是官宦夫人，只不過丁憂而已，因此能理解她心情，便道：「是我疏忽，我叫青苗與大夫人端幾碗菜來。」

流霞忙道：「我去，我去，勞動她做什麼。」

楊氏瞧著她朝廚房去，嘆道：「無錢百事哀，如今我們淪落到與下人住一個院子。」

院子還是那個院子，為何有此一嘆，林依愣了愣才明白過來，這舊屋自二房一家搬走，原屬他們的那幾間就全改作了下人房，楊氏是官宦夫人，卻與下人做起了鄰居，心裡自然不舒服。

田氏安慰楊氏道：「娘莫要難過，明年出孝，咱們就要進城了，且再忍耐幾個月。」

楊氏早已算過，要明年十月孝期才滿，因此她並不樂觀，仍是滿臉抑鬱。住房一事，一時半會兒是改善不了了，林依不知如何勸慰她，只得默默退了出去。

晚上青苗收拾完地壩上殘局，回房居然也感嘆：「都怪二房一家搬去了隔壁，害我們只能與李家幾房下人同住。」

林依大惑不解，問道：「若不是住了這麼些下人，都來與妳幫忙，方才妳收拾桌子能有這樣快？」

青苗一面洗手，一面忿忿道：「好是好，可他們不止有媳婦子和丫頭，還有男人和小子呢，方才就有個愣頭小子瘋言瘋語，叫我罵了回去。」

有人調戲青苗？林依一愣：「誰？膽子這樣大，我同大少夫人講去。」

青苗見她願意替自己出頭，便將那小子的名字講了。

第二日，林依真去了李舒房裡，將她家小子調戲自己家丫頭一事講與她聽。林依的意思是叫李舒對下人勤加約束，可李舒覺得，丫頭又不是正經小娘子，調戲了又能怎地，遂提議，乾脆把青苗配給那小子。

在林依心裡，如今青苗不僅是個丫頭，更是她的伴兒，哪肯隨便與她配個小子，於是斷然拒絕。

李舒見她不願意，也就罷了，喚了甄嬸來，叫她去訓斥那小子。

林依真心謝道：「我曉得自己多事，為個丫頭叨擾大少夫人，只是我孤身一人，唯有青苗做伴，難免將她看得重些，還望大少夫人見諒則個。」

林依是重情意，李舒卻理解的是另一層意思，所謂孤女門前是非多，哪怕是個丫頭，也是須潔身自好的，不然人人覺得她家的丫頭好調戲，耍著耍著，難免就輕薄到她自己身上去。

轉眼甄嬸來回話，道：「照大少夫人吩咐，已訓過那小子了，他再也不敢了。」

林依福身又謝，李舒忙起身回禮，道：「什麼了不得的事，說起來還是我家下人錯在先。」

林依見此事解決，便欲告辭，李舒卻留她道：「林三娘有事要忙？若是有閒暇，就陪我坐坐？」

林依聽得這話，就曉得她是有事了，便重新坐下，笑道：「我能有什麼事，只怕言語粗鄙，擺起龍門陣，入不了大少夫人的眼。」

李舒微微一笑，命錦書另換過一道熱茶，方裝作漫不經心問道：「三娘子這個丫頭哪裡買的，又老實又忠心，告訴我地方，我也去買一個。」

林依笑道：「青苗哪能與大少夫人這幾位相比。」

她將方氏當初買丫頭分丫頭之事講了，李舒挑了重點來問：「大少爺曾經也有個丫頭的？」

這也不是什麼祕密，林依便照實答道：「是有一個，名喚如玉，後來不知哪裡去了，大概是犯了錯，被二夫人賣掉了吧。」

李舒遣去方大頭家的小丫頭，早探得消息回報，她一面回憶小丫頭的話，一面繼續問林依：「張家分家前也算得村中大戶，為何二老爺連個妾也沒得？」

林依道：「怎麼沒得，之前有個銀姊的，被二夫人換去了她遠房親戚家。」

李舒緊問：「那遠房親戚可是叫方大頭？」

林依點頭：「大少夫人怎麼曉得？」

李舒笑道：「不知何時聽人閒話中提起，因此來問問。」說完，便喚小丫頭上湯，道：「今日熬了一樣好湯水，林三娘嘗嘗。」

林依聽楊氏講過，那些講究的人家，都是客至上茶，客走上湯，她猜想這大概就是李舒要送客，於是起身告辭。

錦書送她到門口回轉，笑道：「這位林三娘雖也是生在鄉間，卻很懂規矩，不像二夫人上回，湯都喝乾三碗，還不曉得走。」

屋裡的下人都捂嘴偷笑，連李舒也勾了嘴角。

甄嬸喚過打探消息的小丫頭又問了幾句，向李舒進言道：「大少夫人，此事宜早不宜遲，再不動手，孩子都落地了。」

李舒並不知那孩子張伯臨自己也是不想要的，還道送如玉去方大頭家也是他的意思，於是就想使個置身事外的法子。想了一時，招甄嬸近前，囑咐了幾句。甄嬸會意，還叫打探消息的小丫頭去，尋到銀姊，許了她些錢，又遞與她一包藥粉，教她如何行事。

銀姊自從做了方大頭家的妾，日夜做活，錢卻沒得一文，因此見了那些錢，很是意動，但卻又疑惑，問道：「是哪家主人叫妳來的？」

小丫頭得過吩咐，不肯直說，只伸出兩根指頭晃了晃。

能想到害如玉的，必是張家人，而張家二字打頭的，除了張梁與方氏，還能有何人，總不會是毫無干係的張仲微。但如玉早已對銀姊澄清過，發誓賭咒稱她肚裡的孩子不是張梁的，因此銀姊有疑惑，既然如玉與張梁沒得首尾，方氏為何要害她？

銀姊是有心眼兒的人，再想錢也不願做糊裡糊塗的事，因此不肯答應那小丫頭，只道：「她與我又沒得干係，我不能無緣無故害人。」

那小丫頭胡謅道：「怎麼沒得干係？我可聽說二老爺就是因為她，才捨得把妳送到方大頭家來的。」

銀姊還是不信，道：「我來方大頭家，乃是因為金姊，那時如玉還不知在哪兒呢，再說她發過誓，說她與二老爺並無干係。」

小丫頭心一驚，問道：「那她說了和誰有干係？」

銀姊道：「這倒不曾講過。」

小丫頭放下心來，繼續胡謅：「明顯哄妳的話，妳竟也信了，她若不是心裡發虛，怎會不講孩子的爹是誰。」

銀姊聽了這話，覺得有理，不覺就對如玉疑心起來。小丫頭將錢與藥塞進她手裡，道：「去把這安胎藥煎與她吃了，妳放心，這藥並不害人性命，事成之後，還有賞謝。」

銀姊猶豫著接了，小丫頭轉身便走，銀姊忙拉住她問道：「妳到底是哪家的丫頭，我為何從未見過妳？」

小丫頭照著甄嬸的吩咐，答道：「是任嬸叫我來的。」

銀姊聽說是方氏手下，前後一想，信了，便將藥和錢藏進袖子，進屋佈置去了。

小丫頭事情辦成，回去邀功，李舒抓了幾百錢與她，又道：「萬一事發怎辦，我送妳去莊上躲躲。」

小丫頭也怕事，見她替自己考慮，便謝著應了，下去收拾衣物，當天就坐車離去了。

錦書站在窗前，瞧著馬車遠去，疑惑道：「大少夫人陪嫁裡並沒有莊子。」

甄嬸笑道：「張家就是個農莊，還要什麼莊子？」說著趁李舒不注意，湊到錦書耳旁悄聲道：「送去異地賣了，大少夫人做事，怎會留後患。」

錦書明白了，佩服同時，又覺得有些膽寒。

李舒的設想是，銀姊辦成了事，還以為是方氏指使；而方氏則會認定是銀姊誤認了如玉身分，因嫉生恨，才起了害人的心。至於事實怎樣，小丫頭已賣遠了，管她們怎麼去猜測，她到時則去將掉了孩子的如玉接回，放到屋裡給個名分，以彰顯自己的賢慧。

那銀姊不知怎麼行的事，轉眼過年，還是未有消息傳來。李舒焦急萬分，因為據她打聽來的消息，如玉轉眼就要臨盆，再不成事，孩子都要落地了。她心裡裝著這件大事，連年飯都吃得沒滋味。

張家大房二房，照舊是合在一起過年，林依又落了單，不過舊屋的廚房空著，她又熏了好些臘肉，與青苗兩個從一大早就在廚房忙活，到了除夕夜，也擺了一桌子豐盛的年夜飯出來，跟張家桌上相比，絲毫不遜色。

張仲微同去年一樣，照例來送椒花酒，這時舊屋院子除了林依主僕，其他人都去了新屋過年，因此他不怕被人瞧見，就到林依屋裡坐了坐，吃了幾口她燒的菜，讚不絕口。

青苗顧及林依名譽，不肯讓他久坐，不等他吃飽，就將他趕至門外，道：「二少爺家的年夜飯不比我們的強百倍？你自回家吃去，初一拜年再來。」

張仲微道：「我們家的菜，沒得三娘子燒的好吃。」

林依笑道：「你敢嫌棄楊嬸手藝，看我告訴她去。」

正說笑，新屋那邊傳來方氏罵聲，青苗連忙跑去打聽，原來是李舒吃年飯時心不在焉，沒把方氏奉承好，惹了她生氣，因此責罵起來。

青苗看了看林依，再側頭瞧張仲微，意有所指道：「二少爺家的媳婦可真不好當呢，大年夜都還要挨罵。」

張仲微難過起來，低頭不作聲，開春他就要赴京趕考了，林依不願他帶著情緒上路，忙將青苗瞪了一眼，又琢磨如何安慰他。但不等她開口，張仲微先道：「妳莫擔心，我說過要帶妳出蜀的，說到做到。」

青苗才被林依瞪了一眼，正想著如何補救，突然聽見這話，忙道：「三娘子信你，信你。」

張仲微抬眼，瞧見林依笑了，頓覺心情又好了起來，低聲道了句「妳等我」，轉身跑了。

林依返身進屋，嘴角還啜著笑，青苗奇怪：「這樣的話，二少爺又不是頭一回講，以前妳聽了這樣的話，可是不會笑的。」

林依摸了摸臉頰：「我笑了嗎？」

青苗重重點頭，林依就覺得臉上燙起來，忙將張仲微送來的椒花酒滿飲一大口，好藉著酒勁掩一掩。

年過完，林依又忙碌起來，去年她為了養田，沒在水稻田裡種菜種小麥，但仍有一大堆事要做，整田、施底肥、為種水稻作準備；清理豬圈、消毒、抓豬仔來養；三畝苜蓿地也漸茂盛，光打豬草，就是項繁重的活計。

這日她與青苗都累了一整天，晚上回家，攤在椅子上不想動彈，張六媳婦懷抱一隻大鵝尋了來，道：「三娘子可還記得我年前的話？」

林依回想不起來，不好意思笑道：「忙暈頭了，六嫂子提醒提醒。」

張六媳婦指了懷中的大白鵝道：「三娘子不是說過完年要養鵝的，正巧我兄弟家就養了這物事，我已向他將經驗討來，現下就替三娘子把鵝養起？」

當時林依不過是隨口一說，不想張六媳婦就當了真，如今人家把鵝都抱來了，不好斷然回絕，便猶豫起來。青苗從旁道：「三娘子，咱們的豬又不是沒糧食吃，每日打豬草，累死個人，又耽誤工，不如就在苜蓿地旁搭個棚，使人養鵝。」

張六媳婦忙道：「鵝與豬不同，不消圈養，那棚子不必搭。」

青苗笑道：「可不是搭給鵝住，是給人住的。咱們不賺錢，都有人盯著，若養了鵝不使人看著，一準被偷了去。」

林依沒養過鵝，不敢輕易點頭，遂稱要考慮考慮，叫張六媳婦先回去等消息。青苗認為養鵝一事能行，力勸林依，道：「養鵝比養豬更省時省力，白日裡趕到苜蓿地放養，只消有個人盯著便得，晚間趕回院子裡來，連圈也省了。」

林依還在猶豫，青苗笑道：「三娘子剛賺錢時，可不像如今這樣束手束腳。」

林依聞言，也笑了，還真是的，身無分文時，總想著境況已是最差，再壞也壞不了哪兒去，於是能放開手腳去做，如今有了些家底，反倒顧慮多起來。

也罷，膽大方能發財，瞻前顧後，怎能成事，林依思慮一時，道：「就依妳的，先養幾隻試試吧。」

青苗歡喜，欲喚張六媳婦來，林依卻道不忙，先抽空到養鵝的人家打聽，得知一畝苜蓿大概能養鵝五十至六十隻，便與青苗商議，就先將五十隻養起。青苗嫌少，道：「咱們可有三畝苜蓿地呢，每畝養五十隻吧。」

林依對養鵝一事心裡沒底，道：「萬一養得多賠得多，怎辦？我打聽過了，養鵝比養豬快，兩個多月就能賣一次，等這五十隻賺到錢，再多養也不遲。」

青苗聽了，覺得有理，佩服道：「還是三娘子心細，想得周全。」

主僕二人商議妥當，便喚了張六媳婦來。青苗將雇她養鵝一事講了，林依又補充道：「先養二十隻，待得賺到錢，我分妳一成作工錢。」

青苗接道：「養得越肥，賺得越多。」

張六媳婦兄弟養鵝，她是瞧見了的，此刻照著林依說的分錢法子，默默一算帳，發現比佃田種合算多了，而且也不累，於是歡天喜地謝過林依，再帶青苗上她兄弟家看小鵝去了。

過了幾日，五十隻鵝在苜蓿地裡養起，由張六媳婦看管；豬圈裡的豬，由青苗負責，任嬸與楊嬸打下手；二十來畝水稻，也開始育秧。這三處，林依每日輪著巡視，得閒就拾掇拾掇菜園子，累雖累，卻隱隱有了些地主婆的架勢，瞧得楊氏羨慕，方氏眼熱。這兩位中，楊氏倒還罷了，頂多感嘆幾句林依怎這般會賺錢；那方氏，卻是整日坐不安穩，只愁想不出藉口去占占林依的便宜。

任嬸把她打算瞧在眼裡，心道，別個還沒賺到錢呢，妳倒先惦記上。

這日方氏正在屋裡打轉，琢磨如何去敲竹槓，林依卻先主動上門來了，問她願不願意與自己合夥養鵝。

方氏見她比以前「懂事」許多，很是驚喜，忙問：「怎麼個合夥法？」

林依道：「本錢一人一半，年底收益，也二一添作五。」

這樣演算法，方氏沒占到便宜，立時不高興了。林依瞧見，忙道：「本錢還是一人一半，但分紅我多把妳一成，如何？」

若林依一開始就講出這種分法，方氏肯定要得寸進尺，進一步要求更高的分紅，但林依先把五五分成講在前頭，方氏再聽到這話，就只覺得自己占了便宜，笑容滿面道：「使的。」

林依又道：「我已經讓了一成利與二夫人了，若中途死了鵝，可不能再找我要什麼損失。」

方氏的臉色又不大好看起來，但權衡想了想，還是同意了。

林依開始與她算成本，道：「二夫人，五十隻鵝須得一畝苜蓿地，再加上買小鵝的錢，以及些亂七八糟的費用，成本共計兩貫錢；還有張六媳婦的工錢，我許她的是一成，到得結算時，須得二夫人與我一起來付。」說著將出一張單子來，上列各項詳細成本，遞與方氏瞧。

方氏細細瞧過，並無紕漏，兩貫錢也不算多，便爽快答應下來。任嬸見她點頭，就要取鑰匙去拿錢，方氏卻攔住她，與林依道：「這本錢，晚上與妳送來。」

林依同意，便先辭去，並與她約好，送錢來時再簽契約。

任嬸奇怪問方氏：「何不剛才就與她，免得再跑一趟？」

方氏不答，拿著那張成本單子，起身去尋李舒，與她道：「媳婦，家中已無米下鍋，我苦愁沒得進項，正巧林三娘邀我與她一起養鵝，我便答應了。」

李舒惦記著如玉那檔子事，無心應付她，隨意應道：「這是好事，恭喜二夫人。」

方氏將成本單子遞與她瞧，道：「只是家裡拿不出本錢。」

李舒掃了一眼，沒有細算，直接命錦書取了兩貫錢與她。兩貫錢是總本錢，其實方氏只用出一貫，她也只存了討要一貫的心，沒想到李舒這樣大方，隨手就丟了兩貫與她，不禁喜出望外，樂顛顛地回房，先將多出的一貫藏起，再送了一貫去林依房裡，把契約簽了。

任嬸跟著她跑前跑後，見她白得兩貫錢，卻連一個鐵板兒都不賞自己一個，忍不住在心裡將她罵了無數遍。

林依將方氏送來的一貫交子收好，在帳本上記了一筆，青苗則去收契紙，忿忿道：「又讓她占了個便宜。」

林依道：「罷了，只有讓她沾點好處，才不會來鬧事。若有地痞耍橫，張家出面也算名正言順。」

青苗想起收占城稻那回，賴九挨了打，有好幾回都想上門鬧事，卻無奈張家勢大，又養了好些下人，沒讓他討到好去，才漸漸熄了報復的心。她想到這節，才道：「咱們分錢與她，張家保我們平安，也不算虧了。」

林依見她想通，點頭道：「正是。」與方氏合夥，暫時不用再擔心她上門鬧事，林依放心去苜蓿地巡視，叮囑張六媳婦及時與鵝群換潔淨的飲用水。

她在地裡來回走了幾趟，發現整塊地被鵝群踏得亂糟糟，連忙叫來張六媳婦，命她拿籬笆把地分作幾塊，輪流放牧，既有利苜蓿再生，又防止鵝丟失。

張六媳婦對她這法子佩服得緊，第二次主動將自家兩個閨女帶了來，合力把籬笆圍好。

林依每日忙忙碌碌，卻倍感充實，獨居「異鄉」而缺乏的安全感，也一點一點找了回來。這日她到田裡查看完秧苗回來，正與青苗商量要不要炒個臘肉吃，就見方氏腳步匆匆趕來，急吼吼道：「三娘子，我缺錢使，妳先把我那一貫本錢還我。」

林依暗恨，怪不得那日爽快，原來是還想再要回去的，哪有這樣便宜的事，遂道：「鵝已養起，錢都花了。」

方氏出人意料地沒有鬧，只一臉慌亂，連聲道：「那可怎辦，那可怎辦……」

林依瞧她是真著急用錢的模樣，便安慰她道：「二夫人莫急，再過一個多月，鵝就能賣錢了。」

方氏急道：「等不得了，三娘子可有錢，先借我幾貫。」

林依手頭自然有錢，但卻不願借她，便只搖頭：「二夫人亦是種田的，該曉得鄉里人年頭都是無錢的。」

方氏急得想跳腳，無奈這話很有理，只得轉身離去，仍舊是腳步匆匆，不知找誰借錢去了。林依心下奇怪，李舒那裡多的是錢，方氏怎不去找她借，反來尋自己。她把青苗拍了一下，青苗立時會意出門，悄悄尾隨方氏而去。

不多時，青苗就回轉，先將任嬸大罵一場：「我還道她口嚴，打聽了半晌也沒套出話來，原來卻是想要賞錢，我把身上的幾個錢全掏給了她，這才講了。」

林依從沒瞧過方氏那般模樣的，急著聽結果，便道：「待會兒把錢補與妳，趕緊講講，二夫人那裡到底出什麼事了？」

青苗先問她：「三娘子可認得一個叫方大頭的？說是二夫人的遠房親戚。」

林依點頭道：「認得，妳還沒來張家時，二老爺有過一個妾的，後來被二夫人換到了方大頭家去。」

青苗雙手一拍：「就是他了。」又問：「那三娘子可還記得如玉？」

林依嗔道：「妳賣什麼關子，趕緊講來。」

青苗不好意思一笑，連忙一一道來。原來今日方大頭來尋方氏，稱他家的妾室銀姊因服用了如玉煎的安胎藥，造成小產，要求方氏賠償損失，不然就告官。林依有許多不解，如玉怎會在方大頭家？她與銀姊無冤無仇，為何要害她小產？方氏不是怕事的人，為何方大頭一來，她就甘願賠償？

這些疑問，青苗一樣有，方才也向任嬸打聽過，但因她給的賞錢不夠多，任嬸不肯細講。說到這裡，她又將任嬸罵了一場。

林依忽地記起，李舒曾向她打聽過如玉一事，突然猜想，這兩件事會不會有什麼關聯？她問青苗道：「方大頭來的事，大少夫人曉不曉得？」

青苗想了想，道：「大少夫人並不認得方大頭，二夫人又刻意瞞著她，因此我沒見她房裡有人去打聽。」說完又朝外走，道：「我再多帶些錢去打聽。」

林依忙拉住她道：「我方才叫妳打聽，是怕這事兒與咱們有干係，既然無關，還理它作甚，多聽多麻煩。」

青苗受教，道：「是，有這功夫，不如去炒臘肉。」

林依大笑：「是，多多放蒜苗。」

青苗便去廚房，先取了一塊肥的，想了想，她們不好吃獨食，還要考慮張家大房一家，就另取了一塊肥肉少瘦肉多的，用開水發了，再切成薄片，肥肉做油，多放蒜苗，炒了一盤油汪汪香噴噴的蒜苗臘肉。流霞聞著香味到廚房時，青苗已炒完兩個菜，還有一個在鍋裡，笑道：「妳累了一天了，怎不放著我來？」

青苗道：「我如今又不消打豬草，不過煮幾鍋豬食而已，累什麼。」

流霞挽了袖子來與她幫忙，問道：「糧食夠吃？」

青苗笑呵呵：「夠，二十幾畝占城稻，卻只有十五頭豬，擔心吃不完呢。」

流霞小聲道：「若是有剩的，留著別賣，我看二房轉眼就要來找妳們買了。」

青苗來了精神，湊過去問道：「他們六十畝地，還愁沒得糧食吃？」

流霞朝後看了看，見門外無人，便道：「我剛才從二房新屋後門口過，瞧見二夫人在那裡偷偷摸摸要賣糧哩。她家的糧食能賣的早就賣了，此時拿出來的，肯定是口糧，等到沒了米下鍋，能不向妳們買占城稻？」

青苗道：「那也不一定，賣米的多的是。」

流霞笑道：「傻妮子，她若是有錢，怎會賣口糧？定是哪裡缺錢使了。既是手裡沒了錢，能買什麼好米吃，只有占城稻吃得起。」

青苗恍然，又問：「二夫人要賣口糧，大大方方賣便是，為何要躲著賣？」

流霞搖頭道：「這可就不知道了，興許是她管家有虧空，不敢叫大家曉得？」

方氏為何要躲著賣，青苗自然是曉得的，只不過為了套消息，才問了一句，此刻見流霞並不知方大頭一事，便罷了。

兩人將晚飯拾掇齊全，端上桌去，侍候主人們吃飯。楊氏瞧見桌上多了盤臘肉，忙向林依道謝，又道：「總偏妳家的臘肉，實在過意不去。」

林依夾了一筷子雞蛋，玩笑道：「我總吃大夫人家的雞蛋，可沒覺得過意不去。」

楊氏就笑了，慢慢吃了半碗飯，就擱了筷子，端了盞茶到旁邊啜著，問道：「三娘子，二夫人今日可來尋妳借過錢？」

林依奇道：「怎麼，也向大夫人借了？」

楊氏點頭道：「開口就要二十貫，我哪來這許多錢借她。」

林依道：「她倒沒與我說借錢多，不過我才抓了豬仔，養了鵝，一文錢也拿不出來。」

流霞聽她們提起這話題，便將方氏偷著賣糧一事講了，道：「是不是二夫人到處沒能借到錢，這才急著要賣糧？」

楊氏奇道：「她哪裡需要急著用錢？」

田氏插話道：「大少爺與二少爺就要進京趕考了，莫不是在與他們籌備路費？」

楊氏想了想，搖頭道：「大郎的路費，想必他媳婦願意出，二郎……」她狀似不經意，朝林依看了一眼，方道：「我這裡還有幾個私房，若二郎路費欠缺，少不得資助他幾個。」

林依猶豫再三，還是沒講出方大頭一事，免得與自己惹來不必要的麻煩。楊氏她們都不知這事兒，於是討論來討論去，也沒猜出方氏為何急需要錢。

待得林依告辭回房，發現李舒房裡的一個小丫頭已在她房門口候著了，見她回來，忙道：「三娘子，我們大少夫人請妳去說話兒。」

林依點頭，一面隨她走，一面問道：「大少夫人有事？怎不去大夫人房裡尋我？」

那小丫頭只笑笑，不答話，林依便明瞭，定是有什麼別個聽不得的事要拿來問她。果然，她一進李舒屋裡，就有小丫頭在外把房門關上了，抬眼一看，裡面除了李舒，就只有一個甄嬸，連錦書都不見人。

李舒請她坐下，沒有客套，直入了正題，問道：「聽說二夫人四處找人借錢，三娘子可曉得此事？」

林依道：「是找我提了借錢的事，不過我哪有閒錢來借她，真是對不住。至於有沒有向其他人借，我就不曉得了。」

李舒又問：「那三娘子可曉得二夫人為何要借錢？」

這問題，方才楊氏房裡剛議論過，並沒得出結論，林依道：「我住在舊屋，與二夫人難得打一回照面，哪會曉得她為何要借錢。」

李舒面露失望，吐出一個「哦」字，拖了長長的尾音。

林依瞧她是真不知道的樣子，不禁奇道：「二夫人就住在隔壁，大少夫人想要曉得詳情，自去問詢便是，或喚任嬸來問，不也便宜？」

李舒朝窗外一指：「妳來時沒見著任嬸？」

林依道：「天黑，不曾留意，任嬸怎地了？」

李舒道：「二夫人方才發了脾氣，任嬸在外跪著呢，哪個敢近前。」

任嬸一肚子壞水的人，她罰跪，林依只有高興的，她努力忍住笑意，問道：「任嬸做了什麼惹二夫人生氣了？」

李舒搖頭道：「正是不知呢。」

她又問了林依幾個問題，但林依始終存有三分戒心，凡是她或青苗私下打聽到的事，一律稱不知。李舒從她嘴裡沒問出什麼來，只得命甄嬸上湯送客。甄嬸送走林依，回轉道：「大少夫人心急了，要想知道是不是那事兒，明日使人去方大頭家走一遭便是。」

李舒道：「去年辦的事，過完年還沒出結果，我能不急？」說完又後悔：「不該將那丫頭賣掉，方大頭只她一人見過，今兒家裡來了一生人，也不知是不是他。」

甄嬸問道：「大少夫人既是想知道，方才為何不問問林三娘？」

李舒話語裡帶了氣，道：「那是個男人哩，我當面問林三娘，叫她怎麼想？」

甄嬸考慮得不周全，自知失言，忙道：「那我去打聽。」

李舒緩緩搖頭，道：「罷了，妳還沒瞧出來，林三娘嘴嚴著呢，也怪我平素沒好生與她打交道。」

甄嬸道：「大少夫人與她將來是妯娌，二夫人又是這樣的為人，妳與她交好，比討好二夫人只怕還強些。」

依著李舒的性子，恨不得每個人都道她好，於是點頭，上床歇了。

張伯臨這幾日都在張仲微房裡挑燈夜讀，不曾歸房，李舒獨自在床上躺了一會兒，正猶豫要不要使人去喚他，突然就聽見甄嬸在外敲門，進來道：「大少夫人，我趁二夫人房裡熄了燈，偷偷去問過任嬸，那小產的……」

李舒聽得「小產」二字，驚喜打斷她的話，問道：「如玉小產了？」

甄嬸有幾分慌亂，道：「小產的不是如玉，是銀姊。」

原來銀姊照著那小丫頭的吩咐，偷偷煎了「安胎藥」，端去與如玉。如玉卻十分警醒，非要她先喝一口。銀姊並不知自己也有了孕，便大膽喝了兩口，不料還沒等到如玉也喝，她身下就流出血水來，一個多月的孩兒，便這樣掉了。

世上竟有這樣陰差陽錯的事？李舒愣了好一會兒，方道：「那今日家裡來的生人，乃是方大頭？」

甄嬸點頭道：「正是他。銀姊是個狡詐的，反誣陷如玉，稱那安胎藥是她煎的，因如玉是二夫人的人，方大頭就找上門討賠償來了。」

原來是這樣，怪不得方氏四處借錢，李舒想了一時，問道：「那任嬸為何罰跪？是銀姊將她供了出來？」

甄嬸止不住地笑：「銀姊已將『安胎藥』的事推到如玉身上去了，還供任嬸做什麼。任嬸罰跪的緣由，大少夫人決計猜不出來。她是因為不肯借錢與二夫人，才叫二夫人動了怒。」

李舒愕然，主人向下人借錢，借不來還要罰跪，這是哪門子的規矩？她咬牙暗恨，自己這位婆母竟做些丟人現眼的事，自己不要臉面，也該替小輩們想想。她氣過方氏，又問道：「如玉一事，可還有合適人選？」

甄嬸搖頭道：「銀姊才小產，不能輕易行事了，恐引人懷疑。」

李舒斬釘截鐵道：「不成，再不動作，孩子就要落地了。」

甄嬸無法，只得領命，自去尋機安排。

且說方氏，還不曉得李舒早已知曉如玉一事，她為了瞞著，只好自籌款項。其實帳上還有些錢，但那是留著與兩個兒子進京作盤纏用的，張梁看得緊，她無法下手，只好偷著賣口糧，好將方大頭討要的二十貫錢湊齊。

其實方大頭家好幾個兒子，根本不將銀姊小產的這個放在心上，敲詐了二十貫錢，就心滿意足地鳴金收兵，打酒吃肉去了。

李舒當初使的計，卻讓方氏倒了霉，不知這叫不叫另一種陰差陽錯？不過家中口糧短了，倒不是方氏一人的事，沒過幾天，張梁率先發現桌上的撈乾飯少了，稀粥多了，立時不滿問道：「家裡的糧食呢？我每日辛勞，竟連碗乾的都吃不上？」

此話一出，人人都暗自撇嘴。張家二房事務，從田裡到家裡都是方氏一人打理，他能有什麼辛勞。還是冬麥心疼他，忙道：「二老爺，你等著，我去糧倉舀米，與你做撈乾飯。」

張梁十分得意有個知冷知熱的丫頭，捋著鬍子樂孜孜等著。方氏臉黑似鍋底，連連與任嬏打眼色，叫她去攔住冬麥。任嬏才挨過跪，哪裡肯理她，別著臉只當沒看見。

不多時，冬麥跑了回來，驚慌失色道：「二老爺，不好了，糧倉的糧不見了。」

因方氏有前科，張梁首先望她，問道：「糧食呢，是不是又讓妳低價賣了？」

一語中的，方氏難得地臉紅起來，支支吾吾道：「咱們回房再說。」

兒子們都在，張梁忍了忍，還是與她留了臉面，起身隨她回到臥房，才問：「究竟出了什麼事？」

方氏怕挨打，瞞去如玉一事，只道方大頭家遭災，缺錢使用，她欲借錢，又怕張梁責罵，因此才將家中糧食賣了些。

張梁並不是小氣之人，又一向不理事，不曉得她將糧食賣了多少，就緩了神色，道：「親戚有難，幫扶一把是該的，妳瞞我做什麼？只是叫他早些還錢，畢竟兒子們上京要盤纏呢。」

方氏沒想到這樣容易就混了過去，暗喜，連連點頭，重回堂屋吃飯。李舒是知道事情真相的，但如玉還未解決，她便只裝作不知道，若無其事替張伯臨夾了一筷子菜。

飯畢，各人離桌，方氏回房，卻發現方大頭又來了，吃了一驚，慌忙朝外面望了望，見張梁出了院門，這才放下心來，問道：「錢不是已經把給你了，怎麼又來？」

方大頭道：「我今日來有兩樁事，一是知會二夫人，妳家那個丫頭如玉，昨兒夜裡生了個小子……」

方氏聽到這裡，已然大喜，雙手合十，念了幾聲「阿彌陀佛」。

方大頭不知詳情，暗自奇怪，不過是多了個家生子，怎這般高興？他此行另有重要目的，不理會方氏念佛號，繼續把話講完：「當初講好一個月一貫錢，妳已欠了一個月，再加上請產婆、我媳婦的辛苦費，二夫人須得再付一貫五百錢，如玉才能在我家繼續住下去。」

方氏氣道：「孩子是如玉生的，你媳婦要的哪門子辛苦費？」

方大頭理直氣壯道：「誰曉得她昨日夜裡發動起來，鬧得我們全家沒睡好，我只要一人的辛苦費，還是看在咱們是親戚的分上。」

產婦生孩子，的確是折騰自己，也折騰旁人，方氏自己生過，曉得其中道理，就再講不出話來反駁，嘀嘀咕咕地討價還價：「一貫三百文。」

方大頭爭辯一時，說不過她，暗道，每月一貫錢，包吃包住，每日還要吃雞，根本沒賺頭，現在添了個孩子，日夜哭鬧，更是煩人，不如趕了的好。他打定主意，並不立時講出口，只催方氏趕緊付錢。

方氏已是山窮水盡，哪裡去翻一貫三百文與他，只好打了個欠條，先欠著。方大頭見拿不到現錢，更是不願留如玉，便道：「我家窮著呢，哪有閒錢替二夫人塹著養丫頭，妳還是趕緊叫如玉搬出去。」

方氏自然不願意，軟語相求，那方大頭是她親戚，同她相像，也有幾分不講理，道：「妳若不來接，我回去就趕人。」

方氏不擔心如玉，卻擔心剛出生的孫子，好說歹說，被逼著在欠條上添了一百文，才求得方大頭再寬限幾日。

方大頭剛走，李舒那裡就接到了如玉產子的消息，任嬸道：「我冒了被二夫人瞧見的風險，趴在後窗那裡聽來的……」

李舒心慌意亂，哪有精神聽她邀功，忙抬手打斷她的話，叫甄嬸取錢與她。甄嬸聽命，打發走任嬸，捶胸頓足道：「我接連幾天都遣了小丫頭去，沒想到還沒尋著機會下手，她就生了。」

李舒手裡絞著手帕子，問道：「二夫人那裡什麼打算？」

甄嬸道：「任嬸方才不是講了，二夫人是想將孩子的年紀瞞下兩個月。」

李舒恨道：「原來她不是不懂得規矩，而是故意為之，連後路都備好了。」

甄嬸問道：「那現在怎辦，只怕大少爺那裡也曉得了消息，此時再下手，動靜可就大了。」

李舒思忖，既然壞規矩的事已成定局，倒是方氏那法子還強些，於是與甄嬸商議，且先按兵不動，靜觀方氏動作。

甄嬸卻不贊同，勸道：「大少夫人，妳若等到二夫人將人領回來，可就失了先機了。」

李舒猶豫一時，還是聽了她的話，吩咐道：「去請大少爺。」

甄嬸領命，到張仲微房內去喚張伯臨。張伯臨正在背書，聽得李舒有請，一臉不高興地回房，道：「喚我作甚，有事趕緊講，莫要耽誤我正事。」

李舒起身，盈盈一福，笑道：「恭喜大少爺添了長子。」

張伯臨聽得一頭霧水，怔怔問道：「什麼長子？」

李舒還道他裝傻，嗔道：「官人是嫌我不賢慧，因此不以實情相告？未免也太小瞧人。你告訴我孩子現在何方，我立時遣人去接他們母子回來，擺酒相賀。」

張伯臨越聽越糊塗，不耐煩道：「莫要胡鬧，我哪裡來的兒子。我看妳是太閒，胡思亂想。若是實在沒事做，不如去尋林三娘，同她一道養鵝。」

李舒見他還不肯承認，不免有些火氣上來，問道：「如玉是哪個？」

張伯臨還以為如玉早已落了胎，便將她曾懷孕一事隱起，只道：「她是我一個丫頭，妳未進門時服侍過我，本來準備將她留下，又怕妳不高興，因此咱們成親前，就把她送出去了。我這幾日正準備尋個機會與妳講呢，看妳肯不肯許她做個妾。」

李舒仔細瞧他臉上神色，並無作偽痕跡，不禁疑惑起來，問道：「那丫頭真沒懷身孕？」

張伯臨一口咬定：「真不曾。」

李舒便開門喚了甄嬸進來，道：「許是妳弄錯了，那如玉生的孩子，不是大少爺的。」

甄嬸並未聽見他們談話，不知張伯臨矢口否認，急道：「若那孩子不是大少爺的，二夫人為何要與方大頭錢？」

張伯臨又糊塗起來，問道：「這裡有方大頭什麼干係？」

李舒咬了咬牙，朝甄嬸遞了個眼色，甄嬸便將事情始末，一五一十全講了，只隱去李舒設計一事不提。

張伯臨聽後，又驚又怒，竟忍不住罵了方氏幾句。這反應實在出乎李舒意料，她小心翼翼問道：「官人真不知此事？全是二夫人一人為之？」

張伯臨沒空答她這問題，轉身朝外衝，口中道：「我得去方大頭家，不能讓娘得逞，不然捅出大簍子。」

李舒此時真信了張伯臨不知情，心頭竟生出欣慰感覺，忙拉住他道：「官人莫急，這事兒不能你出面，不然不是坐實了罪名？」

這話有理，張伯臨稍稍冷靜，問道：「依娘子看，該如何？」

李舒見他與自己是一條心，暗自欣喜，嘴上卻道：「不論官人曉不曉得此事，那孩子都是孝期懷上的，事兒是你做出來的，我哪裡曉得該怎辦。」

張伯臨好似小時偷糖吃被大人瞧見，心虛道：「頭一回得丫頭，一時沒按捺住……」

甄嬸極高興李舒抓住張伯臨軟肋，在旁連連遞眼色，李舒省得，裝了三分無奈，七分傷感，嘆道：「誰叫我是你娘子，少不得替你收拾殘局。」

張伯臨見她肯幫忙，歡喜謝過，又問：「娘子有何妙計？」

李舒道：「孩子的事兒並不難辦，怕只怕二夫人還不曉得利害關係，往後又做出什麼叫人擔驚受怕的事來。」

張伯臨也是拿方氏無法，思來想去，道：「我看此事爹還不知情，不然定不會由著娘胡鬧，不如去講與他聽，叫他提醒娘親一二。」

李舒喜道：「此法甚好，咱們晚輩不可言父母之過，交由二老爺處理，再合適不過了。」

張伯臨又問及孩子，道：「還照娘的法子，瞞去兩個月？」

李舒不答，只看了甄嬸一眼，甄嬸便接了話，道：「瞞自然是要瞞的，但如玉一直不見人，突然就冒出個孩子來，大少爺不怕人議論？」

張伯臨緩緩點頭，問道：「那依妳看，該怎辦？」

甄嬸道：「依我拙見，兩下都瞞著，先送如玉母子去別處躲幾個月，待到孩子大些，再將人接回來，但對外卻不能稱是小少爺。」

不稱小少爺，那稱什麼？張伯臨疑惑一時，突然明白過來，這是叫他莫要父子相認。他雖沒盼過那孩子，但到底是親骨肉，叫他不認，心內堵得慌，於是垂首不語。

李舒瞧他這副模樣，便斥責甄嬸道：「張家骨血怎能跟旁人姓？照我看，將如玉賣了便是，只要親娘不在，孩子的年紀還不是由人胡謅。」

張伯臨將前後兩個法子一比較，覺得還是李舒知曉大義，便問：「只有孩子回來，卻沒親娘跟著，若旁人問起，怎麼回答？」

李舒笑道：「哪個男人沒一筆風流帳，就是當朝宰相突然抱個兒子回來，也頂多被人笑話幾句罷了。」

夫妻二人議定，便由李舒遣人去動作，張伯臨只等過上幾個月，正大光明迎回兒子。

第二日早上請安時，李舒故意稱病未去，只讓張伯臨獨自前往，將方氏藏如玉一事與張梁講了。張梁先是生氣張伯臨未能把持住，後一想到冬麥，便不敢吱聲了，轉而將全部火氣都撒到了方氏頭上去，大罵她不顧兒子前程，做出此等喪心病狂的事來。

他罵歸罵，打歸打，卻還曉得此事不能讓旁人知曉，只將門關得嚴嚴的。

於是新屋舊屋都只聽到有間正房裡乒乒乓乓，卻不曉得出了什麼事。青苗特意跑到新屋院門口瞧了瞧，還是未能看出端倪，跑回來向林依道：「張家二房怎地了？」

林依立在窗前瞧著，想了想，問道：「二少爺無事？」

青苗道：「不是他，大少爺二少爺都去了書院，不在家中。」

林依本還在猜究竟是何人幹架，聽了這話，全然明瞭，張家二房此時只剩了張梁夫婦與李舒在家，那般大的動靜，依照往常局勢分析，不是張梁在打方氏，就是方氏在責罵李舒。

等到過了幾天，方氏帶著傷來借糧時，林依便曉得，那日關在房內幹架的，是張梁與她了。方氏也曉得自己臉上的傷不好看，半抬袖子掩著，哼哼唧唧道：「三娘子借我一石糧。」

林依奇道：「我在大夫人家搭伙呢，哪來的糧食？」

方氏問道：「妳那二十幾畝水田的糧食呢？」

林依道：「年前就賣了。」

方氏不依不饒，追問道：「賣得的錢呢？沒得糧食，借錢也成。」

林依見她似塊牛皮糖，很是煩惱，隨口扯道：「旱地、苜蓿地、鵝、豬，樣樣都要錢，還有房租、飯食錢……」

方氏聽得這一大串，不好駁得，便朝豬圈方向指了指，道：「沒得錢，占城稻也使得。」

青苗忍不住插話道：「那可是豬吃的。」

方氏紅了臉，道：「窮人家也吃得。」

青苗向林依笑道：「二夫人家奴僕成群，竟稱自己為窮人。」

方氏借糧，本與下人多寡無關，但聽見這話，卻被勾起火氣，道：「我們家總共只有六十畝地，上下卻足有二十來人，就是因為下人太多，才耗費了糧食。」

二十來人，真真是多，難怪窮了，林依也詫異，道：「占城稻又不貴，二夫人乾脆買幾石回去算了。」

方氏還欠著方大頭一貫四百文呢，占城稻再便宜，她也沒得錢來買，便道：「我打個欠條與妳，等到鵝賣了錢，從裡面扣。」

林依本不願意，但一想到張家二房缺了糧，張仲微也要餓肚子，於是就點了頭，接過方氏當場寫的欠條，叫青苗帶她去搬糧食。

占城稻的米質與尋常水稻有差距，方氏擔心張梁發現，就多了個心眼，只拿去與下人吃，任嬸楊嬸兩個倒還罷了，李舒帶來的那些下人哪裡吃過這樣的劣米，個個叫苦連天，將狀告到了李舒那裡。李舒已從任嬸處知曉方氏賣糧一事，有心要瞧她熱鬧，便自掏錢出來安撫下人，叮囑他們莫要聲張。

如此過了個把月，眼看著張伯臨兄弟赴京在即，張梁催促方氏去方大頭家要債，道：「切莫因為抹不下面子，耽誤了兒子們行程。」

那二十貫錢若要得回來，方氏也不至於去買占城稻，此刻聽了張梁這話，愁得頭髮泛白。左想右想無法，只得走去尋李舒，道：「媳婦，伯臨赴京趕考，盤纏還缺幾個，妳拿幾個嫁妝錢出來助他呀。」

李舒早料到方氏要來借錢，笑嘻嘻道：「二夫人放心，他是我官人，盤纏自然由我來出，不消二夫人操半點心。」

她的回答這般爽快，反將方氏後面的話堵住了，方氏吞吞吐吐，想再起由頭，又不好讓她把張仲微的那份也出了，只好心不甘情不願離去。

方氏在屋前焦躁踱了會子，突然想到，林依也算得是張家媳婦，張仲微的盤纏錢，雖然不該她出，但借幾個總是該的。她認為此計上好，連忙動身朝舊屋去。

林依聽了方氏來意，不悅道：「二夫人，不是我不願借錢，實是妳上回欠的糧食錢還不曾還呢。」

方氏故技重施，道：「還是從鵝錢裡扣。」

林依無奈道：「那妳要借幾多？」

方氏道：「二十貫。」

林依還在猶豫，青苗已叫出聲：「二夫人，總共才五十隻鵝，妳能不能分到二十貫還難說哩。」說完推林依：「三娘子，這錢借不得。」

方氏氣道：「妳們太小氣，守著這樣大的家業，卻連二十貫都不借。」

林依哭笑不得：「我只得水田二十畝，這也稱得上家業？」

方氏想了想，道：「那妳借我十五貫。」

林依搖頭道：「實在是拿不出錢，若二夫人急著使用，不如我將占城稻借妳幾袋子拿去賣？」

方氏琢磨，占城稻雖不值什麼錢，但總好過沒有，於是就露了些許笑容，跟著青苗去豬圈取糧，運到城裡去賣。

林依趁著方氏忙亂，便去尋了張仲微，遞去二十貫的交子，道：「你娘方才來向我借錢，我沒與她，莫怪莫怪。」

張仲微瞧了瞧手中交子，莫名其妙道：「妳不願意，不借便是，又把錢給我做什麼？」

林依道：「你娘說你進京缺二十貫的盤纏，這才來向我借錢。」

張仲微不管家事，以為是真缺盤纏，便將那二十貫交子收起，道：「當我借的，多謝妳。」

林依道：「謝什麼，你幫我的也不少。」

她這裡將錢與了張仲微，可憐方氏那裡還是沒著落，幾口袋占城稻能抵什麼用，二十貫怎麼也湊不齊。

家中缺糧，手頭缺錢，張家二房陷入從未有過的困境，張梁在家急得直跳腳，揚言要休了方氏。李舒躲在房中偷笑，希望張梁早些行事，甄嬸卻提醒她道：「大少爺有個親妹子，嫁到了二夫人的娘家。」

李舒一聽就明白了，親上作親，兩家聯繫千絲萬縷，方氏是不會輕易被休回家的，於是灰了心，道：「她自己惹來的虧空，我不能幫忙，但我自娘家帶來的下人，願意自己養起。」

甄嬸會意，便去向張梁與方氏講了，張梁大喜，直誇讚兒媳賢慧，方氏就將下人吃的幾口袋占城稻又賣了，換了些錢回來，但這離二十貫還是遠遠的，張梁實在忍不下去，親自去方大頭家討要。

方氏不曾與方大頭對過口供，謊言一下子就穿幫了，張梁震怒，回家訓斥方氏：「一個妾懷的庶子，能值二十貫？我看妳是豬腦子。」

方氏當時是怕如玉的事傳到李舒那裡，才答應了方大頭的要求，但她已因這事兒挨過打，再不敢重提，只得默默挨罵。

張梁罵完，猶覺不解恨，一想，反正張八娘已有了兒子傍身，無被休之憂，不如將方氏趕回娘家反省反省。

方氏聽了他想法，驚慌道：「兒媳都已進了門，你好歹與我留幾分婆母的臉面。」

張梁哼道：「就是怕妳把兒媳帶壞了，這才要趕妳回娘家面壁思過。」

方氏猶自掙扎：「我走了，誰人管家。」

張梁毫不猶豫道：「兒媳管家，定比妳強些。」

方氏絕望，但還賴著不走，任嬸卻主動替她將包袱收拾好，喚道：「二夫人，回家去呀。」

方氏生怕別人聽見，忙拍了她一下，轉身朝外走。任嬸忙趕上幾步，把包袱塞進她懷裡。方氏奇道：「妳不替我拎包袱？」

任嬸笑道：「我就不去了，家裡事情一大堆呢。」

方氏正要動怒，任嬸忙補充道：「我替二夫人盯著大少夫人。」

這話方氏愛聽，便笑了：「還是妳忠心。」

「忠心」的任嬸一路送她到大門口，招手大聲道：「二夫人路上小心。」聲量太大，連舊屋的青苗與流霞都聽見，齊齊探頭問道：「二夫人去哪裡？」

任嬸笑道：「二夫人想念八娘子，回娘家住幾日。」

越是像模像樣的話，越遭人懷疑。青苗與流霞竊竊私語一時，得出結論，方氏是被趕回娘家去了。

好事不出門，壞事傳千里，這消息就如同長了翅膀，轉眼傳遍了新屋與舊屋。

林依聽青苗繪聲繪色講完，佩服道：「大少夫人好手段。」

青苗不解：「明明是二夫人惹的事，與大少夫人什麼相干？」

林依半是解釋半是教導：「二十貫錢，不夠大少夫人打賞下人的。她不肯替二夫人出這錢，擺明了是要瞧她笑話。」

青苗聽後，自己琢磨一時，明白了，也讚：「大少夫人好本事，既趕了二夫人，又沒蹚進渾水裡去。」

林依點頭，暗道，這份心計手段，自己還得學著點。她這裡佩服李舒，不料李舒也惦記著她，笑意盈盈地尋上門來閒話，道了聲多謝。

林依不解其意，問道：「大少夫人為何謝我？」

李舒不答，只道：「聽說二夫人向妳借過錢，妳沒借？」

林依明白了，原來她無意中也成了方氏被趕事件中的一環，不過她與李舒不同，乃是無心之舉，便道：「我不是有意不借，實是拿不出錢。」

李舒見她把自己的意思理解反了，也不提醒，笑道：「無論如何，還是要謝妳。」說著命錦書將禮物放下。

大小兩只盒子，蓋著蓋兒，瞧不出裡面內容，但單看那錦盒，就猜得出禮物價值不菲。林依不排斥成為李舒同盟，但卻不願採取這樣的方法，便道：「大少夫人客氣什麼，若有事我幫得上忙，使人來說一聲便得。」

李舒是聰明人，得了這話，也就不堅持要送禮，命錦書重新將盒子收起，笑道：「三娘子若得閒，常到我屋裡坐坐。」

林依應了，送她到門口。

青苗瞧著李舒一行離去，道：「大少夫人雖講話愛露一半留一半，但比二夫人卻強多了。」

林依忍不住腹誹，方氏講過人話嗎？

方氏被趕，張家迎來久違的寧靜，幾乎人人都盼著她莫要再回來了。張伯臨因著如玉一事，還在埋怨她，因此也不去向張梁求情；張仲微有心去求，但一瞧見林依臉上笑容多了，腳步輕快了，就把到嘴的話又嚥了下去。

三月，遵照張棟的建議，張伯臨與張仲微兄弟準備在進京前先去拜訪李簡夫，與之告別。張伯臨前一次去見李簡夫，只是學子身分，無所顧忌，此行變身女婿，難免忐忑，李舒笑話他道：「可要為妻相陪？」張伯臨就羞了，躲出去不提。

李舒喚進錦書，道：「京城路遠，大少爺此去，無人服侍，我欲命妳隨行，不知妳願不願意？」

錦書已有十八歲，聽得懂這話，心裡高興，臉上卻不敢露出來，只深垂了頭輕聲道：「但憑大少夫人吩咐。」

李舒見她願意，便微笑點頭，於是甄嬸上來，將錦書領至偏房，遞與她一包藥材，內附一張藥方。錦書在李家長大，見慣此事，一瞧便知是熬避子湯的材料，便謝過甄嬸，伸手接了。甄嬸道：「這是規矩，莫要心有怨言，如玉的下場，妳是瞧見了的。」

錦書點頭，道：「我省得，糊塗的人才把庶子生在前頭。」

甄嬸讚道：「妳是個懂事的，等大少爺回來，身旁若沒再添別人，就抬妳做妾。」

錦書明白了，她這一去，服侍張伯臨是次要的，主要任務是盯著他，以防他拈花惹草，朝屋裡添人。這差事，她還是極願意的，於是重重點頭，道了聲：「明白了。」

甄嬸見她通透，很是滿意，又叮囑了幾句，回去覆命。

張伯臨臨行前的事務，自有李舒打點，張仲微卻是要親力親為，先整理隨身衣物，後清點書籍文章，雖有楊嬸幫著，也忙亂了好幾日。

這日他終於得閒，連忙去見了林依，依依惜別道：「我去見過李太守就直接赴京了，妳在家要保重。」

林依將個小包袱遞與他道：「閒暇無事，與你納了幾雙鞋墊，手藝不好，湊合穿吧。」

張仲微當時就打開瞧了，見鞋墊上頭繡的是並蒂蓮花，便咧嘴笑了，將包袱揣進懷裡，道：「等我中第，討個封賞與妳。」

林依作勢打他，罵道：「胡說什麼。」

張仲微躲閃幾下，嘻嘻哈哈跑遠了。

過了幾日，行李備好，張伯臨與張仲微先去舅舅家辭別，因張伯臨娶了李簡夫的閨女，方睿本就不高興，此番又聽說他們要去拜訪李簡夫，竟當堂翻臉，起身轟人。

張伯臨與張仲微連方氏的面都沒見到就被趕了出來，還是張八娘偷偷開了角門，讓方氏出來相見。方氏拉著兒子們的手，淚水漣漣，連聲囑咐他們一定要高中，好讓張梁把她接回去。

瞧見她這般可憐，連張伯臨心都軟了，好生勸慰了她幾句，才與張仲微回轉。臨行前，楊氏將張仲微叫了去，將幾張交子交與他，道是與他添盤纏，張仲微謝過，卻又暗自奇怪，同樣是侄兒，為何只與他，不與張伯臨？

啟程這日，張梁特意設宴，與兒子們踐行。吃罷酒席，張伯臨與張仲微動身赴雅州。上路前，張伯臨才發現自己身後多了個錦書，他猜到這是李舒的安排，便回身朝她一笑，收下了。

兄弟倆到得雅州，見了李簡夫，呈上文章。李簡夫細細讀了，讚不絕口，當即修書一封，寄與翰林學士姓歐陽者，向他推薦自家女婿及其兄弟。

張仲微尋思，他幫張伯臨是應該的，幫自己卻是許了人情，於是在同張伯臨一齊道謝後，再拜謝過。李簡夫見他頗為知禮，很是喜歡，便慢慢問他些可曾婚配等語，當得知他已有婚約在身，有稍許失望，但立即又道：「我瞧你哥哥有個丫頭服侍，但你卻是孤身一人，不如我贈一個與你？」

張仲微想著，長者賜不可辭，何況又是於他有恩的，於是就收下了。他當初拒收冬麥，張伯臨是不解的，如今見他終於痛快收了個丫頭，還道他開了竅，暗地裡替他高興。

李簡夫所贈的丫頭名喚青蓮，見過張仲微，依著規矩先請他替自己改名，張仲微心道，青蓮這名兒，與林依的青苗倒是相配，於是便道：「青蓮甚好，不用改了。」

青蓮才見主人，就得了不用改名的殊榮，十分歡喜，忙前忙後，殷勤獻個不停，張仲微卻嫌她煩擾，打發她同錦書一處歇著去了。

第二日，李簡夫為兄弟倆備好鞍馬行裝，派人護送他們入京。張伯臨與張仲微從褒斜谷出川，經關西、長安、陝西等地，長途跋涉兩個多月，於五月到達東京開封。

大宋的京城，金翠耀眼，羅綺飄香，一派繁華景象，讓兄弟倆目不暇接，又心生豪氣。初抵東京，兩人經護送人等指點，住進興國寺浴室院，兄弟倆安頓下來的第一件事，便是往家中寫信報平安，一封寄與張梁，另兩封則分別寄與李舒與林依。

林依自來到大宋，還是頭一回收到信，迫不及待打開來瞧，張仲微信中稱，他們到達東京時，時逢京城大雨，蔡河決口，水湧進城，房舍倒塌，四處都是水，沒法去見歐陽翰林，只得悶在寺內背書。

她讀完信，正替張仲微擔心，李舒尋了來，手中也有一封信，朝她揚了揚，笑問：「二少爺來信了？」

林依點頭，請她坐下，笑道：「兩封信是一起到的，大少夫人這是明知故問。」

李舒笑了笑，問道：「二少爺收了個丫頭，是我爹送的，他信中可說了？」

林依手裡還拿著信紙，不自覺攥緊了些，道：「不過是個丫頭，有什麼好說的。」

李舒是過來人，也不點破，只道：「我爹送的丫頭必是可靠的，與其任他去買，不如安插個自己人。」

李舒是示好，林依聽了卻不高興，垂首不語。青苗在旁，也不高興，插嘴道：「大少夫人好意，不過二少爺買不買丫頭的，與我們三娘子什麼相干，一個姓張，一個姓林呢。」

李舒這才反應過來，林依是未嫁之身，確是自己孟浪了，她連忙起身道歉，福了又福，直稱自己是無心之語。

林依連忙攔住她，稱自己沒往心裡去。李舒瞧她臉上是帶笑了，這才放了心，轉身辭去。她剛走，林依就收了笑容，沉著臉朝桌邊坐了。青苗瞧著有些害怕，安慰她道：「許是大少夫人騙妳的。」說完候了一會兒，見林依還是默不作聲，又道：「必是個普通丫頭，二少爺與她沒有什麼。」

林依還是不作聲，青苗差點哭起來，央道：「好娘子，妳好歹講句話。」

林依深嘆一口氣，道：「他這樣性格怎麼做官？才上路，就留一李家耳目在身旁，只怕他日受人牽絆。」

青苗見她擔心的是這個，撫了撫胸，玩笑道：「萬一二少爺是真想收了那丫頭呢？」

林依還真不知張仲微於妾一事的想法，不禁有些後悔將那幾雙鞋墊送了出去。青苗見她又不作聲了，恨不得抽自個兒兩耳光，忙道：「三娘子，我隨口說說而已，二少爺不是那樣的人，不然當初就收了冬麥了。」

林依聽了這話，稍稍寬慰，但心裡還是默默朝張仲微身上加了「待查」二字。

青苗見她還是不怎麼高興，便捧了她最最在意的帳本來，道：「三娘子，第二批鵝又出欄了，妳快來算算帳。」

林依哪裡不曉得她心思，輕輕一笑，依言朝書桌邊坐了，撥起算盤。兩個月前，第一批鵝出欄，她把錢與張家二房送了去，隨後又養了第二批，總共一百五十隻，但因方氏尚在娘家，無人與她合夥，於是賺的都是自己的。

她撥著算盤，越撥越歡喜，真個兒將張仲微的事暫時忘卻，興致勃勃與青苗商議要再種幾畝苜蓿，多多養鵝。

正說著，冬麥來問：「三娘子第二回養的鵝賣掉了？」

林依點頭，笑道：「妳消息倒靈通。」

冬麥不好意思道：「二老爺叫我來問問，為何頭一回咱們有分紅，這回卻沒了？」

林依取了契紙來與她瞧，道：「二夫人在家時，只與我簽了那五十隻鵝，這回養時，沒得人來講，所以我一人把本錢出了。」

冬麥不識字，便討了那契紙，拿去與張梁看。張梁讀了一遍，果然如此，便喚來李舒商量，把那張契紙遞與她瞧，道：「養鵝極有賺頭，咱們還與林三娘合夥？」

李舒不把這幾個錢放在眼裡，便道：「咱們又不是沒本錢，養鵝作甚，不如去城裡買個店鋪。」

張家世代為農，張梁對行商有天生抵觸情緒，不大願意，正捋鬚想理由來反駁，忽然聽得院門口吵吵嚷嚷，走出去一看，原來是方家的幾個管事操著棍棒等傢伙在那裡鬧事。

任嬸是從方家出來的，忙上前招呼，將人領到張梁面前。張梁惱火道：「你們到我張家門首鬧什麼？」

領頭的方家管事道：「張二老爺，你太不厚道，方家娘子既與你和離，你就該將她當初的嫁妝還來，怎能只放人，卻強壓著陪嫁？」

女家先提出的，才叫和離，這同休夫並無實質區別，張梁一聽就火了，怒道：「胡說八道，我們何時和離過？」

領頭的方家管事道：「既是沒和離，你家二夫人在娘家都住了兩個多月了，怎還不見有人去接？」

張梁見他講話時臉上隱約有笑意，立時就明白過來，敢情這是逼他去接人呢。他一時間覺得面子抹不下來，哼了一聲，甩袖子就走。李舒在旁瞧著，本沒打算出聲，甄嬸卻進言道：「方家勢大，又拿捏著張八娘，二夫人決計不會輕易被休，既是如此，大少夫人何不賣她個人情？」

李舒想了想，覺得有理，便先抬手，叫堂屋前吵鬧的方家管事們稍安勿躁，隨後進屋，勸張梁道：「二老爺，方才你說的養鵝一事，我看可行，只是我沒做過這等事體，不曉得路數，不如你將二夫人接回來，還叫她管著。」

張梁意動，卻還是猶豫，道：「與她三分面子，她又要得意忘形了。」

怎麼勸他，李舒省得，但卻礙著兒媳的身分不好開得口，便走出去與甄嬸耳語幾句，甄嬸會意，與那幾個方家管事打商量：「我們二老爺，向來服軟不服硬，你們進去將二夫人如何知錯有悔意的話講幾句，他就肯接二夫人回來了。」

那幾個方家管事心想，只要能完成王氏交代的差事，怎麼說都成，於是圍到門口，七嘴八舌道：「二夫人知錯了……二夫人極想回來……二夫人想念二老爺……」

張梁聽到最後那句，老臉有些泛紅，忙打斷他們道：「既是知錯了，我就看在兒子們的分上，再與她個機會。」

李舒見他同意，便點了自己房裡的兩個媳婦子與兩個丫頭去接。既是李舒的人，見了方氏自然有話講：「老爺百般不情願，是大少夫人費了半日口舌，才說動了他。」

方氏平日不覺得，如今落難有人幫，才瞧出兒媳的好來，回到家中，雖未向李舒道謝，但比先前和顏悅色許多。

張梁端著老爺架子，教訓方氏道：「往後不得肆意行事，凡事須得先問過我。」

方氏才回來，哪敢講個不字，忙欠身應了。

張梁走後，方氏才朝椅子上坐了，大有劫後餘生之感。李舒待她倒如從前一樣恭敬，服侍她吃過茶，又主動將家中帳本奉還。

方氏雖感激李舒，但該做的一點不含糊，客套話都不講一句，就把帳本接了過來。但她只翻了幾頁，眉頭就皺了起來，問道：「怎麼只這一點子錢？」

張家如今只有六十畝地，本來就不富裕，加之她在方大頭那裡虧了二十貫，可不就只有這點錢。李舒應道：「兩位少爺帶走了盤纏，帳上的錢就去了大半，加上這兩個月的各項日用開銷，的確所剩不多。」

方氏嘀咕道：「還不是因為妳房裡的下人多……」

甄嬸聽不下去，插話道：「二夫人臨走時，大少夫人房裡的下人就是她自貼嫁妝錢養活的，並不曾花公帳上一文錢。」

方氏恨不得叫李舒將整個張家都養了，但她才得了李舒恩惠，這話不好意思講出口，便坐在那裡長吁短嘆：「帳上無錢，一大家子人要養活，這可怎生是好？」

李舒在方氏那裡連一句好話都聽不見，才不願意替她養家，便只出主意道：「二老爺想與林三娘合夥養鵝呢，聽說二夫人是與她合夥過的，不如還是照舊？」

方氏來了精神，忙將帳本又翻了幾頁，見養鵝那項的收益是二十四貫，除去一貫錢的本錢及所借的占城稻，還有二十貫出頭。她驚喜道：「養鵝竟這樣賺錢。」

李舒巴不得方氏自己能賺錢，好不眼熱她的嫁妝，忙慫恿她去尋林依，商談再次合作的事情。

方氏合了帳本，歡歡喜喜到得林依房裡，見她正在悠閒剪紙頑，不禁奇道：「三娘子沒去田裡照看？」

林依才聽說她回來，沒想到這樣快就見著，答道：「那幾個佃農都是做熟了的，不消我時刻盯著。」

方氏朝桌邊坐下，取了剪紙來瞧，稱讚幾聲手巧，道明來意：「我還與三娘子合夥養鵝呀？」

林依早料到她遲早要來，取出一張寫好的契紙，道：「我還是讓一成利與二夫人，本錢一人一半。」

方氏對此分法自然是滿意的，就接過契紙來瞧，見那上頭寫著她需出本錢二十貫，立時愣了：「怎麼這樣多？」
林依解釋道：「我瞧養鵝有賺頭，新添了七畝苜蓿地，鵝養多了，院子裡歇不下，就還在那近前搭建了兩間鵝舍。這二十貫裡頭，含有買地的錢與蓋鵝舍的費用。」
方氏不滿道：「買地的錢怎麼也要我出？」
青苗暗地裡白了她一眼，道：「二夫人，既是合夥，怎能只叫我們三娘子出地？先前那三畝苜蓿就沒算妳的錢，這回有十畝，可不能再讓我們三娘子一人出了。」
方氏講不出反駁的理由，又拿不出二十貫錢，猶豫道：「要不從分紅裡扣？」
青苗噗哧笑出來：「二夫人，哪有這個理？」
「怎麼不行？」方氏著起急來。
林依早就想好了對付她的辦法，忙道：「二夫人若暫時拿不出錢，何不先少合夥幾畝地？」
方氏見有解決之道，便問：「怎麼說？」
林依道：「還同先前一樣，合夥養五十隻，如何？」
方氏願意，卻又疑惑：「那妳剩下的幾畝地怎辦？」
林依笑道：「少不得我自己一人承擔了。」
方氏暗自驚訝，沒想到兩個月未見，林依財大氣粗起來，竟有能耐獨自承擔那許多的成本。她簽過五十隻鵝的契約，回去與李舒感嘆：「沒想到林三娘也有發財的一日。」
李舒不以為意，道：「二夫人言重，她不就多養了幾隻鵝，發什麼財。」
方氏嫌起她沒眼光，與她算帳，林依十畝苜蓿地，養了五百隻鵝，至少能賺三百多貫。
李舒猶道：「三百貫也算不得多。」
方氏恨道：「鵝不比豬，出欄快著呢，兩個多月就能賺一筆。」

年收入沒過萬貫，還是入不了李舒的眼，不過她懶得再與方氏辯駁，便道：「既是賺錢，二夫人與她合夥，也能掙不少。」

方氏遺憾道：「可惜我本錢不夠，只與她合養了五十隻。」

李舒問道：「若全部合養，二夫人須出本錢幾多？」

方氏見她有借本錢之意，大喜，忙道：「不多，二十貫。」

李舒就要答應下來，甄嬸卻在後面扯她衣裳，她只好住了嘴，另將些不鹹不淡的話來講。方氏失望，無精打采應了幾句，揮手叫她下去。

李舒回房，問甄嬸道：「二十貫值什麼，把給她討個歡喜又如何？」

甄嬸道：「大少夫人還瞧不出來？只要二夫人得意了，她就不許別個好過，還是叫她過得不如意，時不時挨下二老爺的訓斥才好。」

李舒一想，果然如此，方氏被趕回娘家的這兩個月，才是真愜意舒適的兩個月，於是就抿嘴笑了：「甄嬸，妳一把年紀，原來是個壞的。」

不多時，張梁自冬麥房裡出來，得知方氏只與林依合夥養了五十隻鵝，很是失望，道：「家裡的錢，已所剩無幾，稻子又還沒熟，剩下這幾個月，如何度日？」

方氏道：「我也想多養，但沒得本錢，奈何？」

為何沒得本錢，還不是因為方氏敗家，張梁瞪她道：「妳既當家，就要想辦法，總不能讓全家人餓肚子。」

方氏嘀咕道：「兒媳有錢，卻不肯拿出來。」

張梁可不敢向李舒討錢，叮囑方氏道：「兒子們在京城，還要仰仗李太守的關係，妳切莫得罪了兒媳。」

方氏才從娘家回來，還記得要收斂，便點頭應了，犯愁道：「這時節，哪裡去弄錢，真是急煞人。」

張梁恨她不爭氣，責罵道：「就妳只會花，不會掙，瞧瞧隔壁林三娘，孤身一人，只有一名丫頭相助，日子過得比咱們還紅火些。」

方氏低頭挨訓，聽著聽著，突然撫掌道：「我有一絕妙好計，立時能夠生財。」

張梁將信將疑：「妳能有什麼好主意，莫和先前那些事一樣，賠了夫人又折兵。」

方氏不接話，先奔回房中翻箱倒櫃，尋出一紙泛黃的婚約來，仔細將褶子撫平，拿來與張梁瞧，笑道：「就憑這個，咱們家每年能添千貫收益，或許還不止。」

張梁還是疑惑，方氏一項一項與他道來，林依的水田、林依的旱地、林依的豬圈、林依的鵝群……講著講著，眉飛色舞，唾沫橫飛，好似那些產業已是她張家的。

張梁亦心生驚喜，林依無依無靠一孤女，可比李舒好拿捏多了，叫她拿錢出來貼補家用，不怕她不肯。但他心裡還惦記著金姊那檔子事，擔憂道：「林三娘不是個良善的，她要進了咱們家門，又放跑我的妾，怎辦？」

金姊到底是誰放跑的，方氏再清楚不過，她心裡發虛，忙別過臉去，道：「陳年往事，還提它作甚。我看林三娘不錯，又會掙錢，又比伯臨媳婦懂事，不管養豬養鵝，都曉得分我幾股。」

貳之章　苦盡甘來結良緣

張梁心道，娶了林依進門，生計暫時不用愁，但養鵝到底不比種田穩妥，誰曉得會不會今年賺錢，明年就賠個精光，她又是個沒娘家的，依照「七出三不去」，只要娶進門就休不了，因此還是慎重考慮的好。

他將這考慮講與方氏聽，道：「還是再瞧瞧。」

方氏算計人的時候，腦子格外活絡，笑道：「我曉得養鵝養豬都是有賺有賠，不比種田，就算遭災，還有地在那裡跑不了，不過只要林三娘進了張家門，那些錢怎麼處置，還不是由咱們說了算，命她將養鵝賺的錢全換作水田，豈不美哉？」

張梁聽後大讚「妙極」，當即喚來任嬸，叫她去城裡請媒人，要與林依換草帖。

任嬸驚訝，悄聲問瞧熱鬧的楊嬸：「二夫人不是一貫主張退親的，怎麼突然變了性子？」

楊嬸撇嘴道：「以前林三娘精窮精窮，二夫人自然不願結親，如今她比張家還有錢些，二夫人能不想早些將她娶過來？」

任嬸悟了過來，這是方氏瞧著林依會賺錢，想娶她進門作搖錢樹呢。她深受張家敗落之苦，極樂意看到林依嫁過來，好改變張家境遇，於是樂顛顛地朝城裡去了。

楊嬸緊跟在任嬸後頭出院門，往舊屋去，到得林依房裡，告訴她道：「三娘子，二夫人準備娶妳進門，已使任嬸去城裡請媒人了。」

林依根本不相信，以為她玩笑，道：「二夫人只等著出孝後來退親哩，怎會主動來娶我？」

楊嬸指了指林依身上的新衣裳，笑道：「妳如今吃的穿的比張家強百倍，手裡又有田又有錢，二夫人自然願意娶妳。」

林依一想，張家的確是敗得差不多了，而她卻時時有進帳，方氏眼熱她錢財，因此轉了念頭，倒也不是不可能，但正主張仲微並不在家，如何能行事？

楊嬸聽了她疑惑，笑道：「妳忘了大少爺的親是怎麼成的了？二少爺只消回來拜堂便得，其他各色事項，根本不消有他在。」

林依差點忘了，這是大宋，不是幾千年後的現代，婚姻一事，向來只有父母做主的，哪有兒女插話的分。若張梁與方氏真想娶她做兒媳，只怕就算張仲微不在，他們也能抓隻公雞來與她把堂拜了。

她在這裡想事情，青苗已出去將消息打探清楚，回來道：「楊嬸沒聽錯，二夫人還真是想替二少爺娶三娘子。」她說完，見林依不作聲，道：「三娘子為何悶悶不樂，這是好事啊。」

楊嬸也道：「妳與二少爺青梅竹馬，嫁過去有甚不好？」

林依看了楊嬸一眼，道：「我心裡怎麼想的，妳不曉得？」

楊嬸道：「妳的心思我老早就知道，別說妳，就是我自己，都不願妳嫁進張家去受二夫人的氣。」

林依奇道：「那妳還勸我？」

楊嬸不好意思笑笑：「我是二少爺奶娘，自然偏他。」

青苗悄悄與她笑道：「三娘子願意的，只是害羞。」

林依可不是土生土長的北宋女子，聽見自家親事就臉紅，當即抬頭：「我不願意。」

楊嬸聽見這話，意欲相勸，但林依已起身朝楊氏房裡去了。楊氏照舊在佛前敲木魚，閉著眼念經文。流霞朝林依擺手，走到蒲團前俯身，輕聲稟報：「大夫人，林三娘來了。」

若換作別人來訪，楊氏是不會理睬的，唯有聽見林依來了，才擱了木魚，起身相見，問道：「三娘子有事？」

林依接過流霞捧上的茶，垂首不語，楊氏便曉得她有私密話講，將流霞遣退。

林依等到屋內只剩下她與楊氏兩人，才道：「我曾與大夫人提過退親一事，不知妳可還記得。」

楊氏問道：「妳當初要退親，是怕二夫人先提了，害妳失顏面，再尋不著好人家，是也不是？」

林依輕輕點頭，答了個「是」字。

楊氏笑道：「如今妳比二房更有錢，他們巴著妳還來不及，怎還會提退親一事，且放一萬個心。」

林依一怔：「大夫人真乃女中諸葛。」

楊氏問道：「怎講？」

林依將楊嬸帶來的消息講了，央道：「大夫人助我。」

楊氏不解：「好不容易等到二夫人打消了退親念頭，這是好事一樁，妳還消我怎麼助妳？」

林依道：「還同我上次與妳講的一樣，向張家二房提退親一事。」

楊氏吃驚，思忖一時，猜想林依是不願與方氏成為一家人，便將了些話出來勸她，與青苗講過的如出一轍——誰家沒得婆母，與其嫁個不知底細的，不如與方氏這樣的蠢人打交道，只怕還輕鬆些。

林依一面聽，一面搖頭。

楊氏問道：「妳還是不願意？」

林依仍舊搖頭：「也不是。」

楊氏見她沒斷然否決，心生幾分希望，又問：「那妳是願意了？」

林依道：「等二少爺回來再說。」

楊氏琢磨一時，明白了，林依曉得方氏絕不會同意退親一事，不過是藉此拖延時間罷了，只是為何非要等到張仲微回來，她疑惑不解，但林依始終不肯告知緣由，只得罷了。

因媒人已在路上，林依生怕張家今日就下草帖，便忙忙地催促楊氏朝新屋那邊去。楊氏應了，扶著流霞的手，去隔壁堂屋尋方氏。

方氏卻不在堂屋，而是躲在臥房裡翻翻找找，楊氏見門口並無看守，只得命流霞咳嗽了兩聲，叫她知曉。

方氏聽見聲響，抬起頭來，笑容滿面招呼：「什麼風把大嫂吹來了？」
楊氏心道，這可真是人逢喜事精神爽，她什麼時候對自己這般客氣過。因見兩只衣箱都被翻得亂七八糟，便問道：「弟妹這是在尋什麼？」
方氏笑道：「我記得伯臨成親時穿過的袍子還是新的，想翻出來漿洗漿洗。」
楊氏明知故問：「漿洗來與何人穿？」
方氏答道：「與仲微娶新婦，洗了來他穿。」
楊氏順著話道：「可是隔壁林三娘？」
方氏得意道：「正是，又能幹又溫順的一位小娘子。」
楊氏暗笑，這位溫順的小娘子正想與妳家退親哩。她將林依的意思講了，本以為方氏不是震怒，就是大吵大鬧。不料方氏跟沒聽見似的，仍蹲在地上翻袍子，頭都不抬一下。
楊氏很是驚訝，將話又重複了一遍：「弟妹，林三娘想退了這門親。」
方氏滿不在意揮手，道：「這事兒她說了不算，叫她等著換草帖吧，媒人轉眼就到了。」
楊氏本想好了一大篇說辭，但遇見這等不講理的人，能從哪裡講起？她一貫自詡口才不錯，沒想到在方氏面前，還未開口就已敗了，只得慚愧歸家，來見林依，道：「有負妳重託。」
林依聽她講了方氏態度，哭笑不得，回房愁道：「這可怎生是好。」
青苗道：「三娘子真想退親？我這裡倒有一法，正對二夫人的症。」
林依好奇問道：「妳有什麼法子？」
青苗卻要賣關子，只神祕一笑：「三娘子只管躲起來瞧熱鬧，對付二夫人，只有我這樣的招數管用。」
林依本想叮囑她不可胡來，轉念一想，要講行事無章程，誰人能比過方氏去，於是就閉了口，隨她去。

太陽落山前，任嬸領著媒人，路過舊屋院門口，青苗瞧見，忙推林依道：「三娘子趕緊躲起，瞧我行事。」

林依依她所言，到屋後藏了，只透過後窗瞧院內情形。

過了一時，先前經過的那媒人，撐著一把清涼傘，邊走邊瞧，來到林依房前，問道：「林三娘可是住在這裡？」

青苗守在門口，不答，朝地壩對面的流霞笑道：「這位大嫂有趣，五月的天兒就開始撐傘了。」

那媒人臉上抹了一層厚厚的粉，但還是瞧得出臉色變了，她將青苗上下打量一番，見她身上衣料不算太差，就將那口氣忍了，好聲好氣把問題重複一遍。

青苗見她無心鬥嘴，失了興致，答道：「林三娘走親戚去了，不知哪日才歸家呢，妳且先回吧。」

媒人聽了，探頭朝她身後望望，見屋裡確是無人，只得折返，埋怨方氏道：「張二夫人也不打聽清楚就火急火燎把我喚了來，那林三娘走親戚未歸呢，我向何人討要草帖去？」

方氏氣道：「哪個與妳胡謅的？林三娘乃是孤女，哪來的親戚？」

媒人這才曉得上了當，忙將青苗打扮描述一遍。方氏想了想，恨道：「那是林三娘跟前的丫頭青苗，這死妮子，竟敢壞我好事。」

媒人還沒討到賞錢，少不得要捧她幾句，便道：「張二夫人息怒，等妳將林小娘子娶進門，她的丫頭不就是妳的丫頭，揉圓搓扁還不是由著妳。」

方氏愛聽這話，立時就笑了，誇讚任嬸將媒人請得好。任嬸也盼著林依早些進張家門，便道：「媒人認不得人，這回我陪她一道去。」

方氏道：「正該如此，妳瞧見青苗那妮子，別忘了拍她幾下。」

任嬸想起青苗曾撲到她身上耍過潑，沒敢應聲，領著媒人朝舊屋去。

青苗料到張家二房還要派人來，正倚門站著，擠出滿臉愁容。

任嬸不曾留意她臉色，自顧自上前打招呼：「三娘子何在，我這裡有樁喜事與她講。」

青苗明知故問：「三娘子去了苜蓿地，並不在家，任嬸有什麼喜事，先同我講講？」

任嬸瞧她態度還算不錯，狐疑將媒人看了一眼，把換草帖一事講了，笑道：「妳說這是不是天大的喜事。」

青苗臉上笑比哭難看，道：「喜是喜，只怕三娘子這幾日太忙碌，騰不出空來理會這些。」

任嬸笑嗔：「我曉得三娘子家大業大，是比尋常人忙碌些，不過成親乃是終身大事，總還是要挪出些空閒打理的。」

青苗嘆道：「三娘子養的鵝遭了瘟，愁得跟什麼似的，若真賠一場，只怕要血本無歸。咱們就快連飯都吃不上了，她哪裡還有心思想成親的事。」

她說著說著，忽地又現出驚喜表情，拉了任嬸袖子道：「多虧任嬸提醒，差點忘了成親這碴，三娘子只要嫁進張家，還消愁吃喝？」說完跺腳又笑：「我真是愁傻了，這就與三娘子報喜去。」

林依竟是要虧錢了？怪不得張梁總說做什麼都不如種田可靠。任嬸心思急轉，聽青苗這口氣，林依是又要受窮了，既是如此，這門親還要不要結？她連忙拉住青苗道：「且讓林三娘安心料理鵝群得病一事，成親的事，咱們改日再說。」

她說完，拉起媒人，匆匆朝新屋趕。方氏見她這樣快就回來，料到事又未成，臉一沉，就要發火。任嬸忙道：「二夫人，聽說林三娘養鵝虧了本，正犯愁呢，咱們還是等一等？」

虧了？方氏愣了愣，突然一拍椅子扶手，叫了聲：「哎呀，我的鵝。」她惦記著與林依合夥養的那五十隻鵝，就暫把求親一事忘卻，也不管媒人賞錢未把，匆匆朝苜蓿地趕去。

媒人見正主跑了，便問任嬸要路費。任嬸翻了翻白眼，道：「妳同我是走來的，要什麼路費？」

媒人氣道：「虧得妳張家是大戶，住這樣大的屋，一點規矩都不懂，媒人上門，自然要把賞錢。」

任嬸嘆道：「罷呀，什麼大戶，六十畝地也算大戶？這屋還是我們大少夫人蓋的，二夫人哪有這能耐。」

媒人哪有興趣聽她講這些有的沒的，只顧扯她的袖子，討要賞錢。任嬸急道：「我一個下人，妳同我要什麼潑，想要錢，自尋主人要去。」

方氏去了苜蓿地，張梁在冬麥屋裡，無人敢去擾，哪裡尋個主人出來？那媒人是個下等戶，拿不到賞錢，就朝堂屋門檻上坐了，揚言道：「你們不把錢，我就到處去宣揚，看還有沒得人敢與妳家做媒。」

李舒在房裡聽見，忙問甄嬸出了什麼事，甄嬸卻將門掩起，道：「理他呢，一日不鬧不安生。」李舒如今只盼張伯臨早些回來，確是不大願意理些瑣事，聽她這般講，也就丟開不提。

媒人鬧了一陣，見無人理睬，只好離去，邊走邊罵罵咧咧，稱要將張家的小氣名聲四處去宣揚。

方氏到了苜蓿地，鵝群早已趕進了舍裡，張六媳婦在門口看守，說什麼也不許她進去。方氏只好朝鵝舍裡遠遠望了一眼，覺得那些鵝不像是得了瘟病的模樣，不禁狐疑：「真病了？別是蒙我吧？」

張六媳婦早得了指示，道：「這又不是什麼好事，騙妳作甚。」

方氏仍舊不大相信，非要衝進鵝舍裡去看，斥道：「我占了六成股，為何不能進去看。」

張六媳婦生得壯實，根本不消推她，朝中間一站，就把門堵得嚴嚴實實。方氏怎麼也擠不進去，著實無奈，只得罵幾句，威脅幾句，三步一回頭地走了。

她心裡有疑惑，想繼續探一探林依家底，便喚來任嬸吩咐：「林三娘的豬圈，今日輪到誰人值夜？」

任嬸道：「是我。」

方氏大喜，忙叫她去瞧瞧豬圈裡的豬，可長得肥，有無得病。任嬸真個兒就去瞧了，回報道：「十幾頭豬都是好好的，膘肥體壯。」又補充道：「菜地裡的菜蔬也生得好，我欲拔幾棵回來，無奈黑七郎看得緊。」

方氏罵她沒出息，只曉得盯著幾棵菜，道：「我看什麼鵝生瘟病，是青苗那妮子編出來的。」

任嬸道：「就算養鵝賠了本，她還有田，還有豬，將她娶進來，至少咱們餓不了肚子。」

方氏連連點頭，道：「不能再叫她養鵝來折騰，一點子錢全丟進去打了水漂怎辦，該儘早把她娶進門，教她將錢置田地。」

任嬸道：「那我明日再去尋媒人，上門提親？」

方氏瞪去一眼：「這還消問？」

第二日一早，任嬸就被方氏催著，進城去尋媒人，她起先尋的，仍是昨日那個，不料別個昨兒沒拿到賞錢，心裡有氣，不肯再來。任嬸心道媒人滿街走，捨了妳還怕找不到第二家？不料她走遍了眉山城，還真尋不出一個肯與張家做媒的人來，個個都稱：「張家小氣，路費都不把，去了虧本哩。」

任嬸深恨方氏不會做人，連帶著下人都受氣，她一路埋怨著回家，將情況報與方氏知曉，稱：「城中媒人都道咱們家不把賞錢，不肯來。」

方氏恨恨地罵：「勢利小人。」

別個是照著規矩討辛苦錢，怎麼就成了勢利？這道理連任嬸都想不明白，暗自撇嘴。她在城裡受了氣，愈發盼著林依早些進門，好改善張家生活，於是向方氏提議：「我就在村裡尋個媒婆來？」

方氏嫌棄村中媒婆上不得臺面，不願意，道：「沒得媒人就成不了事嗎，待我親自去與林三娘講。」

任嬸生怕她壞了事，忙攔住她道：「我的二夫人，妳是林三娘未來婆母，怎能去與她當面講這事兒，不怕別個害臊？」

方氏一想，確是如此，就停了腳步，問道：「依妳看如何？」

任嬸想了想，道：「楊嬸曾與別人做過幾樁媒的，算得半個媒婆，叫她去與林三娘講。」

方氏想到楊嬸與林依相厚，只怕還好講話些，於是讚道：「這主意極好，就是這樣。」說著喚來楊嬸，將事情交待下去，格外叮囑：「須得這趟就把草帖帶回來，免得夜長夢多。」

楊嬸瞧不慣她這副嘴臉，全然是看在張仲微的分上，尋到林依屋裡。青苗見是她來，身後又沒跟媒人，就請她進了屋，笑道：「楊嬸好些時候沒登咱們的門。」

楊嬸笑道：「妳們成日忙碌，我哪好意思來打擾。」

林依遞了張剪紙與她瞧，道：「妳還不曉得，我如今是甩手掌櫃了，每日只在房裡閒坐。」

楊嬸道：「就該如此，若要妳時時忙碌，還雇佃農做什麼。」說完又問：「二夫人上妳家提過親了？」

林依不答話，只含笑望青苗，青苗笑道：「是來過了，還沒見著三娘子的人，就叫我轟了出去。」

楊嬸看著林依嘆氣：「妳還是不願意？我與妳講句真心話，妳別嫌難聽——妳沒得娘家撐腰，就只能嫁二少爺那般的實誠人，若換個滑頭的，必定三兩年就榨乾妳陪嫁，再將妳當個妾丟到一邊。」

林依垂首不語，青苗接話道：「二少爺老實不假，可他那對爹娘，只怕就是衝著三娘子的嫁妝才肯娶她的。」

方氏的心思，楊嬸自然曉得，不禁躊躇起來，不好意思將提親的話講出口。還是林依瞧著她坐立不安，主動問詢，她才將方氏囑咐的事情講了。

林依聽說她是來提親的，直發愣，青苗也驚訝：「張家行的是哪門子規矩，提親不遣媒人，卻叫奶娘來。」

楊嬸苦笑道：「城中媒人嫌張家小氣不肯來，村裡的媒婆，二夫人又嫌上不了檯面。因我曾湊合過幾樁親事，算得了半個媒婆，這才遣我來了。」

青苗暗忖，林依再能幹再大方，自家親事卻是不好出頭的，少不得還要旁人相助，於是將林依拉至一旁耳語幾句。林依忍不住地笑：「反正我是要拖延時間，隨妳折騰去吧。」說完便裝作害羞，躲到了青苗房裡去。

北宋女子提及自身親事，都是要害羞躲起來，因此楊嬸見了她這般，倒覺得很正常，只問青苗道：「三娘子到底是什麼打算，嫁還是不嫁？」

青苗不慌不忙倒了盞茶水，遞到楊嬸面前，道：「嫁，自然要嫁，這門親事又退不脫，不嫁還能怎地？」

楊嬸大喜，瞧見書桌上有紙，便道：「那妳這就將草帖寫起，我帶回去交差。」

青苗當真走到書桌旁，加水磨墨，鋪紙提筆，寫了起來。她跟著林依這些時候，學了不少字，雖寫得歪歪扭扭，但好歹沒有大錯。楊嬸候了許久，才等到青苗寫完，接過來瞅了兩眼，覺得格式不對，但青苗一口咬定沒錯，楊嬸又認不得字，只得袖了那張紙，拿回去覆命。

方氏見楊嬸帶了張紙回來，大喜，連聲道：「快將草帖拿來我瞧。」

楊嬸將紙奉上，方氏接過一瞧，上頭雖寫得密密麻麻，卻並不是草帖，而是一張……條件書？

第一條：林依嫁入張家後，立時分家，單門另過。

第二條：林依所有陪嫁，張家不得以任何藉口動用。

第三條：林依嫁入張家後，一應吃穿用度，須由張家提供。

……

方氏才看了三條，已是七竅生煙，怒問：「這是誰人所寫？」

楊嬸不曉得上頭寫了什麼，茫然答道：「是青苗寫的。」

方氏將那張紙揉作一團，朝楊嬸頭上砸去：「無用奴婢，叫妳換草帖回來，妳拿的這是什麼？」

楊嬸被罵得莫名其妙，正要將那紙團撿起，拿去與識字的人瞧瞧，方氏卻猛地衝將過來，將紙奪去，怒氣沖沖地朝舊屋去了。

楊嬸生怕是她是去尋林依吵鬧，連忙拉過任嬸道：「妳在林三娘那裡拿過的賞錢不少，又還領著豬圈的工錢，可不能看著她遭殃，咱們且跟去勸一勸二夫人。」

任嬸點頭，看在賞錢的分上，同楊嬸緊追上去，一左一右將方氏夾在了中間。方氏還道她們是來與她壯聲勢的，將頭愈發揚高了些，她氣勢洶洶來到林依門前，卻見房門緊閉，並無一人在家。她滿腹氣惱，卻撲了個空，不免更火，左右看看，見流霞在近前，便拉過她問道：「青苗呢？」

流霞回道：「誰曉得，興許哪裡忙碌去了吧。」

方氏又問：「那林三娘呢？」

流霞不耐煩道：「我又不是替二夫人盯人的，哪裡曉得她去處。」

方氏見她這般不恭敬，欲教訓教訓她，楊嬸忙提醒道：「二夫人，她是大房的丫頭，可動不得。」

方氏只得將這口氣忍了，親自去尋。先到屋側菜地，黑七郎見了她就咬，嚇得她落荒而逃，豬圈也不敢去，只遣楊嬸去瞧了瞧，回報說無人，只好又去田間尋。田間佃農個個忙碌，又見張家窮了，看不起她，對她的提問愛理不理。方氏一路走，一路尋，一路受氣，直哀嘆虎落平陽被犬欺，待到她在苜蓿地裡尋到林依與青苗時，滿身的氣焰已消磨得所剩無幾，罵起青苗來也顯得有氣無力：「妳這妮子好不懂規矩，妳家三娘子要嫁人，妳卻攔在頭裡，難不成是想取而代之？」

青苗正在查看籬笆是否牢固，忙了一會兒才抬頭回話：「二夫人睜眼講瞎話，我何時攔過三娘子？

咱們草帖都寫好了，只等二夫人來取。」

方氏聽說草帖已寫好，又高興起來，忙問：「草帖在哪裡？我隨妳去取。」

青苗拍了拍手，走出苜蓿地，向方氏伸手討她寫的那張紙。方氏將已揉作一團的紙遞過去，青苗朝紙尾一掃，道：「二夫人還未簽字畫押，草帖給不得妳。」

方氏氣道：「妳這紙上一派胡言，還要我簽字畫押？再說哪有嫁人還向夫家提條件的，哪門子規矩？」

青苗將那張紙抖了抖，笑嘻嘻道：「二夫人既是不同意，那咱們就把親退了，妳再尋個講究規矩的人兒去。」

方氏噎住，青苗將她推入兩難境地。娶，就得同意紙上的「荒謬」條件；不娶，她心又不甘。正煩惱，任嬸悄聲道：「二夫人同個丫頭有什麼好講的，林三娘就在那邊，二夫人與正主講去呀。」

方氏醒悟過來，忙撇下青苗，穿過苜蓿地，到籬笆欄裡去尋林依。她大咧咧推開柵欄門，沒想到那群鵝比黑七郎還兇，見人就啄，她腿上吃痛，忙退了出來，隔著籬笆呲牙咧嘴道：「我曉得三娘子心裡是想嫁的，不然為何平白無故分我那些股份？全是青苗那妮子使壞，才叫我們起了隔閡，妳且將草帖取來，咱們早些把親事辦了。」

林依低頭不作聲，張六媳婦從旁道：「張二夫人，哪有與未嫁小娘子當面談親事的？妳不羞，她羞啊。」

方氏嘀咕道：「她又沒得父母，不與她本人談，同誰談去。」

此時青苗追了上來，拽方氏道：「條款我已列得清清楚楚，妳若照辦，就隨我去取草帖，若是不依，就趕緊回家去，莫要杵在這裡，又妨礙張六嫂子幹活兒，又與我們三娘子添堵。」

方氏哪裡肯走，不理睬她，只與林依囉嗦。青苗見了，便悄悄走去將柵欄門打開，又與張六媳婦使眼色，同她合力將鵝群趕了出來。

鵝群最是兇狠，見了生人就啄，叫聲震破耳朵，方氏招架不住，忙喚任、楊二位來救。楊嬸聽見她叫，就要上前，任嬸卻拉住她道：「我看林三娘是故意要整二夫人，我們拖延拖延，指不定就有賞錢。」

楊嬸正色道：「主人落難，身為下人怎能看熱鬧？」說著就衝上去，卻不近前，只在鵝群周邊打轉，大叫：「二夫人莫慌，我來救妳。」

任嬸瞧了一時，見她只嘴上起勁，腳步根本不挪，這才明白過來，笑罵她狡猾，也衝了上去，與她一齊掠陣。

可憐方氏一雙腿被啄到又紅又腫，卻不見有人來扶，最後還是林依自己起了憐憫之心，將鵝群趕進去，才使她逃脫出來。

任、楊二位上前將方氏扶了，連連感嘆：「鵝群太兇，我們想救二夫人，不但衝不進去，反被啄了好幾下。」

方氏疼痛難忍，只想著儘快離開，沒空去追究她們失職。回到家中，李舒接著，見了方氏腿上紅腫似蘿蔔，吃了一驚，忙遣任嬸去請遊醫。

方氏一面呼痛，一面大罵那群鵝。李舒心知有蹊蹺，問道：「鵝群好好的，怎會逃脫出來？」

方氏恨道：「是青苗那妮子使壞。」

李舒猜著幾分緣由，故意道：「她好大的膽子，且等我使人去揍她。」

方氏向來欺軟怕硬，青苗比她更兇，她反就膽怯了，躊躇道：「罷了，興許是那柵欄門沒栓好。」

任嬸請了遊醫回來，聽見這話，與楊嬸對視暗笑。她見屋裡有許多人服侍，便拉了楊嬸一把，一同退出來。楊嬸故意笑她：「二夫人腿傷了，正是妳獻殷勤的時候，妳怎麼不留在屋裡，反倒出來了？」

任嬸撇嘴道：「再獻殷勤又如何，連月錢都發不起。」說著挽起楊嬸胳膊，拽她朝外走，道：「三娘子也該回來了，咱們且討賞錢去。」

楊嬸無意要賞錢，但想與林依通消息，於是就隨她朝舊屋去。

林依果然已回來了，正站在臉盆架子前洗手洗臉。青苗站在門口，瞧見來人中有任嬸，還以為她們是來討要藥錢，便攔住她們去路，先發制人道：「二夫人方才踩爛了我家苜蓿地，還使幾隻鵝受了驚嚇，趕緊將錢賠來。」

楊嬸拍了她一下兒，笑道：「妳個鬼機靈，二夫人正怕著妳呢，壞話都不敢講一句，哪敢來討藥費。」

任嬸連連點頭，道：「咱們是偷著來的。」

青苗明白了，轉身進屋，與林依道：「外頭那兩位，準是討賞錢來了。」

林依笑道：「方才也多虧她們湊趣。」

青苗聽她如此講，便開了裝賞錢的盒子，數出一百文錢，想了想，又多拿了一百文，笑道：「尋常總是咱們吃虧，好容易盼到二夫人也落難，我多把幾個賞錢，以示慶賀。」說完見林依笑著揮手，便出去與任嬸楊嬸各一百文，笑道：「多謝二位相助。」

楊嬸將錢推回去，道：「我並不是為了賞錢。」

任嬸卻替她接了，直把她往回拽：「上個月月錢都未發，得一個算一個吧。」

二人拉拉扯扯，直到聽見新屋那邊有人喚，才急忙去了。

青苗瞧著她們出院門，回來與林依道：「幸虧她們來一趟，不然我還擔心二夫人要來訛藥錢。」

林依笑嗔：「別個的腿，確是被妳放鵝啄了，就算真來討藥錢，也算不得訛詐了。」

青苗曉得林依不是真責怪自己，笑道：「三娘子信不信，二夫人今日吃了一回虧，再不敢輕舉妄動。」

林依笑罵她道：「這是惡人自有惡人磨。」

青苗故意作了兇神惡煞狀，道：「只要對付得了她，做個惡人又何妨？」

隨後幾日，方氏在家養傷，無心再派人來提親，林依終於又得了幾日清閒，大呼還是青苗有法子。青苗得意洋洋，與之商定，以後只要方氏上門耍橫，就由她出面「招待」。

這幾日裡，新屋那邊陸續有消息傳來，張梁見了方氏腿上的傷，不但不心疼，反將她訓斥了幾句，責怪她連椿提親的小事都辦不好。張家處境本就窘迫，方氏這一傷，又是請遊醫，又是要塗藥，愈發捉襟見肘起來。

眼瞧著帳上沒了錢，方氏大急，只得使任嬸去向林依討藥費。這回沒用青苗出面，林依輕鬆回絕：「那鵝，就是我同二夫人合夥養的那群，二夫人是被自家鵝啄了，怎賴別人？」

方氏聽得回報，想上門去鬧，無奈腿疼走不動路，只得就近向李舒討她的嫁妝錢。李舒百般不願意，但家中無米下炊已成事實，總不能看著二老餓肚子，無奈之下，只得取了幾貫錢出來買米。

方氏傷好後，一是還記得疼，二是怕了青苗，行事竟收斂起來，見了林依，有說有笑，甚至有幾分巴結意味。林依雖曉得她只是變換了路數，但被人奉承著，總比找碴強，於是只要她不提親事，就還是笑臉相迎，與之敷衍客套一番。

七月，張仲微書信又至，信中稱，京城斷斷續續下了兩個月的大雨，終於停了，他與張伯臨兄弟二人，已見過歐陽翰林，呈遞了李簡夫的推薦信及文章，得到了歐陽翰林的賞識，目前二人正在積極準備參加九月份的舉人考試。

青苗聽說張仲微來信，與林依道：「二少爺這都第二封信了，三娘子又不是不會寫字，也回一封啊。」

林依道了聲「有理」，朝桌邊坐了，鋪紙磨墨，提筆寫信，講了她日子紅火，一切安好，卻對方氏提親一事隻字不提，更不曾問半句有關青蓮的話。

張仲微在東京收到信件時，正在寺中大殿借燈背書，他本以為是張梁家書，打開來看，卻是林依的信，喜得他合了書就跑，一頭扎進屋裡，準備點燈讀信。不料燈一亮，就照見床上有個人，他擎著燈座過去照了照，急道：「青蓮，妳怎麼又在我屋裡，不是賃了一間房與妳住的？」

青蓮身上的被子，鬆鬆蓋在胸前，圓滑細膩的肩頭裸露著，臉上神情，楚楚可憐，軟聲道：「那樣大屋子，僅我一人居住，我怕。」

張仲微不解道：「不是還有錦書？」

青蓮暗自笑話他老實，道：「錦書姊姊日日都宿在大少爺房裡，你不曉得？」

錦書夜鑽張伯臨房間，張仲微是見過幾次的，聞言臉就紅了。青蓮還道他意動，就要掀被子，然而張仲微最是嫌惡輕薄之人，喝道：「妳既羨慕錦書，不如同她一道去服侍大少爺。」

青蓮數次勾引不成，又羞又惱，小聲罵道：「哪個男人沒幾個屋裡人，就數你假正經。」

張仲微急著要瞧林依的信，懶得與她辯論，將門一拉，走出道：「我數十下，若妳還不出來，明兒就將妳賣了。」

青蓮曉得他礙著李簡夫面子，不會輕易賣自己，但也不願因此與主人交惡，於是急急忙忙套上衫兒裙兒，衣衫不整地衝出門去。

張仲微終於等到房中無人，連忙關門上栓，湊到燈前展信來讀。他見林依在信中稱她養鵝賺了不少錢，青苗也日漸能幹，打心底裡替她高興。但信中並未提及方氏，他不免猜測，是這二人關係和解，還是方氏愈發刁難，使得林依不願提起她？

他心裡惦記著林依，一時高興，一時擔憂，早把青蓮忘在了腦後。直到第二日張伯臨上門來問，才想起昨日是有丫頭在他房裡待過。張伯臨頗有些恨鐵不成鋼，問道：「如花似玉的美人兒，主動投懷送抱，你為何不要？」

張仲微滿腦子想的都是林依，隨口答道：「哥哥你若是喜歡，我叫她去你屋裡服侍。」

張伯臨搗了他一拳，道：「她昨晚已去過我屋裡了，你不曉得？」

張仲微吃了一驚，暗道，這青蓮果真是個孟浪的，看來留不得，於是與張伯臨商議：「我欲將她賣了，又恐李太守不喜，哥哥有沒得兩全的法子？」

張伯臨氣得直敲他的頭，罵道：「二小子，你何時才能開竅？」

張仲微被罵得一頭霧水，正琢磨這話的意思，忽聽得外頭有吵嚷聲，出去一看，原來是錦書在與青蓮拌嘴，前者戳了後者的額頭，罵道：「不要臉的騷蹄子，一個眼錯不見就爬上了大少爺的床。」

青蓮不甘示弱，反戳回去：「妳我一樣是個丫頭，妳爬得，我爬不得？」

張仲微聽明白了，敢情昨日青蓮夜闖張伯臨臥房，叫他大咧咧收用了。

張伯臨睡了兄弟的丫頭，到底有些不好意思，摸著鼻子道：「她說你瞧不上她，我這才勉強應了。你放心，改日我另送兩個好的與你。」

張仲微十分高興哥哥替自己解決了一大難題，歡喜道：「我本就想把她送你的，如此正好。我也不要什麼丫頭，添人添煩惱。」

張伯臨又恨起來，繼續敲他的頭：「你也不小了，就不想收個屋裡人？」

張仲微暗道，屋裡人有什麼好，張伯臨先前收個如玉就折騰得全家人仰馬翻，到如今血脈不得歸宗，父子不得相見，若他也學起來，豈不是自尋煩惱。這話他不敢講出來，只道：「九月裡就要考試了，我只想背書。」

這話是正經，張伯臨不好再說他，於是自走到另一邊，樂呵呵地瞧錦書和青蓮為他爭風吃醋。

張仲微見他不僅不勸架，還一副樂在其中的模樣，只拿頭搖，轉身進屋將門窗都關起，獨自背書。

九月，張伯臨與張仲微兄弟二人，俱順利通過了舉人考試。第二年正月，禮部複試，正是那位歐陽翰林任主考官，當時考試，實行糊名制，眾考官閱讀文章，並不知作者何人，但李簡夫的推薦在前，歐陽翰林又是早就見過二人文章的，因此沒翻幾篇，就將張伯臨與張仲微的文章找了出來。

這兩篇文章相比，歐陽翰林其實更愛張仲微，但考慮到張伯臨才是李簡夫女婿，於是取了張伯臨第二，張仲微位列第三，至於第一名，則是歐陽翰林自己的學生。

緊接著禮部複試，三月殿試，張伯臨與張仲微兄弟二人皆順利通過，兄弟二人同科進士及第，眾大臣待以國士之禮。

二人幾乎是一躍成名，張伯臨沾沾自喜，處事待人間，難免露出些傲慢情緒，張仲微卻認為自己乃是沾了哥哥岳丈李簡夫的光，仍舊小心翼翼做人，時時處處謹慎。

正當二人躊躇滿志，等待朝廷任命之時，眉州家書至，先祝賀他們金榜題名，再讓張仲微回鄉成親。張仲微喜不自禁，立時動手收拾行李，欲儘快返家。因路途遙遠，張伯臨不大願意回去，但又不忍叫兄弟獨自上路，只好將京城繁華暫且擱下，先與張仲微一同回家。

此時張家眾人皆已出孝，再無所禁忌，張家二房的新屋張燈結綵，一派熱鬧景象。張仲微七分興奮三分害羞，先與張梁方氏磕頭，待得張伯臨出去見李舒，才問雙親道：「多謝爹娘為我操心，成親的日子定了？」

方氏尷尬道：「草帖還未換呢。」

張仲微愣住，婚事的頭一道儀式都未成行，何言成親？

張梁將方氏斥責幾句，道：「妳做出的事，自個兒講。」

方氏催促之下，磨蹭著開了口，原來她見林依始終不肯交草帖，便想出個瞞天過海的法子，使人偽造了草帖定帖等一應文書，欲強搶林依過門，不料張家有許多人與林依通風報信，讓此事還未開始，就傳到了張棟耳裡，張棟豈會允許家中有這等事體發生，當即大發雷霆，將張梁夫妻二人訓斥了一通。

方氏挨罵已是家常便飯，這本也沒什麼，但林依卻因搶親一事大為光火，張家再去提親時，就叫她使人罵了出來，因此成親一事擱著直到現在。

張仲微非常震驚，忍不住責問道：「娘，妳可是書香門第出身，怎會想到去搶親？沒得草帖與定帖，就是對妻執妾禮，叫三娘子蒙羞不說，還有礙張家聲譽。」

張伯臨攙著李舒走到門口聽見，也忍不住出聲：「這若被人告個逼良為妾，怎生是好？」

方氏早已明白了此事的嚴重性，但在兒子們面前，仍舊嘴硬：「我不過是想想罷了，又沒動手，不曉得是哪個多嘴多舌的下人，將消息傳到了林三娘那裡去。」

張仲微聽說此事並不曾真動作，鬆了一口氣，問道：「既是連草帖都不曾換，又張燈結綵做什麼？」

張梁與方氏都笑了：「我兒高中進士及第，自然要佈置得喜慶些。」

原來是張仲微會錯了意，不免臉紅，但方氏緊接著又道：「林三娘曾講過，親事要等你回來再說，如今你既已歸來，不妨去見見她，說不準她一見你如今出息模樣就肯了。等到她一點頭，咱們就辦喜事，滿院的燈籠彩紙，都是現成的。」

張梁笑道：「仲微如今是進士，轉眼就是個官，林三娘再不肯，顯見就是傻了。」

李舒在旁聽得嘖嘖稱奇，方氏一向勢利，如今張仲微中了進士，還道她又要瞧不起林依，轉去尋官宦小娘子，哪曾想她還是一門心思要求娶林三娘。

她哪裡曉得，方氏最不待見官宦家的小娘子，覺得官宦出身的兒媳不好拿捏，不然當初也不會反對張伯臨娶李舒。

張仲微遵照方氏吩咐，出得門來，喜孜孜地去尋林依，瞧見了她那幾十畝苜蓿地、一群一群的白鵝，由衷讚道：「我雖能讀幾頁書，卻不及三娘子會過日子。」

青苗搶先瞧見了他，卻沒得好顏色，趕他道：「你娘派你來搶親了？」

林依喝住她道：「二夫人是怎樣的人妳不曉得？與二少爺什麼相干。」

張仲微見她沒有遷怒，心下感激，道：「我是不知此事，若知道，絕不會由著我娘胡來。」

林依如今小有資產，鵝群漲了一倍，水田多了三十畝，手下佃農多過張家下人，所謂錢多氣壯，她現下根本不把落魄的方氏放在眼裡，於是只一笑，並不多提，又先恭賀他進士及第，再將些京城景色、京城故事來問他。

張仲微老實依舊，問景色就答景色，問故事就答故事，林依終於忍不住將埋在心裡快一年的疙瘩問出：「你一人回來的？不是收了個丫頭名喚青蓮嗎？」

張仲微話語裡帶了歉意，道：「我瞧那丫頭的名兒是青字打頭，正與妳家青苗相稱，於是想帶回來供妳使喚，不料她……她……」

林依的一顆心，立時沉了下去，咬牙問道：「收房了？」

張仲微點頭，正要回答，林依已將手裡拎著的一根竹竿掄起，狠朝他右邊腿上掃來，怒罵：「我日等夜等，受你娘的閒氣，都沒真起退親的心，就是還念著你忠厚老實，心道只要你人好，事事都能挺過去，哪曉得等來等去，卻等來個負心漢。」

張仲微心知她誤會，忙道：「不是……我不是負心漢……」

林依氣憤莫名，在土生土長的北宋人眼裡，婚前收個通房自然算不得負心漢，但她卻覺得自己受了莫大的委屈，心發痛，眼發酸，忍不住哭了出來，繼續罵道：「你給我滾。」

張仲微見她落淚，慌了，連忙上前以袖拭淚，解釋道：「青蓮是被收房了，但卻不是我，而是我哥哥。」

林依還道這是藉口，道：「既然不是你，方才為何吞吞吐吐？」

張仲微撓了撓頭，道：「那丫頭深更半夜自己爬到了我哥哥床上去，講出來羞人。」

林依聽著聽著，覺著蹊蹺：「你的丫頭怎會到大少爺屋裡去？」

張仲微怕她還哭，忙將事情始末一五一十講了，連青蓮鑽進他被窩的細節都沒漏掉，講完一攤手：「全講與妳聽了，可別再哭了。」

林依這才曉得自己是真誤會了他，登時臉紅似個蘋果，羞羞答答問道：「你腿疼不疼？」

張仲微這才想起自己腿上是挨了一下兒的，馬上蹲地抱腿，叫道：「哎喲，疼，只怕是青了。」

林依著慌，正欲蹲下撫慰，忽地瞧見他抱的是左腿，忍不住又笑又罵：「我打的是右腿，怎麼疼到左邊去了？」

張仲微聽見，毫不臉紅，連忙換了另一條腿抱了，繼續叫「哎喲」。林依哭笑不得，只得蹲下，好生道歉，軟語安慰。

張仲微先笑嘻嘻地盯著她瞧了一時，突然道：「青蓮被哥哥收去倒也好，免得我身邊有個李太守的人，束手束腳。」

他竟是懂的！林依驚訝無比，問道：「那你還收？」

張仲微道：「我有什麼能耐自個兒清楚，單憑文章，決計取不了第三名，全是仰仗李太守，既受了他的恩，怎能拒收他送的丫頭，不然豈不是不與人臉面？」

林依見他有主見，很是欣喜，心道，原來他雖老實，卻還不笨，於是問道：「那你今後有何打算？」

張仲微見她關心，便講了些科考為官的事體，大宋及第即命以官，因此走上仕途已是鐵板釘釘的事，只等朝廷任命授官。他一面講，一面尋思，該如何與林依提成親一事，但思來想去，還是覺得派個媒人來講才算鄭重，於是直到兩人分別，也沒提及正題。

張家二房兩名兒子同登科，震驚鄉里，到了下午，來道賀的人來來往往，好不熱鬧。楊氏站在舊屋院門口瞧了一時，回去與張棟感嘆：「好事都在別人家。」

張棟安慰她道：「那也不是別人，咱們嫡親的侄兒呢。」

楊氏看了他一眼，道：「侄兒再親，怎親得過兒子？」

張棟沒作聲，朝窗前站了，聽隔壁院落此起彼伏的道賀聲，臉上不免顯出羨慕神情。楊氏在他身旁，似是自言自語：「年近半百，膝下無子，老來沒得依靠，不如過繼個兒子來養老。」

在大宋，將近五十歲的人實在稱得上是老翁了，張棟明白，這過繼的提議實是有理，但他卻不願服老，心道，待得債務還清，進京謀項官職，再納幾個美妾……正想著，楊氏的話打斷他思緒：「官人，我瞧仲微那孩子甚好，不如趁他在家，過繼了來。」

張棟正想著納妾，忽聞此語，就有些不高興，道：「過繼侄兒，哪有自己親生的好。」

楊氏笑道：「仲微可是新晉進士及第，轉眼就是個官，有個這樣的兒子，你面上多有光彩。」說著又朝張棟耳邊附了，低語幾句，稱過繼與他自己生兒子，根本不相妨礙，待得入京，照樣與他納妾。

張棟猶豫道：「若過繼後又有了親兒，怎辦？」

楊氏嗔道：「父老兒幼，就算有了么兒，也少不得需要兄長扶持，不過是將來家產分去一半罷了——咱們如今一身的債，哪來的家產與別個惦記？」

張棟心動，琢磨一時，又輾轉反側想了一夜，第二日真去了二房新屋，將過繼的事提了。張梁聽後，倒是願意的，一是覺得張仲微過繼到大房並不吃虧，二來還念及些兄弟情，於是就先口頭應了。

但方氏得知此事，卻堅決不允，她正想著迎娶林依進門呢，怎能眼睜睜瞧著她的豐厚陪嫁抬到別人家去？於是便與張梁大吵一架，道：「若真心想過繼，先前怎不見提起，如今見仲微有了出息就惦記上了。」

張梁也猜到張棟想過繼張仲微，多半是瞧上了那進士身分，但嘴上仍替兄長辯護：「先前在孝中，怎好提過繼的事，如今他們要進京，所以想先把過繼的事辦了。」

提起進京，方氏想起大房一家的債務尚未還清，被債主牽絆，這才遲遲未動身，她一想到林依的陪嫁，恐怕要拿去填補大房的虧空，更是肉疼起來，說什麼也不許張仲微過繼。

張梁耐著性子勸她道：「仲微就算到了大房，也還是妳親生的兒，怕什麼？」

方氏吐露了真言，道：「林三娘的陪嫁……」

張梁打斷她道：「伯臨轉眼就要出仕，還怕沒得錢拿來養家？」

在方氏心裡，兒子的錢與兒媳的錢是不一樣的，於是不肯聽，仍舊哭鬧。

張梁不免疑惑，方氏當初嫁進來時，也算是知書達理的小娘子，怎麼幾十年過去，渾然變作一名潑婦？

家族過繼這種事，只要還有當家男人在，婦人就插不上嘴，張梁肯徵求方氏意見，已是與了她臉面，如今見她給臉不要臉，就冷了下來，自去使人請張棟，來商議過繼諸項事宜。

方氏眼瞧著過繼一事成了定局，沮喪之餘，又想著與張仲微多爭些好處來，跑去與張棟道：「若大哥今後有了親兒，家產也得分與仲微一半。」

張棟既作出過繼決定，自然是捨得家產，於是將這條寫進了過繼文書裡。

過繼同成親一樣，兒女向來是沒得話語權的，張家兩房在堂上議得熱鬧，張仲微卻被蒙在鼓裡，直到事情商定，張梁喚他去磕頭時，才曉得從今以後，自己換了個家。

他渾渾噩噩自堂屋出來，碰見張伯臨，怔怔道：「哥哥，爹娘竟把我過繼給了大伯家。」

張伯臨也是一驚，但旋即鎮定下來，拍著他肩膀勸慰道：「一樣是姓張，什麼要緊，再說大伯膝下無兒，是該有人去侍奉，這也是孝道。」

大道理，張仲微明白，只是張梁與方氏事先不曾來知會他，讓他有種被拋棄的感覺，心裡不免難過，蔫蔫應了一聲，扎進了房裡。

堂上，張棟與張梁將文書簽訂，回去遞與楊氏瞧，道：「這幾年，妳時時不忘過繼，今兒可如了妳的願了。」

楊氏一笑，命流霞將文書收起，又親自出去收拾空房，預備張仲微來住。林依聽見外面有動靜，遂遣青苗出去打聽。片刻，青苗回報：「三娘子，二少爺過繼給大房了。」

這消息太過突兀，林依愣了愣才反應過來，且還是不相信，方氏惦記著她的嫁妝呢，怎會捨得把張仲微過繼與別人。

青苗道：「文書簽了，頭也磕了，當堂就改口喚了大老爺作父親，這還能有假？」

林依驚訝道：「二夫人願意？」

青苗笑道：「自然是不願意的，哭鬧耍潑，十八般武藝都使出來了，卻無奈二老爺根本不聽她的。」說完撫掌：「這下可好，三娘子就算嫁與二少爺，也不消天天見著二夫人那張臉。」

青苗提及婚事，林依仔細回憶一番，終於明白了楊氏為何總照顧她，還不惜得罪方氏替她出頭，原來是早就算計好了要過繼張仲微，於是提前將她當作了自家人。

青苗聽了她的分析，不禁愕然：「原來過繼的事，大夫人幾年前就開始打算了，這份城府，誰人能及？那若是大夫人來提親，三娘子嫁是不嫁？」

林依笑了，她才剛考查過張仲微，結果十分滿意，至於未來的婆母，小心應付就是了，再說她如今家底頗豐，就算嫁去大房，也要叫人高看一眼，實在沒什麼好擔心的。

晚上，張仲微搬了過來，先去拜見新父母，楊氏見他神情略顯沮喪，想引他高興，便問他道：「明日我請媒人來，去向林家提親，如何？」

張仲微聽了這話，臉上果然就顯了笑容，起身施了一禮，答道：「但憑娘作主。」

張棟待他走後，與楊氏道：「這孩子太過兒女情長，不好。」

楊氏不以為然，難道天下男人非要個個薄情寡義才好？

第二日，媒人到，聽過楊氏吩咐，去向林依提親。林依一直拖著不交草帖，就是想看看張仲微如何處理青蓮一事，如今舉動讓她滿意，自然就肯嫁了，爽快填了草帖，交與媒氏。

既是兩家相願，行事就快了許多，憑著媒人往來，很快交換了定帖。這日，媒人送了定禮來，金瓶酒四樽、山羊一雙，另還有幾隻繪了五男二女的木盒子。林依雖能幹，卻未經歷過婚禮，不知如何回定，忙命青苗請了楊嬸來，請教她如何行事。

楊嬸掀蓋兒翻看，見裡頭有幾樣珠翠與首飾，還有緞匹茶餅等物，驚道：「大房是照著官宦家規矩備的定禮，比二房求娶大少夫人時可豐厚多了。」

林依奇道：「大房欠債還未還清，哪裡來的錢。」

楊嬸道：「想必是借的。」

青苗抱怨道：「借錢辦定禮，到時還得三娘子去還，好沒意思。」

楊嬸笑道：「妳這妮子，別個還沒開口叫三娘子還呢，妳倒把話講在了前頭。再說定禮多寡，乃是三娘子臉面，大房寧願借錢，也要與她長臉，這不是好事？」

青苗聽了這話，就歡喜起來，忙道：「還是大房好，若換作二房，決計想不到這裡。」

林依見大房曉得與自己臉面，突然就覺得楊氏比方氏好上百倍，暗道，果然懂規矩講道理的人辦事，就是很強些。她感念張家大房，就請教過楊嬸，把回定禮備得厚厚的，免得真叫他們虧空。

不過感動歸感動，該留的心眼兒一個沒少，之前的草帖定帖，凡是需要列出陪嫁妝奩的地方，林依都只將自家財產填了一半，如今大房行事貼心，她也未改初衷。

青苗對此舉十分不解，問道：「三娘子人都去了張家，財物能不去？等妳出嫁，這戶就沒人了，留下一半家產，寫在誰人名下？」

林依道：「既是門戶無人，錢財田地，自然是要一併帶去張家的。」

青苗更加疑惑，追問：「既然都帶去，為何不寫在嫁妝單子上？」

林依是想瞞下財產，才如此行事，那些水田、苜蓿地還有鵝群，比不得死錢，極好隱匿起來，以防進了張家門，有人惦記。她對青苗耳語幾句，叫她明白過來，又叮囑道：「不許講與他人知曉。」

青苗瞧了瞧那幾樣豐厚的定禮，覺得林依擔心太過，但凡事留一手總是好的，於是連連點頭。

張家大房大概想趕著把媳婦迎進門，好不耽誤張仲微進京領官，因此半個月未到，財禮又至，先是幾樣首飾，但因家貧，置不起金的，便全用銀鍍的代替，另外還有一頂珠翠團冠、四時髻花、彩緞匹帛等物，一應規格，全是比照官宦人家。

方氏站在門首瞧隔壁，想到這份熱鬧本該屬於她二房家，就再也忍不住，搭了任嬸的胳膊，也擺出幾分氣派來，慢慢走到林依房裡去，將那幾樣財禮瞧了瞧，又拿起首飾細看，故意問任嬸：「是我眼神不好？這釧兒怎麼瞧著不像是金的？」

青苗嗤道：「妳家恐怕連銀的也拿不出來。」

林依看在張仲微面兒上，不想與方氏爭執，於是斥了青苗幾句，上前請方氏坐下吃茶。方氏不肯坐，只在財禮間穿梭，翻翻撿撿，一時嫌彩緞成色不好，一時嫌髻花顏色老氣。林依實在受不了她這副德性，忙去桌角的黃銅小罐裡摸出幾個錢，悄悄塞進任嬸手裡。

任嬸覺出手裡多了貨，嘴角就朝上勾了勾，走到方氏身旁道：「二夫人，這官宦人家就是同咱們布衣百姓不一樣，連送個財禮都是有講究的。」
方氏不以為然，問道：「哪裡講究了，我怎麼沒瞧出來？」
任嬸指了那頂珠翠團冠道：「尋常人家，誰會送這個，送了也沒處戴去。」
方氏活到這把年紀，也沒戴過頭冠，聽了這話，又是尷尬，又是嫉妒，嘀咕道：「借錢充面子，誰人不會？」
任嬸最是知曉方氏脾性，聽見這口氣，就曉得她有了去意，忙將她胳膊攙了，連扶帶拽出門去。
青苗瞧著她們遠去，回頭向林依道：「二夫人雖討人厭，方才那話卻沒講錯，張家大房真是打腫了臉充胖子，這幾樣財禮可是不便宜。」
林依無數次憧憬婚禮情形，見了那些閃閃亮的物事，只有高興的，根本沒想起計算價錢，聞言瞪了她一眼，嗔道：「一輩子就這一回，能不奢侈些，我看大夫人倒是深知我意。」
青苗欲笑話她還沒進門就先偏了婆母，又怕她害臊，只得躲出去笑了一氣，才重新進來幫她準備各色回禮。
因張家大房鄭重，林依也不敢怠慢，帶著青苗進城，挑了兩匹綠紫羅、成雙成對的金玉文房玩具，又添了幾樣自己平日裡做的女紅活計，送去張家大房作回禮。
迎親前三天，張家大房遣媒人到林家，帶了催妝花髻、銷金蓋頭、花扇、花粉盒、畫彩線果等物來催妝。媒人就來自眉山城，極少見過銷金蓋頭，連聲稱讚林依有福氣，嫁了個官宦人家。
林依笑著聽了，照著規矩將緞匹、盤盞、花紅禮盒等奉上，作為媒氏謝禮。那媒人何曾收過這樣大禮，笑得眼睛瞇作一條線。
青苗又捧了羅花襆頭、綠袍、靴笏等物出來，交與媒人，作為女家回禮。
成親諸項事，行進至此，皆是順順當當，但到了成親頭一日，林依卻犯了難。依照大宋風俗，這日須得「鋪房」，男家準備床席桌椅，女家備被褥幔帳，並使親人去男家鋪設房奩器具，擺珠寶首飾。這些物事，林依早就準備停當，但她無父無母，族親又早已沒有來往，該遣誰人去合適？她屋裡雖有個青苗，但畢竟是下人，作不得數，因此極為頭疼。

最後還是楊氏知曉她難處，悄悄幫她尋了個同姓的媳婦子，把了幾個錢，假充作娘家親眷，這才將鋪房混了過去。

鋪房亦是女家誇耀嫁妝的時間，妝奩就擺在地壩上，任人觀賞，林依家人丁雖稀少，陪嫁卻十分看得，引來無數人瞧熱鬧，有的豔羨，有的佩服。方氏也擠在人群中，又是嫉妒，又是不甘，與左右人等講些酸溜溜不著調的話。

站在她身旁的人，好幾個都佃了林依的田，或是養了林依的鵝，聞言就打抱不平，七嘴八舌道：「這是妳侄媳，嫁的又是妳親兒，妳怎就是瞧不過眼？」不等方氏辯駁，張六媳婦又道：「妳家伯臨媳婦，嫁妝比這還多，妳眼熱林三娘做什麼。」

方氏聽了這話，竟嘆起氣來，道：「我也曉得伯臨媳婦有錢，可她的田她的屋遠在雅州，我竟是從來沒瞧見過，哪比得林三娘的產業就在近前，日日看得見。」說完又抱怨大房搶了他的兒，害她失了位好兒媳。

李舒自嫁到張家，深居簡出，許多鄉親不大認得她，因此不好接這話，紛紛住了口。

錦書與青蓮兩個也在人群裡瞧熱鬧，她二人雖不對盤，但都出自李家，對李舒極為忠心，聽見方氏抱怨的言語，齊齊出聲，一個稱她是想謀奪李舒嫁妝，一個就道要趕緊回去報與李舒知曉，免得受了賊人暗算。

方氏自家中敗落以來，受的閒氣不少，如今見兒子屋裡的兩個通房丫頭都不拿她當回事，氣惱非比尋常，當即上前一手抓了一個，喚任嬸，又喚楊嬸，宣稱要賣了她們倆。

眾人見她們吵鬧得有趣，紛紛扭轉了頭，倒將林依嫁妝丟到了一旁。

張仲微明日就要成親，今日乃是鋪房的喜慶日子，自家親娘不幫著張羅也就罷了，還跑來添亂，饒是他再孝順，也有幾分抱怨，因此並不去勸架，而是跑到新屋尋張伯臨，道：「哥哥，把你的妾領回去，莫要攪了林家鋪房。」

張伯臨不明所以，跟著他去一瞧，才知是方氏嚷嚷著要賣他的通房丫頭，他連忙上前，與楊嬸兩個一左一右將她架了，道：「娘，妳要賣丫頭，咱們回去再賣。」二人連拖帶拽，好不容易將方氏勸了出去，圍觀人群見他們離去，竟呼啦啦跟到隔壁，繼續瞧熱鬧去了。

張仲微看著突然空蕩下來的地壩，聽著隔壁傳來的吵鬧聲，又是無奈，又是哭笑不得，忽一轉身，瞧見窗後林依笑臉，忽然就什麼煩惱都忘卻了。

第二日，林依早起，由城裡請來的一位梳頭娘子，幫她勻粉描眉，點唇插釵，畫了個漂亮妝容。因楊氏是東京人士，頗為講究，林依還在梳妝，外面樂官就已在作樂催妝。林依聽見，著起急來，連連催促，梳頭娘子一面與她描眉，一面笑道：「這是討利市錢呢，三娘子莫急。」

林依臉上一紅，忙命青苗出去，遍撒利市錢。

過了一時，有克擇官在外報時辰，茶酒司儀互念詩詞，促請新人出屋登花簷。

梳頭娘子側耳聽了一時，笑道：「三娘子要嫁的這戶人家，行的乃是城裡的規矩呢，在這鄉間，可是少見。」

待得林依登上花簷子，卻不立時起步，而是有人在外念道：高樓珠簾掛玉鉤，香車寶馬到門頭。花紅利市多多賞，富貴榮華過百秋。

果然是城裡人的行事規矩，林依也見過村中人娶婦，但並無聽過這樣念詩的，忙隔著花簷子小聲問媒人：「這也是要撒利市錢？」

媒人低聲作了肯定答覆，青苗就又去取錢，道：「還真是城裡的規矩，尋常鄉下人，哪來這許多錢撒。」

林依想著千年後的婚禮，迎親的紅包大都是由男方給的，原來大宋也有這樣的風俗，只不過換作了女方來給。

方氏站在院門口瞧熱鬧，見青苗四處塞錢，心疼道：「這是行的哪門子規矩，成個親，這般漫撒。」

李三媳婦笑話她道：「又不是使妳的錢，妳這也操心太過。」

方氏暗道，這些錢將來都是張仲微的，林依這裡多花一個，她兒子就少一個。她越想越難過，恨不得衝上去將青苗的手按住，幸好還留有一絲清明在，未把這出格的事體真做出來，不然可就是貽笑大方了。

她雖沒膽子動手，但嘴上還是要抱怨幾句的：「不過成親而已，這般鋪張做什麼。」

李舒在旁聽了，暗恨，哪名女子不盼著自家婚禮能隆重些，就是窮人家的女兒，借錢也要坐回花簷子，擺兩桌酒席呢。她想起自身，富貴人家的小娘子，陪嫁無數，從人無數，卻因方氏不講究規矩，落得婚禮儀式殘缺，成為終身憾事。當時她才進張家門，面兒上雖裝作賢慧不在意，其實心底裡哪有不抱怨的，此時見了方氏仍舊這副德性，更是將她暗罵了無數遍。

樂聲中，迎親的隊伍拿足了利市錢，喜笑顏開地抬起花簷子，依照楊氏先前的吩咐，繞村一整整一周，才重回張家舊屋門首。迎娶的人先到一步，這回換作向男家討要利市錢，旁邊還有人吟誦攔門詩，以推波助瀾：攔門禮物多為貴，豈比尋常市道交。十萬纏腰應滿足，三千五索莫輕拋。

而後有男家人答攔門詩，卻是張伯臨助興：從來君子不懷金，此意追尋意轉深。欲望諸親聊闊略，勿煩介紹久勞心。

林依心裡本有些緊張，但見外面熱鬧，無人來管她，就放鬆下來，側耳聽那攔門詩，正聽得入神，忽然簷簾被掀開，媒人捧著一碗飯，叫道：「小娘子，開口接飯。」

林依忙張口，將那團飯吞了，意即吃了夫家飯，從此成夫家人。青苗上前扶她下花簷子，踏上青氈蓆，先跨馬鞍，後邁草，再邁秤，直至一間懸了帳子的正房稍事休息，名曰「坐虛帳」。

此時張家大房備酒，招待幾名充作女家親眷的媳婦子，「親送客」吃完三盞酒，照著規矩急急忙忙退走，稱之「走送」。

隨後才是這場婚禮最關鍵最有趣的時刻，堂屋置了一馬鞍，張仲微坐上去飲過三杯酒，張六媳婦充作女家親眷，請他下馬鞍，如此連請三次，才能把他請下來，叫作「上高坐」。

張仲微不知是興奮，還是因為酒勁，一張臉紅光滿面，倒比平日裡多添幾分精神。方氏在旁瞧得興致索然，直道沒什麼意思，李舒卻是懂得這規矩，凡成親，只有女婿上高坐，才稱得起是最隆重的儀式，若誰家不設此禮，則會被男女賓客視為闕禮。方氏聽她講了，不以為然：「鄉下成親，全無此規矩，難不成都是闕禮？」

李舒與她講不通，又怕她吵嚷起來，壞了大房好事，只得閉嘴不語，離她遠了幾步。

團圓今夕色光輝，結了同心翠帶垂。此後莫教塵點染，他年長照歲寒姿。

行完坐鞍禮，禮官請兩位新人出房，教張仲微使一條紅緞同心結將林依牽了，前者倒行，後者慢隨，二人「牽巾」重回堂上，雙雙並立，請位雙全親戚拿秤挑開林依蓋頭。

林依容顏，平素眾人都有見到，但今日瞧了她盛裝，仍讚了聲好樣貌。

張仲微聽見讚揚聲，忍不住偷眼朝旁邊瞧去，卻正好對上林依眼神，二人都是勾唇一笑，林依垂下頭去，張仲微卻把臉更揚高了些。

隨後二人參拜諸親戚，走到方氏面前時，喚了聲嬸娘。張仲微叫得彆扭，方氏聽得心酸，今日明明該她坐在主座上，聽兩位新人喚一聲娘，卻沒想到便宜了楊氏去。她恨恨朝堂上望過去，就沒留意手下，叫林依遞過的茶灑了一點子，錦書在旁嘀咕：「那時接大少夫人的茶時，手也是不穩，該請個遊醫來瞧瞧。」

她聲量極低，卻還是被方氏聽見，欲發火，卻被張梁一個凌厲眼神止住，只得將錦書狠瞪幾眼，留待回家再算帳。

她在這裡與錦書瞪眼，那邊已是禮畢，兩位新人準備進新房，這回換作林依倒行，仍用那條同心結，牽引著張仲微，慢慢走去房裡，行夫婦交拜之禮。

交拜禮畢，儀式還不算完，緊接著禮官來撒帳，用盤盛了金銀錢與雜果，按著東、西、南、北、上、中、下、前、後等方位，朝房內撒擲，一面撒，一面不斷吟喜詞：竊以滿堂歡洽，正鵲橋仙下降之辰；夜半樂濃，乃風流子佳期之夕。幾歲相思會，今日喜相逢。天仙子初下瑤台，虞美人乍歸香閣。訴衷情而雙心款密，合歡帶而兩意綢繆……

林依與張仲微面對面坐著，聽那喜詞，前面一段倒還罷了，聽到後面有句「蘇幕遮中象鴛鴦之交頸，綺羅香裡如魚水之同歡」，又見張仲微直盯著她看，就有些不好意思起來，忙把頭垂得低了些。

撒帳結束，男左女右，各剪下一綹頭髮，綰在一起，為「合髻」，至此成為「結髮夫妻」。待二人喝過交杯酒，張仲微摘下林依頭上一朵花，林依則解開他身上一粒綠拋紐。

接著，禮官請二人將酒杯拋至床下，張仲微趁人不注意，與林依咬耳朵：「口朝下，口朝下。」林依不明其意，但仍舊照著做了，先將酒杯翻過來，再順手朝床下一推。張仲微叫她將杯口朝下，但他自己那只卻是朝上的，待得眾人來瞧時，見酒杯一仰一覆，皆稱此乃大吉之兆，有天翻地覆、陰陽和諧之意。

依照城裡規矩，擲過酒杯，還需張仲微登堂賦詩催妝，但林依無父母，沒得丈人丈母娘來索「催妝詞」，於是禮官與張棟楊氏商量過後，取消了這一節，直接「掩帳」。

此時林依正盤腿坐在床上，對面是張仲微，見禮官上來替他們將幔帳掩起，還道這也不過是項儀式，旋即還要拉開的，不料那禮官掩好帳子，高喊一聲「請新人換妝」，就帶領眾人退了出來。

轉眼新房內就只剩了林依與張仲微，面對面坐在床上，鼻尖之間的距離，只有半手臂。林依驚訝非常，大宋婚禮竟這般火辣，賓客還在外面吃酒，新人就要開始洞房了嗎？

她抬眼朝對面看去，張仲微還在笑呵呵地盯著她看，總也不夠似的，她心裡突然就跑進幾隻小兔子，蹦躂蹦躂跳個不停。接下來該做什麼？替新晉夫君將腰帶解了？還是先解自個兒裙帶？好像哪般都太主動，不如仍舊端坐，先等張仲微動作。

林依等了許久，也不見張仲微挪到自己這邊來，正將幾分害羞變作腹誹之時，卻聽見對面大惑不解的聲音：「娘子為何還不換妝？」

林依頭一回聽見張仲微喚「娘子」，愣了愣才反問：「換什麼妝？」

張仲微答道：「娘講的城裡規矩，此時咱們換妝，再回堂屋行參謝之禮。」

原來只是換妝，並不是洞房，林依想到方才的那些浮想聯翩，不知不覺臉就紅了，心道，都怪那流霞，楊氏遣她來教規矩，她卻比正主還害羞，沒講清楚就跑了，害得自己差點出糗。

張仲微見林依總不動作，就偷偷朝她這邊挪了挪，小聲道：「娘子，我替妳更衣？」

林依內心正害臊，一掌將他推開，瞪了一眼：「坐好。」

張仲微也不惱，仍舊笑咪咪看她，林依卻問：「這妝，怎麼個換法？」

張仲微竟也是不知，撓了撓頭，道：「鄉里人哪曉得這規矩，娘大概以為我曉得，也沒細講。」想了想，又提議：「既然大夥兒都不曉得這規矩，不如我們別換了，還這樣出去。」

林依搖頭，心想楊氏不是粗心大意之人，便下床去尋，果然床頭的矮櫃上擱了兩套新衣裳，忙招呼張仲微過來，將那套男裝遞與，叫他去床那頭換衣裳。

張仲微磨蹭著不肯過去，稱要與娘子一道換，林依推他，反被攬進懷裡，臉貼了臉，嘴挨了嘴。

禮官在外催促「請新人換妝」，其中還夾雜著些竊竊笑聲。屋裡的兩人就都慌起來，一個顧不得玩鬧，一個顧不得害臊，也不分床頭床尾，就在一處將衣裳換了。著急處，你幫我提裙子，我幫你繫腰帶，倒是將新婚的那點子羞怯，全拋到了腦後去。

二人換好衣裳出來行參謝之禮時，堂上眾人已候了許久，林依十分地不好意思，將頭埋得低低地。張棟似有些不滿，說了張仲微幾句，張仲微理直氣壯地辯解：「誰曉得衣裳擱在櫃子上。」這話讓瞧熱鬧的人全笑起來，氣氛一鬆，揭了過去。

禮畢，眾親戚入禮筵，等著新郎去敬酒，張仲微出去前，叮囑青苗拿幾塊點心與林依充飢，被林依聽見，心下頓時一暖。青苗卻是個鬼機靈，不拿點心，偏去廚房挑了幾盤子菜，又拎了一壺酒，端來與林依吃。

林依驚訝道：「哪有新娘躲在屋裡吃酒的，妳也太大膽。」

青苗笑道：「都是熟識的幾個人，怕什麼。」

林依也確是餓了，顧不了那許多，便叫青苗守門，立時動筷吃起來。索性張家女眷不多，田氏又是寡婦，不得入新房門，其間只有李舒來瞧過，雖笑話了她幾句，倒也十分理解，甚至還陪她吃了幾杯。

待到張仲微醉醺醺進來時，林依已是酒足飯飽，冠兒也去了，妝也卸了。

張仲微捧著她的臉瞧了一時，突然笑話她道：「娘子，妳好個性急。」

林依不過是瞧著外面酒席散了，於是除釵解環圖個舒服，不想卻被他這般笑話，一時又羞又惱，攥了拳頭朝他身上招呼去。張仲微哪怕這點疼痛，由著她捶了幾下，就將她拳頭抓到手裡，順勢朝懷裡一帶。這動作突然，林依驚叫一聲，隨後就聽見窗下傳來低低的笑聲。

張仲微罵道：「那幫臭小子來聽牆根了。」

林依慌了，忙叫他出去趕。張仲微安慰她道：「不急，哥哥成親時，我幫他趕過，這回他定然要來還禮。」

果然，沒過一會兒，外面就響起張伯臨呵斥的聲音，隨後一群小子嬉笑著散去。林依還不放心，推張仲微去窗前瞧了瞧，見確是沒了人，這才放下心。

張仲微小心將窗子掩好，回身到林依跟前，笑了笑，一語不發，就抱了她朝床邊走。林依還念著該有些甜言蜜語，卻不想張仲微原來是行動派，她兩世才等來這一回洞房花燭，見他這般沒情趣，不免有些惱火，又朝他身上捶去。

張仲微洞房之內，兩番挨打，不禁奇道：「娘子有何不滿？」

這叫林依如何回答，思索間人已到了床上，抱怨道：「你也不與我講講話兒。」

張仲微不解：「講什麼。」

林依瞪他。

張仲微騰出一隻手撓頭：「娘子，春宵苦短。」

林依不理他，自解了裙子，穿著長褲鑽進被窩，過了一時，悉悉索索，身後貼上了一人，再一時，腰上多出一隻手，將她攬得緊緊的，耳後的呼吸聲也急促起來。

此情此景，林依就是再有牢騷，也不敢掃興，遂由著身後那隻手將衣帶兒解了，又褪下褲子來。張仲微見林依默許，愈發起勁，轉眼將她剝成初生嬰兒狀，俯身上去狠狠香了幾口，叫道：「總算把妳娶進門了。」

林依聽了這話，想起二人艱難，一顆心就軟了，雙手環上他的腰，將他拉近些。張仲微得了鼓勵，登時動作起來，行那夫妻之禮。林依初經人事，難免疼痛，忍不住輕呼出聲。張仲微見她如此，雖未出聲安慰，但立時將動作放輕緩了些。

兩人都是頭一遭，雖淺嘗其中滋味，但到底未能持久，須臾事畢，張仲微將林依摟了，輕聲問：「還疼不疼？」

林依答：「我要喝水。」

張仲微連忙起身，到桌邊提壺，倒了一盞溫水來。林依喝著水，拿眼上下打量他，張仲微未穿衣裳，雖不甚害羞，但被這樣盯著，還是趕緊朝被窩裡鑽了，道：「喝完將杯子與我，我去放。」

林依一手拎了他耳朵，問道：「老實交代，是不是成親前就收過人了？」

張仲微自青蓮事件後，已清楚「收人」的含義，忙道：「妳不點頭，我哪裡敢。」

他方才行夫妻之禮時，雖有青澀，但套路一個沒錯，因此林依不信，問他是誰人所教。

張仲微連忙解釋，原來成親前，張梁見他連個通房丫頭都不曾有過，便特意過來傳授了祕訣。

林依放下心來，朝他一笑，將空杯子交到他手中。

張仲微奇道：「妳既然有疑問，想必也是懂得，卻是誰人教的？」

林依暗自嘀咕，千年後的靈魂，就算沒得實踐經驗，理論知識也是可以很豐富的。還沒等她編出理由來，張仲微先自答了：「想必是楊嬸教的。」

林依一想這理由也不錯，便點了點頭。

張仲微馬上挨了過去，道：「讓我瞧瞧楊嬸教得如何。」說著將她拖進被窩，親親啃啃一時，重尋閨中樂趣。

二人初得趣，都捨不得丟手，直到紅燭燃到一半才相擁睡去，於是五更天雞叫時，便起晚了，直到青苗在外輕聲喚，才想起還有道「新婦拜堂」的儀式。

參之章　舉家進京

兩人揉著惺忪睡眼起床，青苗與流霞進來，改口稱林依二少夫人，侍候他們梳洗。青苗見張仲微一臉沒睡醒的模樣，便道：「二少爺不妨再睡會子，待二少夫人拜完堂，你再去請安。」

林依嗔道：「你這就偏著二少爺了？」

張仲微忙道：「我陪娘子去。」

流霞看了看青苗，又看了看張仲微，沒有作聲，待得洗臉水打上來，便道：「青苗侍候著，我去知會大夫人，告訴她二少爺與二少夫人起來了。」

林依沒有多想，點頭放她去了。

流霞出門，先到堂屋瞧了一眼，見堂上只有張棟在，便逕直去了楊氏臥房。楊氏正坐在妝台前，由田氏梳頭，見流霞進來，問道：「二少爺與二少夫人起來了？」

流霞點了點頭，回身把門關上，再走到妝台邊，低聲道：「大夫人，我看那物事，還是早些與二少夫人的好。」

楊氏聞言，吃驚道：「怎麼，她才成親，就把青苗許與二少爺了？」

流霞忙搖頭，道：「那倒不是，是我猜想那妮子自個兒有這心思。」

楊氏對著鏡子，慢慢攏了攏髮髻，道：「女人自娘家帶來的人兒，只要有三分顏色，多半都是要贈與官人的，就算青苗有這心思也不奇怪。」

流霞問道：「那等二少夫人拜過堂，請她進來說話？」

楊氏想了想，道：「我留她便是，到時妳只守著門，莫教大老爺闖了進來。」

流霞應了，幫著田氏與她梳妝，待得收拾妥當，一同朝堂屋去。

堂上已高高擱了一張帶鏡子的桌台，林依正在旁邊候著，待得楊氏到張棟身旁落座，她便先朝著那桌台拜了，再拜公爹與婆母，又依著「賞賀」的規矩，將綠緞鞋、枕獻上。張棟與楊氏則答以布料一四。

禮畢，張仲微上前請安，與張棟聊起仕途一事，楊氏故意道：「男人們的話題，我們聽不懂，且回房去。」說著起身，招呼林依隨她回房。

林依困極，但曉得一旦嫁人就要在婆母面前立規矩，於是強忍了呵欠，跟在了楊氏身後。

一行人回房，流霞留在了門外，楊氏朝桌邊坐了，田氏到她身後侍立，林依正要學著，楊氏卻指了指對面的座兒，道：「妳且坐下。」

林依不知何事，好生奇怪，只得依言坐了，聽她吩咐。

楊氏將她打量幾眼，問道：「大少爺屋裡如玉的事，妳可知曉？」

這般鄭重其事，怎問的卻是別人家的事，林依有些莫名其妙，照實答道：「隱約聽見過，略曉得些大概。」

楊氏又問：「大少爺鬧出那檔子事，妳覺得如何？」

林依還是不懂楊氏用意，仍舊照實答道：「嫡妻還未進門，先有了庶子，打人臉呢。」

楊氏臉上有滿意之色，突然話鋒一轉：「妳帶來的青苗，是準備留在屋裡的？」

林依還是實話實說：「從未想過這事兒。」

楊氏笑道：「你們新婚，自然想不起這些事，不過男人總是喜新厭舊，初時信誓旦旦，轉眼就愛了別人。」

林依揣摩這話意思，是要她收了青苗？但又不像，一來青苗是她自己人，二來哪有成親第二天就與兒媳講這個的。

正想著，楊氏又開口道：「仲微是年輕人，就算偶爾圖個新鮮也屬正常，妳當看開些。不過我們家是不許有庶子生在嫡子前頭的，我這裡有一樣避子藥方，妳且先拿去備著，若是發覺動靜不對，就抓藥材熬湯藥，命青苗那妮子服用。」

林依感激道：「多謝娘替我考慮。」

田氏取來藥方，楊氏接過，親手遞與林依。

林依暗道，她才不會允許屋裡有通房，但還是伸手接了，想著，收下這方子，日後自己使用也是好的。

楊氏交待完事情，見林依困頓，便道：「我也歇一歇，妳不必立規矩，且回去料理事務吧。」

林依曉得她是放自己回去補覺，又是一通感激，心道張仲微過繼，於她而言，真真是好事一樁。她回到房內，見張仲微已倒在床上，正蒙被呼呼大睡，不禁莞爾一笑，寬衣解帶，輕手輕腳爬上床，朝他身邊躺了。

不料張仲微卻並未睡熟，覺到動靜，便醒過來，瞧得是林依，立時來了精神，抱過去又親又啃。林依初時還由著他來，過了會子，覺出對面身子有反應，忙去推他，但張仲微已是興起，哪分由說，於是二人又是一通雲雨，折騰了好一時才真睡去。

不料二人剛入夢鄉，就被外頭的叫嚷聲吵醒了，張仲微緊鎖著眉頭醒來，惱火道：「誰人吵鬧，不讓人睡覺。」

林依拿被子蒙住耳朵，小聲道：「準是你方才動靜太大，把四鄰吵著了。」

張仲微當真回憶了一番，認真道：「瞎說，咱們沒怎麼出聲的。」

林依蒙在被裡大笑，張仲微也跟著樂，將手伸進被窩，捏了她一把。

突然青苗在外敲門，聲音裡帶著惱怒：「二少爺，瞧瞧你那位娘，非要讓二少夫人立時去她家拜見。」

林依一時沒反應過來，問道：「不是才剛拜見過大夫人，怎地還要拜？」

青苗在外跺腳：「二少爺的親娘。」

林依瞧見張仲微臉色不好，忙隔門斥責道：「沒得規矩，怎麼講話的？」

張仲微坐起身來，靠在床架子上發了會兒呆，道：「娘生我養我一場，是該去拜見。」

林依曉得這覺是補不成了，便起身穿衣，道：「那咱們先去問過爹娘再做決定，若自作主張跑過去，傷了二老的心，怎辦？」

張仲微感激她體諒，忙道：「娘子有理。」

二人將衣衫重新穿了，喚青苗進來理床，青苗卻道：「待會兒再理，我先陪二少夫人去隔壁，免得妳受二夫人欺負。」

張仲微對此話不滿，但方氏人品擺在那裡，他竟是反駁不起，只得蔫蔫地低頭出去。

林依拍了青苗一下兒，正色道：「妳私下怎麼想我管不著，但只要當著二少爺的面，就得給我把那張嘴管住了，不然別怪我嚴厲。」

青苗得了教訓，忙收斂神色，隨她出門去。

張仲微還在外候著，待林依出來，同她一起去堂屋，請示張棟與楊氏。堂屋裡，方氏正與楊氏吵鬧，責怪她沒讓新婦去二房拜堂，忽見小夫妻倆自己進來，臉上不免露出得意神情，道：「到底是我親兒，曉得自己出來參拜。」

但張仲微只抱歉看她一眼，同林依先到張棟與楊氏身前拜了，再才來與她行禮。方氏明白，既以過繼，就須得事事以大房兩位為先，但心裡仍舊堵得慌，便又提了方才的話題，要求張仲微夫妻回二房參拜一次。

張仲微照著林依方才叮囑，不答方氏的話，先來問張棟與楊氏。張棟白得二房一兒子，心裡到底還是虛的，不敢不同意，楊氏則要賣張仲微面子，於是雙雙同意，命流霞送他夫妻二人過去。

張仲微跟在方氏後頭，見她趾高氣昂，便擔憂看林依，林依回他一個安然笑容，示意他放心，暗道，方氏如今沒得理由難為她，方才鬧事，不過是向楊氏示威罷了。

果然，二人到二房參拜，極為順利，方氏不但沒丁點刁難的意思，反倒滿臉和藹笑容，拉著林依的手不放，連聲叮囑她要時常過來串門。

參拜畢，方氏又強留二人吃飯，直拖到太陽快落山，才極為不捨地放他們回去。

回到家中，張仲微對方氏今日態度大感驚訝，青苗也道：「二夫人跟換了個人似的。」

林依被這一折騰，身子雖還疲憊，卻沒了睡意，遂朝桌前坐了，捧帳本，取算盤，做她最愛的事——算帳。

張家從未有人會撥算盤，張仲微見林依不但會撥，還十分熟練，頗感驚奇，挨到她身旁瞧了好一時，笑問：「娘子，妳才進門，就開始操心柴米油鹽了嗎？」

林依拿胳膊肘撞了他一下兒，理所當然道：「我又不當家，理這些作甚。」

張仲微奇道：「那妳算什麼這樣起勁？」

林依取了支毛筆倒豎，點著帳本與他瞧，細數道：「田裡的出產、圈裡的豬、苜蓿地裡的鵝，樣樣都得提前估算本錢，預知收益，不然等到虧了才想起可就遲了。」

張仲微心生佩服，但又替林依擔心：「咱們馬上就要動身去京城，田產倒還罷了，佃與人種便是，可那些豬呀鵝呀，又不好帶走，留與他人養，又不放心，怎辦？」

林依知道張仲微是要去京城的，卻沒想過，自己已成為他的妻，自然是要跟去的。這一走，不知幾時才能回來，她辛苦掙下的家業，確是要妥當安排才是。她托腮思索方法，忽一抬頭，瞧見張仲微也在苦想，皺眉的模樣極為有趣，忍不住開玩笑道：「我好不容易掙下些財產，實在不願拋卻，不如你獨自進京，我留下照看。」

張仲微總是不由自主就拿她的話當了真，急道：「妳不跟去，我怎麼辦？」

林依故作思考狀，道：「你是怕無人服侍？這不難，帶個人去便是，若嫌麻煩，就到了東京再買，卻也便宜。」

張仲微緊抓住她的手，氣道：「妳捨不得拋卻財產，就捨得拋卻我？」

林依見他急了，忙哄他道：「與你開玩笑呢，幾畝地幾群鵝罷了，哪裡就捨不得？趕明兒我就賣了去。」

張仲微還不信，盯著她問：「當真是玩笑？」

林依一手攬了他的腰，一手朝他後背拍了拍，道：「自然是玩笑，我哪放心讓你獨自出門，東京那般繁華，保不準你一個把持不住，就叫我們家添了人口。」

張仲微此刻信了，就反去笑話她：「那妳還裝大方，叫我去東京買人服侍。」

林依停在他後背的手，加大力氣拍了一掌，道：「猜對了，為妻就是裝大方，其實心只針眼兒小，什麼通房呀妾呀，全部容不下。你若不依著我，不如現在就和離，免得將來難堪。」

張仲微忙去捂她的嘴，責怪道：「沒通房就沒通房，沒妾就沒妾，又不是人人都愛這些，以後不許將和離字眼掛在嘴上，我不愛聽。」

林依從不指望男人真有這自覺性，不過能有這份態度，她還是高興的，遂親親熱熱拉他朝同一把椅子坐了，教他算帳。張仲微卻不愛學，怕別個說他貪圖娘子陪嫁，勉勉強強瞧了幾頁，便稱累了。

此時離晚飯時間不遠，補覺卻是來不及，林依便道：「那你去幫我打聽打聽，看有沒得人願意接手豬圈與鵝群。」

張仲微應了，真出門去，他到底偏著自家親娘，不去別家，先到隔壁去問方氏：「我們即將進京，三娘子的豬圈與鵝群無法帶走，娘若願意接手，我便叫她賣妳。」

方氏見兒子還是孝順自己的，又是高興，又是得意，但卻道：「養鵝是賺錢，我也極想盤下，但咱們也要進京去哩。」

原來方氏見大房一家並自己的兩個兒子都要進京，不願與張梁獨留鄉下，便去與張伯臨講了，張伯臨長子，自然願意爹娘在身邊，當即就應了，此時已命李舒打點一家人的行裝去了。

張仲微聽說全家人還是能在一起，也十分高興，道：「那咱們擇日一起上路。」

方氏笑著點頭，囑咐他要將林依的豬圈鵝群賣個好價錢，又嘮嘮叨叨，與他抱怨些李舒的事蹟，言語間都是悔恨沒能將林依迎進二房的門。

張仲微是男人，哪肯聽這些碎言碎語，沒坐會子便稱還要去找買主，告辭走了。待他出得新屋院門，青苗已在外候著，問道：「二少夫人使我來問一聲兒，二夫人可願意接手？若是她肯，價錢與她便宜些。」

張仲微像做錯事被抓現行，忙搖頭，將二房一家也要赴京的事講了。青苗聽到這消息，可不怎麼高興，「哦」了一聲，道：「二少爺不必再去跑了，二少夫人已尋到了買家。」說完一溜煙跑回家，向林依道：「二少夫人，二夫人竟也要去京城哩。」

林依不以為然，道：「去就去，她又不與咱們住一家。」

青苗仍舊噘嘴：「兩房人都要去京城，必定是一路同行……」

話未完，張仲微進來，她想起林依的教訓，忙住了嘴，垂手侍立一旁。張仲微見他一進來，屋裡就沒了聲響，不免有些奇怪，但也沒細問，只向林依道：「娘子好本事，這樣快就尋著了買家？」

林依笑道：「也不是尋，乃是有人曉得了消息，主動找上門來。戶長娘子訂了豬圈與那二十幾畝占城稻，張六媳婦稱她養鵝養熟了，欲買下鵝群和苜蓿地，卻苦於無錢，求我許她先賒欠著，我已是允了。」

張仲微見她講得頭頭是道，讚道：「娘子果然好本事，我自愧不如。」

林依還是犯愁，道：「我本以為二老爺與二夫人會留下，還指望楊嬸幫我收租呢，這下都要進京，我那幾十畝水田怎辦？」

張仲微道：「不如也賣掉？」

林依嗔道：「聽娘講，東京物價極貴，若沒得一處出產，就等著餓肚子吧。」

張仲微不滿道：「我又不是沒得官做，養得起妳。」

做官僅靠俸祿，餓得死人，瞧張仲微這老實模樣，又不像是個會撈外快的，林依對他養家，不抱太大希望，但這樣打擊人的話，她可不敢講出來，便道：「我也曾想過將水田賣掉，另到東京周邊置地，但娘說，北邊多為旱地，出產不高，實在比不得咱們蜀地豐饒，賣掉水田極不合算的，就是娘那六十畝地也不想賣哩。」

張仲微問道：「既是娘也不想賣，那她尋了何人收租？」

林依得了提醒，自嘲道：「真是當局者迷，怎就沒想到去問問娘。」

正巧此時流霞來請吃晚飯，林依便到飯桌上，將這問題問了。楊氏道：「我也正為此事發愁呢，一般人家都是留個可靠的家人看守，咱們家卻是下人不多，勻不出人來，如何是好。」

田氏端著飯碗，卻一直不夾菜，猶豫好一時，終於鼓足勇氣開口道：「我願留下看守三郎墓地，順路替娘與二嫂把田租收了。」

楊氏從不知田氏有這念頭，見她立志守節，自願守護亡夫墓地，驚訝之餘，又很是感動，於是難得露了憐惜神情，道：「妳有這份心實在是好，但此事重大，且等我與妳爹商量後再說。」

待到晚間張棟回房，楊氏便將田氏的意思講了，又悔道：「這孩子真真可敬，我卻從未與過她好顏色。」

張棟也是佩服田氏志氣，但卻猶豫，道：「咱們家只得兩名丫頭，若三郎媳婦要留，誰人來陪？她獨身留下可是不妥，寡婦門前是非多。」

流霞在旁聽到這話，出主意道：「聽說大少夫人要留一房下人看守屋子，不如去與大少夫人講，託她家下人照應照應。」

張棟思忖一時，覺得這提議還算妥當，遂叫楊氏去問李舒。楊氏應了，第二日便去到隔壁與李舒講了。這不是什麼大事，李舒一口應承。楊氏謝過她回家，與張棟兩個都高興，又想著要與田氏另買個丫頭服侍。

買丫頭須得花錢，商議到這裡，二人才想起，一身的債務還未還清，如何動身？楊氏慚顏道：「方才仲微媳婦來問我，我順口就答了，全然沒想到債務未清，動不得身，真是惹人笑話。」

張棟極想早些進京謀取官職，便道：「不如去向仲微媳婦借些錢，日後還上。」

楊氏堅決不同意，道：「她才進門，咱們就借錢，叫別個怎麼想。」

張棟無法，只好與她商量，將那水田賣上幾畝，以解燃眉之急。楊氏是極捨不得的，不然也不會將債務拖到現在，但思來想去別無他法，只得遣流霞去向林依打聽城裡哪位牙儈最公道。

林依聽得流霞問牙儈，猜到張棟與楊氏是想變賣田地，還清債務，湊足旅費，便問道：「不知爹娘欠了幾多錢？」

流霞道：「可不少，足有兩、三百貫。」

林依想到前日隆重的婚禮，還有昨日那張避子藥方，便道：「妳去與娘講，水田賣了實在不合算，不如我先替她把債還了。」

流霞驚詫於她的大方，頂著滿臉不相信的神色，回去與張梁楊氏稟報。

張仲微也是驚訝，向林依道：「兩、三百貫可不是小數目，娘子是真孝順。」

林依笑道：「錢財乃是身外物，咱們既是一家人，還分什麼彼此，爹娘欠的債，兒女來還是該的。」

二人正說著，楊氏親自登門道謝，稱一旦寬裕立即將錢還上。林依連稱不必，又問她道：「看守田地的人選，娘可尋到了？」

楊氏道：「我與妳爹已商定，就將三郎媳婦留下，由伯臨媳婦的一房下人相陪。」

別人家的下人，能聽使喚？林依道：「還是與弟妹另買個丫頭的好。」

楊氏笑道：「我正有此意。」

林依想到他們連債都還不起，想必也拿不出錢來買丫頭，於是命青苗帶錢去城裡，叫牙儈帶了幾個老實本分的丫頭到家裡來，請田氏自己挑了一個。

所謂有錢大方好做人，林依替公婆還債，替弟媳買丫頭，引得全家上下都喜愛她，名聲傳出去，也是人人誇。

只有方氏聽後嫉妒，上門討錢，叫林依也替她還還債。二房哪來什麼債務，全然是無理取鬧，林依先看在張仲微面兒上，還禮敬她三分，後見她越來越蠻橫，只得與青苗使眼色，叫她出馬。

青苗乃是對付方氏的一劑靈藥，三言兩句就將她擊退。方氏落敗，忿然歸家，恰逢李舒來尋她問事兒，便將一腔火氣全撒到了她身上，把她罵了個狗血淋頭。李舒被罵慣了，先前還時常生生悶氣，如今只當耳旁風，安安靜靜聽她罵完，才問：「二夫人，如玉生的那個兒子，還在我莊上養著呢，我欲擇日將他接回，二夫人以為如何？」

方氏這才想起自己還有一孫子，在由李舒養活，不過她認為嫡母養庶子乃是天經地義，因此並不感激，反責備她道：「早該接回來了，你們非要藏著掖著，害得我這個做祖母的，通共沒見過幾面。」

李舒不冷不熱道：「那我明日就遣人將他接回來，讓二夫人親自養活，好享一享天倫之樂。」

方氏初時沒有多想，只催她去安排，待到人出了堂屋才醒悟過來，李舒叫她親自養活，那意思是讓她自己出錢？

既是要出錢，方氏就不樂意了，她如今窮得叮噹響，哪來的錢養孩子，於是起身，欲追出去反悔，但走了兩步，又轉了念頭——孩子由她帶著，反倒多了向李舒要錢的名目，何樂而不為？她這般想著，就停了腳步，心情愉快地喚來任嬸，命她好生收拾一間房出來，與她的寶貝孫子住。

第二日，如玉所生的兒子被接回，這孩子如今已一歲多，穿一身錦緞新衣，留著勃角頭，會跑會跳會喚人，見了誰都笑嘻嘻，極是惹人疼愛。奶娘抱了他到堂屋，教他叫人，先張梁，後方氏，順著一圈人叫下來，個個臉上都有笑。張梁當場與他取了大名張浚明，抱在懷裡逗個不停。張伯臨見那孩子眉清目秀，很有幾分如玉的影子，不禁浮上些思念情緒，怔怔望了他好一時。

李舒瞧在眼裡，難免有幾分醋意，便一語不發，扭身先走了。張伯臨忙喚她道：「浚明起居如何安排？妳打點妥當了再走。」

李舒不理，逕直出門。方氏罵了聲「不懂規矩」，向張伯臨道：「莫要理她，孫兒有我呢。」祖母帶親孫子，自然妥當不過，張伯臨安下心來，摸了摸張浚明的小臉，緊跟李舒腳步而去。

李舒人前一向隱忍，今兒乃是頭一回鬧脾氣，生怕張伯臨冷眼看她，正在房內忐忑不安，張伯臨就進來了，見她還滿臉不高興，問道：「妳這是做與誰瞧呢？他可是要喚妳一聲娘的。」

李舒氣道：「我若不願養他，又何苦把他接回來，你這個做爹的，可不曾問過一聲兒。」

張伯臨有些羞慚，便問：「那妳生的哪門子氣？」

李舒扭過身子，將後背對他，氣道：「方才你怔怔瞧浚明，是想起了誰？」

張伯臨恍然大悟，原來娘子是吃醋。他最愛女子如此模樣，立時就顯出柔情蜜意來，百般奉承，千般安慰，連稱：「我不過是走神，並不是在想誰。」

李舒見他不但不責怪自己善妒，反露了溫柔的一面，真個兒是又驚又喜，自此悟出些夫妻相處之道來。

張家人臨行前，張八娘來送，先到方氏面前哭了一場，又到林依處哭，道：「你們這一去，不知何時才能回，留我獨自在這裡，怎生是好？」

林依瞧她做娘的人，哭得跟淚人兒似的，連忙安慰她道：「妳兩位哥哥只是去京城領官，至於分派到哪裡，還不一定呢，說不準就又回四川來了。」

張八娘曉得這樣的幾率小之又小，但還是升起些希望，抓著林依的手道：「若是那樣就好了。」

林依笑道：「妳如今有兒子，日子很過得，就是沒娘家人在身邊又如何？」

張八娘先是不作聲，良久，問道：「大嫂真是李太守之女？」

林依笑了：「這還能有假？」

張八娘就嘆氣，道：「我生下兒子後，公婆官人都待我勝過從前，但自從大嫂嫁進張家，就又與我臉色瞧了。」

林依道：「我也聽說過了，可是因為李太守與妳舅舅政見不和？」

張八娘點頭，又嘆道：「以前是舅娘見了我不順眼，如今換作舅舅看我不順眼，反正我是個命苦的。」

林依也在心裡嘆氣，卻不敢露出來，只將些寬慰人的話來講，又問她缺不缺什麼，等到了京城，託人與她捎回。

張八娘捂嘴笑道：「怪不得人人都道二嫂又有錢又大方，今日一見，果然如此。」

林依聽她打趣自己，立時探身，同小時一樣去撓她胳肢窩，張八娘怕癢，咯咯笑著，一個追，一個躲，玩鬧作一團。

張八娘告辭時，方氏帶了張伯臨夫妻，順路與她一同回娘家，欲與哥嫂話別，但方睿見了李舒，愈發生她的氣，愛理不理，叫方氏生了一肚子的氣回來，還不敢露給張梁看。

因張伯臨與張仲微如今都是進士，臨行前幾日，天天都有人來送別，這日張仲微好不容易挪出些空來，便與林依商量，要請州學諸位教授到家裡來吃一頓酒。林依道：「咱們家堂屋小，難不成讓教授們坐在地壩裡吃飯？不如你拿了錢，與大哥進城去尋個酒樓，體體面面請教授們吃個酒席。」

張仲微覺得此主意極妙，歡喜道：「正好這幾日收了些賀禮，且拿些出來去使用。」

林依開了錢匣兒，取出幾張交子遞與他，送他出門，又叮囑：「早些回來，不許吃花酒。」

張仲微袖了交子，走到隔壁，將林依出的主意與張伯臨講了，張伯臨也稱妙極，於是進去問李舒拿了錢，兄弟倆一同進城，先挑了最大的一家分茶酒肆將座位訂了，再分頭請齊教授，正好坐了一桌。

眾人才舉筷子，就有廝波上前，斟酒的斟酒，燃香的燃香，服侍得好不殷勤，還有幾個閒漢垂手侍立，恭恭敬敬問主人席位上的張伯臨，有沒有物事要買，要不要喚伎女相陪，他們全可代勞跑腿。以往張家還有些錢的時候，張伯臨兄弟也曾隨張梁到過幾回酒樓，那時除了量酒博士，哪個肯搭理他們，如今見了這許多人上來獻殷勤，不免都有些得意，於是將出幾個小錢，使喚閒漢買來些乾果子，分與眾教授食用。

席間有一位陪酒的鄉紳，人稱洪員外，曾想過把自家女兒許配給張仲微，只是說遲了，未能成行，如今見他全家都要進京，好不榮耀，就又動了心思，要將一名庶女送把他做妾。

那日林依的「教導」還在耳邊，張仲微哪裡敢收，只連連與張伯臨打眼色，張伯臨便開口替兄弟攔道：「仲微新婚燕爾，員外怎好此時叫他納妾？」

他言語耿直，洪員外面兒上掛不住，竟拂袖欲走，另一位陪酒的忙拉住他，玩笑道：「洪員外急什麼，仲微不收，還有伯臨，他可不是新婚。」

洪員外就又歡喜起來，重新坐了，問道：「伯臨可願意？」

自李舒學會了吃醋，如今張伯臨與李舒兩人好得蜜裡調油，再者赴京路途遙遠，著實不想添人，只好抱歉拱了拱手。洪員外的臉又黑了，講了幾句酸溜溜的話，意指他如今中了進士，就眼高瞧不起人。

張伯臨很不高興，贈妾是件雅事，怎能強求與人。座上其他幾位教授也認為，贈妾又不是什麼大事，收下固然好，不收又能怎地，哪犯得著與人置氣，於是各自飲酒，不與洪員外言語。

那洪教授坐了會子，見無人理他，竟起身先走了。他一走，就有位教授道：「伯臨不必理他，他不過是仗著有個女兒嫁到了京城官宦家，脾氣大些罷了。」

張伯臨這人不記仇，就是沒人勸，也只一笑帶過，當即重舉了酒杯，與張仲微二人輪番敬酒，好似方才不愉快的事從沒發生過。

學生有出息，做老師的自然是高興又自豪，一桌人吃得極為盡興，直到太陽快落山才散去。張仲微與張伯臨二人吃得東倒西歪，相互攙扶著回村來，各自歸家。

林依料到張仲微要吃醉，早備好了酸湯，進門就先與他灌了一碗，不料張仲微喝完就吐了，害得她與青苗收拾了半天。張仲微吐過一通，反而清醒了，拉住林依道：「娘子，今日好險。」他將洪員外贈妾不成，惱怒離去的事講與林依聽，笑道：「差點咱們張家又添人口。」

林依奇道：「大哥竟沒順水推舟就收下？」

張仲微不知張伯臨今日為何反常，搖了搖頭，躺倒在床上。林依把門栓好，也上了床，抱住他問道：「那你為何不收？」

張仲微吃吃地笑：「大哥愛好這個的人都不收，我收下作甚。」

林依揪住他耳朵，道：「我看自你從京城回來就變壞了，聽你這話的意思，是只要大哥肯收，你也照著收一個？」

張仲微藉著酒性，大叫：「娘子饒命，我如今只妳一個都應付不了，怎敢再收人。」

林依加了把力氣，氣道：「什麼叫應付不了，你暗諷我是悍婦？」

張仲微連稱不敢，抓住她光滑手臂，使了點勁兒一帶，一拉。林依還沒反應過來，人已到了他身下，張仲微一面剝她的衣裳，一面正經道：「娘子誤會我，我是指這個應付不來。」

林依暗道，完了，自家官人真是跟著他大哥學壞了，她心裡嗔著，臉上卻露了笑，緊緊將張仲微纏了，故意在他耳邊吹氣，笑問：「真應付不了？」

張仲微嘴裡答著「真是應付不來」，動作卻愈發地快。巫山雲雨過後，真叫「應付不來的」，卻反倒是林依。

二人頭一日運動過度，第二天起的就有些晚，待到他們出房門去時，地壩裡已停了一輛小車，由頭毛驢拉著，旁邊還站著名車夫。張仲微奇怪問林依：「娘子，妳雇了車？」

林依搖頭，道：「不是我雇的，且去問爹娘。」

兩人來到堂屋，楊氏正與張棟哭笑不得：「弟妹好不容易大方一回，卻沒大方到點子上，如今我又不好拂卻她好意，如何是好？」

原來今天早上方氏送了地壩裡的那輛車過來，叫楊氏把行李物品裝了，過幾日兩房人一齊出發，但此行人員眾多，若是坐車，浩浩蕩蕩一路，慢且不說，沿途住店開銷極大，叫人承受不了。

林依聽完楊氏分析，與張仲微上前請安，道：「娘講的極是，咱們走水路，可以就歇在船上，省卻多少錢，況且坐車實在是顛簸，平日裡坐上半個時辰，就叫人受不了。」

楊氏連連點頭：「可不是，真不知二夫人怎麼想的。」

幾人正在疑惑方氏想法，隔壁就傳來了吵鬧聲，青苗與流霞兩個跑到院門口聽了一時，明白了詳細，原來除了方氏，人人都不願坐車，於是與她爭吵，方氏卻稱她兩個兒子都中了進士，非要坐個大車，沿路炫耀炫耀。

堂屋裡各人聽得這回報，神色各異，張棟與楊氏聽說方氏稱的是「兩個兒子」，臉色都沉下來，張仲微則是十分尷尬，林依卻只聽到「大車」一詞，再瞧一瞧院中的小毛驢，就忍不住笑了。

楊氏大概是惱火方氏言論，吩咐流霞道：「將車與二夫人還回去，咱們不同他們一道走陸路。」

張仲微夾在中間極難做人，生怕兩房人起爭執，連忙道：「我去，我去。」他到院中，叫上車夫，帶著毛驢車來到隔壁，勸方氏道：「坐船極省心的，又舒服，沿途風光又好，上回我與大哥進京、回鄉，都沒走水路，至今後悔呢。」

方氏見他把毛驢車都帶了來，惱道：「是不是大夫人教你過來講這話的？」

張仲微連稱不是，但到底心虛，就不知接下來該怎麼說。李舒也想坐船，就把張伯臨撞了撞，示意他去幫忙。張伯臨左右看看，靈機一動，自奶娘手中接過張浚明，先教他喊祖母，再與方氏道：「娘，咱們大人坐車無妨，浚明卻還小，顛著了怎辦？」

方氏不情願，但被張浚明奶聲奶氣的幾聲祖母一叫，心就軟了，道：「我是瞧在孫兒分上。」她這一同意，周圍人等全舒了口氣。張浚明是功臣，由張伯臨親自抱著出去玩耍，張仲微則歡歡喜喜回去報信。

李舒走到門外，命人取來幾個錢作辛苦費，先將毛驢車夫打發了，再朝隔壁舊屋去尋楊氏與林依。楊氏與林依還在堂屋，聽完張仲微回報，正商議水路具體如何行走。李舒站在門口看了幾眼，見楊氏雖在，林依也是坐著的，很是羨慕。她在方氏跟前，可從來是要站著立規矩的。

林依瞧見她來，忙起身萬福，李舒還禮，又上前與楊氏行禮，問道：「我正要使人去江邊碼頭訂船，因此過來問問，若你們也是要訂，就一趟辦全了。」

楊氏忙道：「自然是要訂的，勞煩妳幫忙。」又稱讚她道：「妳真是能幹又孝順，二夫人好福氣。」

李舒謙遜了幾句，又問她們對船隻大小規格有無要求，楊氏與林依都笑道：「不漏水便得。」

李舒自己是想租頭等船的，心道若二房坐著頭等船，而大房卻是最末等，難免引人閒話，因此便道：「我欲訂一條頭等大船，但那船艙卻是太大，我們一家根本住不了那許多間，不如大夫人與我們同租？」

楊氏手中無錢，便只問林依意見，林依問過李舒價錢，覺得還承受得起，便道：「那就託大嫂鴻福，咱們也坐一回頭等船，見見世面。」

李舒玩笑道：「你們自己出錢，怎能說是托我的福？」又提議道：「我看你們下人不多，不如就與我家的擠一擠，免得多出錢？」

楊氏與林依齊齊點頭，道：「很好，就是這樣。」

李舒與她們商議完畢，回到家中，喚了下人來吩咐：「頭等船一艘，三等船兩艘。」張伯臨在旁逗弄張浚明，聽得頭等船隻有一艘，便問：「伯父一家與咱們同乘？」

李舒點頭道：「他們本想乘坐三等船，但我覺著不妥，便勸了他們也坐頭等船。」

張伯臨大讚她辦事妥當，道：「極該如此，咱們本就是一家人。」

李舒聽得讚揚，故意道：「我是存了私心，你不曉得？」

張伯臨奇道：「這能有什麼私心？」

李舒瞟了他一眼，道：「人多艙少，你那兩個通房可是住不下了，只能委屈她們去住三等船。」

張伯臨想摟她，又礙著孩子在懷裡，好笑道：「妳吃青蓮的醋也就罷了，怎連錦書的也吃起來？她可是妳把給我，我才收了的，妳未開口前，我可曾朝她多看過兩眼？」

李舒嗔道：「你還好意思講，我特特叫錦書去看著你，結果還是叫你多帶了個人回來。」

張伯臨笑道：「也是妳李家丫頭，當是另一個陪嫁好了。」真是知妻莫若夫，李舒也是這般想的，因此才爽爽快快容下了青蓮，於是笑看他一眼，接過孩子來逗。張伯臨未娶李舒前，總想著她是官宦小娘子，難以伺候，如今卻越來越覺得她比尋常村婦好上許多，主動送他通房，待庶出兒子又好，還會時不時吃上幾口小醋，添上幾分情趣。他看著李舒，越看越愛，便藉口孩子餓了，將張浚明送出去遞與奶娘，轉身進屋栓門摟李舒，不知做了些什麼事體。

因楊氏不願張仲微在船上與方氏住得太近，林依便依命到新屋，來尋李舒。不料甄嬸卻守在屋前地壩不許她進去，只道大少夫人頭疼，正在歇息。林依沒多想，轉身便走，不料卻聽見屋內傳來張伯臨低喘的聲兒，她如今也是「過來人」，立時猜到屋裡在做什麼，心裡一驚，連忙加快腳步，奔回家去。

張仲微正在收拾櫃子，見她滿臉通紅跑進來，忙去摸她額頭，問道：「臉怎地這樣紅，是不是病了？」

林依將頭埋到他懷裡，悶笑道：「你們真不愧是兄弟，行事作派，全是一樣。」

張仲微不解，忙問緣故。林依湊到他耳邊將方才的事講了，笑道：「甄嬸真是個忠心的，還曉得替他們守著。」

張仲微也是笑個不停，笑著笑著，就將林依抱了，道：「咱們也來。」

林依慌忙掙扎，道：「要死，他們大白天的那樣兒就被我曉得了，若換作咱們，也不知會被誰聽了去。」

張仲微將她放到床上，跑去推窗，瞧了兩眼，道：「外面並沒得人。」

林依堅決不從，爬起來將衣衫理好，走去櫃門大開的立櫃前，問道：「行李不是已打點好了，你還在櫃子裡翻什麼？」

張仲微渾身燥熱，正難受，無精打采道：「尋個盒子。」

林依四處瞧瞧，見架子上有半盆涼水，便拿塊巾子浸了，遞與他擦臉，問道：「什麼樣的盒子？」

張仲微接了濕巾子，朝臉上胡亂抹了抹，抱怨道：「妳就這樣打發我。」

林依白了他一眼，接著問：「是不是一只紅漆雕花的大盒子？」

張仲微重起了些精神，忙問：「妳見過了？在哪裡？」

林依打開衣箱，取出一只盒子，擱到床邊。張仲微連忙掀蓋兒來瞧，見滿滿一盒還在，才鬆了口氣。林依怕他又亂來，離他遠遠兒地站了，問道：「這許多絡子哪裡來的，相好送的？」

張仲微笑了：「可不就是相好送的，那相好手雖巧，忘性卻大，自個兒打的絡子都能不記得。」

林依驚訝道：「我打的？我是給過你絡子，但那不是都賣了嗎，錢也把我了。」說完跑去取帳本，翻到一頁，捧來與張仲微瞧，道：「你看，我記得清清楚楚。」

張仲微不好意思笑了：「說起來我還欠哥哥五百文錢呢，也不知他算不算利息。」

「啊？」林依愣住，原來那些絡子，他全沒賣，而她拿到的錢，乃是他向張伯臨借的。

張仲微見她呆住，便趁她不注意，朝她身旁湊，一面小心翼翼挪步子，一面講話分散她注意力：「我才不想滿大街的人都使我媳婦打的絡子，只能我一人用。」

林依記起前塵往事，再看那一盒絡子，感動得一塌糊塗，待得淚眼朦朧抬起頭時，發現本在床頭坐著的人已悄悄湊到她身旁，一隻手正不懷好意地朝她腰間探。她情緒正足，就沒推開，又哭又笑地捶張仲微的胸，道：「什麼只能你一人用，我看你就是為了等到今日，藉著絡子叫我感動，好趁機幹壞事。」

男人與女人有差別，事情他會做，但自個兒卻真不怎麼有感覺，因此林依淚流滿面，感動莫名之時，他只忙著做那人間最美妙的運動，氣得林依又抓又咬，恨是折騰了他一番。

兩日後，李舒所訂的船隻準備妥當，已在碼頭候著，她那兩房下人齊齊動手搬行李，順便把張家大房為數不多的箱籠也搬了，引得大房一家人感激不已。楊氏叫來田氏，與她細細叮囑，又叫新買的那名小丫頭盡心服侍。田氏聽完囑咐，抹著淚將他們一行送上了車，奔赴去碼頭。

江邊碼頭停了一大兩小三隻船，中間那條是頭等船，住著張家兩房的主人家。一前一後兩隻三等船，頭一艘住的是男家丁，押後的是女僕。方氏見色色都打點妥當，叫她插不上手，就有些不高興，但轉念一想全是李舒出的錢，就又高興起來，歡歡喜喜登船。

頭等船的船艙共有六間，大房占了兩間，張梁夫妻與張伯臨小倆口占了兩間，奶娘帶著張浚明占了一間，因此還有一間空了出來。人人都有這心理，想著既是出了錢，就不好空著，於是兩房人聚到船頭，一面看風景，一面商量如何處置那間空房。

楊氏道：「我們家就剩兩名丫頭，住後頭那艘船很好，那間房你們看著辦吧。」

方氏雖然自己愛算計李舒的錢，卻不喜別人占便宜，心想租金是按各自所占的房間數目來算的，若二房多占一間，就要多出一間的錢，於是忙道：「咱們也無人要住，還是讓與大嫂。」

楊氏為難道：「我們實在用不上。」

幾名貼身丫頭雖夜晚宿在三等船，但白日裡還是在頭等船伺候，方氏一扭頭，就瞧見了流霞，便道：「怎麼用不上，我看就與她住，很好。」

她知道節省租金，流霞也曉得，忙道：「多謝二夫人關愛，但我這人有個毛病，晚上住在大船上睡不著，還請二夫人體諒則個。」

這是什麼怪毛病，方氏一愣，但因大房還有名丫頭，就不與她爭辯，只把青苗一指：「那就她留下，正好仲微還沒得通房。」

林依眼裡立時就冒出火光來，忙低頭掩了，暗地裡將張仲微狠掐一把，心道，你要敢答應，我就立時將你推下江去，叫你游著去東京。

張仲微冷不丁吃痛，哎呦了一聲，方氏連忙關切問道：「怎地了？」

張仲微反應過來是林依掐的，忙搖頭道：「無事。」

方氏卻非認定他有事，走去推青苗道：「還不趕緊扶二少爺去房裡歇著。」

青苗隱約聽村裡多舌的媳婦子講過，說正室夫人帶到夫家的陪嫁丫頭，多半是要供姑爺享用的，青苗當時還問了為什麼，那媳婦子就笑道，反正是他家的人了，不用白不用。青苗是與冬麥、如玉一起進張家的，另外兩個成了通房，卻都過得不如她，因此她自己心裡是極不願意的，但卻不知林依態度，因此不敢貿然反駁方氏的話，只拿眼瞧林依。

林依收到自家丫頭眼神，明白了她意思，內心欣慰不已，正要出聲解圍，李舒卻先開口道：「錦書與青蓮老早就吵嚷著要住頭等船，若是弟妹不要那間房，不如偏了我？」

林依實在沒料到李舒會出言幫她，且從某種程度上講，是損害了自己的利益，於是又是驚喜，又是感激，忙道：「我們不要，就讓與大嫂。」

李舒明明是幫她，卻把戲做得足，含笑謝過她，才扭頭向錦書與青蓮道：「既是二少夫人成全，妳們就到那間空房睡吧。」

錦書與青蓮從未想過能住上頭等船，且是有張伯臨在的頭等船，真個兒是驚喜非常，待謝過恩，就忙忙地跑到船尾，喚人放繩子，把後頭船上她們的行李吊上來。

方氏見李舒拆自己的台，惱怒道：「多要一間房，豈不是要多出一份錢？」

她惱李舒，但張梁卻認為李舒賢慧，駁道：「一間房能花幾個錢，兒媳大度，要將伯臨的兩個通房丫頭也接上來，有什麼不妥？」

張伯臨亦是覺得李舒善解人意，看向方氏的眼神就帶了些許不滿。一老一少都護著李舒，方氏更加惱火，遂將張浚明一抱，稱風吹了頭疼，進房去了。那張浚明頭一回見著江，正覺得新奇，猛然被抱進屋，十分不滿，哇哇大哭，引得眾人都皺眉，張梁忙向張伯臨道：「還不趕緊把浚明抱出來，莫要由著你娘的性子。」

方氏正在火頭上，張伯臨可不敢去觸霉頭，遂叫奶娘去。奶娘領命，進去抱張浚明，不多時，便聽見艙內傳來方氏叫罵聲、奶娘辯解聲、張浚明嚎啕大哭聲。眾人被擾得無心看風景，紛紛回艙，將房門掩起。

林依走向李舒，俯身萬福，誠懇道了聲謝。女人心思，相互都曉得，相視一笑，各自明瞭。

李舒進艙，船頭只餘下林依、張仲微與青苗，張仲微本想去勸勸方氏，見張伯臨已去了，便住了腳步，拉林依道：「娘子，咱們也進去吧。」

林依道：「你先去吧，我隨後就來。」

張仲微猜到她是有話要與青苗講，便點點頭，先行回艙。他一走，青苗就撲到林依身前跪下了，抱了她的腿，語無倫次道：「三娘子，二少夫人，我不想做通房丫頭，望妳成全。」

林依心裡高興，忙拉她起來，問道：「為何不想？」

青苗竟扭捏起來，不好意思道：「我這火爆脾氣二少夫人還不曉得，做通房丫頭得低頭伏小呢，我學不來。」

林依笑道：「那似妳這般，將來非得做正頭娘子才好。待進了京，我好生打聽打聽，看誰家有合適的人選，替妳……」

青苗講起別個親事時，比誰都大膽，輪到別人講她，就羞澀起來，不待林依講完，就捂面扭身跑了。

林依笑了一時，沒急著回艙，先朝各艙門瞧去，記住各人所住方位。張棟與楊氏那間，最靠近船頭，隔壁是方氏，再隔壁是奶娘帶著張浚明，繞至另一側，亦是三間船艙，靠近船頭的是張伯臨與李舒，中間是張仲微與林依，最後那間，則是新搬來的錦書與青蓮。

林依瞧了半天，覺得張伯臨的兩名通房丫頭住在他們隔壁實在是不妥，便回房與張仲微講了。張仲微道：「這有何難，我們與她們換一間。」說著就要出去尋張伯臨，林依忙拉住他道：「這樣換也不妥，指不定大嫂就是瞧那間房與他們隔得遠，這才要了去替我解圍。」

張仲微犯起了糊塗，奇道：「大嫂何時妳替解了圍？」

林依不知他是真傻還是裝傻，似笑非笑看著他，問道：「方才若大嫂不開口，那間房就把給青苗住了？」

張仲微道：「青苗是妳丫頭，與她住又如何？妳捨不得租金？」

林依死命壓住火氣，儘量叫語氣如常，問道：「你是不是早將青苗當作通房丫頭了，因此方才才不吭聲？」

張仲微連忙搖頭，大呼冤枉，分辨道：「我還沒來得及出聲，大嫂就已開口了。」

林依仔細回想當時情景，這解釋倒也講得過去，但她還是不甚滿意，拎了張仲微的耳朵教導道：「下回嬸娘若再要此類要求，你須得大聲駁回，不然有你好看。」

張仲微連連點頭，卻又問：「那若拒絕的回數多了，被人懷疑我不中用，怎辦？」

這倒也不是不可能，林依一愣，仔細琢磨起來，張仲微趁機將耳朵從她手下解救了出來，湊到她耳邊道：「我倒有個法子。」

林依驚喜，忙問：「你有何妙計？」

張仲微道：「咱們趕緊添個兒子，朝外一抱，自然就沒了閒話。」

林依一語不發，就朝他身上捶。張仲微抓住她拳頭，委屈道：「這法子有何不妥？」

林依手不得動，就換了腳來，道：「方法不錯，只是你愈發地壞了。」

張仲微抓了手，躲不了腳，躲了腳，抓不了手，一著急，乾脆將她攔腰抱起，朝床上丟了，欲行

「不軌」之事。

林依唬了一跳，忙伸手抵住他的胸，指了指隔板，道：「船上可不比家裡，這些隔板都是木頭的，不隔音哩。」

張仲微聽她這一說，也猶豫起來，走去輕輕叩了叩，不甘不願道：「到底是不是隔音可不好試出來，還是等晚上吧。」

他行不了事，有些精神不振，林依暗暗鄙視，翻了本書出來，丟與他去修身養性。張仲微翻了幾頁，突然道：「咱們到底換不換船艙？」

換是自然要換的，只是怎麼換是個難題。林依託腮，冥思苦想起來，與幾位長輩換，大概誰也不願意，與張浚明換倒是不錯，但那樣張仲微就到了方氏隔壁，楊氏定會不願意。她左想右想都是不妥，正煩惱，張仲微道：「能否咱們不動，叫錦書與青蓮與浚明換？」

林依眼一亮，撫掌道：「我是鑽進死胡同了，只想著咱們搬，卻沒想到她們也是能動的，還是你有主意。」

張仲微得了誇讚，得意洋洋，就要喚青苗進來，叫她去與隔壁講，林依忙攔住他道：「你是大哥兄弟，怎好叫他的通房丫頭搬家，還是我去與大嫂商議。」她起身去尋李舒，不想李舒也在尋她，二人正好在外碰上，遂一同重回船頭瞧風景。

李舒先問道：「弟妹尋我何事？」

林依本想稱哥哥的通房丫頭住在兄弟隔壁不妥，但又覺得李舒官宦出身，興許不願聽這略顯輕薄的話，於是尋了個藉口道：「浚明住在那邊，大嫂怕是不好照顧，不如叫他與錦書青蓮對換。」

李舒略一想就明白了她的意思，忙道：「如此甚好，是我思慮不周。」她話音才落，甄嬸便朝船艙方向去了，想來是去吩咐錦書與青蓮搬房間。林依暗自感嘆，李舒真是會調教人，下人如此通透，連個眼色都不用使，就自曉得如何行事。

李舒轉身面朝江水，瞧了會兒波濤，又望了望群山，問林依道：「不知弟妹能否幫我一個忙？」

林依道：「大嫂請講。」

李舒朝頭一間船艙望了望，道：「咱們下一個要停靠的碼頭是夔州，但我想在此之前，先回雅州探望父母，又恐大老爺與大夫人不願意，能否請弟妹去幫我說說？」

林依笑道：「仲微多虧李太守照應呢，大老爺與大夫人必是肯的。」

李舒見林依笑容不似作偽，就將藏了許久的問題問了出來：「二少爺既是願意跟隨我父親，為何不收下青蓮？」

原來李簡夫贈丫頭真是大有深意的，林依忙解釋道：「許是他那時一心備考，無意其他。」

李舒暫且信了，便邀林依相陪，一同朝楊氏房裡去。楊氏聽了李舒請求，倒是肯的，但張棟卻似乎不大願意，楊氏遂道：「不過多停一站罷了，耽誤不了行程。」

張棟念及張仲微中進士，李簡夫是幫了忙的，便勉強點了頭。李舒見他們都同意，便歡喜告辭，準備再去問張梁與方氏。

楊氏待她與林依走後，問張棟道：「你何時變得這樣小氣，侄媳婦想回趟娘家，你也不願意？」

張棟皺眉道：「我哪裡是小氣，只是當下黨爭正烈，須得避一避嫌。」

楊氏不解，奇道：「當初大郎要娶李太守女兒時，你怎沒想到避嫌？」

張棟背著手踱向小窗邊，嘆氣道：「此一時彼一時。」他未明講，楊氏已然明白，定是張伯臨成親那會兒，李簡夫風頭正勁，而如今卻處於劣勢了。她突然想起張仲微與李簡夫也有些關聯，忙問道：「要不要提醒二郎一二？」

張棟仔細想了想，搖頭道：「局勢未定，不必過早驚慌，待他授過官，我再提點提點他。」

楊氏點頭，取來件衣裳與張棟披上，笑道：「我看二郎是個警醒的，不然怎麼沒收青蓮那丫頭。」

張棟也笑：「什麼警醒，歪打正著，運氣罷了。」

楊氏偏了心，嗔道：「那也算有福氣。」

李舒與林依在船頭分手，回房尋張伯臨，道：「我欲先回娘家探望父母，已求得大老爺與大夫人允許，卻不知二老爺與二夫人許不許。」

張伯臨思忖，他能中進士，李簡夫幫忙不少，就算不是自家岳丈，也該前去拜見一番，便道：「我去與爹娘講。」

他到了父母房中，稟明意思，張梁當即同意，方氏正欲提反對意見，張伯臨瞧出她心思，忙道：「娘，妳兒才中了進士，妳去見親家，多有顏面。」

方氏臉上得意之色立現，腰也挺直了，那反對的話就沒講出口。

張伯臨暗暗鬆口氣，順利完成任務，回房向李舒邀功，夫妻二人卿卿我我了一陣，李舒便喚人來，吩咐遣派幾人打頭陣，先上李家去報信。

一路風光綺麗，很快抵達雅州，李家已有人在碼頭候著，見船隻靠近，立時上前迎接。李家來接的人多，一時間前呼後擁，氣勢非凡。一行人到達李家，李簡夫親自來迎，男人們被請入正廳，女人們則由李舒帶領，朝內院去。季夫人已在垂花門等候，先與楊氏、方氏見過，再拉過女兒瞧了又瞧，突然嘆了一句：「舒兒瘦了。」

方氏聽了這話十分不喜，暗自嘀咕，張家又不曾怠慢於她，她自要消瘦，能怪何人。

李舒卻小聲與季夫人抱怨：「成日不是白菘就是蘿蔔，能不瘦才怪。」

季夫人怕方氏聽見，忙輕掐她一把，將眾人引進廳中，分賓主坐了。丫頭們端上茶來，一色青白釉花口盞，潔白溫潤，如同蓮花朵朵，好不漂亮。因方氏捧著那茶盞看得久了些，季夫人便道：「我這裡還有套新的，未曾使用過，叫人取了來，與張二夫人帶回去。」

方氏聽出了這話裡的意味，哼道：「我哥哥家也有這樣一套茶盞，我瞧著有些相像，因此多看了幾眼。」

季夫人曉得方氏的哥哥方睿，因張伯臨娶了李舒，時時在家中氣得跳腳，於是就偷偷笑了，不再取笑方氏。

楊氏雖也不喜方氏，但到底都是張家人，見季夫人這般不給臉，就有些不高興，當即稱坐久了船，想要歇一歇。季夫人正想與李舒單獨講話，聞言，忙吩咐丫頭把她們領去客房。

只是楊氏想歇而已，方氏並不想走，卻還是被丫頭請了出來，滿心窩火，與楊氏發牢騷道：「當初伯臨要娶李家女，我就是不同意的，大嫂，妳瞧她那個娘，兩隻眼睛恨不得長到頭頂上去。」

楊氏也是瞧不慣季夫人，但還是安慰方氏道：「只要兒媳好便好，理她娘作甚。」

方氏仍舊不滿，但還是有些害怕李家權勢，不敢大聲叫罵，只在心裡腹誹，隨丫頭去了客房。

且說李舒留下，與季夫人好一通抱怨婆家，季夫人心疼道：「當初就叫妳不要嫁，妳自己非要朝火坑裡跳。」

李舒聞言又扭捏起來，道：「官人待我還是好的。」

季夫人道：「他哪裡好了，我怎麼沒瞧出來。家中貧窮，害得娘子頓頓吃青菜，面黃肌瘦，這也叫好？」

李舒不答，只紅著臉不作聲。季夫人是過來人，瞧出些端倪，便不問了，只道：「妳手裡又不是沒錢，怎麼不拿些出來吃頓好的？」

李舒道：「我才不願貼嫁妝錢養家，博來賢慧虛名，到頭來苦的卻是自己。」

行。」

季夫人大悅，連稱：「這才是我女兒。」又道：「待得女婿獲官，就好了。」

李舒點頭，正要接話，有丫頭進來報：「有位張家奶娘稱小少爺哭鬧著要上街耍，來問大娘准不准行。」

季夫人大為驚訝，問道：「張家哪裡來的小少爺？」

李舒回道：「是官人在外的人兒生的，方才哭鬧，奶娘抱到外面玩去了，因此娘不曾見著。」說完命人將張浚明抱進來拜見外祖母。

季夫人可不是好糊弄的人，當即臉色就沉下來，怒道：「嫡子未生，庶子就抱回家來了？他們張家到底有無將我們李家放在眼裡？」

奶娘已把張浚明抱了進來，他見到李舒，剛剛止住哭，被季夫人這一吼，又放聲哭鬧起來。李舒忙命奶娘將他抱出去，勸慰季夫人道：「不過是個庶子，值什麼，照樣要管我叫娘。」

季夫人瞧張浚明年歲，再一算李舒出嫁的時間，問道：「這孩子懷在你們成親前？」

他們成親前，可還沒出孝，李舒心驚，忙矢口否認，道：「是我進門後才懷的，她娘是個煙花女子，官人瞧不上，因此沒領進門，只把兒子抱回來了。」

這說辭仍舊讓季夫人氣得太陽穴突突直跳，但李舒不在乎，她再氣再急又有什麼用，只得罵了幾句「不爭氣」，揮手叫她下去。

李舒走出門時已是驚出一聲冷汗，叫風一吹，涼颼颼的，忍不住打了兩個噴嚏。甄嬸怕她得傷寒，忙護著她回房，又命人煎薑湯來與她喝。李舒深知自家娘親性格，曉得她定會向李簡夫告狀，忙命甄嬸去喚張伯臨回來。

張伯臨此時正與李簡夫交談，怎好半路喚回，甄嬸想了想，叫來個小丫頭，耳語幾句。那小丫頭便走進廳去，向李簡夫道：「老爺，大娘身子不爽利，打了好幾個噴嚏了。」

李簡夫最是疼愛李舒，一聽說她病了，忙命人去請郎中，又催張伯臨趕緊去瞧瞧。張伯臨也是著急，忙忙出廳來，見甄嬸候在外頭，忙問：「大少夫人怎地了？」

甄嬸只搖頭，領著他到李舒昔日閨房，道：「大少夫人有話與大少爺講。」說完便朝門口守了。

張伯臨見她親自守門，料得有要緊事，趕忙進屋，問李舒道：「娘子，可是岳母見著浚明了？」

李舒瞪他一眼，道：「你也曉得？」

張伯臨聽得真是此事，急道：「岳母怎麼說？」

李舒道：「早知今日，何必當初。」

張伯臨不好說那都是方氏騙他才釀成的禍，只道：「我已悔了，只可惜世上沒得後悔藥吃。」

女人大多時候不是要求什麼結果，一個認錯便已足夠，李舒聽了這話，立時氣就消了大半，道：「我娘瞧出浚明年歲不對，叫我編了個理由搪塞過去，但她定會把此事告訴我爹，咱們且先想個對策出來。」

張伯臨想了想，道：「能有什麼對策，只好一概抵死不認。」

李舒一想，也只能如此，便與他把口供對好，免得到時露了馬腳。張伯臨見李舒肯為了自己，欺騙自家父母，心下十分感動，摟她在懷裡抱了好一會兒。二人正摟抱著，甄嬸在外稟道：「大少爺、大少夫人，二少爺來了。」

張伯臨開門一看，除了張仲微，後面還有郎中，他便走出門來，讓郎中進去，再摟了張仲微的肩膀走到一處假山下，問道：「還是那件事？」

張仲微苦惱道：「你走後，李太守又問我願不願意，我欲應下，爹卻直衝我使眼色，叫我好生為難。」

張伯臨問道：「那你到底應下沒有？」

張仲微搖頭道：「李太守雖於我有恩，但到底孝道最大，我哪敢不聽爹的。」

這話也在理，張伯臨便又問：「那你可曾問過伯父，他到底是什麼打算？」

張仲微朝左右看看，壓低聲音道：「我爹的意思是，兩派相爭未決，還是暫時中立觀望的好。」

其實張伯臨也是這樣想的，不禁羨慕道：「你比我命好，不像我，娶了李家女，就只能聽李太守的話了。」

張仲微搗了他一拳，笑道：「難不成你悔了？」

張伯臨就笑了，大大方方道：「不悔。」

兩兄弟笑著互摟肩膀拍了拍，各自回房。

張仲微見到林依，道：「大嫂似是病了，你待會兒過去探望探望。」

林依奇道：「方才還是好好的，怎一會兒功夫就病了？」

青苗早已去探過消息，道：「不過是吹了風，打了幾個噴嚏而已，不知為何鬧出這樣大的動靜。」

李舒雖為富家女，卻不是嬌氣之人，這般小題大做定有緣由，因此林依吩咐青苗道：「不可將妳的猜測四處亂講。」說完帶了她，去問候李舒病情。

她進門時，李舒已躺在床上，季夫人在旁握著她的手，滿眼淚光，林依嚇了一跳，忙問：「大嫂怎麼了？」

季夫人喜氣洋洋道：「郎中才診過脈，說是有孕了。」

林依替李舒高興，忙道恭喜。

李舒笑道：「弟妹也該加把勁。」

因季夫人在旁，林依就不好意思起來，道：「大嫂新孕，需要休息，我改日再來看妳。」

他們在此處不過停留一個晚上而已，怎道改日再來？李舒瞧著她出門，就笑了：「弟妹害羞了。」

林依回到房內，將這好消息告訴張仲微，張仲微笑道：「哥哥即將得嫡子，想必樂壞了。」

林依方才並未瞧見張伯臨，便道：「大哥不知去了何處，怎沒在大嫂身邊守著。」

張仲微想起廳中之事，臉色就有些不好看，道：「興許是去向李太守報喜了。」

林依點了點頭，盯著他的臉道：「有事瞞著我？」

張仲微道：「朝堂之事，講與妳聽，只是徒添煩惱。」

林依頓足扭腰道：「你不講，我更煩惱。」

張仲微瞧她這模樣可愛，遂摟了她朝桌邊坐了，笑道：「既然妳自尋煩惱，那我就與妳講講。」

原來李簡夫欲彈劾一王姓工部郎中，已寫好了奏摺，卻簽署的是張仲微的名字，並命他進京後，將此奏摺呈與皇上。

林依明白了，這王姓工部郎中想必便是李簡夫的政敵，他自己隱退在家，便欲使門生出面。

張仲微聽了林依分析，笑道：「娘子倒有幾分見解。」

明擺著的事，還消有見解？雖得了誇讚，林依還是沒好氣地白了張仲微一眼，又問道：「那李太守有沒有叫大哥也呈奏摺？」

張仲微點了點頭，道：「大哥已將奏摺收下了，但我沒收。」

林依奇道：「你不是一向跟著大哥學的，怎麼他收了，你卻沒照做？」

張仲微便將張棟的的意思與她講了，林依大讚：「爹是明白人。」

張仲微沒接話，林依便問：「那你是怎麼想的？」

張仲微沉默一時，道：「我甚為佩服歐陽翰林，是想接那份奏摺的。」

林依理解他的心情，寒窗許多年，自有一腔抱負在，並不只想自保而已。她見張仲微還是精神不振，便勸慰他道：「我不懂那些大道理，但為國為民，與黨派之爭什麼相干？你此番進京領了官職後，能盡職盡責，造福一方百姓，就不枉苦讀這些年了。」

張仲微連稱有理，終於開懷，笑道：「原來娘子才是明白人。」

夫妻倆正聊著，忽聽得外面吵嚷，林依心一緊，暗道，莫非又是方氏鬧事，可別在別人家丟了臉面。但她擔心也沒用，青苗來報，鬧事的就是方氏。

因李舒才診出有孕，且未滿三個月，季夫人怕她旅途勞累，與胎兒不利，便想留她在娘家安胎，待得胎像穩固再送去京城，但方氏堅決不允，與季夫人三言兩語不合，就吵嚷起來。

外面院子裡，季夫人大概是怕擾著李舒，不肯叫方氏進屋，只與她站在假山處爭辯：「回娘家安胎的人多的是，為何我家舒兒就不行？」

方氏根本就不是講理的人，任憑季夫人磨破了嘴也沒用，季夫人本就在為張浚明的事生氣，又見方氏蠻橫，大悔將女兒嫁與了她，便進屋與李舒道：「我看張伯臨不是妳良配，不如和離算了。」

李舒大吃一驚，撫著小腹道：「娘，我才懷上張家骨肉，怎可言和離。」

季夫人也是一時氣話，嘆著氣將她摟進懷裡，道：「我兒命苦，竟攤上這樣一個不講理的婆母。」

方氏不講理，李舒也生氣，但她並不想與張伯臨分開，便道：「娘，我們走的是水路，不妨事的。」

季夫人氣道：「那孩子究竟是怎麼回事，妳心裡清楚，我叫妳爹懲治張伯臨，妳攔在頭裡，留妳在家安胎，妳也不願意，真是嫁出去的女兒，潑出去的水嗎？」

李舒爬下床，淌著淚與季夫人磕頭，哽咽道：「女兒不孝。」

到底是親閨女，季夫人再生氣，也見不得她跪在冰涼青磚地上，忙把她扶了起來，嗔道：「懷著身子呢，莫動不動就朝冰涼的地上跪。」

還是親娘心疼人，李舒瞧見季夫人溫柔，再一想跋扈方氏，真傷心哭起來。季夫人忙將她摟了，不敢再講重話，又拍又哄了好一時，才親自扶她躺下，喚人進來伺候。

方氏還等在外面，見季夫人出來，又要上前吵鬧，季夫人嫌惡看了她一眼，扭頭就走。方氏欲跟上去，甄嬸忙拉住她道：「大少夫人自願跟去京城，二夫人莫要鬧了，也與張家留些顏面。」

方氏見她一個下人敢這樣跟自己講話，十分惱怒，正要發火，張伯臨走上來道：「娘也累了，回去歇著吧。」

任嬸與楊嬸也嫌方氏丟人，連忙上前，一左一右將方氏攙了，快步朝她屋裡走：「二夫人也累了，咱們且回去吃茶。」

林依站在門口，瞧見方氏這般模樣，又是覺得丟臉，又是覺得好笑，一時之間竟不知作何表情。張仲微躲在屋裡沒敢出去，聽得外面消停下來，才從窗戶裡朝外瞧了瞧，吐了口氣。林依心道，方氏也真有能耐，竟能叫所有人都怕她，也算是本事一樁了。

張伯臨得知李舒懷孕，興奮莫名，到她床邊坐著，一手摟著她的肩，一手摸著她小腹，怎麼也捨不得走開半步。李舒故意道：「又不是頭回做父親，哪來那麼些激動。」

如玉懷孕時，張伯臨根本沒想留下孩子，自然沒得做父親的興奮勁，再見浚明，只想著如何瞞過孝期產子的事，根本沒功夫體會做父親的樂趣，如今李舒腹中的孩子名正言順，他心中感覺自然十分的不同。這些話，他只想藏在心裡，不願講出來，只逗李舒開心道：「這就是我頭一個兒子。」

女人都愛聽這樣的話，李舒也不例外，今日因張浚明帶來的不快，也消散了許多。

張伯臨道：「妳懷著身子還要坐船奔波，真是辛苦妳了，不如在這裡多住兩日再走？」

李舒聽得他有這念頭，已是很高興，道：「怎能耽誤你進京行程，再說不止有我們，還有二少爺呢。」

張伯臨便起身，道：「那我叫他們去把船上的床墊軟和些。」

李舒笑道：「已經夠軟和了，還要怎麼墊？倒是咱們分房睡的好，叫青蓮到我房裡值夜，你與錦書去住。」

張伯臨不肯，道：「我來替妳值夜。」

李舒記著季夫人的叮囑，是真不願與張伯臨同房而眠，免得他一時忍不住，害她動了胎氣，於是執意要他搬出去。張伯臨拗不過她，只得喚進甄嬸吩咐幾句，命她去辦理。

第二日，張家眾人辭別李簡夫與季夫人，前往碼頭登舟。季夫人拉著李舒的手，同坐了一頂轎子，一路叮囑，直送到船上，下了船也還捨不得走，留在碼頭，戴了紫紗蓋頭，踮腳望著。李舒站在船頭，看著季夫人的身影越縮越小，想到這一去，不知何時才能再見到母親，忍不住淚流滿面，張伯臨又是心疼她，又是心疼她腹中的孩兒，忙著幫她拭淚，哄她開心。

方氏在船尾瞧見兒子在兒媳面前小意兒奉承，很不高興，但小夫妻倆親密，她又不好意思上前打擾，正暗自窩火，忽見錦書與青蓮兩個同在船那側看風景，中間隔了卻有丈把遠，遂心生一計，走過去站到她們中間，故意向青蓮道：「大少夫人賢慧，安排妳與大少爺同船艙，妳須得小心服侍，不可怠慢。」

青蓮本就妒忌錦書占了尖兒，聽到此話，更是一腔醋意滿溢，只差淌出來，扯著帕子道：「回二夫人，我哪有那份能耐，服侍大少爺的是錦書呢，妳只與她說去。」

方氏故作驚訝狀，看看她，又側頭看看錦書，笑道：「我瞧妳模樣比錦書還好些，性子也柔順，還道是妳服侍呢，原來不是。」說著朝錦書那邊挪了幾步，親切和藹叮囑她道：「既然大少夫人挑的是妳，就要好生服侍大少爺，早日替咱們張家開枝散葉，若是缺什麼，儘管來找我。」

青蓮瞧得兩眼冒火，當即走去船另一側，向李舒道：「大少夫人，僅錦書一人服侍大少爺，十分辛苦，不如我與她輪換著來。」

李舒臉上淚痕未乾，人還半倚在張伯臨身上，見她這般沒眼力勁兒，十分不喜，遂板了臉不作聲。

青蓮並非沒腦子的人，方才是被方氏激著了，一時氣憤才暈了頭，她話音剛落就覺出情形不對，心內大悔，恨不得抽自個兒兩耳光。

張伯臨出聲斥道：「主人吩咐，丫頭照辦便是，哪來那麼些話。再囉嗦，叫妳回後頭的船上去。」

青蓮自跟張伯臨以來，還從未聽過這樣重的話，當即紅了眼圈，躬身退下。方氏正在船那側等著她，見她過來，笑問：「大少夫人答應了？」

青蓮極想瞪她一眼，又不敢，只低著頭不理她，匆匆擦身而過。方氏見她這般無理，心頭無名火又生，忽一想到這不過是個通房丫頭，若去告狀，李舒未必肯護她，遂沒有叫罵，而是喚來任嬸，斥道：「妳沒長眼嗎？我被個通房丫頭這般折辱，妳也不護著點。」

任嬸忙道：「那我去罵她。」

方氏道：「她又不是我的丫頭，妳怎好去罵。」

任嬸明白過來，這是叫她去尋丫頭主人告狀，但她的心更偏李舒些，就不想去，便道：「二夫人乃是當家主母，誰人都歸妳管教，怎麼不能罵她。」

這話方氏聽了也高興，但她此番目的，是想將船那側黏在一起的兩人拉開，於是道：「青蓮到底是大少夫人的丫頭，須得與她些顏面，妳還是去尋大少夫人的好。」

任嬸並不知方氏的小心思，還道她只是單純想找李舒的碴，便道：「青蓮是大少爺的通房哩，不如我去與大少爺講？」

方氏一想，攪張伯臨，與攪李舒是一個道理，遂點頭道：「快去。」

任嬸就走到船那頭去，一眼瞧見張伯臨與李舒正並肩站著，前者指遠山，後者甜笑，立時覺著這便是一幅畫，不忍上前打擾，但方氏就在身後盯著她，不得不硬著頭皮走過去，出聲道：「大少爺，借一步說話。」

張伯臨不明所以，還道有要事，便喚來錦書，叫她扶李舒先回房。錦書過來，攙了李舒胳膊，小心翼翼將她扶進船艙，倒了紅棗茶來與她喝，又道：「青蓮夜裡服侍大少夫人，我不放心，還是換我來吧。」

李舒笑道：「妳捨得把大少爺讓與她？她可是才剛來與我抱怨，說要與妳輪換呢。」

錦書心中暗恨，面兒上卻誠誠懇懇，道：「我一心只想服侍好大少夫人，就是全讓與她又何妨。」

李舒可不認為錦書這份真心是實打實，不過聽起來比青蓮的話受用多了，況且錦書才是自小跟她的丫頭，知根知底，那青蓮雖也是李家出來的，但到底隔了一層，便笑道：「妳放心，我定叫妳的兒子生在她前頭。」

錦書臉紅了，心裡卻道，青蓮一輩子生不出兒子才好呢。

過了會子，張伯臨進來，錦書忙道：「李夫人送了好些老參呢，我叫後頭廚房與大少夫人燉人參雞湯去。」說著便告退，走了出去，還把門順手掩上了。

張伯臨向李舒讚道：「到底是妳跟前的人，就是比青蓮懂事。」

李舒笑罵：「青蓮不過是想與妳同睡一間船艙，妳心裡恐怕正樂吧，少裝出副假惺惺的模樣來。」

張伯臨聽出「打情罵俏」的語氣，愛極，挨過去摟著親了又親，才道：「任嬸方才來告狀，稱青蓮對娘不甚恭敬，惹了她老人家生氣。」

方氏自個兒沒個主母樣子，也怨不得下人不敬她，李舒心裡不以為然，但張伯臨的面子得把足，遂作氣憤狀，隔空將青蓮罵了幾句，又要叫她到跟前來教訓。張伯臨忙道：「妳懷著身子，切莫動怒，我去責她便是。」

他推門出來，走到另一側第三間房內，見裡面只有青蓮一人，正獨坐垂淚，不禁好笑：「妳得罪了別人，卻跟自己受了委屈似的。」

青蓮聽見張伯臨聲音，回頭一看，真真是他，一時驚喜起來，飛撲進他懷裡，雙手摟住他脖子，雙腿纏上他的腰，整個人掛到了他身上去。張伯臨被個香軟身子水蛇似的纏住，頓覺呼吸急促，全身發熱，登時就將此行目的忘得一乾二淨。

青蓮在他身上扭了幾下，浪聲道：「冤家，你還杵在那裡做什麼？再耽擱，錦書可就回來了。」

張伯臨笑道：「妳個騷蹄子。」說話間反手栓門，把青蓮抵到隔板上，將她裙兒一掀，自己袍子一撩，身子一挺，二人穿的都是開襠褲，直接就動作起來。一時之間隔板劇烈顫動，所幸他們選的是靠外的隔板，不然真是要驚煞許多人等。

一時事畢，青蓮仍攀住張伯臨不肯下來，在他耳旁笑問：「我與另兩位比，哪個更強些？」

張伯臨才得了趣味，自然要撿兩句好聽的話來講，加之李舒與錦書於房中之事的確不怎麼放得開，於是將她大腿啪地拍了一下兒，笑答：「自然是妳功夫更好。」

青蓮就笑了，將一張紅唇湊上去，啃個不停，陡然間溫度又升，張伯臨正欲再抵她上牆，門外傳來錦書聲音：「青蓮，大白天的，妳栓門作甚？」

張伯臨慌忙放下青蓮，左顧右盼，青蓮卻連裙子都懶得整理，奇道：「我是大少爺的人，已是走了明路的，你慌個什麼？」

這話一點兒不假，但張伯臨就是有被捉姦在床的感覺，特別是一想到這事兒有可能傳到李舒耳裡，內心就止不住地慌，匆忙尋了只大衣箱，將裡頭的衣裳甩出來，自個兒鑽了進去，又沖青蓮小聲道：「隨妳編什麼話搪塞過去，只要錦書不起疑，我便求了大少夫人，叫妳和她輪流與我同船艙。」

這許諾聽在青蓮耳裡十分誘人，因此她雖不理解張伯臨的做法，但還是點頭應了。走去將衣箱上的鎖環往內折，再蓋上蓋子，留出一絲縫隙，免得憋壞了張伯臨。

外面錦書敲門聲愈盛，青蓮來不及整理衫裙，就這般散亂著，走去開門。錦書見門久久才開，本就狐疑，再一見她這模樣，馬上問道：「為何這樣久才開門，且衣衫不整？」

青蓮忙以手掩嘴，打了個呵欠，道：「方才困頓，小歇了片刻，因此沒聽見妳敲門。」

錦書一面朝內走，一面罵道：「妳不到大少夫人艙內伺候，卻跑到我艙裡來睡覺，是何道理？」

青蓮這才記起這間艙已不屬於她，心裡妒火，便又燃了起來，但她曉得張伯臨就在屋裡，便要裝柔弱，故意可憐巴巴回道：「錦書姊姊休惱，實在是困得緊了，才借用了姊姊的床鋪，我這就替妳整理好。」

錦書聽她這般講，就將目光投向了床上，見被褥等物整整齊齊，並無睡過的痕跡，內心疑惑更盛，再一轉頭，瞧見床角滿地的衣裳，忙走過去撿，罵道：「作死的小蹄子，亂翻衣箱做什麼。」

青蓮擔心她要開箱，連忙上前把她拉起來，道：「是我尋一件衣裳，才翻了幾下，錦書姊姊息怒，我這就撿起來。」

錦書便朝旁邊凳子上坐了，看著她撿衣裳。青蓮不敢開箱，自然要磨磨蹭蹭，撿起一件，疊了半晌還在手裡。錦書瞧得心急，一把奪過來，三兩下折好，一手拿著衣裳，一手就去開衣箱。

肆之章　莫名不速嬌客

青蓮唬了一跳，忙一把抓住錦書手腕，道：「錦書姊姊，鎖壞了，小心傷手。」

錦書也被她突如其來的動作嚇了一跳，遂探頭去瞧那鎖，突然外面任嬙來喚：「兩位姊姊，大少夫人害喜，才吃的雞湯全吐了，妳們還不趕緊過去伺候？」

青蓮萬分感謝任嬙這一嗓子叫喚，趕忙挽了錦書的胳膊朝外走：「哎呀，大少夫人怎麼就吐了，錦書姊姊，咱們趕緊去瞧瞧。」

向李舒獻殷勤的事，錦書自然不願落在青蓮後頭，遂甩開她的手，先一步出了門。青蓮看著她同任嬙拐過船頭去，忙回身掀開衣箱，拍著胸口道：「好險，大少爺趕緊走，可別忘了欠我的情。」

方才任嬙的話，張伯臨也聽見了，現在他擔心李舒，對青蓮便只隨口應了一聲，衝出門去。他回到李舒所在的艙內，李舒已在床上躺著了，正由錦書服侍著漱口。李舒臉色蒼白，見他進來，勉強一笑，問道：「教訓過青蓮了？」

張伯臨極力掩飾面部表情，上前接過錦書的活兒，把漱口的杯子遞到她嘴邊，埋怨：「妳自己吐成這樣，還操心丫頭做什麼。」接著又關切問道：「感覺好些了沒，聽說含青梅能止吐，我叫他們買去？」

李舒先漱口，將水吐到痰盂裡，笑道：「現在什麼時節，青梅得待到明年，再說咱們在江上呢，到何處買去。」

張伯臨附和傻笑，服侍她漱完口，又替她撫胸順氣。錦書端了痰盂出來，暗自疑惑，張伯臨既是去向青蓮訓話，為何方才不見他在房裡？她正猜想著種種可能，青蓮扭著要走來，問道：「錦書，大少夫人可好些了？」

方才還是錦書姊姊，眨眼就變作直呼其名，錦書心下詫異，再朝青蓮身上一瞧，見她短短時間竟換了套衣裳，頭髮也是新梳過的模樣，心裡的那份疑惑不禁更盛。

青蓮見她不答，也不理會，逕直上前準備推門，忽地想起張伯臨大概就在房裡，自己可不能向先前那般莽撞，擾了他們夫妻相會，於是就將手縮回來，扭著腰身又走了。

錦書看了看手裡的痰盂，見她並無一絲要幫忙的意思就惱火起來，幾步追上去，將痰盂朝她懷裡一塞，道：「大少夫人指明要妳伺候，妳怎可躲懶？趕緊把這痰盂倒乾刷淨，再去廚下熬些清淡的白粥來。」

青蓮自然不服氣，欲與之鬥嘴，卻想起張伯臨的許諾，心道，不如先服個軟，叫錦書氣焰更高些，到時跌下來才更疼，於是就堆了滿臉的笑，抱著痰盂去船尾，道：「錦書姊姊放心，我對大少夫人忠心耿耿，自會把她伺候好。」

她這話，錦書聽了倒沒覺著什麼，但傳進屋內張伯臨耳裡，卻叫他心虛起來，生怕沒滿足青蓮要求，她就要把方才的事告訴李舒，於是忙道：「娘子，妳叫青蓮值夜，可她毛手毛腳，又沒個眼色，我實在不放心，還是我親自來伺候妳更好。」

李舒不知他內心小九九，還道他是捨不得離了自己，掩嘴笑道：「少給我找藉口，叫妳去就去，錦書那妮子可是盼著呢。」

張伯臨見她沒朝自己想好的道上走，心裡那個急呀，欲直接講出來，又怕她生疑，登時坐立難安起來。李舒瞧他這副模樣，琢磨一時，試探問道：「可是你不喜錦書？」

張伯臨連連點頭，又急忙搖頭。

李舒奇道：「你到底什麼意思，直接講來便是，還與我打啞謎？」

張伯臨握著她的手道：「娘子，我本想自己伺候妳，可妳不願意，因此就想讓青蓮與錦書對換。」

他一面講，一面小心翼翼瞧李舒臉色，見她並無明顯不悅，便接著道：「妳可別多心，我只不過是看著錦書心細，又是在妳身邊伺候慣了的，想必使喚起來比青蓮更順手。」

李舒問道：「你真是這樣想的？」

張伯臨見她是肯的意思，大喜，忙道：「都是通房丫頭，又沒得高下之別，我自然只是為娘子考慮。」

在外人看來，錦書與青蓮都是李家人，確是無甚分別，且平日裡並看不出張伯臨更偏愛青蓮，因此李舒就信了他是真心話，但她私心裡不願意青蓮壓過錦書一頭，便道：「青蓮盡不盡心，一時也瞧不出來，不如叫她與錦書輪班換。」

這正是張伯臨想要的結果，忙點頭道：「還是娘子細心，若只一人值夜，久了難免倦怠，還是輪換的好。」

李舒微微頷首，錦書青蓮二人輪班之事至此商定。

張伯臨急著去將這消息告訴青蓮，便謊稱入廁，溜了出去。李舒正想閉眼瞇一會兒，錦書進來，道：「大少夫人，妳方才是叫大少爺教訓青蓮去了？」

李舒「嗯」了一聲，道：「那妮子有些輕狂，因此我讓大少爺去說她兩句。」

錦書道：「青蓮方才就在我那艙裡，可大少爺並不在。」

李舒沒有在意，隨口道：「興許妳去時他已訓完了，去了別處。」

錦書搖頭，上前兩步，道：「可我是先找的大少爺，遍尋不著，這才去找青蓮。」

李舒的眉頭輕輕跳了一下兒，船隻有這樣大，張伯臨既不在外面，又不在艙裡，難不成能跳到江裡去？

錦書接著道：「我回艙時，艙門已被人從裡面栓得死死的，敲了半晌，來開門的卻只有青蓮，大少爺仍不見去處，真真是叫人納悶……」

李舒不待她講完，匆匆打斷道：「趕緊去瞧瞧大少爺現在何處，悄悄看一眼便得，莫要驚擾。」

不知為何，錦書感覺有些興奮，乾乾脆脆應了一聲，急忙出門，也不去別處，逕直朝她自己艙裡去。

她的判斷很正確，張伯臨就在她艙裡，剛把那好消息告訴了青蓮，青蓮心下感謝，就又把他纏住了，這回張伯臨不敢再來，便將她從身上拉了下來，哄道：「我一個月裡有一半時間都是妳的呢，猴急什麼？」

青蓮有些失望，只好道：「那你今晚就來，還跟方才一樣，把我抵到牆上。」

張伯臨笑道：「好，好，好，只盼晚上錦書莫要又來攪局。」

錦書正貼在門縫上偷看，支起耳朵偷聽，聽到這裡，忍不住暗自冷笑一聲，離了艙門，回去向李舒稟報，且沒忘了添油加醋。她也是個有心眼兒的，言語裡幫張伯臨撇得一乾二淨，只道：「我瞧見大少爺連連朝外推她，她卻非要朝跟前黏。」

李舒看了錦書一眼，道：「妳不必替大少爺開脫，他若不是自願，為何要讓青蓮與妳輪班值夜？」

錦書還不知道輪班值夜一事，聞言更恨青蓮，但嘴上卻道：「這事兒我卻是願意的，叫青蓮服侍大少夫人，我還不放心呢。」

李舒滿心都是張伯臨與青蓮的事，懶得去揣摩這話是真心還是假意，吩咐道：「去把甄嬸喚來。」

錦書明白，這就是要對付青蓮的意思了，大喜，忙應著去了。不多時，甄嬸匆匆推門進來，問道：「可是大少夫人又吐了？」

李舒搖頭，示意她將門關上，道：「青蓮那妮子要翻天了。」

甄嬸也不問到底怎麼個翻天法，只問：「是餵藥，還是賣掉？」

李舒的長指甲在桌上慢慢劃著，道：「她到底是我李家人，再換一個，還不知怎樣呢，且先放她一馬。」

甄嬸應了，走去床前，自床底下拖出只大箱子，掀開來是一層雜物，她將雜物挪開，再不知按動了哪個機關，箱子底就朝兩邊分開來，原來這是個夾層箱，明一層，暗一層。裡面擺著一溜小匣子，個個精緻無比，她順著右手邊數到第三個，取出來與李舒瞧，問道：「就是這個吧，若她還是不聽話，就換第二只。」

李舒點了點頭，閉上了眼睛。甄嬸見她還是不高興，安慰她道：「青蓮不過是個通房丫頭，膽子再大也翻不出天去，大少夫人若為這樣的事氣壞了身子，可不值當。」

李舒嘆了口氣，道：「我哪裡是氣她，我是氣大少爺，若他意志堅定，青蓮又怎會得逞。」

甄嬸人老成精，雖只聽到片言隻語，但已大概猜出事情始末，笑道：「大少夫人真會講笑話，男人就是那貪嘴的貓兒，就是沒人勾引，還時不時要去偷個腥呢，何況是自動自覺送上門來的。」

李舒勉強笑道：「若我是個善妒的，他這樣也就罷了，可我都已主動叫他搬去那邊艙裡，還給他安排了人，他卻放著光明正道不走，非要偷偷摸摸，怎能叫我不生氣。他若真想要青蓮，與我講一聲兒，難道我會不許？」

甄嬸笑出聲來，見李舒不滿看她，忙湊過去小聲講了幾句。李舒聽後，也笑了起來，拍她道：「甄嬸，妳個老不正經，難不成因為男人愛偷，我就……」她羞到講不下去。

甄嬸接過話來，道：「大少夫人因此事傷心，我卻要恭喜大少夫人。」

李舒奇道：「這話怎講？」

甄嬸笑道：「青蓮是過了明路的，大少爺做下此事，就算大少夫人知道又能怎樣，但他卻一心瞞著妳，是為了什麼？」

李舒仔細思索，忽地明白過來，原本下拉的嘴角就朝上翹起了。甄嬸見她想轉過來，便自那小匣兒裡取出一紙包，攥在手裡，悄然退了出去。李舒曉得她辦事妥當，便安心閉上眼睛，小睡片刻。

晚飯後甄嬸來報：「大少夫人，青蓮已吃完飯了，我叫她來伺候？」

李舒聽到這話，便曉得甄嬙是把藥下到飯菜裡叫青蓮吃了，事情既成，她樂得大方，遂道：「今晚錦書侍候吧，叫青蓮陪大少爺。」

錦書曉得其中必有緣故，因此並無妒意，主動道：「我去與青蓮講，不勞動甄嬙。」

張伯臨想起白日裡激情一幕，內心隱隱有些期盼，但面上神色如常，一副聽憑李舒安排的模樣。

掌燈時分，李舒便稱要歇息，叫張伯臨去青蓮艙裡，張伯臨仍道：「我還是不去了，就留下陪妳。」

李舒推他道：「別裝模作樣了，趕緊過去吧。」

恰逢林依來看李舒，聽見他們對話，捂嘴而笑，張伯臨就有些不好意思，忙道了聲「弟妹妳坐」，起身走了。

李舒本斜倚在窗邊，見林依進來，便要起身，林依忙上前幾步，按住她道：「又不是外人，大嫂趕緊躺下，不然我走了。」

李舒確是倦怠，也不虛禮，重新躺好，道：「今兒吐了一回，已是折騰人，甄嬙卻道難過的還在後頭，我這心裡到現在還嚇得慌。」

林依笑道：「我聽大夫人講，害喜厲害，乃是因為懷的是兒子，調皮愛鬧騰。」

李舒聽了這話很是歡喜，笑道：「弟妹就是會說話。」

林依指著門，奇怪問道：「方才大哥要留下陪妳，妳怎反倒把他朝外趕？」

李舒趕他，一是為了保胎，二是為了彰顯賢慧之名，但這些她都不願講出口，只道：「我懷著身子，怕伺候不周，因此叫他去青蓮艙裡。」

林依有些發愣，良久讚了句：「大嫂真賢慧。」回艙後卻與張仲微道：「大嫂懷著孩子，又害喜，本就辛苦，好容易大哥算有良心要留下陪她，她卻朝外推，換作我，可做不到。」

張仲微正提筆寫一篇文章，頭也不抬，道：「曉得妳做不到，我也不敢想。」

林依笑道：「知道就好，若你變作大哥那樣兒，就將你推下江去。」

張仲微暗道，叫妳不要提和離，妳就換作推我下江，可真夠狠的。於是擱了筆，上前懲罰她，朝她胳肢窩下撓去，但林依不甚怕癢，只好又換腰。林依推開他道：「休胡鬧，有這功夫，勸一勸大哥，叫他多陪陪大嫂，別平日裡好得跟什麼似的，一旦不能服侍他，就拋到了腦後去。」

張仲微笑道：「妳才說了，是大嫂把他朝外推，不是大哥不願留，這叫人怎麼勸？」

林依想了想，也笑了，道：「真不知大嫂怎麼想的，賢慧的名聲就那麼要緊？換作我，哪怕拚個悍婦稱號，也不許官人有二心。」

張仲微笑著將她的臉捏了一把，道：「妳道人人都跟妳似的？」

林依白了他一眼，自去展被子鋪床。張仲微重回桌前，把文章收尾，二人寬衣歇下不提。

且說錦書，猜到李舒對青蓮動了手腳，於是處處裝大方，謙讓非常，但張伯臨與尋常人不同，他才不喜歡賢慧懂事的，反倒愛那時常拈酸吃醋的青蓮多些，因他這個喜好，漸漸的輪班制變了樣兒，十天裡倒有八、九天是青蓮暖床，只有一、兩天留與錦書。錦書也到李舒跟前告過狀，但一來李舒害喜，無心管她，二來有些嫌她笨，籠絡不住男人，因此只稱此事外人不好插手，叫她自個兒去爭。

三艘船沿江而行，一路經過嘉、瀘、渝、忠等州，眼看著就要出四川，張仲微卻病了，雖然瞧上去不是什麼大病，只是稍微有些發熱，但眾人依舊緊張，經過商議，決定在夔州碼頭停靠，請郎中來瞧。船停前，張仲微一直念叨：「不是什麼大病，別為我耽誤了行程。」

林依起初還軟語相勸，勸到最後失了耐心，只要他出聲，便道：「住嘴，我不想守寡。」

若說張伯臨愛吃醋的娘子，那張仲微便是愛發脾氣的娘子，雖然被罵的只能乾瞪眼，但心裡仍舊甜絲絲，覺著天底下只有娘子最關心他。

這天傍晚，抵達夔州，林依央了李舒，請她派個家丁去請郎中，但張伯臨不放心，親自下船去，尋到城中最大的一家醫館，雇了滑竿，將老郎中接到了船上來。

郎中與張仲微診過脈，吊了大通書袋，眾人都沒聽明白，只弄懂最後一句：「須得服藥，每日請郎中來問診。」

張伯臨請了郎中到隔壁船艙開方子，張仲微掀開被子，翻身下床，道：「什麼每日來瞧，不過是想多賺幾個問診費罷了。」他不在意自己的病情，但屋裡的人，上自張棟，下到林依，都是真關心他的人，哪容他辯解。林依上前將他重新按進被子裡，回身道：「不如就在夔州停留幾日，只是耽誤了大哥進京行程，實在過意不去。」

方氏心疼張仲微是實打實，忙道：「親兄弟哪會計較這個，且多留幾日，待仲微的病好透了再出發。」

從法律上來講，張伯臨與張仲微如今只是堂兄弟，因此楊氏不滿方氏說法，但此情此景，若是反駁，難免有故意挑事之嫌，因此她沒提，只向方氏道：「如此多謝弟妹了。」

方氏心道，我關心自己親兒，哪消妳來道謝。她比不得楊氏能忍耐，臉上立時就現了形，林依瞧著苗頭不對，忙把張仲微掐了一把，張仲微吃痛，哎喲了一聲，林依便裝了焦急模樣，上前問道：「哪裡不舒服，是不是又頭疼了？趕緊躺下，我使人去廚房煎藥。」

方氏信以為真，忙道：「我去，我去。」說著腳不沾地地出門，去向張伯臨要藥方。

楊氏心情複雜，竟不知作何態度，連關切的話也忘了講，還是張棟出聲道：「既是二郎不舒服，那我們明日再來，若是缺人手，就叫流霞過來幫忙。」

林依應了，代張仲微謝過，送他們出門。張仲微待他們一走，就叫喚道：「娘子，我在病中，妳還掐我。」

林依沒理他，自顧自感嘆道：「到底是親娘，二夫人待你倒是真心實意，一點兒不摻假。」

張仲微略顯沉默，良久道：「再好我也孝敬不到她了。」

林依許久許久不曾感受到母親溫暖，見了別人這樣，心裡羨慕，且一樣覺得感動，便道：「怎麼不能孝敬，侄兒孝敬嬸娘，別個還能講閒話不成？」

張仲微滿臉的感激掩也掩不住，爬起來將她緊緊抱住，顫聲道：「還是妳懂我。」

過了半個時辰，方氏親自來送藥，不假旁人，耐心吹冷了，端與張仲微喝，教一旁的林依又感動了一把。

雖要在夔州停留幾日，但為了節省開銷，大夥兒只準備住在船上，不料李舒害喜愈發嚴重，波浪一來，船身一晃，她便要吐，張伯臨無法，只得與眾人商量，道：「不如咱們搬到岸上去住幾日？」

方氏頭一個回答：「住幾日無妨，可咱們沒錢。」

張梁斜了她一眼，那意思是，既是兒媳要去住，難道會叫妳出錢？他們到底夫妻多年，這眼神方氏看明白了，遂點頭道：「那咱們就勉為其難上岸住幾日吧。」

張伯臨見她同意了，便又問張棟與楊氏。他們在江山已漂泊了不少時日，張棟與楊氏都極樂意上岸去住幾日，但苦於手中無錢，便搖了搖頭，道：「我們就在船上住吧，你們搬去旅店便得。」

張伯臨曉得他們是因錢為難，便道：「我那日去請郎中時，瞧見道邊有處驛館，不如我們去那裡住？」

張棟與楊氏歡喜道：「如此正好，咱們都搬去住幾日。」

既商定，各人回艙收拾簡單行李，楊氏則遣了流霞去知會張仲微與林依，好不容易能上一回岸，他們自然樂意，當即點頭同意了。

不多時行李打點完畢，張伯臨扶了李舒，林依扶了張仲微，兩房人朝驛館而去，不料到了那裡一看，驛館雖有，卻是破敗不堪。李舒堅決不肯住在這樣的地方，於是張伯臨只好再次與眾人來商議，不好意思向張棟與楊氏道：「伯父、伯母，這裡看起來許久不曾有人住過，四處灰塵，窗戶上還有蜘蛛網，咱們還是往旅店去吧？」

楊氏與張棟對視一眼，極為難地開口：「你們自去住吧，咱們還回船上去。」

林依知道他們只是因為沒錢，其實還是想到旅館住的，遂道：「仲微要養病，咱們也去旅館住幾日，正巧我帶了錢。」

方氏也道：「住到旅館裡，請郎中也方便些。」

眾人都同意，又有人願意出錢，楊氏還能講什麼，便朝林依感激看了一眼，隨著大部隊朝城裡去。

因張伯臨稱碼頭附近大多有旅店，於是一行人折返，果然在離碼頭不遠處發現一家悅來樓客店，門外有楹聯，上書：「近悅遠來，賓至如歸。」張伯臨先進去瞧，見裡面乾淨整潔，問過小二，還有空房，便走出來問眾人：「就是這裡，如何？」

大夥兒都點了頭，一群人擁進店去，其中最感新奇的乃是林依，她自穿越到北宋，還是頭一回進到客店裡來，忍不住四處打量。這店是幢樓房，分上下兩層，樓下擺了幾張桌椅，供人吃飯喝酒，順著堂內的樓梯上去，則是一排客房，以供客人留宿過夜。

小二聽說他們這許多人都是要打尖，十分歡喜，點頭哈腰將他們引至櫃檯前登記，不料細數客房卻發現少了兩間，便為難起來。張伯臨回身問眾人：「這家客店的房間不夠住，咱們換一家？」

那掌櫃的捨不得這樁大生意跑掉，忙道：「還有兩間空房的，只是被一位官人先訂了，各位客官且先等等，我叫小二去問問，若是他不要，就騰出來與你們住。」

那小二將拿在手裡的白巾子朝肩膀上一搭，道：「掌櫃的，洪大官人雖訂了房，卻沒把訂金，又作不得數，有甚好問的，我直接帶這幾位客官上樓便是。」

掌櫃的沉吟片刻，道：「也罷，你且先帶客人們上去，若是他尋來，我來與他講。」

小二便招呼眾人隨他上樓，張仲微怕惹事端，拉住張伯臨道：「哥哥，既是別個訂了的，咱們還是換一家吧。」

張伯臨膽子大，道：「怕什麼，咱們又不是不出錢，就算那人尋來，也是掌櫃的招架，與我們什麼相干。」

張仲微還要再勸，旁邊的李舒又乾嘔起來，張伯臨趕忙上前扶她，甄嬸撫背，錦書遞手帕，青蓮去倒水，登時忙作一團。林依過來拉張仲微袖子，悄聲道：「算了，就住這裡吧，大嫂這樣，怕是再走不動了。」

張仲微見了那邊的忙亂人等，也不好再講什麼，只得點頭，隨眾人上樓。林依去李舒處幫了會兒忙，待她平復下來才上去。樓上空房有五間，兩間上房，張棟夫妻與張梁夫妻已住了進去，剩下三間次一等，張伯臨夫妻一間，張仲微夫妻一間，還有一間住張浚明與奶娘。

小二還在樓梯口候著，待李舒與林依上來，便道：「二位夫人，咱們店後有排矮房，專供下人居住，每晚十文錢。」

這價格十分便宜，李舒與林依都點頭，吩咐兩房丫頭婆子都隨小二下去。青蓮住慣了頭等船，就有些嫌矮房陰暗潮濕，便拉著錦書商量：「錦書姊姊，妳是大少夫人跟前的人，何不去與她說說，租個乾爽的雜房與我們住，總好過那矮房潮濕。」

錦書也是沒吃過苦的人，受不得矮房濕氣，但她瞧青蓮十分不順眼，就故意提高了聲量，道：「咱們不過是丫頭，主人吩咐住哪裡，就住哪裡，怎能討價還價。」

李舒聽到這話，朝她們處望了一眼，朝林依苦笑道：「我家丫頭無法無天，叫弟妹看笑話了。」

林依笑道：「家家有本難念的經。」她瞧著李舒是要教訓青蓮的樣子，忙福了一福，尋到自己房間，推門進去。
張仲微身子不舒服，已寬衣躺下，林依過去摸了摸他額頭，再摸了摸自己的，道：「好像沒昨天那樣燙了，看來郎中開的湯藥雖貴，還是有效的。」
張仲微慚愧道：「我錢還沒掙到一文，卻把妳嫁妝錢花了不少。」
林依不悅道：「既為夫妻，還分什麼彼此，此話休要再提。」
隔壁突然傳來哭聲，張仲微沒想到這客房的隔音效果如此之差，就吃了一驚，問道：「是誰？」
林依連忙擺手，道：「別管，大概是大嫂在教訓丫頭。」
張仲微與青蓮共處過不短的時間，過了一會兒，聽出她的聲音來，道：「早知如此，何必當初。」
林依沒聽懂，問道：「你在說誰？」
張仲微道：「青蓮要早曉得大嫂不待見她，當初還會去爬大哥的床嗎？」
林依丟去一個白眼，順手把他耳朵拎了，呵斥道：「沒想到你還挺關心青蓮的，不如我去向大嫂要來，與你放在屋裡，可好？」
張仲微莫名其妙道：「妳這是吃哪門子乾醋，我若對她有意，當初怎會趕她出房門，只不過是感嘆感嘆罷了。」
林依鬆了手，順勢挨著他坐下，道：「別說青蓮，就是大嫂，我看也是自討苦吃，明明不願大哥與通房親近，還偏偏要把他朝別人懷裡推。」
隔壁傳來張伯臨訓斥青蓮的聲音：「大少夫人懷著身孕，妳還惹她生氣，好大的膽子。」
青蓮大概是挨了幾下打，哭聲愈發大起來，一時間呵斥聲、哭聲交織在一起，好不吵人。
張仲微被擾得睡不著，又不好去隔壁說，便與林依並肩靠在床上，繼續閒話，道：「可惜要耽擱了。」

林依奇道：「耽擱什麼？」

張仲微摸了摸她肚子，道：「我這一病好幾日，把生兒子耽擱了。」

林依拍掉他的手，道：「你沒瞧見大嫂的辛苦樣嗎？我才不願在路上懷。」

張仲微奇道：「這還能由著妳？」

林依偷瞄桌上的一只包裹，裡面藏著楊氏所贈的避子藥方，不過她不打算將此事告訴張仲微，只道：「你少纏著我就行了。」

張仲微嘻嘻笑著，湊到她脖子處香了一口，道：「這可做不到。」

此時隔壁已安靜下來，林依推開他道：「趁著沒人哭鬧，趕緊歇息，我明兒一早還得起來與你熬藥呢。」

張仲微道：「不是有青苗。」

林依把他按下，替他蓋好被子，道：「我不放心。」

二人都無擇床的毛病，相互擁著，很快進入夢鄉。

第二日清早，林依率先起床，將湯藥煎好，端來與張仲微服下，又道：「我覺著這藥貴了，不知是不是那老郎中坑人，不如我待會兒上街多打聽幾家藥鋪，問問價格，你以為如何？」

張仲微若花的是自己的錢，必要道一聲「算了」，但那些藥材乃是林依嫁妝錢所買，她自己嫌貴了，他哪能講什麼，只好道：「那我陪妳去。」

林依打聽藥錢不過是個幌子，哪能叫他陪著去，忙道：「我上街還不是為了你，若你這一去，病情加重，怎生是好？」

張仲微想了想，道：「咱們初來夔州，不知街上情形如何，那妳把青苗帶上，再向大嫂借幾名家丁跟著。」

林依點頭，叮囑他好生歇著，再去隔壁向李舒借了兩名家丁，加上青苗，一行四人朝街上去。

林依與青苗在前，兩名家丁在後，行至一家大醫館前，有一家丁便上前來稟：「二少夫人，與二少爺瞧病的郎中就是這家的。」

青苗問林依道：「那咱們進去瞧瞧？」

林依笑道：「二少爺現在吃的藥就是在他家抓的，藥價咱們又不是不知道，還去瞧什麼。」幾人覺得有理，便繼續朝前走，到了街尾處，瞧見另有一家小些的藥鋪，林依讓那兩名家丁與青苗都留在門口，獨自走進去，問一位郎中道：「我偶得一張避子藥方，卻不曉得對不對，能否請你瞧一瞧。」

郎中伸手道：「藥方何在？且請拿來我先看看。」

林依便將楊氏所贈的藥方取出，遞了過去，不料那郎中看後，臉上有驚詫之色，急問：「這位夫人，妳可曾照著藥方服過藥？」

林依不解其意，搖頭道：「不曾。怎麼，這不是避子藥方？」

郎中醫者父母心，見她搖頭，先舒了一口氣，連聲道：「那就好，那就好。」又解釋道：「這藥方避子倒是避子，只不過全是虎狼之藥，若有服用，這一避，可就是終身無子了。」

林依暗自心驚，幸虧她留了個心眼，沒有莽撞服用，不然就是終身遺憾，後悔也來不及了。她定了定神，道：「多謝郎中相告，不知有沒有既能暫時避子，又對身體無甚妨礙的藥？」

郎中笑道：「避子藥自然是有的，只不過是藥三分毒，但凡是藥，吃多了都不好。」

此話不假，林依又問：「不知避子藥是怎麼個服法？」

郎中道：「照藥方煎藥，於事後即時服下。」

林依暗自琢磨，照這樣服法，相當於千年後的緊急避孕藥了。事後一副藥，張仲微又熱衷那事兒，服得頻繁，大概還是較為傷身的，權衡之下，還是掐著日子行事更好。於是只福身謝過郎中，什麼藥也沒買，空手而歸。

回到客店，張仲微問她道：「別家藥鋪可有便宜？」

林依道：「倒是少上幾文錢，但我琢磨，若不在那家醫館抓藥，恐怕那老郎中診起脈來就不盡心，因此還不如虧上些錢，就當是他的辛苦費了。」

張仲微正是這樣想的，遂連連點頭，笑道：「正是，吃虧是福。」

林依心思有些紛亂，沒有接他的話，獨自朝窗邊坐了，摸著袖子裡的藥方，揣測楊氏的目的。她一直都以為這張藥方上所載的只是普通的避子藥，甚至暗自雀躍了好幾日，沒想到這幾味藥這般毒辣，竟是要害人斷子絕孫。不知楊氏這張藥方，是要針對她，還是只針對通房丫頭與妾室。

她仔細回憶當日情景，楊氏將這藥方交與她時，只講了與青苗服用，並未提及其他，想來只是好心幫她，並無加害之意。

張仲微見她在窗邊坐了許久，便走過去問道：「娘子有何難題想不開？」

林依輕輕一笑，掩飾情緒，問道：「聽說爹未回鄉時，曾有好些通房丫頭與妾室，不知有無留有庶子？」

張仲微奇道：「妳在這裡坐了半天，就想這個？」

林依扯了個謊，道：「我是聽說爹除了三郎外，還有個兒子。」

她不過隨口一說，不料張仲微的回答大出她意料之外：「豈止一個兒子，好幾個呢，不過都未養大。」他說完，狐疑看林依，問道：「妳怎會突然問起這個，莫非是哥哥與妳講了什麼？」

這與張伯臨有什麼干係？林依才是起先的發問人，卻被張仲微弄糊塗了，遂要求他講清楚。張仲微見她原來不知情，就不肯開口了，走到桌邊，裝模作樣說要寫文章。

林依心裡有貓爪子撓，豈肯放過他，腳跟腳地過去搗亂，一會兒將墨抹到他鼻子上，一會兒將紙揉作一團。張仲微心疼白紙，忙道：「莫要鬧了，怕妳，附耳過來。」

林依得逞，心滿意足地把耳朵湊了過去，張仲微小聲道：「其實與哥哥並無干係，只不過是爹有一回與叔叔閒聊，被我和哥哥聽見了……」

原來張三郎出生前，張棟的妾曾生過好幾個兒子閨女，可自從楊氏產下張三郎，他先前的妾也好，再納的妾也好，竟是再未生育過。

林依驚訝道：「爹是在懷疑娘嗎？」

張仲微唬道：「休要瞎說，無事閒話罷了。」

林依想了想，又問：「那妾生的兒子與閨女們呢，現在何處？」

張仲微將她腦袋拍了一下兒，道：「若有庶子養大成人，豈會將我過繼？」

林依吐舌，不再作聲，心下卻道，張棟膝下無子，多半不是天意，而是人為了。只是楊氏將這樣重要的一份藥方交與她，不怕被她猜出些端倪來？她左思右想，不得其解，只得按下，將藥方仔細收好，以備不時之需。

中午吃飯，因張仲微病著，便叫青苗去與小二講，把飯食端到房內。一時小二托著食盤上來，一盤炒雞蛋、兩盤素菜，另將一大碗辣氣四溢的肉片擱到桌子中間，道：「這是洪官人送與二位的水煮牛肉。」

「水煮牛肉？」林依來到北宋，極少吃到牛肉，不禁驚喜萬分。

張仲微卻皺了眉頭，問那小二道：「哪位洪官人？」

小二道：「就是昨晚先訂了房的洪官人，好像與客官家是舊識，正在樓下與您家兩位長輩吃酒呢。」

張仲微走出去，俯在欄杆上朝下一看，果真是舊識。你道是誰，卻是謝師恩那日贈妾不成惱羞退席的洪員外。張仲微見他與張棟張梁三人把酒甚歡，不禁暗暗稱奇，隨後走到隔壁敲門，向張伯臨道：「昨日訂房時，掌櫃的提起的洪官人，竟是洪員外，正在樓下與爹還有叔叔吃酒呢。」

張伯臨也到欄杆處瞧了一回，道：「怪不得方才小二端了水煮牛肉來，說是姓洪的官人所贈，原來是他。」說完又疑惑：「他怎地也在夔州？」

張仲微不以為然，道：「咱們不也在夔州，他在這裡又有什麼意外？」

張伯臨奇道：「那你特特喚我出來看是什麼意思？」

張仲微擔憂道：「咱們占了他的兩間房，他為何不吵鬧，反而贈菜與我們？」

張伯臨記掛著屋裡的李舒害喜吃不下飯，略想了想，得不出結果，便道：「理他呢，兵來將擋水來土掩罷了。」說完抬腿進屋，哄李舒去了。

張仲微只得也回屋，向林依道：「妳說這洪員外，向來有仇必報的，上回我與哥哥沒給他面子，這回咱們家又占了他訂的兩間房，他不想著報復便罷了，怎還送上這水煮牛肉來？」

林依剛夾起一塊牛肉，聞言手一抖，肉落回碗內，筷子掉了一根到桌上，驚慌道：「壞了，這肉裡該不會是下了毒吧？」

張仲微朝桌上一看，那碗水煮牛肉已是被林依吃得七零八落，他從未見過林依這樣饞嘴，不禁好笑，故意慌道：「啊呀，沒想到這一層，怎辦，趕緊去請郎中來。」

他太不會做戲，林依一眼就瞧出他是裝的，將手中僅剩的一隻筷子擲過去，沒好氣道：「嚇唬人有趣嗎？」

張仲微忙過去將另一雙乾淨筷子塞進她手裡，道：「連小二都曉得這牛肉是洪員外送的，若咱們吃了有意外，豈不是他的責任？」

林依毫不客氣接了筷子，又夾了一塊牛肉吃了，笑道：「沒想到你還有幾分聰明勁兒。」

張仲微道：「不是我聰明，是妳太笨，這樣簡單道理，都想不過來。」

林依眼一瞪：「張仲微，你真是越來越壞了，竟敢罵我笨？」

張仲微把臉一板：「妳叫我什麼？」

林依背過身去不理他，過了好一時，不見有動靜，回頭一看，原來張仲微已將那雙髒筷子撿了起來，正加勁吃牛肉。她驚呼一聲撲上桌子，爭搶起來，一面與他筷子打架，一面責問：「這筷子才落到了地上，你洗過沒有？」

張仲微嘴裡嚼著牛肉，含混道：「在身上擦了兩下，乾淨了。」

林依忙去瞧他身上，果然袖子處有兩道油漬，混合著灰塵，她一時氣惱，大吼一聲：「張仲微！」

張仲微以為林依是怪他偷吃了牛肉，忙道：「我就吃了五塊，都與妳留著呢……」話未完，後半截吞回了喉嚨裡，林依奇怪，回身一看，原來方氏托著一碗水煮牛肉，正站在門口，大概是聽見了林依的那聲大吼，目瞪口呆。

林依記得房門明明是關著的，方氏怎地進來了，正疑惑，青苗在門外嘀咕：「二夫人，妳也太性急，等我通傳一聲不行？自己就推門進去了。」

方氏已回過神來，咬牙切齒道：「我進自己親兒的屋裡，還消妳通傳？」她嘴裡罵的是青苗，眼睛卻瞪著林依。林依自覺理虧，一聲也不敢吭，乖乖垂手離到一旁。

方氏氣她吼了張仲微，也吼她道：「杵在那裡做什麼，還不趕緊上來接把手。」

林依連忙上前，將那碗水煮牛肉接了，賠笑道：「我們這裡有呢，嬸娘怎麼又端一碗過來，留著自吃吧。」

方氏看了看他們那碗已快見底兒的水煮牛肉，哼道：「這樣大一碗，只與我兒吃五塊，幸虧我又端一碗過來，妳還好意思說。」

林依只恨自己沒栓門，怨不得旁人，縮了縮脖子，退到一旁，故意向張仲微道：「我不吃了，官人快吃吧。」

張仲微怕她有後招，哪敢動筷子，偏方氏又在一旁看著，一副「你不吃完我就不走」的架勢，他真是左右為難，吃也不是，不吃也不是。

楊氏聽見這邊吵鬧，聞聲而來，先在門口向青苗問了詳情，不禁好笑，明明是小兒女閨中作戲，她去橫插一槓作甚，真是叫人笑掉大牙。流霞道：「侄兒與侄兒媳在房中吃飯，嬸娘去做什麼？大夫人該進去管管。」

楊氏沉吟片刻，真走了進去，此時房內仍是僵持局面。張仲微坐在桌前，手捏筷子卻不伸手，只道：「娘，我吃飽了，放著待會兒再吃。」

方氏不依不饒：「你不是才說只吃了五塊，哪裡能飽？」

楊氏笑道：「弟妹又與他們端了一碗牛肉來？怎麼不留著自己吃，莫要慣著他們。」

方氏想也不想便答：「自己親兒，慣著點又何妨。」

楊氏臉一沉，卻不回嘴，只把流霞看了一眼，流霞便笑道：「二夫人把牛肉與了二少爺，不怕大少爺怪妳偏心？」

方氏沒想到過這層，就愣了，流霞趁這空檔，忙上去將她攙了，一面朝外走，一面笑道：「方才大少爺還問起二夫人呢，說是怕妳那碗牛肉不夠吃，要把他的與妳送去。我陪二夫人回去瞧瞧，看送來了不曾。」

方氏雖偏疼小兒，但到底還是顧及大兒想法，生怕張伯臨到她房裡時，發現她將牛肉與張仲微送了來，便連忙甩開流霞，一面暗自編造理由，一面飛奔回房去了。

楊氏看了看張仲微，有些莫名傷感，暗自嘆氣，良久方道：「你們吃飯吧。」

林依送她道門口，謝了又謝，道：「我方才得罪了嬸娘，正不知如何是好，幸虧娘前來解圍。」

楊氏輕笑道：「妳與二郎在自己房中閒話，與他人什麼相干，休要想多了，倒是青苗守門不力，該罰。」

青苗在旁本沒在意，忽然聽到楊氏提她名字，唬了一跳，忙跪下道：「是我失職，請大夫人與二少夫人責罰。」

青苗辦事從未出過岔子，特別是針對方氏，今日這是怎地了，林依心下奇怪，便不想過早罰她，而是準備得閒後仔細問問她，但楊氏還在一旁，總要做做樣子，便道：「也是我管教不力，就罰她今天的月錢吧。」

楊氏覺得罰輕了，但畢竟是林依的丫頭，她不願過管，便點了點頭，帶著流霞走了。

林依仍留青苗在門口，掩門回房，見張仲微還沒敢動筷子，又是好笑又是心疼，忙走去夾了一大筷子牛肉放到他碗裡，道：「快些吃，涼了味道就不好了。」

其實二人都覺得適才方氏鬧得很尷尬，便全裝作無事，重新吃飯。直到吃完，張仲微摸了摸飽脹的肚子，才笑道：「幸虧嬸娘又送了一碗牛肉來，不然哪輪得到我吃。」

林依白了他一眼，道：「你搶肉的動作可快得很。」說完托腮，擔憂道：「今個兒倒楣，好不容易吼你一聲，卻叫嬸娘聽了去，只怕此時心裡還在惱我。」

張仲微笑道：「我有人護著，看妳今後還敢不敢欺負我。」

話音未落，耳朵已被林依拎了起來，揪到臉盆邊，逼著把手洗了。林依開包袱，取了套乾淨衣裳出來，丟與他換，道：「我看你之所以得病，就是因為平日裡不愛乾淨。」

張仲微不以為意，但也未反駁，一面換衣裳，一面問道：「娘子這樣愛吃牛肉？」

林依道：「朝廷不讓牛肉賣高價，哪有人來賣，拿著錢都吃不到的稀罕物事，自然就饞了些。這洪員外真是好本事，竟弄來這麼些牛肉，難不成是他家自養的？」

張仲微搖頭道：「誰會宰殺耕牛，那是從鹽井買來的。」

原來四川多鹽井，井上安轆轤，以牛力提取鹵水，一頭壯牛服役，多者半年，少者三月，就已筋疲力盡，既做不得活，便被宰來吃肉，據說這道水煮牛肉，就是鹽工們自創的。

林依聽後，若有所思，道：「照你說，洪員外不是什麼好人，怎會特特上鹽井買牛肉來與咱們吃，到底是何居心？」

什麼居心？很快便得知。青苗進來收拾碗筷，交與小二，自己卻不走，跪下道：「方才是我走神，才沒來得及通傳，二少夫人儘管罰我吧。」

林依問道：「做什麼走神？」

青苗道：「方才大老爺在樓下陪一位官人吃酒，吃著吃著，就領了一位小娘子上來，也不知是他買的妾，還是與二少爺買的，因此我多看了兩眼，再回過頭來時，二夫人已進去了。」

林依還未出聲，張仲微先問道：「那小娘子可是那位官人領來的？」

青苗點頭道：「正是，那官人領她來與兩位老爺行過禮，大老爺便帶她上來的，如今正在大夫人房裡呢。」

張仲微有些吃驚，向林依道：「不會是洪員外的庶女吧？難道他一贈不成，竟追到了這裡來？」

林依好笑道：「你當自己是誰？」

張仲微撓了撓頭，不好意思道：「別個自然是瞧不上我的，但……」他話沒講完，林依已明白了，指不定洪員外是把庶女贈與了張棟，但這事兒未必也太巧了，任誰千里迢迢出門，只要不是搬家，都不會帶著女兒在身邊，這洪員外難不成能未卜先知，專程在這裡候著張棟的？

兩口子正在這裡琢磨，流霞來喚，稱楊氏請林依過去說話。林依心道，大概就是為那洪小娘子的事了。她見青苗還在地上跪著，忙道：「起來吧，今日的確是妳失職，月錢照罰，下不為例。」

青苗磕了個頭，爬了起來，跟在她身後朝楊氏屋裡去。

楊氏房中果然有名陌生小娘子在，生得並不算美貌，卻甚為端莊，端端正正坐在凳兒上，目不斜視。

楊氏見林依進來，先問她道：「今兒的水煮牛肉可中吃？」

林依已知那位小娘子姓洪，便除了稱讚牛肉，還加了一句：「難為洪員外費心，竟能尋來這許多牛肉，咱們可是拿著錢都不知何處買去。」

這話又中聽又得體，楊氏覺得有面子，笑著將那小娘子一指，道：「這位便是那位洪員外的女兒。」說完又指林依，道：「這是我兒媳。」

林依與洪小娘子相互見過禮，又閒話幾句，互報姓名。洪小娘子道：「我姨娘生我時，恰逢有枝寒梅怒放，便與我取名寒梅。」

林依讚道：「這名字極雅。」又故意問：「寒梅妹妹是夔州人？」

楊氏笑道：「她亦是眉州人，妳竟是不知？」

林依亦笑：「原來是鄉親，這可真是巧了，不知寒梅妹妹是來夔州走親戚，還是與咱們一樣路過？」

洪寒梅答道：「我爹本欲親自送我去京城，不料才走到夔州，家中就出了些事情，他想趕回去，又怕耽誤了我行程，正左右為難，幸虧遇見了張大老爺與大夫人。」

她話只講了一半，林依正琢磨，楊氏補充完整道：「洪員外託我們將洪小娘子帶去京城，交與她長姊。」

家中尚有父母，家世又不錯，卻要去投奔姊姊，這是什麼道理？林依想了想，忽地明白過來，想必是洪寒梅長姊想挑一位妾室，又覺著外人不放心，因此召自家庶出妹妹前去。她想通這關節，竟暗地裡舒了口氣，所謂妾室乃家宅不寧之根本，這位洪寒梅不是要進張家門，實乃大好事。

楊氏大概是一樣想法，待洪寒梅極為客氣，問她道：「你們先前訂的兩間房已被我們占了，那今晚你們住在何處？」

洪寒梅垂首道：「爹爹要連夜趕回去，還不知他要將我安排在哪裡。」

正說著，洪員外來了，並不進門，只在外面拱手，與張棟道：「張大老爺，我家寒梅孤身一人，再尋一家客店住，只怕不安全。」

張家占了他們的房，張棟有些過意不去，便與楊氏道：「不如我們先行回船，騰出房間來與洪小娘子住。」

洪員外與洪寒梅齊聲道：「這怎麼能行。」

張棟與楊氏是長輩，他們讓出房來，洪寒梅的確不好意思住，同樣，張梁與方氏也不好讓，但張仲微病著，李舒害喜，張浚明年幼，一個都不好先搬回船上。幾人商量好一時，還得不出結果，最後洪寒梅道：「若是張大老爺與張大夫人同意，我去船上住，如何？」

張棟與楊氏都念及她是客人，不好委屈她，但想來想去，只有此法最好，不過頭等船上已無空艙，張棟想著捎帶洪寒梅一事，張梁也是同意了的，便讓流霞去問李舒，能否將錦書的那間船艙讓出來與客人住。

李舒當初之所以讓兩個通房搬上頭等船，一來是為了幫林依，二來是為了顯示賢慧之名，如今有這樣正當的理由將錦書與青蓮趕下船去，何樂而不為？當即爽快同意，叫錦書與青蓮跟去搬自家鋪蓋。

空艙有了，皆大歡喜，楊氏便命流霞帶洪寒梅去船上。

林依見他們安排妥當，沒自己什麼事，便告了個罪，起身回房。張仲微見她這會子才回來，問道：

「真是爹納了妾？」

林依笑道：「若是妾，怎會特特叫我過去相見？我雖為小輩，好歹是位正室。」

張仲微驚訝道：「難道是與我買的妾？」

林依一記粉拳搗在他胸口：「你想得美。」她將洪寒梅進京投奔長姊的事講與他聽，道：「不過是順路捎一程，與你沒得相干，待回到船上，謹記非禮勿視即可。」

張仲微笑道：「我看娘子就夠了。」

林依難得聽他講一句情話，不禁又驚又喜，不顧他尚在病中，主動投懷送抱，好一陣親熱。

第二日，張仲微早起服過藥，覺得精神好了些，便下樓散步，恰巧張伯臨也在閒逛，上前與他並肩走著，笑道：「怪不得那日你堅辭洪員外庶女，原來生得沒有顏色。」

張仲微道：「我並不曾見過她，哪曉得這些。倒是哥哥背著大嫂偷瞧別家小娘子，可不大好。」

張伯臨慌忙道：「莫要瞎說，我哪會偷瞧，不過是她路過我們房門口，碰巧看到而已。」

此時李舒也下樓，由林依扶著，瞧見各自官人，俱點頭微笑。張伯臨朝張仲微後背輕拍一掌，小聲威脅：「別亂講話，當心我誹謗你逛過勾欄。」

張仲微好笑道：「哥哥你也曉得是誹謗？」

林依與李舒已至近前，笑道：「哥倆講什麼呢，有說有笑的。」

張伯臨抬頭望了望天，道：「我瞧今日天色不錯，仲微的病也有了起色，正與他商量何時啟程呢。」

這幾日張伯臨把李舒照顧得無微不至，因此她不疑有他，笑道：「二郎病還未好，別逛久了，走兩圈就送他回去吧。」

張伯臨要獻殷勤，忙離了張仲微身旁，上前扶她胳膊，道：「也出來好些時了，該回去了。」

美貌罷了。」

林依偷偷笑他兩口子，李舒不好意思起來，拽了張伯臨就走。

林依微偏了腦袋，問張仲微道：「聊啟程能聊到眉開眼笑？」

張仲微嗯嗯啊啊了幾句，到底招架不住林依的眼神攻勢，小聲道：「不過是哥哥嫌那洪小娘子不夠美貌罷了。」

林依道：「背後議論正經小娘子的樣貌，該打。」

張仲微笑道：「哥哥已然心虛，饒過他吧。」

林依想起適才張伯臨在李舒面前的謙卑模樣，忍不住就笑了，叮囑張仲微道：「不許跟他學。」

張仲微連連點頭，道：「娘子再陪我逛會子，好幾日不曾見太陽了。」

林依本是想勸他回房，見他講得可憐，便將話收了回去，陪他到客店前走動。

待他們散完步回去時，全家人都聚在楊氏房中議事，流霞來請道：「東京不使交子，也不使鐵錢，因此大老爺與大夫人召齊大家議一議，看作如何打算。」

林依正督促張仲微洗手，側身回道：「去告訴大老爺與大夫人，我們馬上就到。」

流霞應著退下。

張仲微在巾子上馬馬虎虎蹭了兩下手，向林依道：「差點忘了，我們先前進京時，是將鐵錢換作了銅錢的。幸虧爹娘想了起來，不然到了京裡再換，可就麻煩了。」

他們目前尚在四川境內，鐵錢交子暢通無阻，林依並不知道大宋貨幣不統一，不禁暗自驚訝，問道：「那鐵錢和交子還能在哪裡使用？」

張仲微想了想，道：「北邊好像也有一兩處地方使鐵錢，但大多還是用銅錢。」

林依又問：「那交子呢？」

張仲微搖頭道：「據我所知，交子只在四川境內使用。」

沒有紙幣怎能方便，林依腦中浮現出用車拉著銅錢去買菜的情形，不禁笑出聲來。張仲微見她莫名其妙就笑了，摸了摸腦袋，道：「別盡想著銅錢更值錢，兌換起來麻煩著呢。大嫂帶的家當不少，我估摸著得租幾輛車，才能把兌來的銅錢拉回船上去。」

林依本就在想這件事，聽他這一說，有些擔憂起來，忙拉了他朝楊氏房中去。楊氏房內，人到得很齊，左邊坐著張梁與方氏，右邊坐著張伯臨與李舒，林依夫妻二人上前見禮，在右邊空位上坐了，先致歉道：「逛得久了些，回來遲了。」

這裡無人介意此事，只方氏瞪了林依一眼，埋怨道：「仲微病未痊癒，妳這做娘子的，怎能由著他到外面走動，萬一吹了風，病情加重，怎辦？」

林依還未答話，楊氏已開了口，道：「老悶在屋裡也不好，媳婦是該多陪二郎出去走走，曬曬太陽。」

眼看著兩位長輩要因小事鬥起來，林依忙出聲問李舒，將話題引開：「大嫂，聽說咱們要拖一船銅錢去東京？」

李舒自然曉得她用意，忙答道：「正為此事操心呢。那許多銅錢怎好攜帶，不如直接帶交子進京，東京乃大宋都城，想必兌房比四川還多。」

張棟見兩名小輩倒比長輩懂事，不禁暗自搖頭，又道：「東京倒是有兌房，只是往往要壓價，一貫的交子，只與你兌八百文省陌，而非一千文足陌。」

方氏聽說進京再兌要虧錢，自然不肯，忙道：「媳婦，咱們就在夔州兌了再上路。」

李舒為難道：「銅錢雖比鐵錢好些，但到底還是沉重，難不成咱們另雇一條船裝錢？」

張棟道：「雇船也得花不少錢，且單獨拖一船銅錢，好不招搖。」

李舒道：「可不是，若真那樣，還得另雇幾名鏢師跟著，花費的錢倒比兌換的差價還多。」

林依頭一回出眉州，外面的世界一概不懂，因此插不上話，只得旁聽。她撫弄墜裙帶的白玉環，突然想起昔日貧窮時，張八娘曾送過她一小塊銀子，隱約聽說大宋在某些特殊場合還是會使用金銀的，於是悄聲問身旁的張仲微：「東京使不使銀子？」

張仲微答道：「金銀平日無人使用，只有繳納租賦、發放官員俸祿，還有與他國買賣時，才使用金銀。」

林依聽了有些失望，但楊氏卻高興起來，道：「咱們攜帶金銀進京，到了東京，再去金銀鋪賣掉，換作銅錢，如何？」

這樣行事十分方便，先拿交子去金銀鋪買金銀，攜帶入京後，再去金銀鋪將金銀賣掉，只不過一買一賣，攜帶不顯眼，轉手不會虧，眾人聽了，都道這主意妙得很。

李舒錢最多，笑得最燦爛，謝楊氏道：「多虧大夫人想出如此妙招，不然真不知如何是好。」

楊氏謙虛道：「哪裡是我的主意，乃是仲微媳婦想出來的。」

李舒道：「我看買金銀一事不要著急，那樣貴重的物事，先搬到船上去，誰都不放心，不如等咱們決定啟程時，再去金銀鋪。」

林依點頭道：「極是，不如這兩天就麻煩大嫂派幾名家丁先暗中去打聽打聽，咱們選一家離碼頭近的，方便到時行事。」

李舒同意，眾人又商議了些小事，各自回房。

且說張仲微，又接著吃了兩三日湯藥，實在受不了，到了第四天，便悄悄把藥倒了，不料第五天，病就好了。林依得知此事，大罵那老郎中黑心，要去砸了他家醫館，張仲微攔她道：「這事講不清楚的，誰曉得是不是因為吃了他這些天的藥，我的病才好。」

林依不信，仍派青苗去問，那老郎中果然稱：「就是吃了我的藥，到昨日才有好轉，今日便就好了。妳能斷定昨日那碗藥若是吃了，今日就必定好不了？」

楊氏與方氏都認為此事蹊蹺，很是氣憤，特特請了另一家醫館的郎中來瞧藥渣與方子，但三兩家的郎中看過，都稱沒有問題，眾人這才放下心來。

張仲微病好，李舒害喜症狀也有所緩解，於是全家人商議，凌晨天未亮時去買金銀，買後裝船，即刻出發。這樣安排，主要是因為李舒，林依的那點子錢在鄉下算富裕，到了城裡就只能叫「還過得去」。

錢少反而操的心也少，兩口子帶著青苗，再借了李舒一名家丁，就將金銀全買好了，兩口包了鐵皮的箱子擱進艙裡，隨身藏著。

他們換的是銀子，李舒換的卻是金子，因此後者雖然錢多，真搬上船來時，卻還比他們少一箱，叫林依很是後悔了一陣子，直呼自己還是沒經驗，早曉得也換成金子，小小的一匣，帶著多方便。

後悔完，又與張仲微感嘆：「我還道帶著金銀上路十分招搖，恐怕會遭人惦記，沒想到咱們全家人的家當加起來也不過三只箱子，看來還是窮了。」

張仲微聽她這一說，發起愁來，道：「東京的物事價貴著呢，咱們這一大家子人去了可怎麼生活？」

林依好笑道：「你與爹去了就能謀官，怕什麼。」

張仲微是在為二房操心，張伯臨一人當官，要養活一大家子，不知能不能應付過來。林依安慰他道：「大嫂還有些壓箱底的錢呢，餓不著他們。」

雖說用娘子的嫁妝錢不光彩，可要真到了餓肚子的地步，少不得要將臉面先丟到一旁，只不知張伯臨自己樂意不樂意了。張仲微為他人嘆了口氣，突發感概道：「家中人口太多了也不好，難養活。」

這覺悟可真夠高的，林依驚奇看他一眼，正要誇獎兩句，流霞在門口道：「二少夫人，大夫人請妳過去說話。」

林依忙對鏡瞧了瞧儀容，到楊氏艙中去，福身問道：「娘尋我何事？」

楊氏正在數一串佛珠，聞言睜眼，道：「那洪小娘子方才來尋我，說要把飯食錢，妳看這錢是收與不收？」

如今張棟與楊氏身無分文，一應開銷都是林依墊付，因此楊氏有此一問。林依聽後，有些為難，照說洪寒梅是客人，不該收這錢，但此去京城路途遙遠，不是一天兩天的事，若全程負擔她的開銷，林依承受不了。

她得不出好方法，只得回問楊氏：「媳婦年輕，未遇見過這樣的事，還望娘親教我。」

楊氏見她誠懇，真就教她道：「洪員外與妳爹並無什麼交情，倒是與二老爺熟絡些，妳不妨先去問問二老爺與二夫人的意見。」

林依奇道：「洪員外既是與叔叔更熟，為何沒將女兒託付與他，反倒送到咱們這裡來？」

楊氏面露不屑神色，道：「想必是瞧著咱們家官多。」說完補充道：「他家長女嫁的是個京官。」

林依明白了，點頭道：「那我這就去問叔叔與嬸娘。」

張梁與方氏所住的船艙就在隔壁，她退出楊氏房間，朝右走了兩步便到。張梁不在，艙中僅有方氏，林依道明來意，方氏毫不猶豫答道：「自然要收，又不是咱們家女兒，為何要白養活她。就是她住的那間船艙，也是該收錢的。」

林依道：「那間船艙本是大嫂的，我可做不了主。」

方氏豪氣道：「妳做不了主，我能做主，妳現就去向那洪小娘子收錢。」

林依可不敢相信方氏的話，還是先去問李舒。她本以為李舒一貫大方，在對待洪寒梅上也不會例外，不料李舒思考過後卻告訴她道：「就照二夫人的意思行事。」她看出林依眼中有驚訝，主動解釋道：「咱們對她並不知根知底，還是刻薄些好，免得被她惦記上——爛好人可做不得。」

林依受教，回去稟報楊氏，楊氏亦覺得有理，遂派遣流霞去向洪寒梅收取飯食錢與租船費用，前一份錢交與林依，後一份錢送到李舒那裡。

那位洪小娘子交了錢，大概是覺得張家人太小氣，不大好相與，因此在旅途間，深居簡出，極少露面。張家女人們都認為她如此守規矩再好不過，若是個孟浪的，不知引來多少麻煩。

一大兩小三艘船，過夔州，發瞿塘，入三峽，一路山水壯麗，自不必說。所謂朝辭白帝彩雲間，千里江陵一日還；兩岸猿聲啼不住，輕舟已過萬重山。

經巫山，過巴東、秭歸等地，眾人順利出峽，留荊州品嘗過美味黃魚，再度起航，經淮水、汴水，於秋末冬初抵達大宋都城——東京。

他們的船到達碼頭時已是入夜，楊氏遂與眾人商議：「天已黑了，不如還在船上住一宿，等到明日天亮，遣人去將房屋租賃好，咱們再下船。」

張家眾人中，大部分都到過東京，並無十分興奮的感覺，因此都點頭同意。林依自來到大宋就窩在眉州鄉下，極想儘早瞧一瞧東京繁華，無奈天色已晚，又不願與他人起衝突，因此只好忍下，隨張仲微回房。

但她很是興奮，根本睡不著，在床上翻來覆去好一會兒，終於忍不住推醒張仲微道：「咱們上岸去走走吧。」

張仲微迷迷糊糊揉眼，好笑道：「深更半夜上哪裡去逛，再說娘不是囑咐過，讓咱們先把宅子賃好再下船嗎，免得全家人走散了。」

林依頓時洩了氣，但還是睡不著，遂穿好衣裳，趴到窗邊等天亮。張仲微被吵醒，一時難以再入睡，又覺得她這番小兒舉動實在好笑又可愛，於是也穿衣起床，陪她坐著看星星。

睡不著的不僅僅有他們，外面突然傳來一陣悠揚琴聲，林依向張仲微笑道：「這是哪位，同咱們一樣睡不著。」

張仲微在州學時，曾隨一位教授學過琴，側耳聽了會兒，道：「琴聲哀傷，這位彈琴人心情不大好呢。」

林依偏頭想了想，道：「必是那位洪小娘子無疑。」

張仲微道：「何以見得？」

林依拍了他一掌，道：「與你何相干，問這麼多作甚。」

張仲微見她莫名其妙就惱了，忙獻殷勤道：「我也會彈琴，我彈與娘子聽。」

林依想聽，但卻擔心被別個誤認為是琴聲相和，便道：「你想彈，我卻沒琴。」

張仲微就摟了她的肩膀道：「既是無琴，咱們趕緊睡吧。不養足精神，明日怎麼逛街？」

逛街一事對林依有足夠的吸引力，遂乖乖爬上了床，接著睡覺。

第二日天亮，吃過早飯，眾人又聚到楊氏房中，商議由誰下船去租房。

張棟先提議道：「咱們是來選官的，還指不定要去哪裡赴任，不如兩房人都住到一起，便宜行事。」

他們在東京，的確只是暫住，於是紛紛點了頭。

方氏本著省錢原則，道：「都說東京物價貴，還是叫他們年輕人去，免得要租轎子租馬。」

她好不容易講一回有道理的話，人人都讚許。張棟主動道：「那我就不去了，二郎也來過東京，叫他去便得。」

張梁亦道：「那咱們二房就由伯臨去。」

如此安排，兩房人都沒有意見，就準備散去。林依急得直拽張仲微袖子，小聲道：「不帶我去？」

張仲微昨日答應過她，今兒不大好反悔，只好向張棟與楊氏道：「娘，我帶娘子上岸逛逛。」

楊氏很理解林依的心情，但還是駁道：「城中不比鄉下，若坐轎子還罷了，貿然上大街上走動，卻是不大好。」

林依心道，東京物價雖貴，但轎子應該還是坐得起的，於是忙道：「那我就坐轎子。」

楊氏看了看張伯臨，他有個好娘子，想必也是坐得起轎子的，便點了點頭，道：「到街上買個蓋頭，下轎便戴上。」

只要能逛街，林依甘願麻煩些，於是愉快應下。她愉快，方氏卻不樂意了，唬著臉道：「才講好走著去，節省幾個錢，怎麼又要坐轎子？」

楊氏耐心解釋：「二郎轉眼就是個官，官宦人家須得有些規矩……」

方氏打斷她道：「規矩自然是要講的，她不去便得，留在船上，再規矩不過。」

林依氣得直掐張仲微的胳膊，不過坐個轎子，有必要這般刁難嗎？再說她花的乃是自己的錢，又沒花她方氏的。

張仲微胳膊吃痛，又不好躲開，好生為難。其實他自己都覺得方氏是無理取鬧，但他身為親兒，能講什麼好，唯有一言不發，任憑娘子出氣。

屋中最生氣的不是林依，而是張棟與楊氏。方氏三番兩次干涉大房事務，時不時「提醒」眾人她才是張仲微親娘，這讓張棟與楊氏都十分地不悅。

張梁見方氏發言後，艙中安靜異常，心下十分奇怪，再一看大房眾人，臉色都不好看，便拉方氏道：「大哥大嫂家的事何時輪到妳來管，還不快跟我回去。」

張棟與楊氏想講又不敢講的話，終於讓張梁講了出來，老兩口立時感到心情舒暢。楊氏和藹道：「都快回去收拾行李吧，待得大郎二郎回來，咱們就下船。」

這話便是送客了，李舒因方氏又在眾人面前丟臉，早就坐立不安，聞言第一個起身離去，張伯臨緊隨其後。方氏還不大願意走，被張梁硬拽著出去了。

林依瞧出張棟與楊氏的心情，與她一樣不大好，想了想，便道：「哥哥與仲微都只不過在東京小住過幾個月，哪比得上爹娘熟悉情況，反正可以坐轎子，不如咱們一家人同去。」

楊氏聽了她的邀請，很是高興，但還是搖頭道：「多雇兩頂轎子又要多花錢，還是算了。」

林依笑道：「若我們被坑了，多花的冤枉錢不知能雇多少頂轎子呢。」

張棟深以為然，向楊氏道：「那妳就陪孩子們走一遭。」

楊氏不知想起了什麼，突然就笑了，點頭道：「那就麻煩媳婦多雇一頂轎子。」

林依問道：「爹不與我們同去？」

張棟搖頭，上船頭瞧風景去了。

楊氏笑道：「妳爹才來東京時，就差點被坑了，幸虧遇見了我，才把錢討回來。」

女人的想像力總是很豐富，林依由這句話擴展開去，暗自驚訝，真沒想到張棟與楊氏還是「自由戀愛」呢。

待到他們帶上錢下船時，發現碼頭上已有好幾乘轎子候著了，原來東京人轎夫極會做生意，每見有大船靠岸，便蜂擁而至，客人方便，他們賺錢，兩下便宜。

流霞與青苗挑了四頂轎子，正要請主人們上轎，方氏風風火火地從船上跑下來，喘著氣問楊氏：「大嫂怎麼也去？」

楊氏帶了些得意，道：「兒媳請我坐轎子，為何不去。」

這回輪到方氏氣結，就拿眼看張伯臨，道：「我也要去。」

李舒在船上瞧見，哪怕聽不見方氏講話，都曉得她是去丟臉的，趕忙遣錦書道：「趕緊去瞧瞧，什麼要求都答應她。」

錦書應了一聲，飛跑下船，問道：「二夫人這是做什麼？」

方氏見李舒的人來，哼道：「別人家的兒媳都曉得雇轎子與婆母坐，只有我家的不懂事。」

錦書氣道：「哪裡是大少夫人不願意，明明是二夫人自己說要省錢。」

方氏噎住，氣呼呼地朝回走。張伯臨雖也覺得方氏無理，但怎容許一個通房丫頭在眾人面前與自家親娘難堪，遂斥責錦書道：「好大膽的妮子，竟敢對二夫人出言不遜，自己去向大少夫人領罰。」說完快步上前，拉住方氏道：「娘，莫與一個丫頭置氣，咱們坐轎進城去。」

方氏覺得兒子替她挽回了臉面，很是得意，提了裙兒，率先上了轎子。

林依暗自搖頭，扶楊氏上了轎子，自己也準備上轎。張仲微扶了她一把，道：「我就不坐轎子了，隨著轎走吧。」

林依朝旁邊看了看，張伯臨已在彎腰上轎，便道：「都上轎子了，你同下人一道走著像什麼樣子，趕緊上去。」

張仲微輕聲道：「總花妳的錢……能省就省吧。」

林依笑道：「一輩子這樣長，還怕你賴帳？」

張仲微從未聽過這樣的說法，愣了。林依拍他道：「方才掐疼了你胳膊，這會兒請你坐轎子，當是賠罪了。」

張仲微還在琢磨那句話，其他幾乘轎子已出發。張伯臨路過他們旁邊，自轎窗裡探出頭來，笑道：「若是捨不得分開，坐同一頂轎子便是。」

這話叫底下的二人都紅了臉，連忙分開，各自登轎。

一溜五頂轎子朝城裡去，東京的轎夫極盡職盡責，不但抬轎，還負責充當導遊，行一路，介紹一路，這讓頭一回來東京的林依很是歡喜。

自碼頭出來，首先見到的是東京外城，方圓四十餘里由一城壕圍繞，壕內外遍植楊柳，煞是好看。聽轎夫介紹，此城壕名曰護龍河，河畔粉牆朱戶，都是禁人來往的。

東京城門眾多，正門有四，為南薰門、新鄭門、新宋門、封丘門。林依一行未走正門，乃是自東南的陳州門入，門旁有一河，名曰惠民河，但因此河通蔡州，東京當地人便只以蔡河呼之。

林依上轎前就給過了賞錢，因此那講解的轎夫十分賣力，講完這段還提醒她，在東京行走時，若提起此河，要稱之為蔡河，莫要叫惠民河，免得被認出是外鄉人，在買賣上受欺負。

原來欺生在哪朝哪代都有，林依暗道。

說話間已進城，街上的人多起來，林依記得楊氏的叮囑，放下了轎簾。不多時，流霞來傳話，問林依道：「前面有家賣蓋頭的，大夫人遣我來問問，二少夫人要不要就在這裡買一頂？」

林依隔著轎簾，小聲問她道：「流霞，戴了蓋頭，能掀簾瞧風景嗎？」

流霞笑道：「大夫人就是擔心二少夫人瞧不見，這才叫妳提早買呢。」

林依感激道：「替我謝過娘親。」又問流霞：「一頂蓋頭須得幾多錢？」

流霞道：「蓋頭店裡，來往的都是娘子們，二少夫人不妨下轎去看？」

林依聽了這話，獨自坐在轎中就笑開了，歡喜道：「那妳去瞧瞧附近有無茶肆，請兩位少爺稍歇，咱們去逛蓋頭店。」

東京的茶肆與小酒館極為發達，隨處就能挑出一個來，但張伯臨與張仲微聽說女人們要買蓋頭，都道：「何必去花那些錢，咱們不拘在哪裡逛一逛便得。」

林依下轎，朝他們感激福了福，挽著楊氏，喚了方氏，一齊朝蓋頭店裡去。

這家蓋頭店店面不大，僅有一個櫃檯，櫃檯後的架子上，擺放著十數頂蓋頭。林依一一看去，這些蓋頭大抵分為三種，一種即是成親時，新娘子頭上所蓋的紅蓋頭；一種形為風帽，乃一塊方幅紫色紗羅，戴上後障蔽半身；還有一種則是女人家居時所戴，上覆於頂，下垂於肩。

林依很快挑好一塊紫羅蓋頭，當即戴了起來，那紫羅雖還算透明，但到底有顏色，世界立時便得朦朧，叫她好一陣不習慣。

方氏也試了一頂羅紗蓋頭，一樣的不習慣，遂挑了一頂家居蓋頭，道：「我平素在家裡也是戴這個，不如還買一樣的。」

楊氏不悅道：「咱們如今是在外面，哪能同家裡一樣，弟妹還是挑一頂羅紗的。」

方氏還言道：「大嫂怎麼只叫我們買，妳自己卻不動？」

楊氏淡淡道：「我有一頂舊的，就在轎子上。」

伍之章　高貴的京都物價

方氏沒了話講，只好也挑了一頂紫羅蓋頭，轉身喚張伯臨，叫他來付錢。偏偏張伯臨逛得遠了，沒聽見，她見流霞站在店門口，遂遣她道：「去把大少爺喚來替我付錢。」

林依瞧著費事，心道不過一頂蓋頭，不如大方些，便道：「嬸娘那頂的錢，我一併付了吧。」

方氏見她肯付錢，大悅，立時將蓋頭戴上了頭。

因楊氏是東京人，林依成日聽她講河南話，亦學會了一些，遂撇了四川口音，操著半生不熟的北宋官話，問店家道：「這兩頂蓋頭共需幾個錢？」

店家看了看林依與方氏頭上的蓋頭，答道：「夫人這頂是六十文，那位夫人挑的稍貴，乃是六十五文，共計一百二十五文。」

林依正想道一聲便宜，突然想起這裡是東京，使用的是銅錢，她在心裡飛快換算，銅錢之於鐵錢，乃是以一抵十，一百二十五文，即為鐵錢一千二百五十文。

一千二百五十文！林依一陣肉疼。

楊氏瞧出她想法，走過去將她拉開些，悄聲道：「東京一匹紗須得一貫八百文足陌，這兩頂蓋頭的價錢算是公道了。」

林依聞言，只得暗自催眠，告訴自己要努力適應大都市的物價水準，努力克制計算鐵、銅錢匯率。

他們在夔州買金銀時，也兌換了一些銅錢，林依喚來青苗，叫她數出一百二十五枚，交與店主。

方氏白撿了一頂價值六十五文銅錢的蓋頭，再也不耍彆扭，喜孜孜地上轎去了。

林依問楊氏道：「娘，我們所帶的銅錢不多，要不要先尋個金銀鋪，把銀子賣掉幾錠再去租房？」

楊氏搖頭道：「不急，咱們先去問價格，選定了地方再去賣，不然拎著大袋銅錢，又重又顯眼。」

林依點頭稱是，遣青苗去喚回張伯臨與張仲微，幾人重新登轎，繼續朝城裡去。

林依戴上蓋頭，沒了顧忌，大大方方將轎簾掀開一角，一面觀街景，一面聽轎夫解說。

東京不愧為大宋都城，道路兩旁店鋪林立，人來人往，好不熱鬧。過了州橋，兩邊皆居民，橋頭有家小茶攤，立一塊牌子，擺兩張桌子，供來往客人飲茶解渴。轎行至此處，楊氏叫了聲停。林依以為她要吃茶，忙遣青苗去問。

楊氏卻道：「這家婆婆看似賣茶，實則是個牙儈，以前大老爺在東京時，尋她賃過不少屋子，如今咱們還找她去。」

流霞便走去與各人買了一碗茶，命那賣茶婆婆端來。楊氏掀了轎簾兒問道：「婆婆可還認得我？」

賣茶婆婆好記性，仔細端詳一時，真認了出來，笑道：「楊誥命回京了？」

楊氏含笑點頭，道：「這回我還想賃幾間房，不知婆婆有無好主意？」

賣茶婆婆笑道：「倒是有座極好的院子，只是大了些。」

楊氏笑道：「我們此行人多，就怕屋子不夠，大些倒是不怕的。」

賣茶婆婆笑道：「如此便好，且隨我來。」說著去各轎前收了空茶碗，又叮囑她家老頭與閨女好生看著攤子，再引著楊氏等幾乘轎子朝橋那邊去。

前行百步有餘，果見一座獨院，門前有名老管家看守。賣茶婆婆上前與其交談幾句，回身道：「各位少爺夫人，就是這裡了。」

於是眾人下轎來瞧，此處周圍都是家戶人家，可謂鬧中取靜。這座院子與張家鄉下的房子比，不算太大。坐北朝南，正房三間，東西偏房各三間，大門兩側還各有一間下人房。

進到屋內去看，各房間雖是空著，但卻乾乾淨淨，家什器皿亦是一應俱全。老管家自誇道：「此院雖算不上精緻，可該有的都有，屋前屋後有樹，旁邊還有河，住著清幽安靜，過了橋卻就是御街，各樣店鋪俱全，居家再方便不過。」

這話雖有誇耀成分在，但大體是實言。眾人將院子又看了一遍，都十分滿意，連方氏都講不出話來。林依問老管家道：「不知每月賃錢幾何？」
老管家回道：「每月一百一十貫。」
眾人瞠目結舌，連在開封租過房子的楊氏亦訝然：「這也太貴了些。」
老管家道：「這價格十分公道，夫人為何嫌貴？」
楊氏道：「三年前我們在這裡租了四間房，一月只需二十餘貫。」
老管家笑道：「夫人，東京的房價一年一個樣兒，如今的價格怎能同三年前的比，再說我這院子可足有十一間房。」
話是不假，但每月一百一十貫，楊氏與林依都無法接受，便齊齊搖頭，走到一旁去。林依路過張伯臨身邊，低聲道：「大哥若是喜歡這院子，自租便得，不必理會我們。」
李舒雖有錢，張伯臨卻生性節儉，道：「這樣貴的院子，租來作甚，咱們另看別家去。」
眾人皆點頭，於是別過賣茶婆婆，出來院門，聚到道旁。楊氏感嘆道：「沒想到三年光陰，東京物價又漲了。」
張仲微提議道：「私家住宅大概都貴，咱們不如往樓店務去看看。」
幾人都稱這主意好，各自上轎，林依頓覺自己又成了村人，忙拉住張仲微悄聲問：「仲微，樓店務是什麼所在？」
林依在張仲微眼中向來是無所不能，好不容易逮到有她不懂的，趕忙趁機逗她：「妳叫我什麼？」
林依沒明白，愣住。
張仲微好心提醒：「妳是我娘子，怎可對我直呼其名？」
此時其他人已起轎，林依生怕掉了隊，忙「二郎」、「官人」、「二小子」胡亂叫了一氣。張仲微無可奈何搖頭，扶她上轎，命兩頂轎子並排走著，掀開轎簾兒，將何為「樓店務」講解了一番。

這樓店務又名店宅務，乃朝廷所設，專門負責管理及維修國家房產，向百姓出租國有房屋並收取租金。

林依問道：「朝廷出租的房屋比私人的便宜些？」

張仲微答道：「那是自然。」

林依莞爾，那不就是大宋廉租房了？

東京有兩處樓店務，分別為左廂樓店務與右廂樓店務，其中左廂樓店務負責東城，右廂樓店務負責西城。

林依向來東西不分，問道：「那咱們現在是在東邊，還是西邊？」

張仲微大笑：「咱們是從東南門進來的，妳說是東邊還是西邊？」

林依不好意思起來，一把扯下了轎簾。張仲微正與她聊得興起，忽地不見了人，好一陣後悔講錯了話。

一行人來到左廂樓店務，林依扶著楊氏，跟在張仲微後頭，探頭看了看，禁不住直驚詫。這樓店務裡的「公務員」還真是不少，粗略數了數，不下三十人。楊氏到底是位誥命，見多識廣，見林依驚奇，便主動與她介紹了一番。

這左廂樓店務設有一位「勾當左廂店宅務公事」、兩位「店宅務專知官」、三位「店宅務勾押官」，還有五十名「掠錢親事官」、五百名「左廂店宅修選指揮」。

這些官職對於林依來講，甚為陌生，除了聽出人很多，其他一概沒記住。待楊氏耐心解釋了一番，方才弄明白，「勾當左廂店宅務公事」為左廂樓店務最高官員，統管全務工作；「店宅務專知官」分管東城內公房的維修、租賃和收租；「店宅務勾押官」負責定期巡查東城內公房；「掠錢親事官」負責挨家挨戶收房租；「左廂店宅修選指揮」則負責維修公房。

僅一個樓店務就有大小官吏五百五十餘人，且各有職責在身，這讓林依大為驚訝，問楊氏道：「東京出租房屋的生意竟這樣興旺？」

楊氏嘆道：「都城地貴，除了本地人，若不是大富之家，誰能買得起房，只能租來片瓦遮身了。」

林依突然想起，張棟在京為官好幾年都未能置下一間房，看來東京房價之貴，不亞於千年之後了。

她們婆媳在後面講話，張伯臨與張仲微在前面已將價錢打聽好，「店宅務專知官」稱，東城共有六百餘間房，分為上中下三等。上等房是套間，但仍按單間數目算錢，每間每月八貫；中等房全是單間，每間每月七貫二百文；下等房乃是一些破損房屋，每間每月五貫九十七文。

店宅務專知官講完，又補充了一句：「全部房價，均為足陌。」

張仲微不管家，打聽到價格，先來問林依：「娘子，妳看咱們租哪一等？」

林依不答，嗔怪看他一眼，側頭問楊氏：「娘有什麼打算？」

楊氏無錢氣短，便道：「我看那下等房就不錯。」

林依微微皺眉，道：「下等房便宜雖便宜，可都是些危房哩，萬一出點兒事，可怎麼辦才好。」

張仲微道：「那就租中等房。」

他們正商議，張伯臨已與方氏討論出了結果，走過來道：「我們打算租中等房，你們不如就租在我們隔壁，離得近些，好有個照應。」

林依早已受夠方氏，能有機會離她遠些，哪肯錯失，忙與楊氏道：「爹娘與官人都不是頭一回來東京，定有不少親朋來訪，若租單間，可是不方便，總不能來了客人，在臥室裡接待，我看咱們還是租上等房的好。」

只要林依樂意掏錢，楊氏當然願意住上等房，而且她也不願再與方氏做近鄰，於是爽快點了頭，並向張伯臨道：「東京隨處叫得到轎子，到時串門還是方便的。」

對於大房一家人住在何處，張伯臨並不大在意，便轉頭向方氏道：「娘，那咱們去付訂金。」

方氏卻不動，心道，林依還不如李舒有錢都能大方出錢，讓全家人都住上等房，那為何她卻要去中等房住？她越想越氣息不暢，拉住張伯臨道：「兒子，咱們也住上等房。」

在場人等都猜得出方氏心裡想什麼，張伯臨也不例外，耐心勸道：「咱們初來乍到，不像伯父家有人拜訪，租幾間房，能歇腳便得。」

方氏這回長了腦筋，不斥他不孝，卻拿李舒作幌子，道：「兒媳懷著身孕，自然要住舒適些。你不看她面子，也該看在孩子分上。」

張伯臨一想，李舒倒的確是個愛安逸的，不然也不會才嫁來張家就蓋了那樣大一間屋，於是便同意了租上等房，向方氏道：「那咱們去挑兩間。」

方氏滿臉堆笑，得意洋洋向楊氏與林依道：「咱們一同去瞧，兩房人還做鄰居。」

楊氏與林依又是懊惱，又是覺得好笑，無奈對視一眼，上前問店宅務專知官要圖紙。幾人看了一時，商量一時，準備在朱雀門東壁挑幾間房。店宅務專知官道：「你們運氣好，正巧有位掠錢親事官要去那裡收房租，你們就隨他去看吧。」

能馬上去看房，運氣的確不錯，只是這位掠錢親事官是騎馬的，林依等人卻是坐轎，速度壓根兒跟不上。幾人協商一番，決定讓張伯臨與張仲微二人棄轎，改作騎馬，與掠錢親事官先行。

眼見得兄弟倆隨掠錢親事官去得遠了，林依才想起件事來，背著方氏，小聲與楊氏道：「他們兄弟倆一道去，定是將兩家的房子租成隔壁。」

果不其然，待得她們的轎子抵達，張伯臨與張仲微已經將房子租好，訂金都付了。既然與方氏做鄰居已成定局，林依也不好再發牢騷，轉問張伯臨與張仲微道：「咱們還未將金銀賣掉，你們哪來的銅錢付訂金的？」

張伯臨笑道：「咱們嫌銅錢笨重，那掠錢親事官亦是一樣，不但收了銀子，還道以後交租都不必使銅錢，逕直拿金銀出來便得。」

楊氏道：「既是租好了，咱們這就打掃起來，大郎與二郎還騎了這馬，回碼頭報信去。」這安排不錯，張伯臨與張仲微應了一聲，齊齊上馬，朝東南門去了。林依扶了楊氏來瞧房子，大房共租了兩套上等房，全是一明一暗，暗間作臥室，明間做客廳。林依裡外瞧過，這兩套房子都是臨巷，光線明亮，購物方便，且牆壁是新刷過的，瞧著很不錯，但她疑惑道：「流霞與青苗住哪裡？」

楊氏指了指客廳，道：「叫她們晚上就在這裡打地鋪，天亮了再收起來。」

林依聞言，起了小心思，但並未作聲，只等張仲微來後，與他商量。

楊氏將兩套房子裡裡外外看過，感嘆道：「上等房好是好，只是四間房，每個月須得三十二貫錢，還是貴了些。」

林依苦笑道：「誰叫東京房價貴呢，這也是沒辦法，不過娘且放寬心，等咱們家老爺少爺都謀了差事，手頭就寬裕了。」

楊氏點頭，命流霞與青苗去打聽這附近哪裡有河，且去擔水來打掃屋子。流霞道：「才看見一輛賣水的車過去，我去叫他？」

楊氏不悅道：「如今家裡不寬裕，能省就省吧。若河離得實在太遠，咱們再想辦法。」

流霞垂頭受訓，低低應了個「是」字。青苗是做慣粗活的，倒不覺得擔兩桶水能值什麼，遂向林依討了幾個銅板，預備買水桶，再拉著流霞出門尋水去了。

丫頭們幹活兒去了，婆媳二人也沒閒著，立在房中商量起該添些什麼家什，這兩間房，各有木床一張、八仙桌兩張、圓凳八隻，除此之外，別無他物。楊氏道：「咱們不知會不會在京中長住，還是暫不添家什，免得到時還要轉賣，麻煩得很。」

這想法林依很贊同，但想了想，還是道：「添兩只小澡盆吧，勞碌一天，不洗一洗總是不舒服。」

楊氏卻搖頭，道：「已經入冬，不消天天洗澡，還是等妳爹與二郎領到官職再說。」

林依暗暗叫苦，她可是不管春夏秋冬，一天不洗澡就不自在的人，誰曉得張棟與張仲微哪日才能領到官，若是十天半個月領不到，那身上豈不是都要餿了。她雖不樂意，但楊氏也是為了替她省錢，乃是一片好心，因此不好再辯駁，只得動起腦筋，看能不能使個先斬後奏的招數。

正琢磨著，方氏氣呼呼地衝進門來，一手抓楊氏，一手抓林依，逕直朝外拽，道：「大嫂、仲微媳婦，你們隨我來瞧，與我理論理論，伯臨媳婦是不是太不孝。」

楊氏與林依都是莫名其妙，被方氏強拖到隔壁房前。方氏指了指左邊的那套房，道：「伯臨說，這是祖與我與二老爺住的。」接著又指了指右邊那套，道：「那是伯臨兩口子住的。」

楊氏與林依還是莫名其妙，齊齊問道：「這不是挺好，有什麼分別？」

方氏又是一手一個抓了，拽著她們的胳膊，進到左邊那套房，道：「瞧瞧，這是一明一暗兩間的。」說完又把她們拉到隔壁那間，道：「這間卻是一明兩暗，三間的。」

父母住兩間，兒女住三間，按照大宋的說法，確是算得上不孝了。楊氏心道，此事若換作她自己，大概也是會不高興的，於是就有幾分理解方氏的心情，安慰她道：「弟妹別急，咱們等伯臨他們過來，問問再說。」

方氏聽出楊氏願意幫自己，歡喜道：「大嫂一定要替我討個公道。」

楊氏點頭道：「伯臨太不像話，看我叫他伯父說他。」

方氏雖口口聲聲叫著「不孝」，心裡卻偏著兒子，於是忙道：「伯臨還是孝順的，都是礙著他媳婦。」說著說著，口氣就酸溜溜起來：「誰叫別個有錢呢，想住幾間就幾間。」

林依是小輩，偏方氏也不是，偏李舒也不是，只好緊閉了嘴，聽楊氏勸慰。

此處離東南門並不遠，沒過多久，船上的人都到了，張棟尋到楊氏，道：「夫人，妳去向伯臨媳婦借兩名家丁，先將洪小娘子送到她長姊家去。」

方氏正打算拉楊氏作陪去尋李舒，聞言便將楊氏一挽，道：「大嫂，咱們一道去。」

二人到得隔壁套房，李舒路上勞累，正坐在裡間床上歇息，見方氏與楊氏進來，雖身上倦怠，還是得站起身來，行禮讓座。楊氏先將借家丁一事講了，李舒道：「小事一樁。」隨口點了兩名家丁，命個小丫頭去叫。

楊氏忙道：「不必麻煩。」遂讓流霞跟那小丫頭一起去，領了家丁，直接出發。

洪寒梅卻講究規矩，非尋來見過禮，道了謝，方才辭去。

方氏見大房的事辦妥，心道終於輪到了她，為了增強氣勢，便站起身來，問李舒道：「妳自己租了三間房，只與公婆租兩間房，就是這樣做兒媳的？」

可憐李舒剛坐下，只得又扶腰起身，耐心解釋道：「我們這邊多出的一間房是給浚明住的。」

方氏馬上道：「浚明一向是我帶，跟你們住作甚？」

張浚明的確一直是方氏帶的，但卻經常被灌輸些嫡母刻薄的觀念，李舒出錢養庶子，卻落得這樣名聲，自然不願意，這才起了親自教養的念頭。這樣的事，她身為兒媳，不好拿到檯面上來質問方氏，只得道：「爹娘年紀大了，浚明晚上又愛哭鬧，沒得擾了二老歇息，因此還是住到我們這邊好。」

楊氏見方氏一副要吵架的樣子，趕忙在她出聲前就來打圓場，向李舒道：「伯臨媳婦，妳待浚明視如己出，咱們都看得見，只不過妳懷著身子，本就勞累，哪還經得住小兒哭鬧，不如還是先讓妳婆母帶，待得妳生產完，再將浚明抱回。」

此話有理有據，恰講到李舒心坎上，她不自主摸了摸已出懷的肚子，就點了頭。

方氏大喜，忙出門喚任嬸與楊嬸，叫她們來搬房子。

李舒望著楊氏苦笑，楊氏安慰她道：「妳婆母就這脾氣，直性子，其實心腸不壞。」」。

李舒輕嘆一聲，走出門去，將地兒騰給興高采烈忙亂不止的方氏。

楊氏回到自己屋裡，林依正領著青苗在幫她掃地擦窗子，見她回來，問道：「沒事了？」

楊氏朝外努了努嘴，道：「將房屋換了，還能有什麼事。」

林依與青苗都止不住地笑：「還是二夫人厲害。」

清潔做完，林依問楊氏道：「娘跟爹還需要添些什麼物事？」

楊氏搖頭道：「有飯吃，有床睡，足矣。」

林依便告退，使青苗去打掃另一間屋子，自己則去尋張仲微。找到張仲微時，他正與張伯臨在一起瞧那路邊的小攤，林依便先問張伯臨道：「大哥，你家下人不少，可安排了住處？」

張伯臨指了上等房後面的一排屋了，道：「樓店務早就計算好了，大凡租得起上等房的，身邊都有幾名下人，因此咱們住的房子後頭就有一排下等房，專供下人居住。妳若想租，叫仲微上樓店務去一趟便得。」說完猛一拍頭：「多虧弟妹提醒，妳大嫂叫我去將下等房租幾間呢，叫我混忘了。」他話音未落，撒腿就跑，張仲微在後大笑：「哥哥慢些跑，租匹馬騎著去，大嫂斷不會因此等小事怪你。」

林依扯了扯他的袖子，道：「咱們也租一間下等房與流霞和青苗住吧。」

張仲微的回答與楊氏倒是如出一轍：「她們晚上在廳裡搭個地鋪便得，何必去花那冤枉錢。」

林依扭捏道：「我也不想多花錢，只是，只是……」她湊到張仲微耳邊小聲嘀咕幾句，張仲微的臉就泛起了紅暈，道：「妳說的也是，那就再租一間吧，咱們在別處省著點便是了。」

議定，夫妻二人到後面那排房子看過，見還有好幾間空著，便準備由張仲微去樓店務租一間。張仲微將林依送回去，轉身就走，林依叫住他，遞過一把銅錢，道：「你租匹馬騎過去。」

張仲微搖頭道：「也沒多遠，我在家上學時，一去一來好幾里路，還不是全仗一雙腳，哪能進了城就嬌氣起來。」

林依想了想，道：「那我與你同去，順路逛一逛。」

張仲微朝隔壁指了指，道：「妳不怕娘說妳？」

林依把新買的蓋頭又覆上，笑道：「我有這個，不怕。」

果然她到隔壁問楊氏，楊氏見她戴了蓋頭便准了，於是夫妻二人高高興興出門，一路走，一路東看西瞧，說說笑笑，倒不像去辦事，卻似冬日出遊。他們晃晃悠悠到得樓店務，卻見張伯臨還未走，站在那裡與店宅務專知官討價還價。兩人對視一笑：「原來大哥也未騎馬。」

張伯臨聽見熟悉的聲音，回頭一看，見是他們夫妻倆，驚訝問道：「你們來作甚，可是新租的房子有哪裡不好？」

張仲微笑道：「不是，我們同哥哥一樣，也來再租一間下等房。」

張伯臨皺眉道：「你們一共才兩名丫頭，不拘哪裡搭個地鋪便得，何必特特再租一間？」

張仲微湊到他耳旁，將林依與他講過的話，原封原轉述了一遍。張伯臨聽後，不顧這是在樓店務，就將張仲微搗了一拳，壓低了聲兒笑道：「老二，沒想到你看著老實，花花腸子還真多。」

張仲微不敢說這想法乃是林依的，默默替娘子背了回黑鍋。

張伯臨本是打算租兩間下等房，男僕一間，女僕一間，兩名通房丫頭睡客廳，但聽了張仲微的話後就變了主意，向那店宅務專知官道：「便宜十文，我再租一間下等房。」

張仲微奇道：「哥哥，你又租一間作甚？」

張伯臨笑呵呵拍了拍他的肩，故作神祕道：「與你多租的那間房的用途差不多。」

張仲微還在琢磨這話的意思，林依卻是一聽就曉得張伯臨是誤會了，但她一想，錦書與青蓮都是正經通房，於是就懶得開口，任由張伯臨誤會去了。

張伯臨雖誤會了他們的意思，但還價卻成功了，店宅務專知官收了他們每月五貫八十七文，將四間並排的下等房租與了他們。

三人結伴回家，進到東壁小巷，有許多賣吃食的小攤，林依嘴饞，便稱餓了，張仲微摸出一文銅錢，買了七枚蒸棗，遞與她吃。張伯臨瞧見他們大妻恩愛，又是想要慢慢逛的樣子，便道：「你們慢行，我先走一步。」

林依叫張仲微拉住他，另買了兩包蒸棗，道：「哥哥捎回去分與兩家人吃。」

張伯臨直讚她細心，伸手接過，揣進懷裡，獨自先回去了。

張仲微笑話林依道：「我說你怎麼突然要吃蒸棗，原來是想支開哥哥。」

林依笑道：「我可沒那意思，是他自己要走。」

張仲微見她還剩了粒棗子未吃完，伸手拈了，丟進嘴裡，問道：「娘子不急著回家，還想做什麼？」

林依道：「咱們去買三只澡盆，我們一只，爹娘一只，丫頭們一只。」

彼時蜀人都不大愛洗澡，張仲微也不例外，認為澡盆實在是可有可無之物，聞言便道：「興許在東京待不了多久，買那物事作甚？」

此時他們在巷中，林依不好拎他耳朵，只得瞪眼道：「你敢不洗澡，小心我將你丟進蔡河去，讓你好好洗一洗。」

張仲微娶了這樣一位霸道娘子，頗為無奈，只好攬她朝前走，道：「路邊就有不少賣盆桶的，妳挑幾件吧。」

前行幾步，果見有一家木器店，各式盆桶木架子一應俱全。林依見店門口擺有兩隻大木桶，類似後世浴缸，一見便很喜歡，因此問那店主道：「這大木桶怎賣？」

店主笑著回道：「夫人好眼力，此乃長木桶，全東京也沒幾家得賣，每只一千五百文。」

張仲微驚道：「不過一只木桶，這樣的貴。」

店主笑道：「會箍長桶的匠人少，自然就貴了。」

林依暗自盤算，一只長木桶就能賣一千五百文，那這做桶的人家，每月僅賣幾只桶便很能度日了。

張仲微見林依不語，還道她十分想買，便悄聲道：「娘子，且忍忍，待我選上官，領了俸祿與妳買。」

林依輕輕搖頭，只把那小澡盆買了三只，道：「這長木桶塊頭太大，買了也沒處擱，我不過感嘆這箍桶人好賺頭罷了。看來都城物價雖貴，賺錢倒也容易。」

張仲微道：「興許是比眉州容易些，不過箍長木桶卻是手藝活，不輕易外傳，這份錢不是人人都掙得來的。」

林依輕輕點頭，請店主將三只澡盆用草繩捆了，遞與張仲微兩只，剩下一只自拎，小倆口並肩朝家走去。

兩人到家，青苗接著，見了那三只嶄嶄新的澡盆，道：「大夫人才嘮叨說東京的物價比她那時更貴了，二少夫人這就買了澡盆回來，還一氣三只，不怕她老人家生氣？」說著又把澡盆朝桌下藏，邊塞邊道：「且先藏起來，別叫她瞧見。」

林依好笑道：「當省則省，不該省的，省它作甚。若是因不洗澡生出病來，請郎中、抓藥，不知要花費幾多呢。」

青苗聽見，又把盆拖了出來，道：「說的是，二少夫人花的都是自己掙來的辛苦錢，心裡自然是有數的。」

林依吩咐道：「澡盆留一只在這裡，另一只送去大夫人房裡。」

青苗問道：「那還剩一只呢？」
林依笑著反問：「妳說呢？」
青苗明白過來，歡呼一聲跳起來，笑道：「二少夫人體恤下人，想得真周到。」
張仲微在旁聽了這話都笑了，道：「這妮子，方才還囉哩囉唆，一聽自己也有份就沒了言語，只剩下一個『好』。」
青苗被他說得不好意思起來，抱了一只盆，扭身就跑。她到得楊氏房中，將新澡盆奉上，道：「大夫人，冬日乾燥，多用水洗洗更舒服。二少夫人怕妳沒盆使，特意買了個新的，叫我與妳送來。」
楊氏見了澡盆，先是不悅，後聽了她這番話又笑了，向張棟道：「瞧這妮子的一張巧嘴，比流霞強多了，兒媳就是會調教人。」
張棟雖也不怎麼想要澡盆，但他大男人哪會因個小物件就說三道四，只道：「既是兒媳孝心，就收下吧。」
青苗便將澡盆放到牆邊立好，又問楊氏道：「大夫人，流霞姊姊送洪小娘子還未回來？」
楊氏道：「正擔心此事呢，這去了大半天了，還不見回。」
張棟安慰她道：「太平盛世，又是大街上，怕什麼，再說還有兩名家丁跟著呢。」
楊氏稍稍安心，自去數佛珠。
青苗行過禮，告退出來，到林依房中回報，得意道：「虧得我會講話，大夫人才沒生氣。」
林依笑道：「妳的臉皮倒是越來越厚了。」說著朝屋後一指，再丟過去一把鑰匙，道：「看妳辦事得力，就把間屋子妳住吧。」
青苗還道她開玩笑，待得用那把鑰匙真把後面那間屋子的門打開了，這才驚訝叫出聲，跑回來道：「二少夫人，妳真與我租了間房？」

林依點頭道：「等流霞回來，妳問問她，若是她也想住，妳就同她兩人睡。若是她不想住，那可就便宜妳了，單獨睡吧。」

青苗歡快應了一聲，轉身去取桶，準備上河邊提水做清潔。不料她出門剛走了幾步，便與腳步匆匆的流霞迎面撞上，兩人都摔倒在地，木桶骨碌碌滾到了一邊。

青苗一骨碌爬起來，顧不得拍身上的灰，先去查看木桶，見其完好無損，這才鬆了口氣，問流霞道：「流霞姊姊慌什麼呢？」

流霞才從地上爬起來，沒空答她的話，逕直朝楊氏房裡跑。青苗最是個好打聽的，心下奇怪，就連水也不打了，先跑回去拉林依：「二少夫人，流霞匆匆忙忙一回來，就朝大夫人房裡去了，我瞧著是有事，妳快去看看。」

林依一看她這模樣，就曉得她在想什麼，好笑點了點她額頭，道：「流霞有事，與妳何干？趕緊打水去，晚了可不安全。」

青苗吐了吐舌頭，拎著木桶轉身跑了。林依正與張仲微商量要不要過去問問，就聽見流霞在喚，於是二人一同到隔壁，只見張棟眉頭緊鎖，楊氏一臉焦急，忙問道：「爹、娘，出了什麼事？」

張棟懊惱道：「唉，洪小娘子走丟了。」

楊氏卻道：「三個人跟著能走丟？我看是她自己跑了。」

張仲微詫異道：「好端端的，她為何要跑？」

林依看了楊氏一眼，沒有作聲。洪寒梅為什麼要逃跑，這緣由，楊氏大概也猜了些出來，故有此判斷。

張棟見他們都沉默，自己把原因講了出來，道：「洪員外與我提過幾句，說他長女是要接洪小娘子去她家作妾的……」

楊氏道：「那就不錯了，定是洪小娘子不願為妾，這才半道上跑了。」
張仲微道：「怪不得她在船上時就不大出來露面，大概那時就已想跑了，只是不好跳江。」
林依著急道：「咱們在這裡再怎麼猜測也無用，還是趕緊加派人手去找，不然洪員外長女來找我們要人，可怎麼辦才好？」
張棟久經官場，思慮得更遠，慢慢捋了捋鬍子，想張仲微道：「洪員外此舉，不會是別有用意吧？」
張仲微一時沒聽明白，愣住了。
林依在旁聽見，卻有一絲了悟，張棟的意思大概是，洪員外故意將洪寒梅託付與他們，又指使她半路逃跑，這下一步，大概就是上門要人，或是上衙門遞狀紙，誣告他們拐騙良家女子了。
林依仔細思忖一番，問張棟道：「爹，洪員外將洪小娘子託付與你時，旁邊可有見證？」
張棟答道：「除了你們叔叔，悅來樓客店的掌櫃也曾來陪坐了會子。」他說著說著，突然一拍椅子扶手，叫道：「壞了，洪員外定是故意陷害於我。」
楊氏與張仲微還是不明白，只盯著張棟看，張棟解釋道：「若洪員外要誣陷我拐騙他家庶女，那掌櫃的，就是個證人。」
張仲微聽後，明白了，不禁又急又氣，道：「我還奇怪洪員外怎地轉性兒了，原來在這裡有後招，他到底還是睚眥必報的人。」
張棟聽得「睚眥必報」一詞，忙問：「二郎與他有過節？」
張仲微將那日謝師宴上，洪員外贈妾被拒，惱羞成怒的事講了。張棟仔細聽完，卻搖了搖頭，道：「不過一樁小事，洪員外就是再小氣，也不值得他設這樣大一個局。」
眾人齊聲問道：「既然不是為這事兒，那洪員外興師動眾，不惜將庶女都捨出來了，為的是哪般？」

張棟看了張仲微一眼，似是很難啟齒，良久方道：「若我未記錯，洪員外的女婿，與你大嫂的娘家哥哥關係很不一般。」

張仲微忽地記起在雅州拒絕李簡夫奏摺一事，恍然道：「黨派之爭，咱們竟是躲也躲不掉。」

林依聽了張棟那話，不免有幾分抱怨，虧他還是長久為官的人，既曉得洪員外不是一派的，還濫充好人，替他捎帶閨女作甚。

張棟自己也很後悔，捶胸頓足道：「我只道洪員外不在朝，沒得妨礙，卻是低估了李簡夫，他竟連門下官員的岳丈，也要利用一二。」

原來幕後之人是李簡夫，怪不得洪員外明明與張梁交情更深，卻不把庶女託付給他，偏要交與張棟。林依恍然道：「原來洪員外不是趨炎附勢，而是別有所圖。」

楊氏苦笑道：「朝堂上的事，我們女人家不懂，只是咱們既已中了圈套，眼下該如何行事？要不向伯臨媳婦多借幾名家丁，趕緊去找洪小娘子？」

張仲微將前因後果仔細想了一遍，有些開竅，道：「此事既與李太守有關，還是別去麻煩哥哥的好。」他見張棟臉上有贊同之色，又忙補充道：「這事兒哥哥定然不知情，不然必會知會於我。」

張棟自然不會講些間離他們兄弟關係的話，只道：「得閒時，將此事講與伯臨知曉，略提一提便得，不必深究。」

張仲微點頭記下不提。

楊氏見他們岔開了話題，急道：「你們一句來一句去，洪小娘子倒是找還是不找？」

張棟安慰她道：「李簡夫的為人，我還是瞭解的，此事說大也不大，單憑這個想扳倒我，還是難的，因此他目的並不在此。」

楊氏問道：「不是為了這個，那是為什麼？」
張仲微介面道：「必是為了讓我上那份奏摺。」
張棟撫掌讚道：「二郎有長進。」
楊氏奇道：「朝中官員何其多，為何偏偏找上二郎？」
張棟苦笑道：「李簡夫一直把二郎當作他的人，二郎猛然不聽他的話，就惱了，這是要通過我，逼他就範呢。」
雖然張仲微一向認為自已還是有真才實學的，但科考時李簡夫曾幫過忙，也是不爭的事實，因此他抓了抓腦袋，向張棟道：「爹，所謂知恩圖報，要不我就幫李太守將那份奏摺呈上便是，不過舉手之勞，也算不得什麼大事。」
「糊塗！」張棟急得大罵，「既然要講仁義道德，就莫要踏進官場，一個不慎，就是性命攸關，豈由得你去報恩。」
張仲微被罵，蔫蔫垂下了頭。楊氏忙安慰他道：「你爹也是為了你好，你如今不是一個人，還有媳婦呢，萬一有個不是，叫她怎辦？」
張仲微聽她提及林依，眼裡方恢復了些神采。張棟見了，搖頭大嘆：「你這樣的性子怎麼做官，不如趁早回去種田，只怕還好些。」
這話講得卻是重了，楊氏念著張仲微畢竟是過繼來的，比不得親兒能無所顧忌，便連連與張棟打眼色。張棟會過意來，有些後悔，忙補救道：「有我幫襯著你，無甚大妨礙。」
林依見場面尷尬起來，忙道：「那咱們現在是去找洪小娘子，還是準備吃飯？」
幾人這才想起來，從早上到現在，他們才吃了一頓，一摸肚子，還真是餓了。張棟道：「既是個局，還尋她作甚。」

張仲微是天生的樂天派，道：「水來土掩兵來將擋罷了，有哥哥與大嫂在那裡，洪員外不能把咱們怎麼著。」

這話真是有道理，原來他還是有幾分悟性的，張棟聽了，愈發後悔方才不該講那些傷感情的話。提起吃飯一事，彷彿永遠都是女人操心的話題，張棟與張仲微都朝桌邊坐了，一副只等開飯的樣子。他們並沒有廚房，如何開伙，林依提議道：「咱們上分茶酒店去吃一頓？」

楊氏擺手道：「不必麻煩，巷子口有個曹婆婆肉餅鋪，叫丫頭們去買幾個來，應付一頓便得。」

林依依言，數出錢來，交與青苗，叫她同流霞去買肉餅。她抬頭看了看天色，道：「天黑了恐怕還得吃一頓，咱們又沒得灶，怎辦？」

楊氏笑道：「東京不比眉州，晚上熱鬧著呢，什麼時候想吃，什麼時候去買，比自家開伙還便宜些。」

林依不相信，若外頭賣的吃食比自己做還便宜，那些買賣人賺什麼？再者她先前自巷子一路走來，家家戶戶門前都是砌的有灶的，說明自家開伙做飯的人極多。她不便反駁楊氏的話，想了想，建議道：「娘，明兒咱們也買幾塊磚，尋個泥瓦匠將灶搭起來吧，花不了幾個錢。」

楊氏皺眉道：「又沒得廚房，在外搭灶，煙薰火燎的。」

林依有些明白不了楊氏的想法，連個澡盆都捨不得買的人，怎捨得頓頓拿錢到外面吃，就因為耐不了油煙？

說話間青苗與流霞已將肉餅買了回來，聽見她們的話，都道：「大夫人若怕熏，那搭到我們門口去。」

楊氏奇道：「妳們哪來的門口？」

青苗朝後面那排房子一指，道：「我才與流霞姊姊說了，二少夫人特特為我們租了一間房呢。」

澡盆與房子林依都是先斬後奏，前者還罷了，乃是小物件，且楊氏也討了好，但後者卻花費不少，因此楊氏就不高興起來，嘀咕道：「下等房每個月的賃錢也不少。」

張棟自認為才得罪了張仲微，不願楊氏把兒媳也得罪了，忙道：「不過一間房，值什麼。」說完悄聲責備楊氏：「咱們如今吃兒媳的，喝兒媳的，講那許多話作甚。她租再多的屋，花的也是她的嫁妝錢，咱們說不起。」

楊氏聽了這話，氣勢就短了一截，不再提房子的事，轉向流霞道：「肉餅呢，再不端上來就冷了。」

流霞與青苗捧上肉餅，林依順口問了一句：「這肉餅幾多錢一個？」

青苗回道：「五文一個。」

林依道：「果然便宜。」

楊氏聽她也稱便宜，便道：「妳看，我講的對吧。買熟食來吃，比自己搭灶開伙更合算。」

林依沒有反駁，只悄悄注意各人吃了幾個，待得飯畢回房，問張仲微道：「你可曾吃飽？」

張仲微摸了摸肚子，不好意思道：「半飽而已，但我已吃了四個，不好意思再伸手。」

林依笑著喚青苗，命她再去買幾個肉餅來，免得把張仲微餓著。接著來算這肉餅的帳，一家上下六口人，共吃了十五個，每個五文，共計七十五文。算完帳，正巧窗前有個婆婆路過，探頭問了一句豬肉價格，答曰：「五十文一斤。」

這下連張仲微都直呼划不來，那十五個肉餅裡摻的肉加起來，別說一斤，恐怕連八兩都沒得。

林依問他道：「那我在屋後搭個灶？」

張仲微連連點頭：「使得。」

林依又問：「若娘因這個責怪我，怎辦？」

張仲微想了想，道：「說是我的主意吧，要罵就罵我。」

林依撫掌壞笑：「很好，就是這樣。」

轉眼肉餅買來，青苗扭捏道：「我方才只吃了兩個，也未吃飽。」

林依打開紙包一看，青苗一共買了四個，笑問：「妳一個，我一個，二少爺兩個？」

青苗飛快地點點頭，紅臉垂下了腦袋。林依笑道：「平時瞧妳風風火火，怎麼吃個肉餅倒不好意思起來。」說著將肉餅遞與她，道：「吃飯乃是大事，吃飽了才好幹活。咱們家再窮，只要我有一碗粥，也分妳半碗。」

林依覺著挺普通的一句話，卻讓青苗紅了眼眶，趴下磕了個頭，方才退出去。

林依有些驚訝，愣在原地。張仲微啃著肉餅，道：「別個窮了，首先想的是將丫頭賣掉，換幾個錢度日。妳倒好，不但不賣，還要分半碗粥與她。」

林依瞪了他一眼，道：「我並不是心善的人，只不過這幾年孤身一人，唯有她作伴，這份感情不是你體會得了的。」

張仲微好脾氣，挑了個最大的肉餅塞進她手裡，道：「是是，有感情，往後我定會小心，千萬別得罪了她。」

林依嗅出一絲酸味，奇道：「你這是吃的哪門子醋。」咬了兩口肉餅，幡然醒悟，忙過去貼著臉哄他道：「以前是她陪我，往後要換作你了，你可不許嫌煩。」

張仲微終於聽到了想聽的話，立時咧著嘴笑開了，朝林依臉上香了一個，道：「高興還來不及，怎會嫌煩。」

林依被他蹭了一臉的油，哭笑不得，趕忙掏出手帕去擦，卻被張仲微嗔「妳嫌棄我」，一時擦也不是，不擦也不是，想了想，還是先哄官人開心要緊，於是將帕子放下，頂著一臉的油，啃那油乎乎的肉餅。
直到肉餅吃完，林依要喚青苗進來吩咐事情，張仲微才開恩，親自執帕幫她把臉擦乾淨，再擦過自己的嘴，順勢又香了一個。
青苗進來，問道：「二少夫人喚我？可是要砌灶？」
林依點頭道：「去巷口尋一名泥瓦匠人，到我們屋後，或你們屋前，搭上一個灶台，不必太大，夠用就成。」
青苗道：「何必特特請匠人，二少夫人把些錢我，我去買上幾塊磚與一桶白灰黏土漿，三兩下便能砌好。」
林依想起她們在鄉下時，樣樣都是自己動手，就笑了，道：「妳說的極是，能省便省吧。我這才來城裡，還沒開始賺錢，倒染上些毛病了。」
青苗笑道：「二少夫人不過一時沒想到罷了。」
林依去翻錢袋子，卻發現他們在夔州時兌換的銅錢不多了，忙道：「去二房問問，大少夫人的錢可兌換好了，若是沒兌，咱們一起去。」
眼看著天色已晚，再不兌換，可就只能等明天了。青苗一路小跑到李舒處，講林依的話問了，李舒笑道：「正準備去問二少夫人，妳就來了，我與她倒是心有靈犀。」
於是張伯臨帶上幾名家丁，又借與張仲微一名，兄弟二人租了輛帶篷的車，將盛金銀的箱子裝好，尋金銀鋪去了。
林依送他們到巷口，折身回來，命青苗取算盤，主僕二人攤開帳本，仔細回憶，將這一路行來的帳目，好好算了一算。自眉州上船，至東京下碼頭，因一直宿在船上，不過費了些飯食錢，花銷並不大，加上租船的費用，共是二十一貫；夔州小住了幾日，又與張仲微看病，花費多些，共三貫五百文；到東京後，雇轎子雇馬、買蓋頭、租房、買肉餅，共花了將近三十七貫五百文。

青苗在船上無事時，也學會了撥算盤，雖不熟練，倒也像模像樣，她撥了一時，向林依報數：「共計六十二貫足，銅錢。」報完抬頭望林依，問道：「二少夫人，我算的可對？」

她撥算盤時，林依早在心裡將結果默算了出來，遂點頭道：「算得不錯，再練些時日，不說做個帳房先生，管管家是錯不了的。」

青苗得了誇讚，高興地笑了，又問道：「二少夫人，妳帶來京城的錢能供咱們一家人住多久？」

林依這些年掙的錢不算少，加上臨行前變賣苜蓿地與豬圈等，手中足有八千貫鐵錢，她本還沾沾自喜，以為有這許多錢，就是坐著吃喝，也能在東京過上兩年，卻沒算計到，鐵錢與銅錢的兌換比例是十比一，她在四川是八千貫，到了東京就只有八百貫，她本想著，數目雖少了，但只要銅錢更值錢也是一樣的，哪曉得東京物價之貴，完全像是在拿銅錢當鐵錢使。

連青苗都在發愁：「就算不吃不喝，一年下來，房租錢都要四百多貫，這可怎麼得了。」

林依卻道：「咱們又不一定在東京長住，不過幾個月的開銷，還是承受得了。」

青苗道：「那若二少爺授了京官呢？」

林依道：「會花才會掙，若真要在東京長住著，自然要想法子掙錢。」說著將青苗住的那間房一指，道：「那屋妳只晚上住，白日裡空著，若咱們真要待在東京，就將其改作間小鋪子，白日裡賣貨，晚上將門一關，又是妳與流霞的臥房。」

青苗心內登時升起了希望，大讚：「二少夫人哪裡來的那麼些主意，眼一眨就是個賺錢的點子。」

正說著，張仲微由張伯臨幫著，抬了只箱子進來。林依奇道：「這樣快就換好了？」

張仲微抹了把汗，道：「出了巷子一拐彎，街邊就有一家金銀鋪，近得很。」

張伯臨臉上有莫名光彩，道：「沒想到朱雀門附近繁華如斯，怪不得租間房這樣的貴。」

林依見他表情奇怪，便待他走後問張仲微：「朱雀門四周若不繁華，就不會有樓店務的上等房出租，這有什麼好奇怪的？」

張仲微支支吾吾，只道張伯臨先前並不知這裡熱鬧。

這話一聽便是敷衍之語，但任憑林依怎樣問，張仲微就是咬緊牙關不鬆口。他一旦犯起倔脾氣，林依也拿他沒轍，只好罷了，轉問其他：「你將洪員外一事與大哥講了？」

張仲微答道：「我不過順口提了提，不想哥哥卻極為上心，當即便稱要寫信去雅州問李太守。」

林依道：「官場上的事我不懂，你還是趕緊去問問爹，大哥這樣行事到底妥不妥當。」

張仲微覺著她講得在理，忙將箱子挪了挪，應著去了。

林依關了門窗，開箱將銅錢數目清點了一番，留出兩吊錢以供日常花銷，再同青苗兩個合力把箱子推進床下。青苗笑道：「幸虧大少夫人派了家丁日夜巡視，不然擱這許多錢在家裡，還真是不放心。」

林依亦道：「確是該感謝大少夫人，等咱們的灶台搭起來，請她來吃飯。」說著數了幾百錢，裝進一只不顯眼的袋子裡，遞與青苗道：「妳先去大少夫人那裡問問，看她要不要搭灶台，若是也要搭，就一起去買磚，一次買得多了，興許能便宜些。」

青苗得令，便先去問李舒。李舒有錢，本想日日吃酒店，因此猶豫，甄嬸卻道：「大少夫人懷著身子，指不定什麼時候就餓了，還是自己砌個灶更方便。」

李舒便點了頭，道：「那就砌個吧，燒水也更便宜。」於是命甄嬸取錢，叫來一名小丫頭並一名力大的家丁，同青苗一起去買磚。

林依猜的沒錯，賣磚人見青苗他們一次買的數目多，便少了幾文，最後算下來，每塊磚十文，一桶白灰黏土漿二十文，總算是沒有他們想像的那般貴。

李舒派去的家丁力氣果然大，一人就將所有的磚擔了，先與青苗送到她房前，青苗謝過他，即刻動手，開始砌灶台。林依自後窗瞧見，忙挽起袖子，出來幫忙，嗔道：「妳這妮子，回來也不稟報一聲，難不成是錢花多了，怕我罵妳？」

青苗噘嘴道：「我就曉得二少夫人要出來幫忙，才故意沒叫妳。」

林依奇道：「這是為何？」

青苗道：「二少夫人今非昔比，只怕轉眼就是個誥命，怎還能與從前一樣，事事親力親為？」

林依大笑：「若要我做個萬事不理的窮誥命，我寧願重回鄉下，做個有錢農婦。」

青苗說不過林依，只得任由她也抓了一塊磚，動作俐落地抹上黏土漿。

灶台砌到一半，張仲微回來，加入砌磚行列。三人一同幹活，速度快了許多，趕著在天黑前搭成了個簡陋灶台。

張仲微帶著欣賞的目光，繞著新灶台走了兩圈，拍拍手道：「大功告成。娘子，咱們且去巷口買晚飯吃，明日便能自己開伙。」

林依見他回來後一直心情不錯，奇道：「洪員外那事兒，你一點都不擔心？」

張仲微朝隔壁看了看，不答，直到回到房中才道：「此事我做不了主，一切得聽爹的，著急又有什麼用？」

林依一想也是，便問：「那爹可有了主意？」

張仲微道：「哥哥去寫信與李太守了，爹叫我明日一早便去報官，免得不知情的人還真以為咱們拐騙人口，若是這樣事情還不得解決，他就打算去尋昔日同僚幫幫忙。」

林依道：「既是爹有謀算，那我就放心了，照著做便是。」說著喚青苗端了盆水進來，與他兩人把手洗了，一同走去隔壁，問張棟與楊氏晚上想吃什麼。

楊氏一瞧林依興致勃勃的模樣，就曉得她是想去逛，便道：「你們去吧，吃飽回來時，不拘什麼捎一兩樣與我們便得。」

楊氏雖客氣，林依卻不敢怠慢，忙叫青苗去巷口買來幾個肉餅，讓兩位老人先墊墊肚子，待得他們回轉時，再吃消夜。

夫妻二人出了小巷，旁邊有條與小巷平行的大街，雖已入夜，卻仍燈火通明，人群熙攘，好不熱鬧。林依存心要瞧東京夜間景色，又見那條街離家裡近，便想也不想，拉起張仲微就走。

張仲微不知為何，臉上有慌亂神色，連忙拉住她道：「娘子，妳不是肚餓嗎？那邊又沒賣吃食的，去了作甚。」

張仲微扯謊太沒水準，林依朝他臉上一掃，就曉得他講得是胡話，便故意道：「誰說我餓了，偏要逛夠了再說。」說完將來路一指，故作驚訝狀：「呀，那是個什麼物事？」

張仲微上當，回頭去瞧，林依趁這空檔，掙脫了他的手，疾走入街，然而還沒走兩步，就被張仲微追上，硬拖了出來。

林依甚為不滿，道：「我都還沒將那幾棟樓瞧清楚，你急個什麼，難不成那街上有吃人鬼？」

張仲微拽著她胳膊，死活不讓她進，卻又尋不出理由來，急得直撓頭。林依好奇心愈來愈盛，便拖著他朝回走，故意道：「既然你不告訴我，那我回去問爹娘，他們在京住過這麼多年，定然曉得。」

張仲微大急，迫不得已，只得吐露實情，原來這條街也沒什麼特別，只不過全是伎館而已，林依一良家婦人進去，實在不好。

林依一時不能適應他的說法，心道，伎館一條街都開到居民區隔壁來了，這還叫沒什麼特別？

張仲微聽了她的疑問，與她解釋一番，她這才曉得，東京伎館生意極為興旺，除了這條街外，朱雀門街西過橋的曲院街往西、西通新門瓦子以南的殺豬巷、南斜街、北斜街、牛行街、東雞兒巷、西雞兒巷……許多街巷，都有伎館所居，除此之外，那些大酒店小酒樓也多有官伎陪酒，一呼即來。

林依越聽，眼瞪得越大，聽到最後，已帶上了怒氣，反揪住張仲微胳膊，問道：「你在東京才待過幾個月，怎對大小伎館街一清二楚？」

張仲微目光閃爍，支吾著不肯說。林依見他這樣，愈發氣惱，又問：「是不是你已去召過伎女了？」

張仲微的目光，仍舊四處飄移，但還是堅定地搖了搖頭，道：「我不曾去過伎館。」

林依此時恨不得連飯也不吃，直接將他拖回家，拷問清楚再說。

張仲微小心翼翼地來拉她的手，道：「娘子，咱們先去尋吃食。」

林依不動，怒道：「不講清楚，咱們就在這裡站一夜。」

張仲微無法，又不敢硬拽，只好講了實話。原來他之所以對東京伎館瞭若指掌，全是因為張伯臨愛打探這個，又愛與他講，久而久之，他便都清楚了。

林依忽地記起張伯臨去過金銀鋪後，回來時神采飛揚，忙問：「你們是不是賣金銀去時發現這條街上有伎館的？」

張仲微點了點頭，指了街道，道：「那家已熄燈打烊的，就是金銀鋪，再除卻靠前的幾家酒樓，後面的大半條街都是伎館。」

林依疑道：「就算大哥發現有伎館而竊喜，這也沒什麼好替他瞞的，那為何先前我問你時，你卻要支支吾吾，難不成你們約好了同去？」

張仲微連連擺手，道：「我就是走在大街上看見了伎女，都不敢多瞧一眼的，哪裡還敢去伎館。」

林依也不作聲，只盯著他看。張仲微被盯得久了，開始心虛，小聲道：「去年來東京趕考時，有位相識的考生相邀，便同哥哥去了回正店。哥哥說，如果我把伎館街的事告訴妳，他就要與妳講正店的事，因此我……」他見林依的臉色越來越黑，連忙把街頭一指，道：「去的是正經酒樓，就同金銀鋪後的那幾家一樣。」

林依站到街道入口處，踮腳朝裡望了望，只見那所謂的正經酒樓上，酒桌邊大抵都有濃妝豔抹的女子相陪，便指了問張仲微道：「那些都是什麼人？」

張仲微老實答道：「陪酒的伎女。」

林依氣道：「這還叫正經酒樓？那不正經的該是什麼樣子？」

張仲微十分委屈，道：「朝廷所設的正店大多養有官妓相陪，我能有什麼法子。」

既是國情使然，那他為何心虛不敢講？林依不大相信他的話，緊問道：「若只是陪酒，你遮遮掩掩作甚？」

張仲微不答，眼神只朝不遠處的酒樓上飄，林依順著望去，只見窗邊有一酒客，酒客旁有一伎女，乍一看，兩人都是端坐，並無甚過火之處，但多瞧一時便發現，那酒客自己是不動手的，飲酒由伎女執杯，吃菜由伎女伸筷子，全是親親熱熱送到嘴邊。

林依問道：「你那時也是這樣？」

張仲微已不大敢看她，聲細如蚊蚋：「哥哥說，這是風尚，若我不從，便是土包子，丟臉。娘子，我曉得妳不喜，我再也不敢了……」

林依望著那酒樓，望著遍街燈火的東京城，想了許久許久，突然喃喃道：「其實我能理解，任何時代有不同的道德標準，隨大流也不一定就是不堪。」

張仲微沒大聽清，也不大明白，問道：「娘子，妳自言自語講什麼？」

林依提高了聲量，斬釘截鐵道：「你說對了，我就是不喜，只要別的女人靠你近些，我便受不了。」

這話太過大膽直白，張仲微竟臉紅了，趕忙朝四周看看，小聲道：「我曉得，我曉得。」說著上前拉她，道：「娘子，我再也不去正店便是，妳別惱了。咱們吃飯去吧，把妳餓著了可不好。」

林依的心情很複雜，嘆氣道：「只要你踏進官場，哪有不去正店應酬的道理，就是不應酬，同僚間也得去宴飲幾杯聯絡感情，除非你別做官。」

張仲微道：「我苦讀這些年，好不容易熬出頭，怎能不做官了。大不了就算去酒樓，我也抵死不要伎女相陪。」

竟將「抵死」一詞都用上了，林依噗哧一笑：「暫且信你這回，可別說一套做一套，若叫我瞧見——哼，我可沒大嫂那般好性兒。」

她不過是威脅張仲微，不料張仲微卻連連點頭，一面走，一面道：「其實哥哥並非好女色的人，只是嫂嫂將人送到他面前，豈有不笑納的道理。」

這話倒有幾分道理，但林依仔細一想，還是謬論，駁他道：「你就曉得一味向著大哥，他那兩名通房丫頭，也就錦書是大嫂送的，青蓮可是他自己收的，伎館的事，也不是大嫂教的吧？」

張仲微還真是兄弟情深，一心想要為張伯臨扳回一局，將腦袋撓了又撓，道：「大嫂肯定沒告訴過大哥，伎館去不得。」

林依想了想，道：「大概是沒講過，可這又如何？」

張仲微一拍巴掌，道：「既是沒講過不能去，反意便是能去，既是能去，哥哥當然想去。」

林依心內的小火苗又開始騰騰地燒，斜眼看他道：「照你這樣講，若是東京出個新鮮玩意，我因不知情而忘了提醒你，那你便自動自覺去了？」

張仲微無奈道：「妳是什麼心思，我已明瞭，怎還會去做那等事惹妳生氣。」說完攤手，也發了通小脾氣：「妳整天這樣防著我，累是不累？」

林依覺得很委屈，若不是東京遍地都是伎館，連酒樓也要養一群伎女陪酒，她才懶得操這個閒心呢。委屈的同時，她又覺得十分矛盾，男人去酒樓有伎女陪著，乃是習俗使然，很多時候，此舉與「風流」、「變心」等字眼根本扯不上關係。

凡事都是道理容易想明白，實際做起來卻難上加難，林依只要想到有一天張仲微也許會坐在酒樓上，由美豔的伎女親手餵酒餵菜，興許還能時不時收到一兩道秋波，她那心裡，就登時醋海翻騰起來。

也許這是時代觀念的矛盾與碰撞，林依想了許久，覺得自己，至少目前，還暫時邁不過這道坎去。

張仲微見林依久久沉默，還道自己那通脾氣奏效，歡歡喜喜地拉了她朝前走，道：「娘子，我帶妳去逛州橋夜市。」

林依瞧他這副歡喜模樣，不忍掃興，心道，也許自己杞人憂天了，待得他真有那樣的苗頭時再說吧。不過既然東京的誘惑這樣多，往後可得把他看緊些，特別是不能讓張伯臨帶壞了他。

張仲微帶著她一直向前，逕直出朱雀門，直至龍津橋，只見橋南人頭攢動，熱鬧非凡。他們先到龍津橋，自南往北朝來路逛，當街水飯、爊肉，乾脯；王樓前獾兒、野狐、肉脯、雞；梅家、鹿家鵝鴨雞兔、肚肺、鱔魚、包子、雞皮、腰腎、雞碎……各樣小吃，都是林依從未見過，甚至聞所未聞的，大有劉姥姥初進大觀園之感。

張仲微見她只看不買，忙問：「娘子，是不是這些不合口味，咱們再朝前看看。」

林依只是看花了眼而已，哪裡肯走，便站到鹿家攤前挑起來。她領會過東京的高物價，心道鱔魚之類的物事在後世都是貴的，便只敢指了蒸籠，問道：「包子多少錢一個？」

攤主忙得不可開交，抽空朝這邊看了一眼，喊道：「十五文一個。」

林依嫌貴，拉起張仲微欲走，張仲微悄聲道：「娘子，這已算便宜了。」

林依道：「下午買的肉餅才五文一個呢。」

張仲微大概是吃過這家的包子，笑道：「包子肉多，自然貴些。妳若連這個都嫌貴，那整個夜市逛下來，必定還餓著肚子。」

林依默念，就奢侈這一回，明兒自家開了伙，吃什麼都便宜了。她數出三十文錢，遞與攤主，換回兩個包子，自己一個，遞與張仲微一個，道：「趕緊趁熱吃。」

那包子確是餡多皮薄，但一個只有林依的半個拳頭大，張仲微兩口就吞下了肚，不滿道：「娘子，雖說花的是妳的錢，也該讓我吃飽啊。」

林依不好意思起來，又瞧那包子個兒小，大概百來文也填不飽二人的肚子，便拉了張仲微繼續朝前走，將那細料餶飿兒一人買了一碗吃了。張仲微喝完湯，仍嚷嚷著未飽，林依一面笑話他大肚漢，一面四處搜尋，終於發現有家賣薑辣蘿蔔的，三文錢一大碗，遂買了一碗，再到旁邊攤子上揀來一盤大饅頭，叫張仲微來吃。

饅頭還是熱騰騰，張仲微掰開兩半，夾進一層蘿蔔，遞與林依，歉意道：「為夫無能，叫娘子受苦了。」

林依笑道：「我正想說，娘子我賺的錢太少，叫你只能吃饅頭啃蘿蔔呢。」說著把饅頭推回去，道：「你吃吧，我已飽了。」

張仲微吃罷兩個饅頭，終於飽了，又道：「味道還不錯，與爹娘捎兩個回去。」

林依點頭，掏錢另買了幾個，又將薑辣蘿蔔裝了一袋，與張仲微兩人攜手回家。

張棟與楊氏還在等他們，不過已是準備睡了，都道吃過了肉餅，現在還不餓。林依只好將饅頭拿回房，問青苗道：「妳餓不餓？這裡有饅頭，還有蘿蔔。」

青苗笑道：「我做活的人，比不得大老爺與大夫人經餓，正盼著吃食呢。」

林依將饅頭與蘿蔔遞過，青苗站在廳裡桌邊就吃起來，邊吃邊道：「這蘿蔔我也會做，味道只怕比這個還好些。」

林依笑道：「那妳做一些，拿去夜市上賣，得幾個茶水錢也是好的。」

青苗真起了心思，向她拿第二日的菜錢時，多討了幾個，稱明日就將這薑辣蘿蔔做起來。

青苗吃完饅頭，將桌子收拾好，問過林依無甚吩咐，便回到後面房子去歇息。

張仲微等她出去，走去將門栓了，又仔細檢查過窗子，道：「城裡不比鄉下民風淳樸，咱們又是臨巷住，雖有大嫂的家丁在外巡視，還是小心為上。」

林依點頭應了，鋪床展被，又將青苗早就擱在牆邊的一桶水拎過來，倒進澡盆裡，喚張仲微來洗腳，道：「灶才砌好，還燒不得水，先委屈你拿冷水泡。」

其實張仲微用冷水洗澡已是習慣，但卻不愛泡腳，便故意皺眉道：「已是入冬，冷得緊，再來冷水一泡，冰涼冰涼，怎好入睡？」

林依一聽便知是藉口，揪了他耳朵，將他拖至床前，按下坐了，「咬牙切齒」笑道：「腳冷了，娘子與你暖。」

這話講得俏皮，張仲微就樂了，連忙自動自覺將腳洗好，又主動服侍林依洗了，將盆朝桌下一挪，巾子一丟，摟了林依就朝被窩裡滾，邊扯她裙子邊道：「娘子，快來與我暖腳。」

在船上時，隔板確是不太隔音，兩人行起事來，不免畏首畏腳，如今住的是後牆的磚瓦屋，便沒了顧忌，翻來滾去好一通折騰。

事畢，二人皆是氣喘吁吁，張仲微笑道：「娘子英明至極，幸虧多租了間房叫青苗去別處住，不然門外就躺著個人，哪裡放得開。」

林依枕在他胳膊上，輕掐他一把，笑道：「不愧是我調教的官人，沒有理解錯。」

張仲微奇道：「這般顯而易見的道理，還能理解錯了？」

林依道：「你可還記得在樓店務時，大哥聽說咱們租了間下等房與丫頭住，他便也多租了一間？」

張仲微想了想，點頭道：「是有此事，可咱們有丫頭，他也有丫頭，多租一間房與她們住，有什麼好奇怪？」

林依道：「大哥定是以為你將青苗收了，因此多租一間房，好上她屋裡去睡。」

張仲微睜著眼，張著口，想了一會兒，道：「那哥哥也多租一間，是用來安頓通房丫頭，好方便他去過夜的？」

林依斜了他一眼：「你以為大哥跟你一樣老實，滑頭著呢。」

張仲微先是不悅：「妳怎能這樣講大哥。」旋即又高興起來，在被窩裡抓了林依的手，道：「原來我在妳心裡還是老實的，那妳總盤問我作甚。」

林依笑道：「時不時與你敲警鐘而已。」

二人面對面躺在被子裡，額抵著額，手拉著手，說說笑笑，晚上由伎館街引起的不快，總算是煙消雲散。

第二日晴明，張仲微起床梳洗完畢，換了出門的衣裳，按照張棟前日的吩咐，去衙門報案。林依心想橫豎在家無事，便同青苗一同去買菜，順便瞭解下柴米油鹽的價格。青苗想先去買米，林依道：「一袋子米重得很，難道要扛著逛菜市？不如等別的物事置辦齊全，最後再買米。」

青苗連連點頭：「還是二少夫人想得周全。」

因林依尋思著晚上請李舒一家吃飯，便先去買肉，到肉案前問價。那賣肉漢子見林依身上穿的雖不是什麼好料子，但也沒得補丁，且還帶著名丫頭，想來兜裡是有幾個錢的，便向她推薦最好的後腿肉，道：「夫人買這個嘗嘗，一百二十文一斤。」

林依被唬一跳，道：「好個會宰價，昨兒剛打聽過，肉價是五十文。」

賣肉漢子臉上輕蔑之色立現，自案角扒拉出一堆邊角廢料，推到林依面前，道：「拿去，五十文。」

原來五十文只能買些豬下水與邊邊角角處的肉，林依擔心是賣肉人欺生，不敢在這裡買，拉起已氣呼呼的青苗，走到別處又打聽了幾家，不料京城豬肉還真是這個價，稍好的百文一斤，最好的後腿肉也確是一百二十文。

林依感嘆道：「咱們還算有些小積蓄，卻連肉都吃不起，那些更窮的如何度日？」

青苗嘟囔道：「還不如在鄉下呢，雖沒城裡熱鬧，可想吃肉就吃肉，想吃雞就吃雞。」

林依笑道：「那也就咱們家而已，妳看以前的鄰居李三家與張六家，還不是一年到頭見不到肉星子。」

青苗聽了這話卻高興起來，道：「二少夫人說的是，不能幹的人，在哪裡都吃不到肉。像妳這般有能耐的，在城裡一樣掙錢。」

林依笑著拍了她一下兒，道：「妳倒是挺會與我戴高帽子。」

二人邊說邊走，眼看著這一溜兒肉攤子即將逛完，青苗道：「豬肉雖貴，但咱們是要請客吃飯，好歹還是買一塊吧。」

林依點頭，在一家肉案前站定，叫攤主割下一塊後腿肉，過秤，一斤二兩，北宋十六兩為一斤，共一百三十五文。

林依遞錢，青苗將肉接了，拎在手裡，兩人繼續朝前走。菜市另一出口處，有許多近郊的村民，提著籃子兜賣自家菜蔬，林依停下腳步，挑揀起來。菜蔬相對豬肉，便宜許多，她花了不到二十文，買下兩個梢瓜、一顆白菘、兩根牛蒡、四個大蘿蔔，外加一兜兒四季蕈，又將出八文錢，到豆腐攤前買了幾塊豆腐乾，預備炒肉片。

這下買的菜多了，眼瞅著再買就拿不下，好在東京人極會做生意，菜市亦有竹器賣，林依花十文錢買下一只竹籃，將菜蔬豬肉等裝了，叫青苗拎著。

青苗瞧了瞧籃子裡的菜，道：「二少夫人，只得一個肉菜，怕是待不了客。」

林依愁道：「說的是，可豬肉就這樣的貴，別的肉只怕更買不起。」果然二人到羊肉攤子前一問，一斤稍好的羊肉竟要兩百文，那攤主還嗤笑道：「羊肉本就不是窮人吃的物事，夫人不該來問。」

青苗又氣了一回，當即便要回嘴，被林依強行拖走，道：「哪裡都有這樣的小人，妳氣是氣不過來的。有這功夫，不如琢磨琢磨如何賺錢，好吃得起肉。」

青苗被激起了鬥志，攥著拳頭道：「二少夫人，咱們去買佐料，回去我就將薑辣蘿蔔做起來，晚上去夜市賣。」

林依心道，光靠賣薑辣蘿蔔怕是賺不回肉錢，不過她不忍打消青苗熱情，便只閉口不言。二人尋著專賣佐料的小攤，花去兩文錢，買了些大蒜、花椒、小蔥、生薑等物。林依見那貨架上有食鹽、醬油、醋等出售，便問過價錢，數出七十五文，秤了一斤鹽、一罐醬油並一罐陳醋。

林依尋思著，只一盤肉菜，實在拿不出手，便帶著青苗左尋又尋，終於找到一家賣長江小魚乾的，花上四十文，秤了半斤。

青苗看了看菜籃子，道：「二少夫人，差不多齊全了，再買一袋子米，打一罐兒油，咱們便可回家。」

林依點頭，先帶著她去打油。北宋食用油的種類很豐富，豬油、羊油、牛油，乃至狗油都有；還有前朝所沒有的植物油，河東大麻油、陝西杏仁油、紅藍花子油、蔓菁子油、山東蒼耳子油，還有旁昆子油、烏桕子油，據說沿海還食用魚油。

能買得起油的，都是手裡有兩個錢的，因此賣油翁很大方，一一開了罈子，拿勺子舀給林依看，又道：「夫人，最好的油乃是這胡麻油，開壇香噴噴，夫人打一罐兒回去嘗嘗？」

林依問道：「什麼價錢？」

賣油翁指了指櫃檯上擺的罐子，道：「大罐三十五文，小罐二十五文。」他大概覺得這價格很便宜，口吻十分自得，但林依將那罐子拿在手裡掂了掂，除去瓶罐子自身重量，恐怕連大罐裡的油都不足一斤。

貴是貴，但油不能不吃，北宋窮人可以忍受沒有油的飯食，來自千年後的林依卻受不了，於是咬咬牙，將那相比之下更合算些的大罐油買了一罐子。

二人又去買米，據米店店主稱，今年年成算不錯，米價不高，上等粳米每斗六十文，中等粳米每斗四十五文，下等粳米每斗三十文。

林依到敞開袋子的樣品前，依次抓起一把，仔細瞧了瞧，最後決定買上三斗等粳米。她想著楊氏是東京人，好不易回到家鄉，大概是想吃麵食的，便又問白麵的價錢。店主道：「麥子三十文一斗，白麵貴些，須得四十文。」

林依沒有石磨，只能買白麵，便又數出四十文，買了一斗。她將一百七十五文銅錢遞與店主，央道：「我們已經買了好些菜，加上這三斗米，可是搬不動，能否請店裡夥計幫著送送？」

店主問過她們住處，道：「倒是不遠，給兩文路費，與妳送去。」

青苗直吐舌，城裡果然不比鄉下，幫個小忙都要錢。

林依倒覺得與兩文辛苦費很合理，便又數了兩文出來，遞與那小夥計，不料卻被店主橫插一手，奪去了。

林依在前，小夥計扛著米在中間，青苗殿後，一行三人朝回走。到了巷子口，林依停下，順路買了鍋碗瓢盆等物，那攤主人好，見她拿不下，主動叫自家兒子送，且沒要送貨錢。

物事送到家，林依想再把賞錢，卻無奈她如今自身難保，只得叫青苗取瓢舀水，請那兩名夥計喝了。

青苗打發走夥計，再將買的菜蔬與魚肉搬到她屋裡去收拾。林依則回房，取帳本記帳。今日一共花去五百三十七文，其中今日菜錢二百四十二文，餘下二百九十五文置辦的柴米油鹽等，還很能用上些日子。

她算完帳，到楊氏房裡去伺候，道：「我才去菜市買了菜，將菜價問了個清楚，咱們若不時常吃肉，僅買菜蔬的話，度日倒也不難。」

楊氏手裡握著佛珠，道：「咱們都不是嗜肉的人，吃菜蔬就很好。」她是吃齋念佛的人，自然不怕吃素，張棟卻是愛吃肉，聞言就有些不高興，但他絕不會因飯食問題向兒媳開口，於是道了聲「二郎怎地還不回來」，拂袖朝外去了。

楊氏向林依道：「別理妳爹，城裡不比鄉下，想吃肉餵豬，想吃蛋養雞，這裡可是一根針都要花錢哩。」

這話窩心，林依感動，道：「我買了一斗白麵，叫青苗中午擀麵條，娘可別嫌手藝不好。」

楊氏許久不曾吃過麵條子，聞言十分高興，忙道：「叫流霞去幫忙，她會擀一手好麵。」流霞不待她喚，自己聽見，就去了。楊氏笑道：「這妮子也是東京人，大概也想吃麵條了。」

林依請示道：「娘，咱們能在這裡安心住著，不用擔心賊惦記，全靠夜裡有大少夫人派的家丁巡邏，因此我想晚上請二房一家吃飯，妳看如何？」

張棟並未走遠，聽見這話，忙進來道：「媳婦這主意很好，我也正有此意。」

林依應了，正要去隔壁二房相請，張仲微回來了。他與張棟耳語幾句，張棟就趕忙吩咐林依：「媳婦，剛才不是說要請二房吃飯，別等晚上了，就中午吧，妳現在便去收拾。」

林依不知出了何事，猜想大概是張仲微報案之行不太順利，便匆匆到隔壁請了二房一家，再去後面的臨時廚房與青苗流霞幫忙。

青苗奇道：「就算他們中午來，咱們先把菜擇好便得，這時候做飯，是不是早了點？」

林依猜想張棟是有事情要與張伯臨講，這才匆忙要擺酒，但這話她不便與青苗講，便扯謊道：「興許是他們早上未吃點心，餓著了。妳到對面小店裡去打上一斤老酒，再買一碟子花生米。」

青苗心思單純，便信了，忙應著去了。流霞則到隔壁鄰居家借了盆，開始和麵。東京的米與鄉下沒有不同，仍是需要舂的，林依心道他們也許在東京待不了多久，便不願去買，而是走回上等房那邊，去敲鄰居家的門。

門很快便開了，一名十五六歲、丫鬟打扮的女孩兒問道：「大人找誰？」

林依笑道：「我是你們鄰居，姓林，不知妳主人家如何稱呼？」

丫頭笑著回道：「巧了，我們家夫人與妳是本家，也姓林，我們老爺姓賈。」

裡間有人聽到外面動靜，高聲問道：「春妮，誰人敲門？」

被喚作春妮的丫頭回頭答道：「夫人，是隔壁鄰居林夫人。」

那位林夫人大概沒想到鄰居家也有位林夫人，頓了頓才問：「何事？」

春妮便看林依，林依忙道：「我來問林夫人借用舂米的傢伙。」

林夫人還是未露面，大概是在與人商量，過了一時，將春妮喚了進去。春妮再出來時，臉上就帶了歉意，道：「林夫人，我們夫人說碓臼太貴，只能借妳碓杵，妳若是要，我就去拿。」

林依苦笑不得，這兩樣物事要配合著用才行，只借一樣怎麼使。她只好道：「不必了，替我謝謝你們家夫人。」她沒借到物事，不甘心，又去敲了兩家的門，不料屋中卻沒人，最後只好失望而歸，吩咐青苗道：「四處借不到碓臼與碓杵，妳去巷子口買一套回來。」

流霞道：「且慢，我到借盆的人家問問看。」林依便叫她去了，那戶人家倒是肯借，但他們家貧，乃是許多家共用一套，他一人做不了主，須得去一一問過。流霞嫌麻煩，回來與林依道：「十來戶人家，挨家挨戶問下來，只怕都到飯點了。」

林依便帶了青苗回房取錢，遣她速速去買。青苗跑著去跑著回，不一會兒就回來，兩手卻是空空，道：「碓臼三貫足，碓杵四百文足。」

林依訝然，怪不得那位林夫人捨不得借碓臼，原來是真的很貴。她為難起來，買吧，萬一用不了兩天就要離開東京，豈不是浪費；不買吧，總不能將米連穀兒煮。

流霞道：「二少夫人何不去問問大少夫人，他們也砌了灶要開火，又有錢，肯定是買了碓臼與碓杵的。」

林依將額頭一拍：「瞧我這糊塗的。」因物品貴重，她親自去李舒處借。李舒官宦家出身，雖在鄉間住了幾年，但也是十指不沾陽春水，聽了碓臼與碓杵，根本不知那是做什麼的。甄嬸在旁與她解釋：「是舂米用的。」

李舒驚訝道：「米還用舂？」

林依無奈看她，甄嬸笑道：「大少夫人哪裡曉得這些，咱們早上才買了嶄新的碓臼和碓杵，我與二少夫人取去。」

林依隨甄嬸到後面取了物事，又依足禮節，回李舒處道過謝，這才回自家廚房。

青苗將碓臼和碓杵接了，開始舂米。林依動手切肉切菜。他們買的菜並不多，不一時便準備停當，林依是吃過苦的人，曉得如何做菜最有看頭，她將肉分作兩份，一份配上豆腐乾，一份配上牛蒡絲，這便是兩盤肉菜了。小魚乾也分作兩份，一份擱了點酒，加進生薑、大蒜一起煮了，再撒上些許鹽。另一份她本想炸，但又嫌太費油，便將小魚乾泡了泡，和眉州帶來的豆豉一起上鍋蒸，做了道豆豉蒸魚。

青苗見她做菜，一時技癢，在旁嚷嚷，林依笑道：「搶著要做活的，大概也只有妳了。」

青苗吐了吐舌頭，搶過鍋鏟，先將梢瓜燉了，林依皺眉道：「怎麼不炒來吃？」

青苗道：「這樣省油。」
林依就笑了：「妳比我更省，不過今日要待客，好歹還是用些油。」
青苗聽了，便將剩下的四季蕈同白菘都用油炒了。
林依見菜齊了，便叫流霞端上去，自己則到二房去請他們來入座。
青苗還想顯手藝，又將那幾個大蘿蔔削了，切作長條，加進薑蒜，她正忙活，林依請完客回來，問道：「妳這是在做薑辣蘿蔔？」
青苗點頭道：「與桌上添道菜。」
林依指了指鍋，道：「妳拿油稍稍炒一炒，保準比夜市賣的好吃。」
青苗是想拿到夜市去賣錢的，猶豫道：「二少夫人昨日不是講，那樣一大碗薑辣蘿蔔，夜市才賣三文錢，我這要是加了油，成本可就高了，只怕三文錢賣不起。」
她講話時，林依已朝鍋裡加了薄薄一層油，道：「三文賣不起就賣四文，再不濟五文，我看東京窮人雖多，有錢人亦不少，只要妳做的好吃，不怕沒人買。」
青苗得了鼓勵，便接過鍋鏟，將蘿蔔條先下鍋煎了煎，再加蒜、薑翻炒，接著舀了一碗水，倒進鍋去煮。林依在旁瞧著，道：「要是有高湯，味道就更好了。」
青苗問道：「什麼是高湯？」
林依道：「就是將些肉骨頭雞骨頭丟到鍋裡去煮湯，再將油撇了，剩下的清湯便就是高湯了。炒菜煮湯使用著，比加清水可鮮多了。」
青苗驚道：「那本錢須得多少，不鮮才怪。」
林依笑道：「不錯，還未變作買賣人，已先曉得處處計算成本，我看妳將來必要發財。」
青苗被她說到不好意思，忙藉口灶前油煙大，將她推了開去。

陸之章　三娘誤陷圈套

林依瞧見二房的人已在朝這邊走，便不再與青苗說笑，回房去待客。楊氏欲擺兩桌，男女分開坐，無奈房屋狹小，只好她那廳裡擺一桌，供男人們吃酒，另一桌則擺到林依廳中去。

各樣菜只做了一盤，卻要分為兩桌，林依只得另取盤碗來，一分為二，與流霞兩個朝女座那邊端。過了一時，青苗做完薑辣蘿蔔，也來幫忙，楊氏便道：「媳婦也來坐下，叫丫頭們去忙。」

林依應了，放下捲起的袖子，到楊氏身旁就坐。

方氏與楊氏道：「大嫂好脾性，哪家婆母吃飯時，兒媳不是在旁邊伺候，長輩吃完了，才輪到她們吃，妳可別把她慣壞了。」

楊氏笑道：「大戶人家的規矩，弟妹倒是學了不少。」

方氏當是誇她，得意洋洋，不料楊氏話鋒一轉，道：「咱們還租房住呢，怎麼也只能算是小門小戶，那些個規矩，能免就免了吧。」

方氏吃癟，臉色很不好看，不過她一向吃硬不吃軟，見楊氏不讓著她，就安靜下來。

李舒適才生怕方氏一時「興起」，讓她站起來伺候。她這挺著肚子，坐著都嫌累，站上一頓飯，怕是腿都折了。此時見楊氏壓住了方氏，又是高興，又是感激，便舉了酒杯敬她。

林依待她們將這杯吃完，方道：「大嫂懷著身子，酒吃多了怕是不好，我叫青苗去買一杯開心暖胃的門冬飲來，可好？」

李舒體諒她手頭緊，忙道：「不必，四川帶來的茶葉若有剩的，煮一盞來便得。」

方氏心裡還有氣，心道，林依的錢留著，也是便宜了楊氏，不如大夥兒幫她花花，便出言道：「門冬飲甚好，仲微媳婦想得周到。」

她既這樣講了，林依便遣青苗去買，還不好只買一杯，多把了十數個錢，與兩桌上每人買了一杯。楊氏對方氏此舉十分不滿，但她是客，討杯飲子喝算不得過分，只好將火氣壓了，笑臉盡主人之職。

林依這邊吃著酒，卻記掛著隔壁，青苗深知她心意，便去那邊服侍，旁聽了一時，就回到她身後扯衣裳。

林依會意，藉口要去廚下看看飯，帶了青苗走出來，問道：「聽到什麼了？」

青苗先笑：「我可是正大光明，並不曾偷聽。」又道：「二少爺早上去衙門報官，不料洪員外搶先一步，已是將大老爺告了。」

林依始終牽掛的是張仲微安危，聞言不禁一愣：「只告了大老爺，沒告二少爺？」

青苗奇道：「洪員外是將洪小娘子託付給大老爺，與二少爺何干？」

林依拍了拍腦門，道：「關心則亂，糊塗了。不過告大老爺與告二少爺也並無分別，咱們是一家人呢。」

她怕出來的久了遭疑，便還叫青苗去那廳裡伺候，自己則走到廚房，掀開鍋蓋瞧了瞧，再回廳去問：「飯已得了，各位是現在就吃飯，還是先飲酒？若要吃麵條，我這就去下。」

楊氏笑道：「先吃酒吧，待會兒再說。」

林依那樣問，不過是想圓一圓方才那藉口，見楊氏如此吩咐，便還回位坐下，繼續吃酒待客，講些菜色太過簡單之語。

方氏聽說這些菜大半都是林依親手所做，不免嫉妒之心又生。她當上婆母的時間比楊氏長，卻從未吃過李舒做的飯菜，一想到林依這樣的好兒媳本該是她的，再看楊氏時，眼神裡就又帶了刀子。

李舒瞧著方氏又是要出言不遜的樣子，生怕她還要丟人，忙夾了一塊子牛蒡肉絲到她碗裡，道：「娘嘗嘗這個，二少夫人的手藝真不錯。」

方氏登時就來了火，轉向她道：「妳也曉得仲微媳婦手藝不錯，那為何不向她學著點？妳進張家門這些年，可有給我這婆母做過一頓飯？」

李舒懷著身孕，情緒波動大，聽得方氏當眾與她難堪，淚水在眼眶裡直打轉。林依想救她，但自己也是晚輩，不好開得口，只好輕扯楊氏衣袖。楊氏輕嘆一口氣，勸方氏道：「伯臨媳婦算是不錯了，自己嫁妝錢拿出來養家，還要與張家添人口，這樣的好兒媳，哪裡去找。」

方氏想也不想，開口就要反駁，林依忙道：「仲微上回進京，多虧李太守幫忙，我這裡敬大嫂一杯。」

方氏聽了這話，終於記起，她親生的兩個兒是受過李舒父親恩惠的，特別是張伯臨，往後的仕途就全仗著老丈人了。她心不甘情不願地，把原本的尖酸言語嚥了回去，斜眼看著林依與李舒碰完杯，當作無事發生，埋頭夾菜。

桌上終於安靜下來，但這頓飯本就是為了李舒而請，卻被陪客方氏攪得一團糟。林依瞧著李舒心情不好，筷子沒動幾下，恨不得當初不請方氏來。

桌上這副局面，很快便散了。林依送過李舒，安慰了她幾句，可惜她仍舊不開懷，回屋落淚去了。流霞收拾著碗筷，嘟囔道：「下回請客莫要請二夫人來，只要她在，別人就別想高高興興。」這樣的話，流霞敢講，林依不敢講，不禁感嘆，很多時候，做丫頭都比做兒媳隨心所欲。

楊氏見屋中只有她們三人，便嘆氣道：「伯臨媳婦是個好的，咱們受她照顧不少，但我如今看著她，卻喜歡不起來。」

林依在楊氏身旁坐下，輕聲問：「是因為李太守？」

楊氏點頭，道：「妳可曉得洪員外已搶先告狀了，只怕過不了多久，衙門就要來人了。」

楊氏所料不錯，隔壁男人們的酒還未吃完，兩名衙役便上門來了，稱府尹已接了洪員外的狀紙，讓張棟準備兩日後上堂。

送走衙役，張棟將酒杯重重頓到桌上，氣道：「好快的手腳，只怕府尹也是他們的人。」

這個「他們」，也涵蓋了張伯臨，令他不敢作聲。

張仲微問道：「兩日後就開堂了，爹，咱們如何應對？」

張棟有辦法，但那辦法是投靠另一派，雖說另一派如今勢頭大好，但若不到山窮水盡，他並不願這樣做，因此先問張伯臨：「李太守可有回信？」

張伯臨搖頭道：「信才送出，哪有那樣快。」

張棟捋著鬍鬚，在屋內踱了幾步，道：「如今只有先行緩兵之計。」他叫張仲微近前，道：「洪員外告狀在咱們前面，想來他也進了京，你使人去知會他，旁的不多講，只告訴他，伯臨已去信與李太守。」

張仲微應了，當即出門，追上先前報信的兩名衙役，向他們打聽洪員外住處，不料衙役們嘴嚴，不肯透露。張仲微失望而歸，張伯臨問了他幾句，大罵他太老實：「你不請官差吃兩杯酒，他們哪裡肯說。」

張仲微恍然大悟，至此學到一招，但他摸了摸袖子，翻了翻荷包，卻是沒錢，張伯臨與張棟亦是身無分文，三人面面相覷，還是一旁侍候著的青苗機靈，跑去告訴了林依，取來幾百錢，這才救了急。

有錢果然好使，張仲微一路狂奔，再次追上那兩名衙役，請他們到小酒館，幾杯黃酒下肚，該打聽的就全打聽到了。張仲微這番事情辦得順利，開了些小竅，就不親自去尋洪員外，而是喚小二多切了一盤肉，央這兩名衙役去轉告。

衙役職位雖低，到底是狐假虎威之人，張仲微本沒抱多大希望，卻不料一開口，那二人就答應下來。張仲微十分驚喜，他是不曉得，這兩名衙役先前已收過洪員外的錢，答應他去過張家，立時回報消息，因此這二人本就要去洪員外處，與張仲微捎信，不過是順路，自然爽快就答應了。

仲微順利辦完事情，高高興興回家，先向張棟彙報過情況，再回房謝林依，道：「娘子，今日又花了妳的錢。」

林依道：「事情辦妥便得，講錢做什麼。再說那錢是為爹花了，也不是你。」

張仲微嘆氣道：「爹的意思我看明白了，他是想不偏不倚，保持中立，可是，難哪。」

林依笑著安慰他道：「你那日不是說了，反正這事兒你做不了主，得爹拿主意，煩惱也沒用。」

張仲微點頭稱是，又稱自己中午吃飯時，只顧陪張棟吃酒，沒填飽肚子。林依笑話他一陣，親自下廚，與他熱了兩個菜，再翻出青苗準備晚上拿去賣的薑辣蘿蔔，偷偷扒了半碗，端去房裡與張仲微加餐。

青苗馬上就發現蘿蔔少了，不過沒有生氣，特特跑來問張仲微：「二少爺，我做的薑辣蘿蔔與昨日夜市的比如何？」

張仲微道：「中午桌上不是就有這個的，老早便被他們幾個搶光了，我剛嘗出味兒來，卻沒了。」

眾人都搶，這比直接稱讚蘿蔔好吃還讓青苗高興，她歡喜奔回廚房，照著鄉下的規矩，舀了一大碗出來，左鄰右舍的，一家送幾塊，分與大家嘗。她是白送，但城裡鄰居不這樣認為，還道她是要賣，才先送點甜頭嘗嘗，因此有些心好的，想著要與新鄰居面子，嘗也沒嘗，就道要買，讓青苗又是驚訝，又是歡喜。

她也是有些頭腦的，賣的是與夜市一樣的價，三文錢，但每份卻要少一些。人的心理很奇怪，若她一樣的份量，多賣一文，大概很多人都會嫌貴，但一樣的價錢，只不過少了幾塊，人人都念在這蘿蔔味道好，又是放過油的，就接受下來。

如此種種，青苗本是送蘿蔔，結果一圈兒下來，送的是少半，賣的卻是多半，她興奮地將賣得的錢捧到林依面前，道：「除去本錢，還賺了十五文。」

林依笑道：「再賺些，夠妳一天的飯錢了。」

青苗忙道：「剩的蘿蔔只夠賣四碗了，二夫人與我些錢，我趕著去再買幾個蘿蔔，多做些上夜市賣。」

蘿蔔便宜，才一文錢一斤，林依數出十個錢，遞與她道：「少買些，今兒先去看看行情再說。」

青苗應了，取過菜籃子，連蹦帶跳朝菜市去。

張仲微站在窗前，看著青苗遠去，自嘲道：「我們家，就數我最閒。」

林依本欲安慰他，突然想起一事，忙問：「你不是上京領官來的，是不是該活動了？爹可曾有吩咐？」

張仲微回身奇道：「你還曉得活動一詞？」

林依心道，中國上下五千年，變化的事很多，唯有「關係」一詞，亙古不變。她白了張仲微一眼，道：「沒吃過豬肉，還沒見過豬跑？」

張仲微道：「此事爹已有計較，他想等洪員外一事處理妥當，與李太守一派劃清界限，再帶我去見他那些昔日同僚。」

張棟這樣安排很是有些道理，林依笑道：「爹久經沙場，自然是都懂的，我不過白問問罷了。」又走到張仲微身旁，倚著他輕聲道：「若是有要花錢的地方，儘管與我講，別不好意思開口，耽誤了大事。」

張仲微低低應了一聲，握住了她的手。二人不再講話，只默默依偎著，直到青苗買蘿蔔回來報帳，這才慌忙分開。

青苗此時表情，比剛才賣了薑辣蘿蔔還興奮，掏出五文錢還給林依，道：「二少夫人，原來晚上的菜價比早上整整便宜一半，那蘿蔔都是一文錢一個，任挑。」說著舉了菜籃子到林依面前，道：「我買了五個這樣大的蘿蔔才五文錢，比咱們早上買的四個重多了，卻還便宜三文錢。」

林依心道一聲慚愧，她那世是上菜場買過菜的，也曉得晚上的菜價更便宜，可惜來北宋時日一久，就忘了。

張仲微見她面露尷尬，連忙來解圍，道：「咱們以前住在村裡，又不用上菜市買菜，二少夫人哪裡曉得這些。」

林依見他替自己說話，心裡甜絲絲。青苗卻不解風情，提著籃子朝外走，嘟囔道：「我還不是不曉得，又沒怪二少夫人。」

她走出大門兩步，又回轉，小跑到裡間，神情緊張：「二少爺、二少夫人，中午來過的那兩名衙役又來了。」

林依被她帶動得也緊張起來，忙看向張仲微。張仲微猜想是衙役與洪員外傳信有了結果，忙講與林依知曉，叫她放心。

林依鬆了口氣，問道：「下午把你請他們吃酒的錢可還有剩的？」

張仲微摸了摸荷包，搖頭道：「東京酒貴，沒了。」

林依便轉身開了放日常用度的錢匣子，抓了一把錢與他，道：「不管事情成與不成，人家都是幫了忙的，多把幾個賞錢，以後好再辦事。」

今日中午，張仲微才從張伯臨那裡學了一招，此時見林依也懂人情世故，也暗暗記在心裡。他接過錢，又照例講了些花費娘子的錢，怪不好意思等語，再袖著錢出去見衙役。

青苗道：「二少夫人的錢不就是二少爺的錢，他還這般客氣。」

林依心道，這想法可是錯誤的，賢慧體貼是應該的，財產界限卻一定要劃分清楚。她看了看青苗，年紀也不算太小，便與她講起女子陪嫁與夫家財產的關係來。

她在屋裡與青苗提前進行婚前教育，張仲微已在外與兩名衙役稱兄道弟，暗道錢財開路，果真好使。衙役稱，洪員外收到消息，進去不知與誰商量了片刻，再出來後就去見了府尹，要求延遲開堂，至於延遲到什麼時間，卻是沒有明說。

張仲微只聽了個七八分明白，送走衙役，便去向張棟轉述。張棟道：「洪員外定是與他女婿商量過了，要等李太守的回信到，再做打算，看來他們還是明白大郎在李太守心中的分量。」

張仲微這才明白了十分，問道：「那咱們暫時還不用為此事操心？」

張棟點頭道：「靜候李太守來信。」

張仲微高興起來，連忙又問：「爹，那你明日就帶我去見你同僚？」

張棟奇怪，又帶了些不悅，問道：「你這般性急是為哪般？」

張仲微實話實說道：「一日不上任，一日沒俸祿養家，總花娘子的錢，好生過意不去。」

張棟如今花的也是林依的錢，卻沒覺得過意不去，只道兒媳奉養公婆，乃是天經地義。他特別看不慣張仲微事事以娘子為先的態度，但到底不是自己親兒，不好打罵教育，只能袖子一拂，背過身去不再理他。

張仲微猜不出張棟是什麼意思，只得原地垂手站著，一動不敢動。還是楊氏聽見外面悄無聲息，才出來嗔怪張棟：「你既是無事吩咐，就叫二郎回去呀，老讓他站在那裡做什麼。」

張棟無奈揮手，叫張仲微退下，待他一走，便向楊氏道：「夫人，過繼的侄兒到底還是沒得親生兒子好。」

楊氏道：「二郎與二郎媳婦都很是孝順，哪裡不好了？」

張棟背著手不作聲。楊氏曉得他心思，只好問道：「老爺待要如何？」

張棟斬釘截鐵道：「我要納妾。」

楊氏明曉得是這答案，但真從張棟口中聽到，心裡還是不舒服，頓了頓才道：「東京的人口是什麼價格，你又不是不曉得，咱們手中無錢，怎麼買？」

張棟道：「待我出仕，得了俸祿就買。」

楊氏臉上風平浪靜，看不出有一絲不願意的表情，開口時，語氣亦十分平靜：「老爺，咱們能重回東京，全是因為仲微媳婦幫咱們還清了債務，雖說咱們是一家人，但我以為，這筆帳還是還給她的好。」

只這一句，就叫張棟無言以對——當初他可是主動講過要將這筆帳還上的話，哪怕他現下不情願，也不能反駁，不然就是打自個兒的臉了。

楊氏見他不作聲，以為他是熄了納妾的心思，就安慰他道：「老爺莫急，等咱們寬裕些，頭一件事便是與你買個人。」

張棟常被這樣的言語哄著，聽得多了，有些不高興，心道等來等去，若再等上幾年，就算買再多的人，他也生不出來了，便道：「咱們就有人，不消特特花錢去買。」

楊氏奇道：「哪裡來的人？」

張棟朝後頭那間下等房抬了抬下巴，道：「流霞不是現成的人？她也不小了，為張家開枝散葉正合適。」

楊氏曉得自己丫頭定然是不願意的，但她與張棟夫妻多年，深知他脾性，曉得斷然拒絕只會激起他性子，便婉轉道：「所謂強扭的瓜不甜，這事兒急不得，且等我去問問她，若是她自己願意，這兩天就與她開臉放到屋裡，若是不願意……」

張棟不待楊氏把後半截話講話，斷然下了結論：「她一個簽了死契的丫頭，被主人收房是最好的出路，不然還能怎樣？咱們家可沒小廝來配她。」

此話屬實，因此楊氏雖聽不慣這話，卻也沒作聲。張棟等不得，催著她去與流霞講。楊氏無法，只得即刻動身，到後面下人房尋流霞。

流霞正在補一件短襖兒，見楊氏進來，忙起身讓座，自己則朝旁邊站了。楊氏取過那補了一半的襖兒瞧了瞧，讚道：「還是妳的手巧，青苗雖跟著楊嬸學了一手裁剪的手藝，但這織補上頭，當數妳拔尖。」

流霞跟著楊氏許多年，心知她是無事不登三寶殿，便只謙虛笑了一笑，並不接話。楊氏嘆道：「咱們家窮了，要是換作以前，哪能叫妳穿帶補丁的衣裳。」

流霞輕聲道：「大夫人言重，這樣的衣裳已是很好了。」

楊氏上下打量她一番，問道：「妳今年多大了？」

流霞心道，楊氏無緣無故問她年齡作甚，難不成是要將她嫁了？她雙頰不由自主飛上兩片紅雲，帶著羞澀答道：「十六已是過了。」

楊氏對付妾室的那些手段，流霞都是曉得的，若要求她做張棟妾室，跟直接逼她朝火坑裡跳有甚分別，因此張口好幾次都無法道明來意，只捧著那件襖兒，看了又看，喃喃道：「確是不小了。」

流霞等了又等，不見楊氏再有動作，心中猜想，莫不是在等她接話，於是問道：「大夫人今兒怎麼得閒到我們住處來，可是有事要吩咐？」

楊氏果真是在等她先開口，快速將張棟的意思講明，又道：「我是捨不得妳的，但大老爺的性子妳也曉得，若是妳不願意，不消與我說，直接去講與大老爺得知。」

流霞呆呆地望著楊氏走出屋子，待她穿過屋間過道消失不見，這才回過神來，伏到床上一陣大哭。

青苗在外面灶台做薑辣蘿蔔，忽地聽見屋內傳來哭聲，忙丟了鍋鏟，走進去問道：「流霞姊姊，妳怎地了，可是大夫人方才責罵妳了？」

流霞只是哭，不作聲。青苗勸道：「咱們做下人的，主人待我們和顏悅色，那是福氣，若是被罵，也是該的，沒什麼要緊，下回咱注意點，不再犯錯便是。」

流霞依舊只是哭，青苗耐性不好，見勸慰不了她，便上前去拉，道：「我馬上要去夜市買薑辣蘿蔔，一人可忙不過來，妳別哭了，起來去與我幫幫忙。」

賣姜辣蘿蔔賺飯食錢，此乃正事，楊氏是吩咐過的，流霞不敢怠慢，但又沒有心思去，只好坐起來，將楊氏方才與她講的話，轉述給青苗聽。

青苗聽後，驚訝道：「大老爺無緣無故要收通房做什麼？」

流霞被她這話逗笑起來，心道，男人納妾收通房還要什麼理由？她不好意思將「色心」二字講出口，只道：「許是為了生兒子，傳宗接代。」

青苗更是不解，問道：「大老爺不是已過繼了二少爺，還要生兒子作甚？」

流霞看著她，不說話，青苗自己悟了過來，道：「過繼的兒子哪有親生的好。」但又道：「二少爺心好，親生的還不一定有他孝順呢，大老爺真是的……」

流霞見她偏離了話題，忙打斷她道：「主人們的事，咱們做丫頭的還是不要多嘴的好。」

青苗點頭，道：「那妳有什麼打算？」

流霞反問道：「妳願不願意做通房？」

青苗還道她想推自己去，慌忙擺手道：「我若願意做通房，那日在船上就應了二夫人了。」

流霞嘆道：「我也不願意，但像咱們簽了死契的丫頭，除了跟著主人，還有什麼出路？白哭一場罷了。」

青苗一想，張家大房並無小廝，丫頭們若不變身通房，就只能孤獨終老了。她想到這裡，就結結巴巴起來，道：「那、那我也不願意，妳看大少爺先前的通房如玉，聽說被賣到私窠子去了。還有二老爺沒過明路的冬麥，一路上都沒見露面，聽說是被大少夫人灌了藥，關在後頭那艘船底層裡，咱們來東京兩天了，也沒見著她的人，還不知是死是活呢……」

流霞慌忙捂住她的嘴道：「休要胡扯，冬麥雖沒過明路，但哪個不曉得她是二老爺的人，與大少夫人何干，怎麼想到要去給她下藥？再說好端端一個丫頭不見了，二老爺與二夫人會不過問？」

青苗並未接觸過那些見不得人的事，推開她的手，奇道：「大概是她得罪了大少夫人才有此一禍，有什麼好稀奇？至於二老爺與二夫人面前的說辭，自然是有的，說是她起了疹子，會過人。」

流霞驚詫於她消息靈通，又擔心她知道的事情太多反會招來橫禍，忙千叮嚀萬囑咐，叫她切莫道與他人聽，否則連林依也保不住她。

林依在青苗心中向來是無所不能，她一聽說連林依也保不住她，被唬得連連點頭，再三保證絕不再將此事提起。

流霞囑咐完青苗，沉悶起來，哀嘆自身命苦，又道心情不好，就不陪她一起去賣薑辣蘿蔔了。

青苗很理解，道：「我一人能應付，妳安心歇著，也莫要想太多，若真不願意，就去與大夫人說。她那樣疼妳，必不會勉強妳的。」說完尖叫一聲「蘿蔔還在鍋裡呢」，慌手慌腳奔了出去。

流霞聽著外面傳來「好險」、「運氣好」等語，放下心來，不然若因她壞了一鍋蘿蔔，指不定會惹來楊氏責備。

她躺在床上，一想到要與張棟做通房，一陣膽寒。楊氏的那些手段，她可不想領教，但不從又有什麼法子，如果她此時去張棟面前講明意思，只怕下一刻他就要喚牙儈來。青苗方才講過，如玉一多半是被賣進了私窠子，那張棟會不會也一樣，為了多得幾個錢，將她賣進私窠子去？

流霞越想越害怕，直覺得自己走到了絕境處，她爬下床，在屋內焦躁轉了幾圈，急到那極點時，忽生出一計來。她朝桌邊坐了，將那計策仔細琢磨了一番，覺得十分可行，遂將頭髮抓亂了些，又把夾襖的帶子鬆了鬆，再匆匆出門，去尋林依。

流霞到得林依臥房，張仲微見她衣冠不整，連忙避了出去，只在廳裡坐著。林依皺了皺眉，問道：「有事？」

流霞雙膝一跪，哭喊道：「二少夫人救我。」

林依完全不知何事，一頭霧水，道：「妳先起來再說話。」

流霞卻似沒聽到，仍舊跪著，哭道：「二少夫人，大老爺想收我為通房，妳救救我呀。」

林依知道，流霞本是張棟拿一瓶流霞酒換回來的，當初張棟大概就是存了要收房的心，後來不知怎地，流霞成了楊氏臂膀，這才耽誤下來。因此她聽說張棟想收流霞，並不覺得奇怪，倒是流霞反應如此激烈，讓她感到意外。

流霞不願攀高枝做通房，在林依看來，是有志氣的，但她再怎麼佩服，對於此事卻十分為難，道：「公爹要收屋裡人，哪有我兒媳插嘴的分，妳只怕是求錯了人。」

流霞朝林依那邊跪行兩步，壓低聲音道：「大老爺要收我作通房，是存了要生兒子的心，若他真有了親兒，二少爺該如何自處？」

林依早已從那不同尋常的避子藥方，猜出楊氏的祕密，曉得張棟是不會再有親兒的，但她只裝作不知情，笑道：「妳的意思是，我幫妳就是幫自己？」

流霞忙道：「流霞不敢，只求二少夫人垂憐。」

流霞是想賣林依一個人情，但卻料錯了，林依根本不在意這些事，就算張棟有了親兒，不過就是日後分家產麻煩些——可是他有家產可言嗎？唯有六十畝地，林依還看不上眼。就算日後賺到了家產，林依也不稀罕，她向來憑一雙手吃飯，雖苦，卻安心踏實，習慣了。

流霞見林依不作聲，還道她在意此事，大喜，忙添了把火，道：「大老爺與大夫人，外加我這個丫頭，如今就是靠二少夫人養著，倘若再添一人口，二少夫人的嫁妝錢可是不經花。」

林依駁道：「你們無錢乃是暫時的，待大老爺重新做了官，還怕養不起兒子，妳卻是多慮了。」

流霞見林依油鹽不進，事先盤算好的計策，後面幾步就使不出來，好一陣頹廢。但她不甘心就此離去，把心一橫，問道：「二少夫人可知我為何不願與大老爺做通房？」

從流霞進門直到現在，林依都覺得她言語舉止奇奇怪怪，因此猜到這問句後頭是挖好了坑在等著她跳，於是就不作聲，只拿了桌上的粗瓷茶盞，裝作把玩。

流霞等了一會兒，等不到回應，硬著頭皮自接自話道：「我願服侍二少爺，與二少爺做個房裡人。」

林依愣住，看了她許久，方道：「原來妳是嫌老愛少。」

流霞伏地，不作聲。

林依輕笑道：「世情如此，妳有這想法，我不怪妳，不過二少爺沒有這心思，妳還是罷手吧。我只當妳沒說過，不會講與他人知曉。」

流霞急道：「二少夫人當我是玩笑？」

林依一天到晚拎了張仲微的耳朵，告誡他不許收通房納妾，但此時她卻耍了花招，只把這事兒推到他身上去，道：「二少爺沒那心思，我有什麼辦法。」

流霞泣道：「二少夫人，我是真想服侍二少爺，我一向安守本分，妳是知道的。我也不奢求做妾，能有個通房名分就成，望二少夫人成全我，從今往後，我只聽妳的話。」

林依從未遭遇過有人明目張膽上門來，要求與她分享同一個男人的，且好言相勸還不聽，她火冒三丈，一時按捺不住，就要出聲罵人。話即將出口之時，林依忽地反應過來，流霞平素為人可不是這樣的，而且這一路上幾個月也沒瞧出她對張仲微有意思，莫非今日舉動是她故意為之？

林依越想越生疑，遂道：「流霞，妳若真想讓我幫妳，就把話敞開了說，興許還有幾分機會，這樣遮遮掩掩，算什麼事？」

流霞見被她瞧破，羞愧難當，只好吐露實言，原來她想製造出張仲微對她動心的假像，那樣張棟就不好意思再收她了。

林依哭笑不得，問道：「明明是妳自請為通房，與二少爺看上妳是兩碼事，大老爺就這樣好糊弄？」

流霞偷偷看了她一眼，小聲道：「方才若二少夫人打罵了我，他們必定就信了。」

林依奇道：「我打妳罵妳，就是二少爺對妳有意？這是哪門子道理？」

流霞道：「那日在船上，二夫人要二少夫人收了青苗，二少夫人卻不作聲，他們就傳，說二少夫人是個容不下妾的，因此只要妳打罵了我，我再這副衣衫不整的樣子跑出去，他們便會信二少爺對我，對我……」

流霞聲音越講越小，終於羞得講不下去，垂頭趴在地上，不敢叫林依瞧見紅到發燙的臉色。

林依嘆氣道：「妳卻是錯了，在這種事情上，人人都是想當然認為是女人的錯，妳若真披頭散髮地被我打罵出去，別個也只會認為妳不知檢點，偷偷爬上了二少爺的床。」

流霞想起楊氏對付通房妾室的那些手段，淌下淚來，竟道：「就算背個不好的名聲跟著二少爺，也比與大老爺做通房好。」

林依大概猜得出流霞為何這樣講，但她卻突然記起，楊氏將那避子藥方交與她時，流霞是在場的，且一多半知曉那避子藥方的祕密，那她為何還寧肯跟著張仲微，也不願跟著張棟？想必是流霞以為林依不知情，更好使對策，權衡之下，這才選了張仲微。

林依雖然曉得流霞仍舊存有與張仲微做通房的心，但卻怎麼也氣不起來，恨不起來，只覺得面前這丫頭著實可憐。換位與她想一想，除了做通房，還是做通房，此生真是沒有出路。

林依看著垂淚不已的流霞，真心道：「妳若想得出別的法子，我定然幫妳。」流霞抬頭，堅定道：「我不過一名丫頭，要那名聲作甚，二少夫人就將我打罵出去，不管事情成與不成，這份大恩，我定會記得。」

林依還是覺得此計不太妥當，卻又想幫她，正在猶豫，張仲微從廳裡衝進來，大罵流霞挑撥他們父子關係。林依上前勸說，張仲微氣道：「她是爹娘的丫頭，與咱們什麼相干，妳莫要濫做好人，到時哪頭都不討好。」

林依曉得他講得有理，但看了看傷心至極的流霞，還是不忍，便道：「她不願做通房，為何不成全她？爹要納妾，待他老人家做官賺了錢，去買那自願做妾的女子去，豈不兩兩得宜。」

說著不等張仲微反應過來，一把抓過笤帚，朝流霞身上打去，但她不會罵人，反復只一句「不要臉」，流霞反應極快，立時哭天搶地起來，她見張仲微要上前想阻，連忙拔腿跑了出去。

張仲微欲追，又怕愈描愈黑，氣得直跺腳，頭一回罵了林依：「爹與一個丫頭，孰輕孰重，妳分不出來？若是妳自己的丫頭，倒還罷了，可那是娘的丫頭，爹要收房，娘又願意，妳這是管的哪門子閒事。」

林依也怪自己一時衝動，隱隱有些後悔，遂朝床邊坐了，垂首不語。張仲微以為是他把話講重了，忙上前挨著她坐下，握住她的手道：「不是我生氣，實在是怕妳們做戲，卻被別個當了真。萬一娘真以為我與流霞有首尾，要將她送我做通房，怎辦？」

林依聞言心驚，越想越覺得張仲微的話有理，連忙起身去下人房，不料房中空空，再去楊氏窗前偷瞧時，心就涼了一半——流霞竟主動去尋了楊氏，跪在她面前，披散著頭髮，敞著衣衫，正在哭訴與張仲微的種種。

林依有些失魂，晃回房內，跌坐床沿。張仲微摸了摸她的手，冰冰涼，忙問：「娘子，怎地了？」

林依撲到他懷中，哭道：「我果然是個傻子，竟被流霞那妮子擺了一道。只怕過不了多久，娘就會將她送與你做通房了。」

張仲微見她哭泣，不知所措，問道：「娘已信了流霞了？」

林依點了點頭，抹著眼淚道：「我還道流霞只是做戲，叫別個暗中誤會罷了，沒想到她一出房門，就直接去娘跟前告狀了。沒想到我日防夜防，今兒卻搬起石頭砸了自己的腳。」

張仲微笨拙地拍著她的背，安慰道：「不怕，我們咬定了不收，娘也無法。」

林依道：「若是個普通丫頭也就罷了，那可是長輩跟前的人，若娘信了她與你有什麼，要你收她，你能不從？」她一想到張棟得知此事後，定會恨上張仲微，就更後悔不已，又哭出聲來。

張仲微許久不曾見林依哭過，一時亂了方寸，把能想到的主意全搜羅了出來，但每講一條，林依都搖頭稱不妥，他一急，耍橫道：「那我只不承認，流霞一個丫頭能把主人怎樣？」

他這是計窮之語，林依反倒認真琢磨起來，回想方才情形，是發生在臥房門口，除了她、張仲微同流霞，再無第四人看見，也就是說，流霞並無旁證，他們若要「抵賴」，再方便不過。

想到此處，林依破涕為笑，拍著張仲微的手道：「本來就沒這回事，她同你有糾葛也好，我打她也好，誰看見了？」

張仲微想了想，也明白過來，笑道：「很是，本來就沒影的事，自尋煩惱。」說完捧著林依的臉瞧了瞧，道：「倒是妳一雙眼哭得紅紅的，須得掩飾一二，免得旁人疑心。」

林依稱讚他細心，連忙去翻出成親時置辦的妝盒，薄薄蓋了一層粉，此時是晚上，居民區不比街道，四下漆黑，只有桌上一盞昏暗油燈，在這粉的掩蓋下，再看不出她曾經哭過。

過了一時，青苗賣完薑辣蘿蔔，蹦跳著回來，將五十七文錢交到林依手中，興高采烈道：「二少夫人，十九碗蘿蔔，盡數賣完。」

林依見她仰著臉，兩眼亮晶晶，一副等人誇讚的模樣，不禁笑了，向張仲微道：「青苗好本事，咱們今後要靠她養活呢。」

青苗不好意思起來，扭捏道：「我哪有那能耐？能賺回幾個菜蔬錢，就心滿意足了。」

林依默算了算，除去本錢，純利將近五十文，她數出兩文錢，遞還青苗，道：「妳受了累，拿著花吧。」

青苗推道：「二少夫人拿這錢去買菜，我還不是一樣吃了的，哪能再拿一份錢。」

林依見她不要，便收了回來，丟進黃銅小罐，道：「也成，攢在這裡，他日與妳置嫁妝。」

青苗想起流霞與她講過的那些話，忍不住將林依拉到廳裡，質疑道：「二少夫人不止一次說要與我攢嫁妝，可我一個簽了死契的丫頭，還能嫁到哪裡去？」

林依才歷經流霞一事，十分敏感，立時反問道：「妳怎會曉得這些，哪個與妳講的？」

青苗在林依面前，向來是知無不言，馬上回答：「流霞姊姊今日與我講的。」

今日？林依忙問：「她還講了些什麼？」

青苗邊想邊道：「她說大老爺想收她做通房，但她不願意。」

林依追問：「只講了這些，沒別的了？」

青苗搖頭道：「還囑咐我不要將些小道消息亂講，再無其他。」

林依鬆了口氣，看來流霞是臨時起意，並未做周密部署，這算是個好消息。青苗還在等著林依回答她之前的疑問，一雙眼帶著羞怯，又帶著疑惑，盯著她不放。林依拍了拍她的肩，欲告訴她，自己並不打算將她困在張家一輩子，但又怕此話出口，令她早生異心，便道：「若是妳這幾年服侍得好，我便將妳死契改作活契，叫妳做個女使，如何？」

青苗沒急著高興，先問道：「二少夫人，怎樣才算服侍得好？」

林依想了想，道：「忠於主人無異心，幫著想點子賺錢，手腳勤快，諸如此類，還有，妳是曉得的，我這人，容不下通房與妾室。」

青苗聽完，覺得這幾條要求自己完全能做到，就真高興起來，拍著手歡呼幾聲，趴下磕頭。

林依朝裡間瞄了一眼，見張仲微已在打呵欠，便叫青苗回去歇著。青苗出去，將門帶上，林依緊接著上了門栓，再走進裡屋與張仲微道：「天色已晚，娘大概已睡了，不會來尋我，咱們先歇吧。」

張仲微應了一聲，曉得她今日心情不好，自覺地提過水桶，倒水洗腳。林依捂嘴笑了一時，上去同他一起洗了，上床安歇不提。

第二日早起，照例該買菜，但頭日待客的魚肉還有剩的，青苗便來同林依商量，今兒吃一天的剩菜，傍晚時再去買菜，起碼能剩一半的錢。林依覺得這主意不錯，但卻擔心張棟與楊氏責怪她小氣，於是猶豫不決。

張仲微出主意道：「咱們去買幾樣好點心，送與爹娘做早飯，先哄得他們高興，再講吃剩菜的事。」

林依笑道：「我看自從你與那兩名衙役打過交道，就學會了些彎彎道道。」

張仲微朝她一拱手，笑道：「哪裡，都是跟娘子學的。」

青苗瞧著他兩夫妻打情罵俏，不好意思，便準備避出去。林依見狀，忙道：「青苗，提上菜籃子，把咱們自家的碗拿上幾個，免得將點心端回來吃完，還要去還碗，好不麻煩。」

青苗照辦，一時準備妥當，三人出門，由張仲微帶路，到一家有名的胡餅小店，將那門油、菊花、寬焦等各式胡餅，一樣買了一個，帶回奉與張棟和楊氏。

張棟不愛麵食，不過嘗個新鮮，吃了兩個便丟下，拉著張仲微出門逛去了。楊氏卻是東京人，大愛此物，一連吃了三個才停歇，又叫林依坐下，道：「就在這裡趁熱吃了，免得再端過去，被外頭的冷風吹涼了。」

林依見房中已無旁人，料得楊氏是有話講，便依言坐了，拿個胡餅慢慢啃著。

楊氏待她吃到一半才開口，問道：「聽說流霞昨日不聽話，被妳教訓了？」

林依忙將口中的胡餅嚥下，搖頭道：「娘想是聽岔了，並沒有此事。」

楊氏示意她繼續吃，道：「下人不聽使喚，本就該打，這沒有什麼，我不過問問罷了。」

林依生怕她誤會，忙道：「我正想問問流霞呢，她昨日披頭散髮跑到我屋裡，連聲叫我不要打她，我與官人還沒反應過來，她又一陣風似的衝出去了，叫我們好生奇怪，不知她這番舉動究竟為何。」

她一面講，一面想著，若是楊氏不相信，就把張仲微拉來作證，或者要求流霞列舉證人。但楊氏的表現十分平靜，彷彿在聽一件無關緊要的事，待她講完，點頭道：「那妮子這兩天鬧彆扭，妳別與她一般見識。」

林依愣住，楊氏這樣輕易就相信了她的話？

她驚訝的表情太過明顯，楊氏一眼便看出，微微一笑，道：「流霞的小把戲也就騙騙沒腦子的人，我是不信的。不過媳婦妳太心善，下回再遇見此等事體，先來告訴我，看我怎麼罰她。」

林依怎麼也沒想到，楊氏會講出這樣一番話來，更為驚訝了。

楊氏示意她繼續吃胡餅，免得冷掉了，又緩緩道：「我要與妳爹收通房，是沒得辦法的事，你們還年輕，又不是生不出兒子，何苦來哉。」她講著講著，笑了，道：「妳若真礙著面子，將這沒影兒的事應承下來，可就讓我瞧扁了。我不喜三郎媳婦，就是因著她立不起來，一味委曲求全。」

林依說不出的感激，語有哽咽，道：「娘，不瞞妳說，我猜過流霞的心思，生怕妳要順水推舟，把她送與仲微做通房呢。」

楊氏笑道：「我又不是二夫人。」

林依就忍不住也笑了，將剩下的半個胡餅慢慢吃完，心道，幸虧自己幸運，有楊氏這樣的婆婆，不然此事真不知該如何收場。

楊氏見她吃完後，開始拾掇剩下的胡餅，道：「不急，待會兒再收拾，我這裡有一件事要與妳商議。」

林依隱約猜到幾分，重新坐下，問道：「什麼事？」

楊氏道：「妳爹想將流霞收房，我已是允了。」

林依知道楊氏也是不喜妾室的，一聲「恭喜」就講不出口，沉默下來。

楊氏見林依這樣，還以為她是擔心流霞會與張仲微生出個小兄弟，忙安慰她道：「妳放心……」她話剛要出口，忽地記起，那些手段林依並不知曉，於是連忙打住，另換了別的話來講。

林依向來敏感，覺出楊氏欲言又止，不過她對楊氏感激一片，並未多想，順著她的話聊了幾句，便端著剩下的胡餅，去了後面的下人房。

兩名丫頭都在房內，流霞哭得雙眼紅腫，青苗正在安慰她，兩人見林依進來，連忙起身行禮。林依心裡有氣，只當沒看見流霞，問青苗道：「早上可曾吃飽了？這裡還剩了幾個胡餅，且拿去吃。」

青苗歡呼一聲，接了過去，抓起一個就啃，含混道：「還是二少夫人體貼人。」啃了兩口，又道：「涼了，硬邦邦，不如熱時好吃。」

林依指了外面的灶台道：「去熱一熱便好。」

青苗搖頭道：「這裡不比鄉下，燒的柴火都是買來的，根根都是錢哩，還是省著些。」

林依見青苗懂事，很是欣慰。她轉身欲離去，忽地想起，青苗比她還要心善，萬一也受了流霞暗算，可怎麼好？

青苗見她停在那裡，問道：「二少夫人還有吩咐？」

林依順勢接道：「妳賣薑辣蘿蔔的事，我還要與妳講一講，妳且到我房中來。」

青苗如今最上心的就是蘿蔔生意，聞言一刻也不耽誤，腳跟腳地隨林依到了她臥房，問道：「可是我做的薑辣蘿蔔還不夠好吃？」

林依示意她關上房門，而後將流霞昨日行徑，原原本本講與她聽。青苗瞪大了眼，不敢置信：「昨兒她囑咐我莫要多口舌，我還道她是個好人，沒想到轉眼就來設計二少夫人。」

林依道：「她馬上就是大老爺的通房，此事妳聽過就算，不許外傳，只是往後須得多些防人之心，莫要太心軟，免得犯我這樣的錯。」

青苗忙道：「心軟又不是壞事，是流霞太可惡，二少夫人莫要放在心上。」又道：「這事我只記在心裡，面兒上待她還同以前一樣。」

林依點頭道：「如此甚好，妳且去吧。」

青苗行禮離去，林依喚進張仲微，將楊氏的決定講與他聽，感嘆道：「我命好，有個好婆母，省卻許多煩惱事。」

張仲微亦是感激楊氏，點頭道：「娘明辨事理，往後咱們更要好好孝敬她。」

林依依偎到他懷裡，不好意思道：「都是我犯傻，不然什麼事也沒有。」

張仲微摟了她，安慰道：「又不是聖人，誰能不犯錯。記著教訓，往後不再錯便得。」

林依點頭，緊緊抱著張仲微，暗自下定決心，往後幫人，一定先將底線設好。

且說青苗回房，見著流霞，果真同往常一樣親熱，還道：「二少夫人另教我一種法子，做得的薑辣蘿蔔更脆嫩，流霞姊姊要不要嘗嘗？」

其實青苗方才隨林依回房，流霞一顆心已然提起，此刻聽她講的真是薑辣蘿蔔的事，才鬆了口氣，勉強笑著，應付了幾句，又歪到了床上去。

上午的時間總是過得飛快，才吃過早飯，轉眼又到中午，青苗將頭日的剩菜剩飯熱了熱，同流霞兩個端了上去。張棟一見到滿桌子的隔夜菜，眉頭就皺了起來。

林依見他遲遲不拿筷子，才想起早上被流霞的事一打岔，忘了將剩菜一事向楊氏稟報。她頓時心虛起來，偷偷瞄張仲微，希望他來救場。張仲微沒辜負她的期望，將事情一人扛了下來，出聲道：「我看昨兒的飯菜剩下不少，倒掉可惜了，便沒讓娘子去買菜。爹娘若是吃不慣，我叫青苗去買些熟食來。」

張棟正要開口，楊氏不動聲色瞪了他一眼，道：「咱們又不是什麼富貴之家，省著過日子是應該的，哪有吃不慣一說，這樣很好。」

張棟沒了講話的意思，但還是不動筷子，林依與張仲微正坐立不安，楊氏吩咐道：「媳婦挑個吉日，我要替流霞開臉。」

張棟聽了這話，心情舒暢，這才勉強將筷子舉了起來。林依暗吐一口氣，朝楊氏投去感激一眼，應了個「是」字。

整頓飯下來，流霞都是一副想哭又不敢的模樣，好不容易服侍主人們吃完飯，她疾步走回房內，伏床大哭。青苗一人收拾碗筷，暗地裡把嘴嘶了老高，待得回房，卻換了笑臉出來，向流霞福身道：「恭喜流霞姊姊。」

流霞抬起身子，啐道：「連妳也來挖苦我。」

青苗瞧她是真傷心，本想好的話就有些講不出口，嘆了口氣，安慰她道：「妳也別太難過，待得生下一兒半女，掙來個妾室，可就是半個主子。」

流霞慘然一笑：「若真能生下兒子，我就不會哭了。」

青苗不解這話的意思，追著她問，流霞卻不肯答，謊稱頭疼，將被子一捂，蒙頭裝睡。

青苗無法，只得任由她去，走到外面，獨自把碗筷洗了，將灶台擦淨。

楊氏說是要與流霞開臉，其實只是場面話，照她的意思，通房丫頭也是丫頭，沒什麼不同，酒不必擺，稱呼不用換，甚至連髮式都不用更改，因此張棟等了好幾日，也沒等來開臉的那一天，這日他終於忍不住，來問楊氏道：「原來夫人只是哄我？」

楊氏指著狹小的屋子道：「我若是不願意，還放話出去作甚。實在是房屋狹小，騰不出地方讓你們圓房。」

張棟從臥室踱到客廳，又從客廳踱到臥室，地方確是小了些，總不能讓楊氏把床讓出來，或是他同流霞在客廳裡打地鋪。他想了又想，生兒子的事不能耽誤，就站在後窗前朝外看，道：「夫人，那間房不是我們的？」

楊氏順著他的視線看了一眼，道：「那是下人房，仲微媳婦租來與兩個丫頭住的。」

張棟難得的，在楊氏面前露了羞意，望著她不說話。楊氏哪裡不知他的意思，定是想讓青苗搬出去，把那間屋讓給流霞一人住，好方便他過去。若那間房是楊氏出錢，或者青苗是她的丫頭，倒是沒有問題，可眼下這情形，要想讓青苗搬出去，首先得林依同意，這樣的話，叫楊氏怎好意思開口。

張棟見楊氏久久不語，催問道：「夫人，如何？」

楊氏氣道：「我拉不下這張老臉。」

張棟一聽，氣呼呼地朝外走，楊氏也不拉他，由著他去了。

張棟這一去，就不見回來，晚飯時林依發現少了人，還以為張棟是不願吃剩菜才出的門，誠惶誠恐向楊氏道：「娘，我去買些熟食回來。」

楊氏擺手道：「與妳不相干的，咱們吃飯。」

林依到底不放心，吃罷飯，待張仲微離去，再悄悄問楊氏。楊氏深以為張棟的要求很丟人，不肯講與林依得知，只道張棟是會同僚去了，因此晚些回來。林依聽說不是因為剩菜，這才放了心，回房歇息不提。

楊氏坐飲了兩盞茶，還不見張棟回來，不願再等，準備歇息，但喚了兩聲，卻不見流霞來鋪床展被。她料得流霞是心中有怨氣，便親自走到下人房，將她喚了來，開門見山問道：「妳可是不願與大老爺做通房？」

流霞跪下，低頭，默不作聲。

楊氏明瞭，問道：「妳既是不願意，為何不去與大老爺講明？」

流霞微微抬頭，臉上毫無生氣，道：「我這樣的卑賤的身分，不做通房，還能如何？」

楊氏輕聲一笑，道：「妳其實極願意與大老爺做通房的，只是怕我，是也不是？」

流霞一驚，連連搖頭，身上卻在發抖。

楊氏俯身，將手按上她的肩，道：「妳跟了我一場，總要得些好處，因此大可放心，我不會煮那湯藥叫妳服用。只要妳有能耐生下兒子，我便替妳養著。」

流霞抬眼，不敢置信。

楊氏收回手，繼續講，語氣極為真誠：「我好不容易有個臂膀，怎捨得就這樣丟了。妳且安心，別說區區通房，就是往後妳做了妾室，我也待妳一如既往。」

她講著講著，話鋒一轉：「只有一樣，往後莫要不與我商量，就跑去二少夫人跟前耍心眼子，叫我難做人。」

今日楊氏在飯桌上講出「開臉」一詞時，流霞就已明白，自己的小伎倆已被楊氏看穿，此刻聽她直截了當講出來，更是一陣心驚膽戰，渾身發涼。但她一想到楊氏的許諾，又止不住地興奮，忍不住問道：「大夫人，妳才剛說我可以不喝避子湯，可是真的？」

楊氏一笑：「妳在我身邊這麼些年，手段想必也不少，只要不是我硬逼著妳喝，妳就有法子應付，難道還怕我耍花招？」

流霞又是一驚，頓感自己早被楊氏看得一清二楚，無論怎麼折騰，都翻不過她的五指山去。

楊氏親手拉了她起來，和顏悅色道：「快些回去睡吧，把身子養好，早些替大老爺延續子嗣。」

流霞此刻對楊氏，又是感激，又是害怕，哪裡敢就走，趕忙上去把床鋪好，主動要求就在外面打個地鋪值夜，以備與楊氏晚間遞茶水。

張棟也許待會兒就回來了，楊氏哪會許流霞在廳裡睡，多講了些體恤的話，執意不要她值夜。

流霞只得退下，她滿心想著不必服避子湯的事，竟沒留意到，楊氏在轉過身去時，唇角啜著一絲冷笑。

流霞走後，楊氏並未急著安歇，而是栓上門，翻箱倒櫃尋出幾張寫滿了字的紙，再掀開油燈罩子，湊到火苗上點燃，燒作一堆灰燼後，撒到後窗外，隨風飄散了。

楊氏忙完這些，已是夜深，關窗洗手，準備睡覺，忽然外面傳來敲門聲，嚇了她一跳，不敢貿然應聲。

「姊姊，是我，楊升。」外面的人見屋內有燈卻無人應答，叫喊起來。

楊氏聽出聲音來，原來是她繼母所生的弟弟楊升，連忙去開門。楊升不是一個人，而是扶著醉醺醺、有些神志不清的張棟。楊氏見狀，趕忙上前幫忙，與他兩個把張棟扶上床，去了鞋襪，蓋上被子，再才到廳裡說話。

楊升今年還不滿二十，身量瘦小，安頓好張棟，已有些喘氣，到凳子上坐著歇了歇，才問道：「姊姊，妳幾時回京來的？」

楊氏答道：「不過兩三天，家事繁忙，還挪不出時間回去看你們。」

楊升朝四面瞧了瞧，搖晃著腦袋道：「姊姊，妳這間屋子可比前幾年住的差多了。」

楊氏道：「你外甥生前治病，花費了不少，若不是仲微媳婦幫著還債，別說住房，連京城也回不了。」

楊升問道：「仲微媳婦是哪個？」

楊氏將過繼張仲微一事講與他聽，又道：「兩口子都是極孝順的，仲微媳婦比三郎媳婦能幹多了，又會賺錢，又善解人意。」

楊升不大相信，指了裡間問道：「既是過繼了好兒子，姊夫為何還與我念叨要生個親兒？」

楊氏反問道：「你在哪裡碰見你姊夫的？」

楊升道：「姊夫在一酒店獨坐，被我瞧見，就去陪他吃了幾杯，不料他只顧絮絮叨叨生兒子，不知不覺就醉了，扯住旁邊桌上的伎女，直道要去她家。我雖不大懂事，但做官的人不能狎伎還是曉得的，便死命拽開他，將他扶了回來。」

楊氏雙手合十，念了聲「阿彌陀佛」，謝楊升道：「多虧你機靈，不然又惹出一樁禍事，咱們可是有官司在身的人呢。」

楊升驚訝道：「你們才回京城，怎麼就惹上官司了？」

楊氏不願多談，只道是官場上的事，說來話長。楊升不懂官場上的事，便不再問，還提張棟為何想生兒子一事。

楊氏輕描淡寫道：「什麼生兒子，不過是與他收了個通房，卻騰不出屋子來圓房，氣悶罷了。」

楊升是男人，倒是有幾分理解張棟，便道：「我們家有空屋子，姊姊與姊夫不如搬回娘家去住。」住娘家的屋子，大概租金會少些，楊氏有幾分心動，但她知曉繼母為人，就不大願意，只道要同家人商量，日後再說。

二人繼續閒話一陣，楊升便起身告辭。楊氏見天色實在太晚，不放心讓他獨自走夜路，遂道：「我與你搬被子出來，就在廳裡將就一夜，明日吃過早飯再走，如何？」

楊升是她親弟弟，無甚彆扭，當即就應了，於是楊氏搬出一套乾淨的被褥，楊升自己動手在地上鋪了，睡下不提。

且說流霞，頭日得了楊氏許諾，又受了敲打，雙重壓力之下，不敢有些微怠慢，第二日便早早起床，將水燒了，再走到楊氏屋後聽動靜，估摸著她起身，趕忙去舀熱水，端到她房裡去。

不料剛進門，卻發現只是大門開了，臥房門還是緊閉著，再一看，廳裡坐著一年輕男子，正目不轉睛盯著她看。流霞有些心慌，喝問道：「你是哪個，怎麼在我們老爺屋裡？」

那年輕男子正是楊升，他昨日雖從楊氏口中得知張棟收了通房，卻不知是流霞，因此開起玩笑來：「我記得小流霞生得極醜陋，沒想到幾年不見，竟長開了，也恰似街上賣的茉莉花兒。」

流霞聽他叫得出自己名字，驚訝中仔細將他打量一番，認出是楊氏同父異母的兄弟，便笑著回嘴道：「我記得楊少爺小時生得比我還醜，沒想到幾年不見，也長開了……」

楊升留神聽著，以為後面大概是俊朗之類的話，沒想到流霞話鋒急轉：「長開了還是一樣的醜。」

楊升佯裝生氣，作勢欲打，流霞怕他碰翻了那盆水，端著盆左躲右閃。

二人玩鬧間，臥房門悄然開了，張棟認定他們是在打情罵俏，鐵青著臉站在門口，重重咳了兩聲。流霞與楊升二人不過是熟人重逢，並無私交之心，因此聽到動靜，都大大方方上前行禮。張棟見了，便在心裡加上一個「厚顏無恥」，臉色更沉了幾分。

流霞心中雖沒有鬼，但瞧見張棟這副模樣，猜也猜到他在想什麼，就添了些緊張，低聲道：「我來服侍大夫人洗臉。」

她只惦記著楊氏，沒捎帶上張棟，這又令他不高興起來，就站在門口不讓道。流霞猛地警醒，要生兒子，只巴結楊氏沒用，關鍵還得靠眼前這位老爺，忙道：「水涼了，我去另打一盆來，服侍大老爺洗臉。」

張棟神情稍稍緩和，自喉嚨裡擠出一個「嗯」字，轉身進裡間去了。

楊升見張棟理也不理自己，很是不滿，故意大聲叫他道：「姊夫，你還記得昨夜是我把你扶回來的嗎？」

他質問得這樣直白，張棟臉上有些掛不住，忙擠出笑來，轉身相迎，道：「我還道你昨兒就回去了。」

楊升道：「太晚，姊姊留我住一夜。」又埋怨他道：「若不是昨日碰巧遇見你，都不曉得姊姊回京了。」

張棟最怕直言不諱的人，更顯尷尬，勉強笑道：「升弟還是那般性子直。我才進京，還未領官，待得安頓好了，再去拜見岳母。」

張棟這是託辭，楊升卻信以為真，問道：「那姊夫何時才領得到官？」

張棟恩恩啊啊幾句，稱自己也不曉得具體日期，又另起了話頭，問道：「升弟也不小了，怎地還未娶妻？」

楊升不愛談論這話題，不答，正好抬頭瞧見楊氏出來，便站起身來，離座行禮。

楊氏嗔道：「一提起你的親事，你就左躲右閃。前幾年還道年小，這都快三年過去，總該大了吧？」

楊升道：「這也不能怪我，誰叫我娘總尋不到與蘭芝相像的小娘子。」

原來他還是忘不掉那人，楊氏暗嘆一聲，繼續勸他。楊升不耐煩起來，道：「姊姊，妳再囉嗦，我可就走了。」

楊氏見狀，只好閉口不再提。一時流霞提了水來，倒進盆裡，服侍他三人洗漱。再接著張仲微帶了林依，端著早飯進來，道：「今日早飯是青苗自己做的，爹娘且嘗嘗味道。」

楊氏指了楊升道：「這是我小兄弟，我留了他吃早飯。」

張仲微與林依連忙擱了碗筷，來與楊升行禮。楊升還沒張仲微大，但既然被喚了聲舅舅，就得拿出見面禮，他上下摸索一陣，發現昨日出門匆忙，忘了帶錢，便扯下腰間玉佩，遞與張仲微。

楊氏攔住他，責備道：「你越長越回去了，此玉乃楊家家傳之物，怎能拿來贈人。」

楊升不好意思一笑，道：「不知外甥在，沒備見面禮，只能下回補上了。」

楊氏催他道：「趕緊吃兩口回家去，免得娘擔心。」

楊升滿不在乎道：「反正我一夜不歸是常事，娘不會放在心上。」

楊氏忍不住拍了他一掌，將筷子塞到他手裡。楊升端過一碗麵，吃了兩口，大讚：「這是誰人做的，味道勝過我家廚子做的，只是這擀麵的手藝差了些。」

林依道：「是我丫頭做的，舅舅覺著好，就多吃些。」

楊氏聽楊升提廚子，想起件事來，問道：「你昨日出門，怎沒帶小廝？」

楊升一口面噎在嗓子裡，猛咳一陣，推開碗筷就跑，道：「我吃飽了，走了。」

楊氏回想他以前的行徑，猜到他是甩開小廝，偷溜出來的，急忙追上幾步，喊道：「逕直回家，不許亂逛。」

遠遠地，聽得楊升應了一聲，也不知講了什麼，楊氏連連搖頭，嘆道：「自我爹去世，家裡就無人管得住他了，成日東遊西逛，也不曉得成個家。」

張棟吃了一口麵，也讚青苗手藝。林依見他老人家終於沒再挑食，大喜，忙道：「昨日去菜市買了根筒子骨，青苗半夜三更就爬了起來，燉了好幾個時辰，才出來這味道。」

張棟喝著奶白色的骨頭湯，再一想流霞方才行徑，就有想換人的意思，但青苗是兒媳的丫頭，他開不了這個口，只得把念頭打消。

眾人吃罷舒心的早飯，流霞上來收拾碗筷，林依道：「青苗熬了半夜，我叫她補眠去了，勞動妳一人忙碌，莫要見怪。」

流霞不自主看了楊氏一眼，誠惶誠恐道：「二少夫人哪裡話，這本就是我的活兒。」

眾人都在這裡，機會難得，張棟假裝抬手，用胳膊肘撞了撞楊氏，示意她向林依提下人房一事。楊氏朝旁邊躲了躲，道：「媳婦辛苦，你們去歇著吧。」

張棟眼睜睜看著張仲微兩口子走掉，問道：「夫人為何不講？」說著，氣呼呼地起身，作了副又欲出門買醉的模樣。楊氏也不拉他，自言自語道：「升兒出門，從來不會不帶錢，方才怎地連見面禮也拿不出來？」

張棟立時就停在了原地，尷尬道：「昨日出門太急，我忘了帶錢，因此酒錢是升弟付的。」

楊氏一向好脾性，今日卻生起氣來，椅子一拍站起身來，冷聲道：「老爺，你好自為之。」說完再不理張棟，獨自進了裡間，將門關起。

張棟怕楊氏發脾氣，忙放低了身段去推門，不料楊氏是真生氣，將那門反鎖了。張棟在外拍了又拍，還是不見門開，急得滿頭是汗。流霞洗完碗過來，瞧見張棟在臥室門前又是拍門，又是跳腳，大為驚訝，忙上前挽住他胳膊，關切問道：「老爺怎麼了？」

張棟正是心煩時刻，任她什麼溫柔也無用，粗魯一下，將流霞推了開去，罵道：「嫌老爺老了，還是嫌老爺沒錢？」

流霞被罵得一頭霧水，愣了愣才悟過來，張棟是在為早上的事生氣，她忙忙地要辯解，但張棟乃是遷怒，哪裡肯聽，兀自罵些「賤婦」等語，流霞又是委屈，又是羞愧，捂住臉，哭著跑了出去。

楊氏在裡面聽到張棟罵流霞，覺得火候到了，若再撐下去，怕是要將官人推到別人懷裡去，於是起身，把門打開。

張棟見門開了，如釋重負，衝進去道：「夫人，莫要氣了，待我上任拿到俸祿，頭一件事便是還升弟的錢。」

楊氏揉了揉眼角，道：「非是我計較，只是我那位繼母，你是曉得的，若被她知道你花了升弟的錢，又是一通好纏。」

張棟回憶楊氏繼母過去的行徑，也是一陣膽寒，忙道：「升弟說了，那頓酒就當他請我的。」

楊氏急道：「你要害升兒挨板子嗎？」

張棟訝然：「他都多大了，岳母還是不許他上酒樓？」

楊氏斜了他一眼，道：「不是不許上酒樓，而是凡是有伎女的地方都不許他去，以防他又愛上個紅芝綠芝的，鬧得收不了場。」

張棟暗自嘀咕，那是楊升主次不分，伎女嘛，逢場作戲即可，哪有迎進門作正妻的，叫人笑掉大牙。

他二人夫妻和好，又開始有說有笑，後頭的流霞卻是又把眼睛哭腫了。青苗睡得正香，被她吵醒，很是惱火，沒好氣道：「流霞姊姊這又是怎地了？」

流霞哭得梨花帶雨，道：「大老爺冤枉我。」

青苗睡意正濃，沒興趣聽她講這些，朝外一指，道：「勞煩妳到外面哭去，且讓我睡會子。」

流霞委屈道：「就這一間屋，妳叫我到哪裡去？」

青苗不理她，翻了個身，又睡了。

流霞有些怕青苗耍橫，不敢再待在屋裡，只好跑出去蹲到灶前，抱住膝蓋，低聲抽泣。

恰逢方氏去探望冬麥，路過這裡，瞧見流霞哭得傷心，奇怪問任嬸：「這是怎地了？」

任嬸附到她耳邊嘀咕道：「聽說大老爺已將流霞收作通房了，大概是大夫人因此事瞧她不順眼，罵了她，這才哭起來。」

方氏驚訝道：「當真？這樣大的事，妳怎麼不早些講與我聽？」

任嬸不解道：「不過是大老爺收個通房而已，什麼大不了的事？」

方氏氣道：「怎麼不是大事，他收了通房，勢必就要生兒，既然有了親兒，還要過繼的作甚，且等我去把仲微要回來。」

她是少有的言行一致之人，話音未落，人已朝張棟屋子那邊去了。任嬸最近剛收過李舒的錢，受她之託，看住方氏，莫要由其丟人現眼，因此她三步併作兩步，追上去拖住方氏道：「二夫人，此事急不得。」

方氏掙著道：「怎麼不急，再不動作，仲微媳婦的錢就要被他們一家子花光了。」

任嬸急道：「二夫人，大老爺已半百，誰曉得還能不能生，這兒子還是沒影兒的事，妳與大房怎麼說？」

方氏聞言，停止掙扎，琢磨道：「妳講的有幾分道理，若我想要把仲微要回來，還得讓大老爺生出兒子來才成。」

任嬸抹了把汗，心裡發笑，大伯能不能生出兒子，兄弟媳婦可使不上力。

方氏卻朝流霞方向望了幾眼，計上心頭，把任嬸拉到個無人角落，吩咐她道：「妳即刻上街，問問郎中，可有吃了讓人生兒子的藥方。」

任嬸低聲笑道：「二夫人，他們還未圓房呢，吃仙丹也沒用。」

方氏大感失望，問道：「為何收了又不用，什麼道理？」

任嬸指了指流霞身後的屋子，道：「他們只得一間下人房，怎麼圓房？總不能叫大夫人挪出屋子來。」

方氏笑道：「這有何難，我借一間房與她。」

任嬸忍不住問道：「二夫人，咱們哪來的空屋？」

方氏看了她兩眼，問道：「妳現下與楊嬸住一間？」

任嬸點頭，心中浮上不好的預兆，果然聽見方氏道：「妳們先到我那廳中打地鋪，把屋子騰出來與流霞住。」

任嬸很想扇自個兒兩耳光，為什麼要多嘴，把張棟收流霞的事告訴方氏。方氏可瞧不見她臉上的懊惱神情，疊聲催她回去收拾。如今天冷，日日在地上睡，可讓人受不了，因此任嬸極不願意，想先報與李舒得知，於是使了個緩兵之計，道：「我先陪二夫人去瞧冬麥，稍後再去騰屋。」

但方氏這會兒對流霞的興趣，遠遠超過了冬麥，擺手道：「我只不過想去看看冬麥臉上是不是真的留了疤，什麼大不了的事，明兒再去看也是一樣的。」

任嬸無法，只得朝回走，在方氏的親自監督下，與楊嬸兩人把鋪蓋等物挪到方氏廳內。他們物事少，很快就騰空，方氏等不得，當即便叫任嬸去與流霞講。

任嬸暗道，須得想個法子，先把方氏絆住，好挪出時間來去向李舒報信，於是道：「流霞就算成了通房，也還是個下人，哪裡做得了主，二夫人還是去向大夫人講。」

方氏認為有理，便朝前面的上等房去，任嬸將楊嬸推了一把，叫她跟去，道：「大夫人想必是不願意的，能耽擱一陣子，妳且跟去見機行事，我去知會大少夫人。」

楊嬸亦明白方氏此舉是多管閒事，忙幾步追上方氏，同她一起到了楊氏房中。楊氏大老遠就聽見方氏的笑聲，迎了出來，寒暄道：「弟妹今日得閒？」

方氏掩不住滿臉的笑意，道：「我聽說大嫂這裡缺房屋，特特叫任嬸與楊嬸搬了出來，把她們的屋子挪與流霞住，不過只是下等房一間，還望大嫂莫要嫌棄。」

楊氏一時間沒明白方氏的路數，弟媳要借屋與大伯的通房，這是哪門子道理？

方氏好心，主動答疑解惑：「其實我家房屋也緊，但你們大房延續子嗣乃是大事，耽誤不得。」

楊氏沉了臉道：「我已有兒子，還消什麼延續子嗣？」

方氏瞥見裡間有人，忙提高了聲量，道：「過繼的哪有親生的好，叫大哥趕緊生個親兒，好將仲微還我。」

此話深得張棟的心，止不住地感嘆，原來知音是方氏。他快步走出來，向楊氏道：「莫要辜負弟妹一片好心。」

楊氏只恨沒先把張棟趕出去，當下被兩邊激著，再不願意，也只能點頭。張棟見房子有了著落，立時神清氣爽，又見楊氏有不悅神色，忙撫慰她道：「不過一個通房丫頭，怎麼也越不過妳去，就算生了兒子，也是管妳叫娘。」

方氏走到門邊，聽見這話，直覺得耳熟，暗道，果真同張梁是一母同胞的兄弟兩個，哄人的話都一樣。她出了楊氏的門，先繞到林依家灶台處，告訴流霞道：「我費了好大的力氣，才騰了一間房出來，妳可要爭口氣，早些生個兒子。」

流霞費勁想了想，才明白這話的意思，問道：「二夫人要借房與我一個人住？」

方氏點頭道：「這事兒大老爺已知曉，妳趕緊搬過去，等著晚上圓房吧。」

流霞臉上染了紅暈，福身道：「多謝二夫人成全。」她心裡美滋滋，有些忘乎所以，待送走方氏，才想起，這事兒楊氏可知曉，是什麼態度？她這一想，渾身一個激靈，趕忙先到楊氏房中探過動靜，再才回來搬家。

方氏回房，仍在得意，連聲喚楊嬸煮一壺好茶來。

且說李舒，得了任嬸報信，趕著要去楊氏處阻攔方氏，但她挺著肚子走得慢，才到半路，就聽說方氏已回來了，驚訝道：「二夫人好快的手腳。」

任嬸也奇怪，道：「大夫人怎這樣爽快就答應了？」

李舒問了隨行的幾人，都是不解，於是折返到方氏房中，想問個究竟。方氏人逢喜事精神爽，見了李舒也是笑咪咪，不待她行禮便叫她坐下，又叫楊嬸倒茶與她吃。

李舒何曾受過此等禮遇，真個兒是受寵若驚，故意問道：「二夫人紅光滿面，可是有喜事？」

方氏歡快笑道：「媳婦聰穎，還真是有喜事一樁。妳伯父新收了流霞，想來不久便要抱兒子，到時仲微重歸二房，豈不是大喜事？」

李舒問道：「這事兒大夫人願意？」

方氏道：「流霞是大夫人的人，有什麼不願意的。」

李舒還是不信，又問：「大老爺可知曉？」

方氏道：「我去時，他們兩口子都在呢，自然是知道的。」

一屋子的人全恍然大悟，原來張棟在場，怪不得不等李舒去攔，方氏就已將事兒辦成了。

李舒很是惱火，這可真是沒事找事，故意要得罪楊氏，她努力讓自己口氣平靜，問方氏道：「二夫人說要借房與大老爺，大夫人可曾推辭？」

方氏嗤道：「她那賢慧都是裝出來的，哪有不推辭的。」

李舒急道：「大夫人明著拒絕，妳還要借，不怕得罪了她？」

方氏莫名其妙：「得罪了又怎地？」

李舒更急，還要再講，方氏已不耐煩起來，皺眉道：「到底誰是妳婆母？妳連我都不怕得罪，卻怕得罪伯母？」

李舒將椅子拍了一拍，懶得與她多話，站起身，敷衍福了一福，告辭離去，氣得方氏徹底惱起來，發了通脾氣。

李舒心裡更氣，只當沒聽見身後的叫罵聲，逕直朝大房那邊走。甄嬸在旁扶她，問道：「大少夫人這是要去向大夫人講明？」

李舒道：「咱們家的長輩，也就剩這位大夫人還講道理，若連她也恨起我來，這日子可怎麼過。」

錦書道：「大少夫人多慮，那屋子是二夫人借的，與大少夫人何干？」

她一發言，青蓮照例是要作對的，立刻駁道：「大少夫人白教導妳了，妳不曉得這世上還有『遷怒』一詞？」

李舒如今很懂得制衡之道，微笑著聽她們吵嘴。甄嬸道：「事情是二夫人做出來的，再不像樣子，也是大少夫人的婆母，妳這一去，可就是打她的臉了。」

李舒嘆道：「我又何嘗不知，但有什麼辦法？」

甄嬸朝前努了努嘴，道：「二少夫人與大少夫人是平輩，何不去向她講，讓她委婉向大夫人轉告大少夫人的意思，豈不更好？」

李舒直呼「妙哉」，笑讚她是人老成精，於是一行人繼續前行，越過楊氏的屋子，逕直去拜訪林依。

林依正與張仲微在廳裡下五子棋作戲，見李舒帶著眾僕從進來，連忙起身讓座。李舒湊到棋盤前瞅了瞅，奇道：「明明是圍棋，為何雜亂無章？」待得林依講過五子棋的要領，她更為不解：「又不是棋子不夠，為何只許五顆成線？」

林依尷尬笑了笑，張仲微接過話來：「娘子遲鈍，圍棋總也教不會，這才出了昏招。」

林依慘遭中傷，暗自磨牙，趕他道：「你無事半日了，且去陪爹出門逛逛，中午吃飯再回來。」

張仲微聽話，向李舒施了一禮，出門去了。李舒笑了一時，向林依道：「大老爺只怕是沒空與二少爺出門閒逛了。」

青苗還在睡覺，林依親自捧上茶來，問道：「怎麼？」
李舒道：「二夫人才剛騰了一間下等房出來，借與了大老爺，只怕現下正在搬家，晚上就要圓房。」
林依聽說，走到後窗前瞧了瞧，果見流霞一人抱著厚厚的被褥，正吃力地朝大房的下人房那邊搬。她回身向李舒道：「二夫人真是好心腸。」
李舒聽出這話中的味道，笑了，又道：「咱們二房，算是把大夫人得罪了。」
林依安慰她道：「流霞做通房，是大夫人首肯的，想必不會怪二夫人。」
李舒卻搖頭，道：「都是女人，遇上這種事，嘴上再願意，心裡也是難受的，哪禁得住二夫人這樣添火加柴的。」
林依見她埋怨方氏，不好介面，只好低頭吃茶。李舒曉得林依不愛理他人是非，便直截了當道：「我想攔二夫人，卻遲了一步，不然絕不會讓她這樣做。弟妹到了大夫人跟前，一定替我美言幾句，嫂子感激不盡。」
李舒往常求林依辦事，總是厚禮先行，今兒空手而至，且一口一個「弟妹」，還自稱了「嫂子」，反倒讓林依倍感親切，便滿口答應下來，道：「本來就不干大嫂的事，我一講，大夫人就能明白的。」
李舒謝過她，起身辭去，走到兩所屋子間的夾道處，見張仲微乾站在那裡，不禁莞爾：「我走了，二少爺趕緊回去吧。」
張仲微忙行了個禮，一溜煙跑回屋內，又是跺腳，又是搓手，道：「爹稱他沒空，我不好多待，在夾道裡吹了這些時冷風，凍死我了。」
林依又是心疼，又是好笑，連忙上前與他脫鞋子、解袍子，將他塞進被窩裡暖著，嗔道：「既是外面冷，你就在爹娘屋裡坐會子，又能怎地？」

張仲微小聲道：「娘滿臉不高興，爹正哄她呢，我怎好多待。」

林依想起李舒的話，告訴他道：「嬸娘借了一間房與流霞，大概是爹晚上要與她同房，娘才不高興了。」

張仲微不解道：「娘怎麼同大嫂一樣，不愛通房，還要主動收人，這不是自尋煩惱？」

林依撇了撇嘴，道：「娘與大嫂可不同，她才不想收通房，都是爹鬧的，想給你生個小兄弟呢。」

張仲微驚喜問道：「當真？」

林依見她表情不似作偽，驚訝道：「你願意爹生個親兒？」

張仲微激動道：「待爹有了親兒，我就能重回二房了。」

林依了然，張棟認定過繼的不如親生的好，在張仲微心中，亦是一樣。

張仲微見林依不作聲，自被子裡伸出手來，碰了碰她，問道：「娘子不願意回去？」

林依勉強笑了笑，道：「都是一家人，什麼回去不回去的。」

這話太過冠冕堂皇，張仲微辯駁不得，將手縮了回去，裹了裹被子。

柒之章　小丫頭巧計復仇

林依猜想他是不開心的，忙道：「只要你待我如一，大房還是二房都好。」
張仲微稍稍釋懷，道：「妳是我娘子，自然待妳好。待我得了官，與妳爭個誥命。」
林依笑道：「誥命不誥命的，我不稀罕，你別同那幾位學便成。」
那幾位不是長輩就是兄長，張仲微不好接話，朝被子裡縮了縮，道：「天冷，餓得快，娘子叫青苗做飯去。」
林依隔著被子拍了他一掌，起身到後窗前看了看，笑道：「青苗沒吃早飯，大概也是餓了，火都生起來了。」
青苗聽見話語聲，揚起頭來，見是林依，跑來窗前稟道：「二少夫人，流霞搬走了，聽說今晚要圓房。」
林依點了點頭，道：「我曉得，今後妳一個人住，可安逸了。」
青苗笑了笑，道：「新晉的通房呢，晚上多炒兩個菜？」
林依看了看她，道：「青苗，妳這可是幸災樂禍。」
青苗噘了嘴道：「誰叫她設計二少夫人，我就幸災樂禍了。」
林依理解流霞走投無路的心情，並不怎麼恨她。不論古今，身為女子，不能擁有自己的婚禮已屬悲哀，多炒兩個菜慶祝下也是該的，但林依更在意楊氏的心情，於是朝青苗搖了搖頭，道：「還不知後事如何呢，莫要往前湊熱鬧，好好賣薑辣蘿蔔賺錢是正經。」
青苗應了，自去按照往常的標準做飯。
林依走回床前，把手伸進被窩，摸了摸張仲微的手，問道：「暖和了就起來，青苗那丫頭動作快，想必馬上就要開飯了。」
張仲微抓住林依的手不放，硬把她拖進被子裡溫存了一陣，直到她髮髻散亂才放過。林依爬起身，取了鏡子來瞧，嗔道：「頭髮亂了，青苗又在炒菜，誰人來幫我梳頭？」

張仲微走過去，抓起梳子，笑道：「我來與妳梳。」

林依不相信他的手藝，但他執意要試試，只得閉了眼睛，任由他去盤弄。

青苗很快炒好菜，端到楊氏房中，又來喚林依，一進屋就瞧見她頭上梳了個四不像，而張仲微站在她身後，手裡抓了一縷頭髮，繞來繞去。青苗驚呼一聲，衝上去扒開張仲微，奪過梳子來，一面重新打散林依頭髮，一面埋怨：「二少爺不會梳就別逞能，瞧，把二少夫人的頭髮弄得亂糟糟，多費好些頭油。」

張仲微好不容易尋一回閨房之樂，還未盡興就叫青苗攪了局，只得訕訕退至一旁。林依忍著笑，丟了個眼神過去撫慰他，道：「官人先去吃吧，我隨後就來。」

張仲微聽到這聲「官人」，復又高興起來，響亮應了一聲，走了兩步，卻又停住，回身道：「我不餓，等娘子梳完頭，咱們一起去。」

饒是青苗不解風情，也本能地覺得此處不宜久留，盡最快的速度幫林依梳好頭，先溜了出去。

張仲微朝林依頭上瞧了瞧，嘀咕道：「這妮子梳的還不如我呢。」

林依笑著推他朝外走，連聲道：「是是是，你的手藝堪比街上的梳頭娘子。」

兩人有說有笑，到隔壁房中，向張棟與楊氏行過禮，張仲微打橫，林依下首，各自坐了。張棟看了流霞一眼，與楊氏道：「晚上多炒兩個菜。」

他面向的是楊氏，話卻是講與林依聽的，但林依深知此話不可輕易接，於是只埋頭吃飯，當作沒聽見。果然楊氏不買張棟的帳，筷頭朝桌上點了點，道：「一葷三素已是不少，還加菜做什麼。」

張棟要反駁，但楊氏根本不給他插話的機會，逕直轉頭向林依，道：「明日我要回娘家，媳婦隨我一起去？」

林依忙道：「只要娘不嫌我，就跟去見見人。」又問：「可要備禮？」

楊氏無錢，猶豫道：「把吃食備兩樣便得。」

林依道：「娘好幾年未回京，好容易回去一趟，太過簡薄說不過去，不如吃完飯，咱們上街去逛逛，撿那又實惠又有面子的禮買上幾樣。」

楊氏昨日以流霞之事示好，今日就得了回報，可見這日子還是幫扶著才過得好，她欣慰點頭，夾了筷子炒肉絲到林依碗裡。

張棟見她婆媳倆你去我來，講得熱鬧，硬是沒讓他插進去嘴，不禁又氣又惱，欲摔了筷子出門吃酒，身上又無錢，正煩悶間，忽然眼神瞟到張仲微，暗忖，過繼一個兒子，也該派些用場，於是起身道：「二郎，這菜鹹了，咱們上街去吃。」

張仲微聞言，夾了一筷子菜，仔細嘗了嘗，奇道：「不鹹，味道正好，想是爹嘴裡淡了，叫青苗做個開胃的菜來。」

張棟見張仲微不識趣，愈發覺得這個過繼來的兒子不好，暗地裡把他瞪了一眼。此時張棟站著，張仲微卻不隨著起身，前者立時陷入尷尬境地，不知是甩袖子走人，還是捨些面子，灰溜溜坐下。

林依不願局面太尷尬，忙出聲道：「都是媳婦疏忽，忘了爹愛吃清淡的，沒叮囑青苗少放鹽，我叫她另做一盤來。」

張棟聽了這話，順著就下了臺階，哼哼兩聲，重新坐下。青苗嘟嚕著嘴，重回灶前炒菜，一面炒，一面罵。流霞跟了過去，接過鍋鏟，賠笑道：「今兒老爺火氣大，累得妳受了氣，妳且歇著去吧，我來炒。」

青苗摸了摸耳朵，以為自己聽錯了，愕然道：「流霞姊姊，妳昨兒還哼哼唧唧，稱不願與大老爺做通房，怎麼才過了個夜，就轉變過來，急著要獻殷勤？」

流霞暗道，既然大夫人准許她生兒子，她當然一百個願意，不會再抱怨，但這話她不能講與青苗聽，只道：「這是我的命，不願意又能如何？」

青苗聽不出這話裡的嘆息，湊上去問道：「流霞姊姊，咱們姊妹一場，妳與我講實話，妳其實是樂意做通房的，是不是？」

流霞詫異道：「咱們簽了死契的丫頭，做通房做妾，難道不是最好的出路？我為什麼不樂意？」

青苗比流霞更為詫異，道：「妳之前可不是這樣講的，不是哭著喊著不願與大老爺做通房嗎？」

流霞自然不願把她真實的理由講出來，把事情推到了楊氏身上去，稱是經過大夫人開導，想通了。

青苗將信將疑，不過這種事，當事人不講，她也猜不出，只能罷手，留下流霞獨自炒菜，自己則重回楊氏房中。林依見她沒端菜來，以眼神詢問，青苗雖瞧不起流霞行徑，但到底心善，道：「流霞姊姊說她曉得老爺口味，要親手炒個菜。」

張棟聽了這話，果然流露出滿意神色，耐心等著流霞端菜來。林依偷眼瞧楊氏，臉上神色如常，但捏筷子的手明顯多加了幾分力氣。

不多時，流霞回來，她心眼兒多，炒了兩個菜，一盤與張棟，一盤卻是與楊氏，輕聲討好道：「大夫人，前兒妳說想吃醋溜白菘，我炒了一個，妳嘗嘗味道。」

楊氏卻沒伸筷子，反將碗筷擱下，淡淡道：「我已吃飽了。」

流霞愣在那裡，不知所措。張棟還是在意楊氏態度，埋怨流霞道：「既是大夫人想吃，一早怎麼沒端上來。」

流霞委屈，卻不敢申辯，默默退至一旁。

午飯時分，妻妾暗鬥，正妻完勝，通房落敗，林依得出此結論，把碗筷一推，向楊氏道：「娘，我也飽了，咱們是現在就去街上，還是過會子再去？」

楊氏覺得這兒媳真是貼心又得趣，微笑答道：「飯後走動走動，消消食也好。妳回去收拾收拾，咱們這就去。」

林依應了一聲，起身欲走，張仲微忙丟下筷子，道：「我也飽了，我陪娘一起去。」

張棟看了他一眼，暗罵一聲沒出息，不悅道：「我還在吃飯，你就要離席，有沒得規矩？」

在鄉下時，的確沒這規矩，大家都有活兒要做，吃完了就走，沒人理會誰先誰後。張仲微想了想，長輩還在吃，晚輩先離桌，大概是不合規矩的，因此雖捨不得林依，還是坐下了。不料楊氏卻慢悠悠開口道：「候著你爹吃飯是孝道，陪我逛街也是孝道，並無輕重。」

張棟抬眼看了看楊氏臉色，覺得不怎麼好看，權衡一番，還是低了頭，向張仲微道：「陪你娘逛街去吧。」

張仲微高高興興應了一聲，站起身來，同林依兩個並肩回房。一回到自己臥房，張仲微便癱倒在床上，道：「方才我生怕爹娘吵起來，手心裡攥了一把汗。」

林依開了衣箱，翻厚實的冬衣，奇道：「看不出你還是個心細的，這也能瞧出來。」

張仲微道：「爹從頭至尾都板著臉，娘先前還好，自流霞再上來，也沒了笑意，我就是再遲鈍，看他們臉色也看出來了。」

林依把他拉起來，將一件厚些的袍子遞過去，示意他換上，道：「這便是通房惹的禍，兩口子親親熱熱過日子多好，非要中間插進一人，能不吵鬧？」

張仲微連連點頭，道：「妳也多穿些，東京比不得眉州，那風吹在臉上，是疼的。」

林依取了蓋頭戴上，笑道：「我有這個擋風。」

待得收拾停當，林依又翻出塊大包袱皮，疊好，塞進張仲微懷裡。兩人鎖好門，重回楊氏房中，林依扶了楊氏，張仲微跟在後頭，一同朝街上去。

走了幾步，林依發現後面跟的丫頭是流霞，問道：「青苗那妮子呢？」

楊氏道：「青苗勤快，流霞洗碗，流霞一人便得。」

林依立時領會到楊氏用意，兩名丫頭都還未曾吃飯，楊氏對流霞不滿，因此只叫她餓著肚子跟來，而青苗不必遭這個罪。流霞輕咬下唇，不知是餓的，還是心有不滿，但主人起身，丫頭本就該跟著，是飽是飢，又有誰理會呢？就是張棟，方才見流霞出門，也沒二話說。

林依是同情流霞的，想過更好的生活，乃是人的本性，她一個身無自由的丫頭，除了做通房，確是別無選擇。在這樁事裡，若真要挑出個有錯的人來，當屬張棟，但為何他能安安穩穩坐在屋裡吃飯，流霞卻要受罰？林依頗有幾分打抱不平，但她不敢開口，怕觸怒楊氏，與自己添麻煩。她扶著楊氏的胳膊，因為鄙視自己的懦弱，眼角有些發酸，忙抬頭望了望天。

走到巷子口，有個婆婆敲著響板，叫賣剛出爐的包子，林依突生一計，停下腳步道：「午飯未吃飽，買兩個包子吃。」又問楊氏：「娘也來一個？」

楊氏輕輕搖頭，道：「我不餓，妳自買了吃。」

林依上前，問過價錢，買了兩個，邊走邊吃，但才啃兩口，便道味道不好。她想以此為藉口，將包子丟與流霞，卻沒想到張仲微也是在後面的，一見她把包子遞過來，立時會錯了意，還道娘子是遞與他吃的，連忙接過來，咬了一大口，一面喊燙，一面道：「味道還是不錯的，娘子再吃一口。」

林依氣得直瞪眼，又不好說什麼，別過臉去不理他。大概因為是張仲微接了包子，楊氏未起疑心，反真信了林依是沒吃飽，遂指了那家曹婆婆肉餅店道：「媳婦不愛吃包子，且去買肉餅來吃，那家的肉餅咱們吃過的，味道尚好。」

林依依言去買了一個，但故技重施，容易遭疑，她不敢再嫌不好吃，只好小口小口啃著。巷口的風很大，張仲微怕凍壞了楊氏與林依，便問：「我去叫兩乘轎子來？」

頂著寒風走路，的確不是易事，楊氏便看林依。林依見楊氏未出言反對，就知道了她是想坐轎子的，遂道：「官人陪娘在此稍後，我與流霞去攔轎子。」

她曉得張仲微不會讓她跑路，因此不等他相攔，搶先朝前走去，流霞見狀，看了楊氏一眼，見她無異議，趕忙跟上。林依走遠了些，再故意拐了個彎，躲開楊氏視線，再將還剩三分之二的肉餅遞與流霞，道：「被我啃了幾口，若是不嫌棄就吃，嫌棄便扔。」

流霞早就餓了，連連搖頭，客套話都未講一句，接過來就啃，三兩下下肚，才謝林依道：「若不是二少夫人的肉餅，我怕是要餓整整一下午。」

這不是林依想要的回答，她靜靜望著街面，沒有作聲。等待良久，身後仍沒有動靜，再過了一時，流霞叫道：「二少夫人，那邊停了幾頂轎子，我去問問價錢。」

林依終究沒等來一句解釋或一聲道歉，望著流霞背影，經北風一吹，心徹底涼了。

流霞渾然不覺有什麼不對，喚來三乘轎子，請林依上轎，再去接了楊氏與張仲微，一同朝街上去。照著楊氏的意思，三人先到了相國寺東門大街，此處皆是襆頭、腰帶、書籍及冠朵鋪席。下了轎，林依付過錢，來扶楊氏，楊氏卻不急著進鋪子去瞧，而指了南邊道：「寺南即錄事項伎館；北邊小甜水巷，南食店甚盛，但妓館亦多，因此咱們只在寺南逛，別走遠了。」

楊氏竟也防著這個，林依詫異看她。楊氏瞧見她神情，解釋一番，林依才明白，原來北宋是禁止官員狎伎的，一經舉報，輕則降級，重則辭官。這條規定深得林依的心，歡喜道：「原來做官還有這好處。」

楊氏輕笑道：「妳也別報太大希望，這種事是屢禁不止的，所謂官官相護，人人都愛去，誰來舉報？只有運氣不好碰上作對的人，才能吃上苦頭。」

林依有些微失望，但還是道：「有總比沒有好。」

楊氏點頭，道：「有這條規矩總算有個約束，自家再看嚴些，出不了什麼大岔子。」

林依十分感激楊氏教她御夫之道，便想為其回娘家撐臉面，挑了一家招牌最大的成衣店，拉她進去看。楊氏卻道：「我爹早已過世，家中僅有繼母與兄弟，咱們買些胭脂水粉，再買一頂襆頭即可。」林依猜她是嫌成衣太貴，一問果然如此，楊氏道：「一件衣裳，動輒數貫，不是咱們能買的。」

林依嚇住，道：「下回咱們早作準備，扯布來叫青苗做。」

婆媳二人商量一陣，選了家門面不大，但顧客頗多的店，將中等價位的胭脂水粉挑了兩樣，林依心道難得出來一趟，便多買了一盒，當場送與楊氏。楊氏連稱花費了錢，但卻滿臉都是笑意，林依見她高興，便藉機將李舒歉意轉告，楊氏在這些事上很大度，連稱長輩之事與小輩無關，叫她放心。二人接著又到襆頭店買了頂漆紗襆頭，張仲微掏出包袱皮，流霞將物事包好，一手拎了。

女人天生愛逛街，哪怕禮物已置辦齊全，仍捨不得就此歸家。林依與楊氏逛了一家又一家，直到腿腳酸軟，張仲微十分不解，道：「又沒見妳們買什麼，有什麼逛頭？」

林依懶得與他溝通這個，向楊氏道：「天色不早，咱們尋個攤子，喝碗熱湯便回家，如何？」大冷的天，喝一碗熱乎乎的湯，想想都要暖和幾分，楊氏顧不得要省錢，點了點頭。於是尋了個攤兒坐下，叫上三碗熱氣直冒的棒骨湯，張仲微一口下肚，直呼舒泰。旁邊另有一家角球店，零售而不設座位，專拆整為零賣羊肉。林依走去瞧了瞧，挑了一碟軟羊、一碟爛蒸大片，端來與楊氏、張仲微同吃。

三人高高興興吃完，林依將軟羊跟爛蒸大片又買了兩碟子，向店家討了兩張油紙，包作兩包，稱要帶回去與張棟下酒。流霞見還多出一份來，以為林依又要偏她，正竊喜，卻聽見林依道：「青苗賣薑辣蘿蔔，日日辛苦，且帶一包回去與她吃。」

流霞登時失落，但林依逕直從她身旁走過，看也沒看她一眼。楊氏不知林依是生流霞的氣，還道她是配合自己，心想這兒媳真真是貼心，臉上不知不覺帶了笑。

張仲微喚來轎子，三人坐了，流霞拎了包袱在後頭跟著，一起回家。待得下轎，林依先扶楊氏進屋，才推開門，就見地上有一血滴，嚇得她們連退三步。張仲微跟在後頭，不知何事，探身一看，也唬了一跳，連聲喚道：「爹，爹，出了什麼事？」

張棟自裡間出來，皺眉責道：「何事大呼小叫？」

楊氏一眼瞧見他手上有傷，血跡未乾，趕忙上前查看，急問：「這是怎麼了？」話未完，她卻愣住，原來張棟右手虎口滴血處，乃是一圈牙印。

張棟看似心情極糟糕，不耐煩地抽回右手，道：「什麼了不得的事，過會子便好了。」

林依心思活絡，也不近前，扶著張仲微一踮腳，瞧見張棟手上有清晰的牙印，猜想其中必有蹊蹺，忙拉著張仲微退了出來。張仲微個兒高，也瞧見了那牙印，大惑不解道：「爹沒事咬自個兒的手作甚？」

林依一面開門鎖，一面道：「還不知是誰咬的呢。」

話音剛落，身後傳來青苗的聲音：「是我咬的。」

青苗為何要咬張棟？林依略想了想就猜到原委，立時驚怒非常，一把將青苗拉進廳裡，上下不住地打量，問道：「怎麼回事？」

青苗低著頭道：「大老爺吃飯完，我去收拾碗筷，不想他卻來拉我的手，我掙了兩下沒掙脫，就、就咬了他一口……」

張仲微驚訝道：「真是妳咬的？妳可瞧見了那一地的血，不怕大老爺生氣？」

林依氣不打一處來，先把他捶了兩下，怒道：「你只怕他生氣，就不怕我生氣？」

青苗怯生生道：「是我沒輕沒重，我去向大老爺賠不是。」

林依喝道：「妳又沒錯，賠的哪門子不是？」說完遷怒張仲微，對著他罵道：「虧他還是個官，竟趁我不在，調戲我的丫頭，真真是不堪。」

張仲微慌忙去捂林依的嘴，急道：「祖宗，小聲些，當心爹記恨妳。」

林依掙脫他的手，氣道：「他記恨我？我還記恨他呢。」

張仲微去關緊了門，道：「我曉得妳生氣，但爹拉的是自家丫頭的手，到哪裡都講得通，這事兒若真擺到檯面上來，吃虧的是妳。」

林依還在生氣，哪裡肯聽，拉起青苗，就要去尋張棟討說法。張仲微拚命攔住她，道：「娘子，妳想想，此事若被他人知曉，後果如何？別個多半要勸妳做賢慧媳婦，將青苗送與爹算了，妳說是不是？」

林依稍稍冷靜，仔細想了想，不得不承認，張仲微是對的。這個世道，事事都是偏向男人，少有女人講理的地兒，何況只是一個丫頭。

張仲微見她聽了進去，繼續道：「我曉得妳看重青苗，可那也就是妳，別家誰把簽了死契的丫頭當個人？爹就算拉了別人家丫頭的手，也算不得什麼大事，何況是自家的，倒是青苗以下犯上，乃是死罪，妳趕緊叫她賠禮認錯去，待到爹尋上門來，哪還有迴旋的餘地？」

林依來到大宋已好些年，但聽到這些話，仍舊感到陌生。心有不甘又如何，只有人適應環境，沒得環境適應人一說。

青苗看出林依為難，主動朝外走，道：「我去給大老爺磕頭。」

林依猜想張棟不好意思向兒媳討丫頭，便跟了出去，又擔心自己不懂一些所謂的北宋規矩，還拉上了張仲微，希望他在自己衝動時提醒一二。

三人到得隔壁時，楊氏已幫張棟包好了手，流霞在一旁眼淚汪汪，看見青苗進來，立時衝將上去，呼了她一巴掌，罵道：「妳好大的膽子，竟敢傷了大老爺。」

林依進門時，不斷告誡自己要冷靜，好不容易平復心境，看到這一巴掌，又開始火冒三丈。她正想發脾氣，手被張仲微一捏，忽地醒悟過來，流霞這一巴掌若能讓張棟消消氣倒是好的。林依朝張棟看去，果見他臉上有滿意之色，她稍稍鬆氣之餘，又忍不住暗罵了幾句。

流霞自然也留意到張棟的態度，手一抬，還要再打，但被楊氏喝止。林依看了看張棟，又看了看流霞，猜想，流霞這一巴掌，不光是為了討好張棟，還因為擔心青苗也成了張棟通房，與自己爭寵吧。

那一巴掌暗含警告之意，下手極重，青苗半邊臉紅腫起來，她強忍著沒落淚，走到張棟面前跪下，磕頭道：「婢子無禮，傷了大老爺，望大老爺恕罪。」

張棟一時沒作聲，大概是在斟酌詞句。林依暗自冷笑，也走上前去，跪下，道：「全是媳婦的不是，平日裡總告誡她要潔身自愛，莫要盡想著朝上爬，這才釀成今日大錯。」

楊氏不待張棟接話，先拉了林依起來，道：「妳教導得對，哪裡有錯。」

張棟極想反駁，但兒媳房中的丫頭照理應是張仲微之物，因此他今日舉動確是十分不妥，若張揚開去，是要丟些臉面的。不過他並未因此講出原諒的話來，而是還抱有一絲希望，因為楊氏總讚林依孝順，既是孝順的兒媳，應會主動將青苗送上，讓他既保全了臉面，又得實惠。

林依才歷經流霞一事，再提不起什麼好心，縱使猜到張棟的心思，也裝作不曉得，只道：「這丫頭不長眼，往後我不許她到爹跟前伺候，免得惹爹生氣。」

楊氏明白林依講這話的用意，拍了拍她的手，示意她離開。林依福了一福，轉身便走，此時張棟還未講出原諒的話，見她這就走了，十分不滿，眉頭一皺就要出聲相攔，楊氏瞪了他一眼，耳語道：「還嫌不夠丟人？」

這一打岔，林依帶著青苗已出了門，張棟惱火道：「就妳慣著她。」

楊氏氣道：「你一把年紀，調戲兒媳的丫頭，不嫌丟臉？」

張棟嫌「調戲」這詞難聽，道：「我是吃了兩杯酒，有些醉了，錯將青苗當流霞，這才拉了她的手。」

楊氏不信，正與他理論，對門開酒肆的婆婆尋上門來，稱張棟在她那裡買了一角酒還未付錢。楊氏隱約有些歡喜，有了醉酒一詞，才好與林依交代，不然真沒臉再見她。

流霞也歡喜，心道，原來張棟不是愛青苗，而是愛她，只不過吃醉了，認錯了人。

楊氏問那婆婆道：「二兩酒幾個錢？」

婆婆伸出三根指頭，道：「一角酒，四十文。」

不過是巷間酒肆，一角酒竟要四十文，楊氏驚詫酒價之貴，於是問道：「我家老爺買的是什麼金貴酒？」

婆婆道：「張大老爺買的乃是蜜酒，這酒什麼價，夫人當清楚，不消我說。」

蜜酒確是價貴，楊氏對酒價不再有疑問，卻將狐疑的目光投向了張棟，官場上的人，哪個不是幾斗的酒量，區區一角蜜酒能吃醉人？只怕是裝酒瘋吧。張棟被楊氏看到心虛，別過臉去。楊氏生氣，將婆婆領到他面前，道：「這是我家老爺，妳向他討錢。」說完，幾步走進裡間，將門關了。

張棟哪裡有錢，不然也不會欠著，他心裡著急，示意流霞去敲門。流霞走去拍了幾下，喚了幾聲，楊氏根本不回應，無法，只得與張棟商量：「我那裡有平日攢下月錢十文，再去向二少夫人借三十文，如何？」

張棟點頭道：「甚好，她的丫頭傷了我，付幾個酒錢是該的。」

流霞就先回去取了她那十文錢，再走到林依房前敲門。來開門的是青苗，見了她，哪有好臉色，先啐了一口，才道：「哪陣風把新晉的通房吹來了？有什麼事，趕緊說，耽誤了妳服侍大老爺，我可擔待不起。」

流霞曉得青苗是記恨那一巴掌，道：「我是為妳好，若我不打在前頭，大老爺可就要親自動手了。」

青苗氣笑起來，道：「如此我便謝謝姊姊。」

流霞見她沒有讓自己進去的意思，只好踮腳朝裡張望，問道：「二少夫人在屋裡？大老爺使我來借錢。」

青苗奇道：「二少夫人才過來，那邊就要借錢？方才怎麼沒聽人提起？」

流霞將賣酒婆婆上門討錢一事講與她聽，又道：「大老爺拉妳的手，乃是吃醉認錯了人，並非有意。」

青苗想起那時桌上好像是有酒的，心裡的氣就減了幾分，走進去向林依稟報。林依聽後，喚了流霞進來，問道：「大老爺中午吃醉了？」

流霞連連點頭，道：「吃了一角酒，對面賣酒的婆婆上門來討錢，共需四十文，我這裡有十文，二少夫人再借三十文，便可湊齊。」

林依看了青苗一眼，心道，若真是酒後失德，倒比故意為之好上幾分。她正想著，張仲微已驚訝出聲：「對面酒肆賣的又不是什麼好酒，怎要四十文？爹莫不是被騙了吧？」

流霞解釋道：「是蜜酒，因此貴些。」

林依自鄉下來，不知什麼是蜜酒，張仲微之前去過東京酒樓，略知一二，向她解釋一番。林依聽後，暗自冷笑，這樣的酒也能吃醉人？只怕是早有色心，藉著酒勁發作吧。

青苗也悟了過來，後悔替流霞通報，趕她道：「二少夫人沒錢，妳找別家借去。」

流霞急道：「妳咬傷了大老爺，這酒錢該妳付。」

青苗回嘴道：「就是這酒惹的禍，若大老爺不吃它，怎會發酒瘋？不發酒瘋，我又怎會去咬他的手？」

這話前後邏輯嚴絲合縫，流霞竟反駁不出，只好轉向林依，道：「大老爺方才還誇二少夫人孝順……」

林依朝青苗使了個眼色，道：「去翻一翻，看還有沒得錢，湊三十文出來，替大老爺還酒債。」

青苗便去櫃前，裝模作樣翻了翻，拿起黃銅小罐晃了晃，道：「二少夫人，還有幾文，是預備晚上買菜的。」

林依問流霞道：「還了酒債，明兒就沒得飯吃，妳還還錢，還是還餓肚子？」

林依的嫁妝抬進來時，流霞是看見了的，猜到她是在唬人，便大著膽子道：「謝二少夫人借錢。」

林依也不為難她，真就數了三十文出來，交到她手裡。青苗看著流霞滿意離去，急道：「二少夫人，妳還真借，愈發叫他們以為咱們好拿捏。」

林依故作犯愁狀，托腮嘆道：「菜錢被借走，明兒吃什麼？」

青苗會過意來，笑道：「清清靜靜餓一天也好，還省得我晚上去買菜。」

林依笑道：「妳躲不了懶，不用買菜，一樣要去菜市。」

青苗醒悟過來，連忙朝外走，道：「今兒的薑辣蘿蔔還沒做呢。」

張仲微待青苗出門，猶豫著向林依道：「娘子，妳這樣做不大妥當吧，萬一把二老餓壞了，怎生是好？」

林依道：「放心，餓不著，嬸娘連房子都借了，管咱們一天的飯，算得了什麼。」

張仲微瞠目結舌，指著她結結巴巴道：「妳、妳、妳——連嬸娘都算計？」

林依想出這樣的好主意來，很是得意，拍下他的手，嗔道：「什麼算計，講得這般難聽。咱們可是一家人，現下大房困頓，求二房接濟一陣，難道不行？」

張仲微使勁吞了口口水，仍舊結結巴巴：「好、好主意，先去嬸娘家吃幾天，待得我做官領到俸祿，再請他們到我們家吃。」

林依大笑：「還說我會算計，你更甚。我只想著叨擾一天，你卻是把做官前幾頓全惦記上了。」

晚飯前，青苗去菜市買第二日要用的蘿蔔，另外捎帶了幾塊甘露子回來，林依不曾見過此物，問道：「這是炒來吃的？」

青苗搖頭，道：「甘露子的做法可多了，蜜餞甘露子、醬甘露子、醃甘露子，若是熱天，還能直接涼拌來吃。」

林依長了見識，又問：「那妳打算做哪一種？」

青苗想了想，道：「蜜餞我不會，後幾種裡，醬的最好吃，不如我就做醬甘露子？」

林依笑道：「隨妳，做得了，分兩碟子咱們嘗嘗便得。」

青苗歡快應了，提著菜籃朝後面灶台而去，林依望著她背影，感嘆道：「青苗忙碌，我卻閒了下來，沒想到咱們家如今賺錢的，是個丫頭。」

這無心之語，亦讓張仲微慚愧，只盼著雅州書信快至，好早些邁入仕途。

晚飯時，張棟未因三十文的酒錢向林依道謝，流霞也沒提明日無菜錢一事，大概以為林依是嚇唬她。張仲微幾次想開口，都被林依瞪了回去，只得將臉埋進飯碗裡，不敢再抬頭。楊氏自覺無顏面對林依，略動了動筷子，便回了裡間。

飯畢，林依夫妻倆回房，張仲微不解道：「娘子，明日開不了伙，為何不讓我先提一句，好讓爹娘早作準備？」

林依道：「我既嫁到你們張家來，就該你們張家養，有飯吃飯，無飯喝粥，再不濟啃野菜團子，我也絕無怨言。」

這話擺明她以後再不操心家事，要做個閒散人，張仲微先是一愣，後想了想，輕嘆道：「這樣也好。」

林依見張仲微並未出言反駁，暗自高興，取出棋盤，與他下了幾盤五子棋，再洗漱安歇。

當日夜裡，張棟宿在流霞房內，雲雨幾度，好不快活，可惜到底年紀大了，第二日便有些精神不濟，流霞心疼，道：「我去巷口與老爺端一碗血羹來，再到對面打一角酒，如何？」

張棟對此安排很滿意，欣然點頭，流霞便去了，但巷口的小吃攤子與張家不熟，不肯賒帳，流霞磨了半日嘴皮子，無果，只得折返，去向林依討錢。

林依才與楊氏請過安，正在她房中閒話，流霞尋了去，問道：「二少夫人，早飯何時擺？大老爺想吃一碗熱熱的血羹，還要一角蜜酒。」

林依的態度很是和善，笑道：「我又不當家，問我作甚。」她十分清楚，此話一出，勢必得罪楊氏，但她實在不願再做冤大頭，把心一橫，豁出去了。

楊氏並未生氣，只恨張棟太不會做人，把兒媳得罪了。她對著流霞沉了臉，道：「無錢還吃什麼血羹，去廚下把昨日的剩菜剩飯熱一熱，端上來將就一頓。」

流霞哪敢與楊氏頂嘴，忙應著下去了。她走到灶前喚青苗，青苗打著呵欠出來，道：「流霞姊姊，正等妳做飯呢，我與妳打下手。」

流霞自覺比青苗高了一等，很是不滿她的態度，遂道：「方才我在忙時，妳就該把早飯做了，還等著我來。」

青苗倚在門框上，笑問：「流霞姊姊在忙什麼呢？」

流霞臉上一紅，瞪了她一眼，催道：「妳別閒著，趕緊生火。」

青苗故意慢吞吞，一根一根撿柴火，流霞擔心張棟等急了，只好自己動手，一面生火，一面罵青苗。青苗也不生氣，只是幫起忙來，動作愈發慢了，時不時還搗搗亂，多塞幾根柴火堵住灶眼。

流霞氣極，舉手欲打，青苗慢悠悠道：「大老爺吃不上早飯，勢必要生氣，我卻是不怕的，不知流霞姊姊怕不怕。」

流霞恨恨將手放下，把她趕進屋去，免得妨礙自己做飯。青苗樂得清閒，但仍舊站到門口，稱要盯著些，免得有人使壞。流霞累了一頭的汗，還要聽這嘔人的話，氣了個仰倒。

飯菜熱好，流霞正要端，青苗卻搶先一步奪過來，體貼道：「我來，我來，妳去喚大老爺來吃飯。」

喚張棟固然重要，但流霞更想先去楊氏面前賣個乖，便道：「不消妳幫忙，我先端到房裡，再去喚大老爺。」

青苗留著小心眼，不等她講完，已快步走遠了。流霞追上去奪，青苗竟把半碗湯水直接潑到她身上，流霞傻眼，待得回過神來，青苗已拐過了牆角，看不見了。流霞又氣又急，只得先回房換衣裳。

青苗到得楊氏房中，將飯菜擱到桌上，請楊氏與林依夫妻來吃飯。楊氏見來的只有她一人，遂問道：「流霞呢？」

青苗十分響亮地回答：「流霞姊姊說要親自去喚大老爺，因此叫我先把飯菜端上來。」

林依正站在楊氏身側，十分清楚地看到，楊氏以手握拳，長指甲朝裡折了折。她看了青苗一眼，暗笑，這妮子擺明了要報仇，整起流霞來了。

幾人落座，不多時，張棟進來，掃了桌面一眼，皺眉道：「不是說有血羹與酒的，何在？」

林依默念幾遍「我不當家」，充耳不聞。

楊氏道：「誰人講的，你找誰去，我可沒說過這話。」

張棟便抬眼尋流霞，卻未瞧見人，正要詢問，流霞匆匆進來了，向楊氏道：「大夫人恕罪，婢子來遲。」

楊氏因方才青苗的話，已在生流霞的氣，此刻朝她一打量，見她轉眼間又換了身衣裳，愈發不喜，冷冰冰道：「妳辛苦了，歇著便是，還來伺候做什麼。」

流霞申辯道：「是青苗潑了我一身的菜湯，我去換衣裳，這才耽誤了。」

青苗不屑道：「流霞姊姊，遲了就遲了，大夫人又沒說要罰妳，妳慌什麼？早飯是我一人做的，妳根本沒近灶前，哪裡來的菜湯。」

流霞不敢置信地望向青苗，後者是存了心要報復，腰桿挺得筆直，一臉理直氣壯。楊氏一見，就信了青苗，冷眼看流霞，抿著嘴不作聲。

流霞十分委屈，偷眼看張棟，希望他能替自己講兩句好話，不料張棟也很生氣，心道，這妮子又沒買血羹，又沒去喚我，真是只曉得躲懶，無甚用處。

流霞沒等到張棟伸援手，只好與楊氏跪下磕頭，求她原諒。楊氏根本不理她，慢慢夾菜，慢慢扒飯，看那樣子，是打算讓她跪上一陣了。

張棟也覺得流霞欠教訓，看也不看她一眼，只指著桌上，抱怨道：「這叫人怎麼吃？」

楊氏好言好語道：「家中無錢，大老爺將就幾頓吧。待得你復官領到俸祿，想吃什麼買什麼。」

此話正是林依心中所想，暗中為楊氏撫掌喝彩，叫了聲好。

張棟不悅道：「一頓早飯能花費幾個錢，叫媳婦先墊上，來日再還。」

林依迅速接話：「我的嫁妝錢只剩下三十文，昨日全讓流霞借去了。」

楊氏問流霞道：「妳向二少夫人借錢做什麼？」

流霞看了張棟一眼，道：「大老爺的酒錢需四十文，我這裡只得十文，因此向二少夫人借了三十文。」

楊氏與張棟道：「媳婦的錢與你還了酒債，你還有什麼說道？」

張棟才不信林依無錢，但他沒法去翻兒媳的帳本，只好看向張仲微，示意他與林依施壓，可惜張仲微是早讓林依收服了的，哪裡肯理他，端著碗只顧扒飯，裝作沒看見。

張棟生起氣來，把筷子一丟，起身就走。楊氏在他身後叮囑：「莫要去吃酒，沒人與你付酒錢。」

張棟充耳不聞，逕直朝對面的小酒肆去了，楊氏氣得不輕，罵流霞道：「還不去追，若是他欠了酒錢，就將妳賣了還債。」

流霞正好趁此機會爬起來，連忙應了一聲，飛奔而去。

林依冷眼旁觀，見流霞與張棟扭作一團，再看楊氏，一臉傷感，不禁暗自嘆息，同情她所嫁非人。楊氏心裡堵得慌，推說已吃飽，進了裡間。林依跟去安慰了幾句，楊氏拍著她的手道：「我省得，是不能慣著他。」

林依眼眶有些濕潤，生怕落下淚來，更惹楊氏傷心，連忙退了出來。

張仲微還在門口張望，見林依出來，道：「流霞沒能拉住爹，他又去吃酒了，我去叫他回來？」

林依拉了他就走，道：「哪有晚輩管著長輩的道理。」

這話在理，張仲微連連點頭，再不去理會張棟，隨她回屋。閒坐無趣，林依再次取了棋盤出來，要與張仲微下五子棋，張仲微卻道：「娘子，我去街上逛逛，中午再回來。」

林依歡喜道：「你要去逛街？我隨你一起去。」

張仲微卻道：「我有正事，下回再帶妳去。」

林依奇道：「什麼正事？」

張仲微吭吭哧哧，不肯作答，林依纏住他不停追問，稱不講個清楚不許出門。張仲微無法，只得講了實情，原來他是想跟在眉州一樣，尋個茶館賣酸文。

堂堂進士去市井賣酸文？林依怕跌了張仲微的面子，意欲阻攔，但轉念一想，他能有這覺悟，乃是大好事，若不加以鼓勵，將來豈不是另一個張棟？她有了如此考慮，便放開張仲微，轉身去開了箱子，取出眉州帶來的筆墨紙硯，使一塊包袱皮包了，遞與他，笑道：「去吧，不指望你賺幾多，只別比青苗的薑辣蘿蔔掙得少，免得惹她笑話。」

張仲微得了激將，胸脯一挺，道：「一篇酸文在眉州也要賣三十文，東京定然更貴，我只消賣一篇出去，就比薑辣蘿蔔賺得多了。」

林依替他扯了扯袍子，叮囑道：「只許去沒得伎女的茶樓，花茶樓看也不許看。還有，賺了錢逕直回家，莫要讓爹娘知曉。」

張仲微聽了前半句，連連點頭，聽到後面，就不解了，問道：「我賺了錢，讓爹娘高興高興也好，為何不能講？」

林依懶得與他講道理，瞪眼道：「你不是口口聲聲說要還我的嫁妝錢的，就從現在開始吧。」

張仲微想了想，點頭道：「也使得，就當是我替爹娘還錢了。」

林依見他已被自己說服，便催他道：「快去快回，咱們中午還要去嬸娘家蹭飯呢。」她送走張仲微，走到後窗處喚青苗，青苗聽見聲響，跑出來問道：「二少夫人有何吩咐？」

林依不答，只招了招手，待得她繞進屋來，才問道：「早飯可曾吃飽？」

青苗搖頭道：「剩飯剩菜本就不多，輪到我吃時，只剩了半碗飯。」說完又笑：「我還算好的，流霞到現在還餓著肚子呢。」

林依取來黃銅小罐，拿在手裡晃著，笑道：「這是與妳攢的嫁妝錢，咱們先取兩個出來，買肉餅來吃，如何？」

青苗紅了臉，奪過來道：「什麼嫁妝錢，都拿去買肉餅。」

林依笑道：「與妳開玩笑呢，中午只怕也吃不飽，妳快數幾個出來，一人買兩個肉餅充飢。」

青苗數出錢，左右看看，問道：「二少爺不吃？」

林依道：「他要向妳學習，出門掙錢去了。」

青苗笑道：「二少夫人真狠心，也不讓二少爺吃飽了再出門。」

林依不以為然道：「餓一餓，他才曉得肩上有責任，免得與大老爺一樣不思進取。」

青苗深以為然，道：「大老爺在對面吃酒，只怕又欠了好幾十文的債呢，二少夫人這話可得硬氣些，別替他還。」

林依點頭，接過黃銅小罐放好。青苗出門，跑到巷口曹婆婆肉餅鋪，買了四個肉餅，拿油紙包了，揣在懷裡，又是一路小跑，回來與林依，道：「二少夫人快吃，熱乎著呢。」

林依分了她兩個，主僕二人藏在房內一起吃了，又都覺得好笑，對視樂了一氣。

中午時分，對面的婆婆果然來討酒錢，張棟故技重施，叫流霞來向林依借，林依只推說嫁妝錢已花盡，一個銅板也拿不出。流霞不好強討，只得原樣回覆張棟。張棟藉著酒勁，在房內發脾氣，卻被楊氏一盆冷水澆下，立時清醒，凍得渾身直哆嗦。

林依剛聽完青苗回報，還來不及問詳細，張仲微就回來了，將一包銅錢遞與她，又問道：「爹怎地了，我方才路過，聽見流霞嚷嚷著說要去請郎中。」

林依打開那方手帕，一面數錢，一面回答：「爹娘老兩口吵架呢，你是晚輩，千萬別摻和。」

張仲微猶豫道：「不會是真病了吧？」

林依頭也不抬，道：「若有求於你，自然會使人過來說。」

到底不是親生爹娘，張仲微聽她講得頭頭是道，也便丟開，笑問：「我比起青苗來如何？」

林依數完錢，一共一百二十五文，笑道：「比青苗賺的多出一倍不止，還是你強些。」

張仲微得了誇讚，反倒羞愧起來，道：「我前兒向下等房的左右鄰居打聽，他們外出做零工，一天也能賺一百文呢。」

青苗聽見，驚喜問道：「在哪裡做零工，我也去。」

林依笑看她一眼，道：「妳在我家做零工，還要去哪裡？」

青苗吐了吐舌頭，也笑了。林依起身，把張仲微賺的錢裝進錢匣子，小心鎖好。

流霞在外敲門，問道：「二少夫人，午飯可得了？」

青苗朝林依擺了擺手，示意她別作聲，自己走去開門，道：「二少夫人又不當家，妳到這裡來問飯作甚？」

流霞想進門問林依，青苗卻堵著，道：「我正想過去問問大夫人何時開飯呢，二少爺與二少夫人都餓了。」

流霞愣道：「飯食不是一向由二少夫人打點嗎？」

青苗道：「昨兒講得清清楚楚，二少夫人的嫁妝錢已被妳借去了，哪裡還來的錢貼補？」

流霞推她道：「我不與妳講，妳讓我去見二少夫人。」

青苗一點不讓她，雙手朝她胸口一推，大聲罵道：「妳一個大老爺的通房，要強闖二少爺的屋嗎？」

隔壁有腦袋探出來，是鄰居家的丫頭春妮，瞧了一時，回頭對屋裡道：「夫人，無事，是隔壁丫頭不檢點。」

流霞的臉立時漲得通紅，待要與春妮分辨，那邊的門已關上了，只得衝著青苗大叫：「妳污蔑我。」

青苗衝她扮鬼臉，道：「就污蔑妳，怎地？」

流霞一抹眼，瞬間流出淚來，哭著衝回楊氏房內，道：「我照著大夫人吩咐，去二少夫人那裡問午飯，不料卻被青苗說成是強闖二少爺的屋。」

楊氏衝張棟發脾氣道：「都怪妳把兒媳得罪了。」說完又惱流霞：「既是有求於人，就該和緩些，妳硬闖做什麼？」

張棟捂在床上，身上還是冰冷的，駁道：「我看都是妳慣出來的，妳瞧伯臨媳婦，一樣拿嫁妝錢養家，可敢有半個不字？」

楊氏氣道：「你既羨慕，那去二房過活。」

張棟渾身不爽利，哼哼道：「仲微媳婦不給飯吃，少不得要去叨擾叨擾二弟的。」

楊氏別過臉去，道：「我丟不起這人，寧願餓著。」

張棟坐起來披衣裳，道：「不過就是咱們家現下窮了，到兄弟家趁食而已，有什麼好丟人的？」這話不假，同姓即是一家，何況還是親兄弟。別說吃飯，就是去住上幾天，也是無妨的。楊氏想通，走去服侍張棟穿衣，道：「也就這一回，吃多了只怕要瞧弟妹臉色。你明日起早，帶上二郎，去審官東院瞧瞧，管它什麼差遣，先謀一個再說。」

張棟不悅道：「我才被妳潑了一身涼水，只怕轉眼就要病，哪還有力氣去差遣院。」

楊氏略有愧疚，輕聲道：「吃兩杯酒無妨，誰叫咱們如今沒錢。」

到底是老妻，比不得通房可以隨意，張棟見她有悔意，也就不好再擺臉色，安慰她道：「莫要慌張，差遣一事，我早盤算好了，只等馬知院的夫人回京。」

楊氏不能理解這邏輯，奇道：「你獲官，與馬知院的夫人何干？」

張棟笑呵呵地捋了捋鬍子，得意道：「我自有妙計。」說完發現楊氏眼神不對，忙道：「我只與馬知院打交道，妳可別想歪了。」

楊氏笑道：「想來別個也瞧不上你。」

張棟見她神情緩和，哈哈一笑，率先朝外走去。楊氏緊跟而上，一面走，一面吩咐流霞去喚張仲微與林依，上二房吃飯。林依早料到如此，已經同張仲微還有青苗等著了，待流霞在門外一喚，便走了出來，一齊朝二房那邊去，倒把流霞甩在了後頭。
林依夫妻來到方氏房中，張棟與楊氏已然入座，張梁十分熱情，親自與張棟斟酒，張伯臨與李舒臉上亦無不悅表情。方氏見到張仲微來，歡喜非常，站起身來，將他拉至自己身邊坐下，噓寒問暖，轉眼與他夾了好幾筷子菜。林依暗自驚訝，看來在大宋，到親戚家蹭飯是很平常的事，倒是她多慮了，只不知如此多來幾天，他們還有沒得好臉色。
桌上菜色不算特別豐盛，一盤白渫齏、一碗白肉、一碗燉蘿蔔、一盤清炒白菘。張棟四人一來，這四盤菜明顯就不夠吃了，方氏心疼兒子，忙吩咐李舒道：「他們好容易來吃頓飯，趕緊加菜。」
李舒倒也不小氣，命甄嬸去廚下吩咐，看還有什麼菜，再整治四、五盤上來。方氏一抬眼，瞧見流霞，心思一轉，道：「流霞如今身分不同，可別餓著了，去廚下吃吧。」
楊氏沒出聲，流霞哪裡敢，直道自己不餓，朝後退了退。方氏好心無人領情，有些氣惱，再一轉頭，瞧見青苗，便帶了些火氣道：「流霞都收房了，仲微媳婦何時與青苗開臉？」
林依不答，在桌下踢張仲微的腿，張仲微忙出聲道：「嬸娘，我不要通房。」
方氏臉一沉，道：「這是什麼話？」
張仲微把張梁一指，道：「叔叔不是也沒通房？」
這話問得好，叫方氏再講不出話來，張梁卻道：「那是因為冬麥破了像。」
眾人聽見這話，抬眼去尋，果見丫頭堆裡立著的冬麥，臉上有幾處斑斑點點，好似生過癤子後留下的疤痕，不禁暗嘆一聲「可惜了」。
張梁那句話叫方氏窩火，但也讓她又有了勸張仲微收通房的由頭，緊問不止。張仲微被她嘮叨得沒法，恨不得將耳朵捂起，好不容易熬到吃完飯，一句閒話也不肯敘，飛也似的逃了出去。林依瞄到方氏眼神望向了自己，馬上也起身，推說吃飽了，疾步回房，大呼：「好險，差點被嬸娘逮到。」

張仲微一想到晚上還要去那邊吃飯，愁眉苦臉道：「娘子，我再去賣半日酸文，咱們晚上自己開伙，如何？」

林依心道，方氏再怎樣勸說，也是外人，只要他們兩口兒守得住，並無妨礙，於是道：「你只埋頭吃飯，當沒聽見，老人家絮叨幾句，值個什麼。」

張仲微只好道：「也罷，我當娛親了。」就算不開伙，錢還是要掙的，他略歇了會子，又抱著筆墨紙硯出門去了。

青苗到二房廚房吃過飯回來，問林依道：「二少夫人，妳不是最熱衷賺錢的，怎不見動靜？」

林依道：「還不知二少爺的差遣在哪裡呢，且再等等。」

青苗抱怨道：「城裡閒得慌。」

林依奇道：「妳不是要賣薑辣蘿蔔，哪裡閒了？」

青苗道：「薑辣蘿蔔做起來簡單，頂多一個時辰便得，我晚上去賣，白日裡卻是無事做。」

林依看了看裡外兩間小屋，家具甚少，打掃起來也花費不了多少時間，確是無事可做，只好道：「且再忍耐幾天，待雅州來信，把官司解決，咱們再作打算。」

青苗這才記起張棟是有官司在身的，撇了撇嘴，道：「都是大老爺要充好人，帶什麼洪寒梅上船，不然什麼事也沒得。」

林依道：「事已至此，別抱怨了，妳去隔壁瞧瞧大老爺在不在。」

青苗領命，到隔壁窗前瞧過，回報道：「大老爺與流霞都不在，只大夫人在念佛。」

林依便起身，到楊氏房中去，陪她講了半日閒話，議定明日回楊氏娘家。無事做，極難熬，好容易半日光陰過去，又到飯時，二人候得張仲微回來，楊氏問道：「三郎去做什麼了？」

林依擔心張仲微講實情，搶著答道：「他去年來東京趕考時，結識幾個朋友，因此去拜訪一番。」

既是拜訪友人，為何沒吃了飯再回，楊氏有所懷疑，但沒再問，命流霞喚來張棟，一同朝二房去。二房一家人見他們又來，登時傻了眼，李舒顧著面子，隱忍不發。方氏想趕人，又擔心張仲微沒飯吃，只得拿眼瞪張棟與楊氏。只有張梁依舊熱情，招呼他們入座，叫李舒另炒幾個好菜來。

張伯臨瞧出李舒臉色不好看，他同方氏一樣，也顧惜張仲微，便在桌下將李舒的手輕輕一握，低聲道：「娘子，賣我個面子。」

李舒最愛張伯臨的溫柔，當即就心軟了，轉頭命甄嬸去廚下吩咐。甄嬸是個老人精，瞧出二房一家子，大都是衝著張仲微面子，因此兩葷兩素端上來，葷菜全擺在張仲微面前，張棟與楊氏跟前，只有兩盤青菜。

楊氏倒還罷了，張棟卻是最愛吃肉，一見甄嬸如此行事，就生起氣來，卻無奈她是李舒奶娘，發作不得，一頓飯吃得十分窩火。

方氏照例與張仲微嘮叨收通房一事，不厭其煩，張仲微一面嗯嗯啊啊，一面扒飯，始終沒句囫圇話，方氏也只能乾著急。

幾人吃完，告辭回家，張棟還在路上就發起脾氣來，大罵二房的下人不長眼，欺人太甚。另幾人問他為什麼生氣，他又不好意思說是為了兩盤子肉，只得住了嘴，氣哼哼地朝流霞房裡去了。

林依瞧出楊氏臉上黯然神情，先將她送回去，陪著坐了一時，才回自己房裡。張仲微已將下午掙得的錢攤在了桌上，只等著她回來就獻寶。林依數了數，笑道：「不錯，比上午還強些。」

張仲微道：「娘子，妳別急，我現下雖無差遣，卻有官，乃大理評事，雖然只是九品，好歹有些俸祿。」

林依不大懂，問了問，還是雲裡霧裡，只大概明白，北宋官員官銜是虛的，差遣才是實際職務。張仲微見她還是一臉迷茫，遂簡明扼要道：「我現在是大理評事，領一份俸祿，待得有了差遣，還可另領一份。」

這樣講，林依立時就明白了，歡喜道：「原來做官的待遇如此優厚，怪不得人人都削尖了腦袋要趕考。」

張仲微暗自嘆氣，九品小官，能有多少俸祿，在這高物價的東京，能糊口就不錯了。他見林依高興，不忍掃興，便只在心裡想了想，沒講出來。

第二日，林依依舊當了甩手掌櫃，大房一家人沒得早飯吃，有昨日先例在前，今日張棟沒再抱怨林依，帶上全家老小，直奔方氏房中。二房幾人正在喝粥，見大房一群人衝進來，嚇了一跳。張梁頗有家族責任感，二話沒說，吩咐李舒添碗添筷子，方氏卻不高興了，只拉了張仲微坐下，向其他人道：「咱們家也窮，哪禁得住你們天天來吃。」

有方氏發話，李舒便坐著不動，張梁不滿道：「誰家沒個難處，在鄉下時，就是鄰居落難也要幫一把的，何況是我親大哥。」

方氏根本不理他，吩咐楊嬸道：「與二少爺盛碗粥來。」

張棟與楊氏，坐也不是，站也不是，十分尷尬。張梁認定方氏跌了他面子，將筷子一摔，怒道：「誰人當家？」

李舒見公爹發脾氣，便要妥協，正欲轉頭吩咐甄嬸，方氏喝道：「挺著肚子還磨蹭什麼，趕緊吃完了回房安胎。」

李舒樂得有方氏在前擋著，忙扶著腰站起身來道：「媳婦身子不適，先回房了。」

方氏爽快點了點頭，甄嬸便將李舒那份早飯用個托盤裝了，與一群丫頭婆子，簇擁著李舒離去。

楊氏哪受過這樣的待遇，臊得臉通紅，轉身就走，張梁卻叫住她，道：「大嫂，是我治家不力，這裡與妳賠罪。」說著躬下身去，作了個揖。

楊氏不好再走，只好停住，張梁親自搬來凳子，道：「大哥大嫂放心，只要有兄弟一口，就斷不會少了你們的。」

張棟與楊氏聽了這話，倒有幾分感動，就將方才的不快暫時忘卻，帶著林依朝凳子上坐了。

張梁吩咐楊嬸道：「取乾淨碗筷來，與大老爺、大夫人和二少夫人盛粥。」

楊嬸不敢去，只拿眼瞧方氏，方氏卻不知哪裡想轉過來，大方道：「妳與任嬸一道去，連鍋端來。」

林依見方氏轉變如此之快，心知有蹊蹺，不過她本就抱著看戲的態度，巴不得張棟多吃些苦頭，好安分幾日，於是只將疑惑壓在心裡，冷眼旁觀。

沒過一會兒，楊嬸與任嬸將一只鍋子端上來，林依偷瞄一眼，暗暗笑了，那鍋裡幾欲見底，僅有淺淺一層薄粥。楊嬸與林依最熟，有意偏她，便叫任嬸與張棟夫妻盛，自己則另取了一只碗，快手快腳裝滿，送到林依面前。

任嬸不及楊嬸手腳快，落在了後頭，只舀得半碗粥，她把碗放到張棟面前，為難道：「粥沒了。」

張梁探頭瞧了瞧，見任嬸沒說謊，便道：「去再煮一鍋來。」

任嬸應了，出去轉了一圈又回來，回道：「二老爺，米缸空了。」

張梁不耐煩道：「既是米缸空了，就找大少夫人拿錢買去。」

張梁猛然提到李舒，任嬸不知如何應對，與方氏對了對眼神，也沒對出個所以然來，只好硬著頭皮，真去尋李舒。李舒聽過任嬸所述，為難起來，依她自己的意思，自然是要配合方氏，但張棟從未刁難過她，不好不給面子。

甄嬸獻策道：「大少夫人，二少夫人在鄉下賺了那麼些錢，怎會才來東京兩三天就花光了，依我看，定是使的一計，大少夫人何不向她學起來，也謊稱沒錢？」

李舒後悔道：「我沒二少夫人腦子活，未把此計用在前頭，落後一步，可就不好使了。」

甄嬸不明白，問道：「怎麼就不好使了？」

李舒道：「如今兩家都指望著我，若我哭窮，咱們喝西北風去？」

甄嬸道：「大少夫人心軟。」

李舒笑道：「不心軟，既然這是二少夫人用的計，我自當配合一二。」說完丟了幾個錢與任嬸，吩咐道：「去米鋪將最次等的米買幾把，熬一鍋米湯，端去桌上。」

任嬸領命，自去辦理。甄嬸向李舒道：「只怕米湯他們也願意頓頓都來喝。」

李舒笑了，道：「往後咱們提前一個時辰開飯。」

甄嬸搖頭稱不妥，道：「依著二老爺的性子，只要大房登門，他就要管飯，哪怕吃過，也要重新煮一鍋來。」

李舒想了想，道：「待會兒我與大少爺講，叫他往後一吃完飯，就拉二老爺出門去逛，不讓二老爺與大老爺碰面。」

甄嬸笑讚此乃妙計，又親自走去廚下，指點買米回來的任嬸，朝鍋裡多加兩瓢水。

張棟就著鹹菜，吃了那半碗粥，仍舊餓得前胸貼後背，候了好半天，終於等到上飯，正歡歡喜喜要舉筷，卻發現那碗裡盛的不是稀粥，而是米湯。他將筷子放下，偏頭看張梁，張梁立刻責問任嬸：「怎地是米湯？」

任嬸扯謊的本事極高，張口就來：「大少夫人手頭的銅錢不多，銀子又來不及去兌換，因此只買得這些米，二老爺見諒則個。」

這話合情合理，張梁就信了，與張棟道歉道：「大哥將就一頓，下頓補上。」

張梁態度不錯，張棟只好罷了，舉了筷子，接著吃飯。不料在甄嬸的指導下，任嬸熬米湯的技術著實不錯，任張棟在碗裡攪了好幾下，也沒發現一粒米，筷子派不上用場，他只得直接端碗，勉強喝了幾口，忍著氣拂袖離去。

楊氏早就想走，見狀連忙講了幾句道謝的話，跟著去了。張仲微也想走，方氏卻將他按下，道：「既到了我這裡，飯自然是管飽的。」說著朝楊嬸招了招手，楊嬸風一般出去，轉眼就跟變魔術似的，又端了一只鍋子上來，裡頭盛著熱騰騰的大米粥。

張梁看得一愣一愣，直到方氏親手與張仲微盛了一滿碗，勸他放開肚子吃時，才回過神來，氣道：「妳哄我？」

方氏朝兩旁看看，親兒陪房都在，若張梁動手，必有人攔，便放心大膽回道：「哄的就是你，如何？」

張梁一拍桌子，站起身來，怒道：「他是我大哥！」

方氏不慌不忙道：「早分家了，來一回兩回是客，回數多了，誰人招架得了？」

張梁與她根本講不通道理，彎腰揀了個凳子，就欲砸過去，不料今日任嬸楊嬸全站在方氏那邊，一個上前攔，一個就趁機奪了凳子，口中叫著：「二老爺息怒，二老爺仔細手疼。」

張梁氣得在原地轉了幾圈，愣是沒尋著傢伙，倒把自己轉得暈頭轉向，只得狠罵了方氏幾句，連飯也不吃了，忿忿離去。

方氏才不把他的叫罵當回事，照常吃飯，連胃口都不曾影響。林依已吃了一碗粥，又看完了戲，便準備離去，不料方氏卻叫楊嬸又與她盛了一碗，道：「妳是聰敏人，嫁妝錢就該藏著，別拿出來與他們用。」

林依驚訝，方氏怎這般肯定她還有嫁妝錢？仔細一想，明白過來，那時養鵝，方氏是入過股的，自然猜得出她有幾分家底，不過她不願承認，只道：「確是沒錢了，臨行前替爹娘還了一筆債，就已將嫁妝錢花得差不多了。」

方氏叫道：「這錢得叫他們還，若妳沒本事要回來，我去。」

張仲微生怕她上門去鬧，忙道：「爹娘要還的，只是現下無錢而已。」

林依巴不得方氏去尋張棟鬧將一場，見張仲微攪局，很是掃興，在桌下踢了他好幾腳。

方氏點著頭，道：「也是，他們無錢，去了也是白去，待得你爹重新做官，可得來知會一聲，我那時再去向他討要。」

張仲微才吃了林依幾腳，摸不準她到底是什麼意思，不敢再隨便答方氏的話，只好支支吾吾了幾句，低頭喝粥。

林依夫妻倆吃完飯，真心與方氏道過謝，告辭回房。張仲微猶豫道：「爹娘只怕還餓著，咱們買些吃食送過去吧？」

林依漫不經心問道：「你有錢嗎？」

張仲微看了看錢匣子，道：「我下午不是才掙了二百來文。」

林依語氣十分乾脆：「那是我的。」說完還補了一句：「男人養家天經地義，要不孝，也是男人不孝，與女人不相干。」她先將張仲微唬住，接著又寬他的心，道：「我是刀子嘴豆腐心，哪能真把娘餓著，待會兒陪她回娘家，路上與她買兩個包子吃，如何？」

林依故意忽略了張棟，但張仲微心想，楊氏回娘家，張棟自然是會陪著的，林依斷沒有只與楊氏買包子，不給張棟吃的道理，於是放下心來，道：「包子錢也記在我頭上，改日賣了酸文還妳。」

林依笑道：「使得。」

捌之章　三娘的開店計畫

過了一時，流霞來敲門，稱楊氏準備出發。林依夫妻倆忙收拾了一番，出來鎖門。到得隔壁屋裡，卻發現張棟不在，便問：「爹不一起去？」

張棟自裡間踱出來，道：「二郎，咱們今日去審官東院瞧瞧。」

這話一聽就是藉口，閒了這幾日，都沒去問差遣，怎麼楊氏一要回娘家，他就想起來了？張仲微扭頭看楊氏，楊氏卻並無異議，道：「二郎就留下陪你爹吧。」

林依暗自奇怪，張棟不陪著楊氏一起回娘家，應是有失臉面的事吧，楊氏怎這般輕易就同意了，難道這其中有什麼緣故？

楊氏瞧出林依驚訝，待得出了門，悄聲道：「我那位繼母，與妳爹有些過節。」

林依了然，大概是楊氏繼母難相處，不免有些緊張。楊氏安慰她道：「妳為人硬氣，我繼母一定喜歡，莫要擔心。」

喜歡硬氣的人？這倒與楊氏的性子有幾分相像，或者說，是楊氏學了她繼母？林依心中隨意猜測，又問了些事體，得知楊氏繼母姓牛，人稱牛夫人，年紀與楊氏相仿，目前最恨的人是張棟，最恨的事是兒子楊升逛伎館。

林依想了又想，還是忍不住好奇，小心翼翼問道：「娘，外祖母為何會恨上爹？」

楊氏支支吾吾不肯講，林依猜想大概是什麼見不得人的事，便不再提。平日出門，都有林依出錢雇轎子，如今她要裝窮，兩人便只能全仗一雙腳，林依在鄉間，再苦再累的活兒都做過，走幾步路，不在話下，但楊氏從未受過這份累，路還未走到一半，就已走不動了，全仗流霞扶著。

林依瞧在眼裡，很過意不去，又念及楊氏待她不錯，便欲掏錢雇轎子，不料一摸荷包，發現這兩日裝窮裝慣了，竟忘了帶錢，回頭問青苗，也是沒帶，於是只好扶楊氏到路邊歇了會子，又繼續趕路。

她們到得牛夫人家時，楊氏已是大汗淋漓，勉強與牛夫人行過禮，介紹完林依，就再也沒有力氣。

流霞趕忙扶她到椅子上坐了，接過小丫頭端上的茶，餵她喝了幾口。

林依一面與楊氏撫胸順氣，一面偷眼打量牛夫人，只見她頭梳高髻，前插六對金釵，後插大象牙梳，上著小袖對襟旋襖，下繫長裙，那料子印染花紋繁複，一瞧便知是好的，但林依從未見過，叫不上名字來。她瞧過牛夫人裝扮，再看自己與楊氏，立時覺得低了一檔，顯見得是才從鄉下來的。

林依打量牛夫人，牛夫人也在打量她們，看了一時，問楊氏道：「妳們不是住在朱雀門嗎，離我這裡又不遠，怎累得氣喘吁吁？」

楊氏答道：「咱們走來的。」

牛夫人驚訝道：「怎麼不坐轎子？」

楊氏回道：「我們才回京，官人還未領到差遣，手頭有些緊，因此沒雇轎子。」

牛夫人面現輕視之色，將楊氏身上的衣裳指了指，又問：「這還是妳離京前我送妳的衣裳吧？」

楊氏點了點頭，沒作聲。

牛夫人命丫頭端上楊氏送的禮，翻揀兩下，嗤道：「妳何時見我用過這些粗劣玩意？」

楊氏面紅耳赤，忍不住要回嘴，牛夫人卻起身朝簾子後面走，揮著手帕子道：「趕緊家去吧，等妳家張棟有了出息，再來看我，不然我嫌丟人。」

楊氏與林依，椅子還沒坐熱，就被趕了出來，站在大門口好不尷尬。林依正想著，要不要雇個轎子，待得到家再付錢，就見那日見過的楊升從牆邊繞了出來。楊升走到她們跟前，將一樣物事塞進楊氏手裡，道：「娘只是氣姊夫，並不是針對姊姊，妳別往心裡去。」

楊氏低頭一看，原來是一支金簪，連忙遞回去，道：「你又偷她的首飾，小心挨板子。」

楊升滿不在乎道：「怕什麼，娘的首飾多得很，少上一兩樣，她根本發覺不了。」

楊氏還是不肯接，擺手叫他回去，拉了林依就走。楊升只好將金簪收起，另掏出一把銅錢，替她們雇了一頂能坐兩人的轎子，道：「姊姊慢走，改日我再去看妳。」

楊氏感激點頭，攙了林依的手登轎，吩咐轎夫朝朱雀門東壁去。林依坐在轎子上，暗道，原來楊氏繼母這樣厲害，怪不得張棟不一起來，想來不是不與楊氏面子，而是因為怕了牛夫人。

楊氏累得林依跟著一起受氣，過意不去，便與她講些當年的恩怨，作為解釋，原來當初楊氏出嫁時，牛夫人親自挑了幾個丫頭與她作陪嫁，但張棟卻嫌樣貌太醜，成親沒幾日，就趁楊氏不在家，喚了個牙儈來，一舉全賣了。那幾個丫頭本就不甚貼心，因此楊氏對他這舉動並無多話，但牛夫人卻覺得張棟拂了她顏面，一直生氣這許多年。

林依覺得都是些小事，不明白他們為何就此把關係鬧僵，心道，這大概就是親娘與後母的區別吧。

二人到家，張仲微接著，奇道：「妳們怎麼回來這樣早？」

林依與他丟了個眼色，示意他莫要講話，張仲微只好閉了嘴，落後楊氏兩步，悄聲問道：「外祖母沒留妳們吃飯？」

林依將她們才進門就被趕一事講了，道：「你運氣好，不曾跟去，那位外祖母，嫌棄咱們家窮，竟是不拿正眼看我們哩。」

說話間進了屋，張棟正在與楊氏感概：「到底不是妳親娘，見咱們家揭不開鍋，也不說接濟接濟。」

楊氏沒好氣道：「要不是你賣了她送的丫頭，她也不會沒個好聲氣。」

林依眼瞅著二老要吵起來，忙拉著張仲微匆匆行過禮，躲回自己房裡。

張仲微道：「今日陪著爹，不曾去賣酸文。」又問：「妳可曾買包子與娘吃？」

林依道：「別提了，我只記得要裝窮，忘了帶錢，別說包子，連轎子也沒法雇，可把娘給累壞了，還好回來時那位小舅舅替我們叫了頂轎子，不然還要讓娘累一回。」

張仲微自責道：「都怪我忘了提醒妳。」說著向林依討錢，要去給楊氏買包子。林依道：「娘只怕已被牛夫人氣飽了。你先去問問，若是她要吃，再去買。」

張仲微到隔壁一問，果然楊氏已稱頭疼，在裡間躺下了，不過張棟聽說有包子吃，興趣很大，連稱自己愛吃羊肉餡的。張仲微回轉，將情形講與林依聽，林依自黃銅小罐裡摸出兩個銅板，丟與他道：「只有這些，買個酸餡包子與他送去。」

酸餡包子即素餡包子，張仲微猶豫道：「爹只愛吃肉。」

林依馬上將遞出的兩文錢又收了回去，道：「那只能罷了。」

張仲微頓了頓腳，重回隔壁，與張棟道：「爹，我們僅剩兩文錢，只夠買個酸餡包子，你若是要吃，我現在就去買。」

張棟氣得直捶椅子，罵道：「虧你還是個男人，竟當不了媳婦的家。」

張仲微自覺無力養家，已是羞愧，任由他罵，就是不肯答應去翻林依的嫁妝箱子。張棟早上只吃了半碗粥並幾口米湯，罵了沒幾句，就累了，靠在椅子上喘了會兒氣，吩咐道：「去你叔叔家瞧瞧，問一問何時開飯。」

張仲微退出來，到二房那邊去問，卻得知他們早已吃過，連鍋都刷乾淨了。他回來向張棟如實稟報，張棟不相信，道：「這才什麼時辰，就吃過了？」他又遣流霞去探，得來的消息卻是一樣，只好親自起身，欲尋張梁問個明白，不料二房下人卻告訴他道，張梁由張伯臨陪著，上街消食去了。

張棟尋不到張梁，在二房就再無講得上話的人，只好灰溜溜回來，坐在廳裡發脾氣。楊氏本就心情不好，聽見他在廳裡吵鬧，便走出來責備，兩口子吵起架來。

張仲微忙奔回自己房裡叫林依：「娘子，爹娘吵嘴，妳快去勸勸。」

林依道：「一邊是爹，一邊是娘，你叫我幫著哪個？」

張仲微心想也是，便不再出去，只走到門口留意動靜。

方氏自屋間夾道穿過來，見張仲微站在門口，忙把他朝屋裡推，將一只食盒放到桌上，道：「我擔心你現任爹娘瞧見，特意沒從他們門口過，繞了個圈子過來的。」

她打開食盒，側耳聽了一時，道：「他們在吵架？那正好，你趕緊吃，免得他們闖來瞧見。」

食盒是雙層，上面一碟旋炙豬皮肉、一碟醋溜白菘，下面一碟煎夾子並一大碗粳米飯。方氏將飯菜擺好，招呼張仲微來吃，張仲微見只有一碗飯，看了看林依，沒動筷子，向方氏道：「這一大碗飯，我可吃不完，叫青苗再拿副碗筷來，我與娘子分一半。」

林依只要不負擔全家人的開銷，多的是錢去吃香喝辣，因此忙道：「我不餓，官人自己吃吧。」

方氏坐在一旁，絲毫沒有叫林依另拿一副碗筷來的意思，張仲微只好獨自把飯吃完。方氏將碗盤收拾進食盒，自屋旁過道回去了。

張仲微愧疚道：「娘子，妳還餓著……」

在鄉下時，方氏得林依的好處不少，豬圈鵝群都分得過股份，如今卻連一碗飯也不肯與林依吃，難免令林依生氣，恨恨道：「我自有錢，不稀罕。」

她走到後窗前，招手叫青苗進來，抓了一大把錢與她，吩咐道：「去隔壁街的酒樓端幾樣好菜來，記得討個食盒，別讓鄰居瞧見。」

青苗自然明白這鄰居所指何人，袖著錢，到酒樓點了兩葷一素三道菜，討了個食盒裝著，繞了一截路，從巷子另一頭回家。林依打開食盒，一盤盤兔、一碗群仙羹、一盤東風菜，還有一大碗米色潤澤的撈乾飯。青苗稱，據酒樓小二介紹，此乃廣東運來的齊眉稻米，很是精貴，外面一般是買不到的。

林依命青苗取來兩副碗筷，也不分什麼主僕，一同坐下吃起來。青苗吃了兩口，發現張仲微不在，問道：「二少爺呢？」

林依道：「出門賣酸文去了。」

青苗笑道：「二少夫人裝窮，還是有成效，不然二少爺哪曉得要賺錢養家。」

林依含笑點頭，心道，男人天生需要調教，如今這成績，還算不錯。

兩人吃完飯，林依收拾碗筷，青苗去歸還食具。他們這裡飽了，張棟卻還餓著肚子，飢腸轆轆，著實難熬，好容易挨到晚飯時分，遣流霞去二房一打聽，得知他們又提前開飯了，氣得他在屋內轉了好幾個圈，最終還是抵不過飢餓，走進裡間與楊氏商量道：「夫人，咱們把暫時穿不著的衣裳當兩件，買菜米來做晚飯，可使得？」

楊氏沒想到張棟也有操心家事的一天，十分驚喜，便依他所言，將熱天穿的紗衫翻了一件出來，又把張棟的葛袍尋了一件，叫流霞拿去質鋪當。那兩件衣裳雖然舊了，但料子是好的，流霞去走了一趟，換回足陌一貫錢，整一千文，她將沉甸甸的錢袋子擱到桌上，再把當票遞與楊氏，喜孜孜道：「沒想到兩件衣裳當回這許多錢，能撐好幾天了。」

楊氏卻道：「那兩件衣裳買來時都是花了好幾貫，卻一共只當了一千文，少了。」

流霞邀功不成，黯然退至一旁。張棟餓極，連聲催她去買菜下廚，楊氏開了布袋子，抽出串錢的繩子，仔細數出五十文，想了想，又收回十文，交與流霞道：「去菜市買幾樣最便宜的菜蔬。」

張棟不滿道：「我餓了一整天了，該割一刀肉。」

楊氏道：「尋常做工的人家，每天也要吃掉一百文，這一貫錢能頂幾天？若不省著些花，接下來就該當你的見客衣裳了。」

張棟這兩日連番落敗，消磨許多鬥志，加上又餓著，有氣無力，只得依了楊氏，晚上吃素。

流霞趕到菜市，把白菘蘿蔔等物秤了幾斤，待得拎回家，又去尋青苗，叫她幫著一起做飯。青苗人在林依房裡，自後窗探出頭去，好奇問道：「誰買的菜？」

流霞答道：「大夫人當了兩件衣裳換得的錢。」

林依在房內聽見，很有幾分欣慰，這菜錢雖然不是張棟掙來的，但他總算不再只指望別人，當屬一大進步。

青苗得了林依允許，走去灶前，同流霞一起做晚飯。

張仲微賣完酸文回來，見到這情形，驚訝道：「娘子，妳買的菜？」

林依搖頭，笑道：「爹娘買的，咱們晚上有飯吃。」

兩人都十分高興，相視而笑。過了會子，晚飯時，一家子終於團坐一起，吃了頓安穩飯。楊氏想到再不用瞧方氏臉色，面兒上一直有笑意，不住地勸林依多吃些。唯有張棟，沒吃到肉，不大高興，不過他餓得狠了，再不愛吃素，也扒了三大碗飯，直到開始打飽嗝，才擱了筷子。

飯畢，張仲微陪張棟出門消食，楊氏與林依坐著吃茶，道：「媳婦，我這裡有了些錢，後面幾日咱們都在家裡吃。」

林依應了，建議道：「娘叫流霞黃昏時去買菜，便宜不少。」

楊氏忙讓流霞記下，又與她商量過明日的菜色，這才叫她回去。

有了那一貫錢，暫時不愁生計，林依保住了嫁妝錢，心情極佳，又有張仲微賣酸文，青苗賣蘿蔔，每日總有兩、三百文的進帳，讓她感到前景一片光明。

一晃小半個月過去，她日子越過越如意，張棟卻迎來了煩心事——雅州信至，李簡夫在信中稱，只要張仲微上奏摺，洪員外就撤訴，反言之，即張仲微不上奏摺，這官司就要打到底。

事關張仲微，但官司卻是張棟惹出來的，連楊氏都開始抱怨他當初多管閒事。張仲微認為，反正上頭有張棟頂著，他也做不了主，乾脆不聞不問，任由張棟一人去操心。張棟只好獨自出馬，成日穿梭於昔日同僚家中，那些官場的大人們見他求助，個個都稱願意幫忙，但就是不見厚禮不落實。張棟沒錢，只能無功折返，愁得兩鬢泛白。

這日，林依在燈下縫補一件衣裳，見張仲微撐著下巴，默默坐在窗前，遂問道：「仲微，想什麼呢？」

張仲微眼中流露出羨慕神色，道：「哥哥已得了祥符縣縣丞的職務，過不了幾日，就要動身去任上了。」

林依好奇問道：「主簿是幾品？」

張仲微答道：「祥符乃是京畿縣，京畿縣丞是從八品。」

縣丞在一縣之中，地位僅次於知縣，手中握有實權，更何況是離開封府距離如此之近的祥符縣。張伯臨在李簡夫護佑下，想來是前途無量了，難怪張仲微羨慕。林依只能安慰他道：「爹為官多年，應是有辦法的，實在不行，叫他吃官司，你自去什麼審官東院領差遣，若是需要打點，只管與我講。」

張仲微苦笑道：「咱們是一家人，怎能如此行事。」

他雖是反駁，卻無責備之意，林依猜想，也許張仲微對於過繼一事，是有些後悔的吧。

一晃又是好幾日過去，張棟還是沒想出辦法來，眼見得張伯臨就要赴任，他父子二人卻還沒著落，那頭髮就愁白了一半。

張伯臨不日就要去祥符縣，趁著有時間，來邀張仲微吃酒，張仲微請示過林依，隨他一同去了。兄弟倆就近尋了個酒樓坐下，叫了一壺酒，幾碟小菜吃著，張仲微先敬張伯臨道：「恭喜哥哥謀了個好差事。」

張伯臨在兄弟面前不隱瞞，一仰脖吞下杯中酒，道：「哪裡是我謀的，乃是因為岳丈大人顧及你大嫂懷著身孕，不便遠行，這才與我尋了個離東京最近的缺。」

張仲微道：「既是為了方便照顧大嫂，何不就留在京裡？翰林院編修的差事，你不是能去的嗎？」

張伯臨不屑道：「有名無實的職位，哪比得了京畿縣縣丞。」

張仲微點頭稱是，與他又碰了幾杯。

張伯臨問道：「仲微，聽說我岳丈與伯父兩人槓上了？」

張仲微嘆氣道：「我爹死活不肯讓我上奏摺，有官司在身，差遣一事只能拖著，我這不知哪日才能上任呢。」

張伯臨不大關心張棟，卻憂心兄弟前程，猛吃了幾杯酒，拍著張仲微的肩膀道：「你放心，此事包在哥哥身上。」

張棟都棘手的事，張伯臨能有什麼法子？李簡夫雖是他岳丈，可又不會聽他的話。張仲微只道他是安慰自己，隨口應了一句，並未放在心上。

張伯臨卻不是說說而已，酒後分別回家，馬上提筆，與李簡夫寫信，信中只講了一件事，稱他要休掉李舒，至於理由，是一片空白，留待李簡夫自己去想。他寫完信，封好封筒，命一家丁雇一匹快馬，以最快的速度送去雅州。

李舒從未見過張伯臨主動與她爹寫信，玩笑道：「你這個女婿也真夠務實，差事定了，才肯賞臉與我爹寄信。」

她開玩笑，張伯臨也開玩笑：「是，我嫌這差事不夠好，請岳丈與我換一個，若是不肯，就把妳休了。」

李舒自然聽出這是假話，輕輕捶了他一拳，笑罵：「你敢。」

她沒把張伯臨的話往心裡去，不料過了十數日，季夫人的加急信至，問她與張伯臨鬧了什麼矛盾，竟讓他起了休妻之心。李舒大吃一驚，忙去問張伯臨，張伯臨卻道：「男人間的事，與妳不相干。」

李舒心下奇怪，抖著季夫人的通道：「那我娘的信，該如何回？」

張伯臨想了想，還是將事情全盤托出，誠懇道：「我兄弟倆承蒙岳丈關照，但人各有志，又何必強求。」

李舒理解他們的兄弟情，卻又十分委屈，落淚道：「若我爹不答應，你就真要把我休了？」

李舒懷著孩子，張伯臨不願叫她傷神，好生撫慰道：「妳又孝順又賢慧，還為我們張家懷著子嗣，我哪裡捨得休了妳。實在是為兄弟憂心，才出此下策。」

這話暖人心，李舒止了淚，勾起嘴角，道：「你們倒是兄弟情深。」

張伯臨摟了她道：「仲微若過得不好，我這做大哥的怎能安心赴任。妳是大嫂，也當為他想想。」

若張伯臨逼著李舒，她或許會賭氣，甩手不理，但如此曉之以情動之以理，她無法拒絕，當即鋪紙提筆，與季夫人寫信，央她勸一勸李簡夫，放過張仲微。

張伯臨在旁指點，教她將休妻一事寫得嚴重些，好讓季夫人著急。李舒嗔怪，張伯臨拱手道：「待得事成，我再向岳母賠禮。」

李舒拗不過他，只得將自身處境編排一番，又朝信紙上滴了幾點茶水，才叫家丁送出去。

季夫人接到信，首先留意的是信紙上的斑斑點點，還以為李舒是一面落淚一面寫的，大急，逼迫著李簡夫趕緊寫回信，道：「舒兒懷著身子，怎能受此折磨，你趕緊把官司撤了。」

李簡夫早已收到張伯臨來信，以為他只是嚇唬人，根本沒打算理會，此時聽季夫人講了李舒信中所述，驚道：「張伯臨好大膽子，他真準備休掉我女兒？」

季夫人曉得李簡夫軟肋所在，不再提李舒所受的苦，只道：「舒兒可是你的嫡長女，若被休回家，你顏面何在？」

李簡夫又氣又急，大罵：「女婿到底不比兒子，怎樣待他都是不親的。我才與他謀了個好差事，他還不曉得滿足。」

季夫人催他寫信，將毛筆塞進他手裡，道：「你們官場上的事我不懂，但女兒是我生的，我不能不管。」

李簡夫的手被季夫人捉著，只好坐下寫信，快馬送了出去。

張棟那邊接到信，展開來看，李簡夫要求張仲微與他各退一步，只要張仲微在朝堂上保持中立，他就讓洪員外撤訴。

張棟如釋重負，將信遞與張仲微瞧了，道：「喜事，咱們去吃一杯。」

張仲微滿心都是對張伯臨的感激，便道：「明兒再陪爹吃酒，我先去向哥哥道謝。」

張棟不悅道：「他都上任去了，你去哪裡道謝？」

張仲微道：「祥符縣離東京近，我走著去也花不了半個時辰。」

張棟覺得張仲微把張伯臨擺在了他前頭，很不高興，沉著個臉，就是不點頭。楊氏毫不客氣道：「大郎是看在二郎的面子上幫了你一把，照理你也該去向大郎當面道謝，如今二郎要代行，你不感激也就罷了，怎麼還攔著？」

張棟張口結舌，反駁不出，張仲微見他尷尬，忙道：「爹是長輩，哪有長輩向晚輩道謝的理，我去便得。」

張棟不好再攔，只好放他去了，又怕自己方才的態度被張伯臨知曉，便裝模作樣道：「二郎，到了那邊，代我與大郎道聲謝。」

張仲微應了，先回到房中，將李簡夫撤官司的好消息告訴林依，林依驚喜道：「大哥好本事，比爹強百倍。」

張仲微道：「我打算去祥符縣向哥哥當面道謝。」

林依道：「這是應該的，你準備何時動身？」

張仲微道：「祥符縣近得很，我即刻出發，晚上就回來了。」

林依點頭，轉身開了錢匣子，取出幾百錢，裝進錢袋子，遞與他道：「既是道謝，當備幾樣禮去，到了那裡，再請大哥吃幾杯。」

張仲微讚她想得周到，把錢接了，轉身便走，林依突然想起一事，忙攔住他道：「這事兒定然不是大哥一人的功勞，李太守看的是大嫂的面子，咱們先去街上備禮，待我謝過大嫂，問她可有話要捎帶，你再去祥符縣不遲。」

張仲微連稱有理，同她一起上街備禮。成匹的布他們買不起，便將小兒成衣買了幾件，又照著張伯臨的喜好，買了幾樣拿得出手的禮，再一齊回家。張仲微留在屋裡候消息，林依去見李舒。

到得李舒房內，李舒起身相迎，林依忙按她坐下，道：「大嫂身子沉重，何須多禮。」

李舒歉然：「因我父親的緣故，耽誤了二郎的差遣，實在過意不去。」

林依笑道：「男人家的事，我不懂，只曉得我們大老爺能脫了官司，是大嫂的功勞。」她將小兒衣裳遞上，道：「我瞧這布料還算軟和，與我侄子買了兩件，大嫂湊合著使吧。」

李舒撫著肚子，笑道：「妳想得周到，他還未出世，就先把小衣裳備好了。」

甄嬸在一旁道：「這些物事自然是事先準備好，二少夫人細心。」

李舒謝過林依，命小丫頭將衣裳收起。林依問道：「仲微馬上要去祥符縣，大嫂可有話要與大哥捎帶？」

李舒笑著搖頭，道：「這樣的近，家丁丫頭一日幾趟地來回跑，早就把話傳盡了。」

林依聞言，便要起身去知會張仲微，李舒卻道：「叫小丫頭去，弟妹陪我坐會子。」

她既開了口，林依自然要陪，重新坐下，一面吃茶，一面問道：「既然祥符縣這樣的近，大嫂坐個轎子就去了，為何不與大哥一同搬去？」

李舒道：「那邊房子還未尋著好的，因此耽誤了，再說就算過去，也是一大家子一起去，同住在這裡有什麼分別？」

錦書與青蓮兩個通房是跟著張伯臨去了的，李舒口中的一大家子，指的應是方氏老兩口。屋裡沒得外人，林依便笑道：「大嫂想單門獨戶，怕是實現不了了。叔叔與嬸娘如今只得大哥一個兒子，若妳去祥符縣，他們必定是要跟去的。」

李舒道：「可不是，我比不得妳命好，照著他們官場的規矩，父子二人不可在同一地做官，妳是註定要小倆口單獨過日子的，好不快活。」

這規矩林依乃是頭一回聽說，不禁又驚又喜，但不敢將情緒太過外露，免得更引李舒不快。

李舒嘆道：「我本想讓妳幫我出出主意，不料妳也說沒法子。」

林依暗道，若真不願與公婆住在一起，當初就不該把張棟與方氏帶進城來，如今才考慮這問題，遲了。她見李舒悶悶不樂，不好講些打擊她的話，便搜尋出一個法子來，道：「大嫂可想過與叔叔、嬸娘尋些事做？」

李舒好奇問道：「他們能做什麼？」

林依一面想，一面道：「叔叔是讀過書的，可與他開個館教書，至於嬸娘，與她在郊區買一塊地，或在城裡開個鋪子，隨她怎麼折騰。」

李舒還在思索，甄嬸先拍手笑道：「三少夫人果然腦子活絡，他們都有了正經事做，自然騰不出時間來煩擾大少夫人。」

李舒想轉過來，亦笑道：「這主意極妙，不但讓他們有事做，說不準多少還能賺幾個回來，不再需要我的嫁妝錢養活。」她一時間心情大好，不顧林依相攔，執意起身謝她，又叫甄嬸取來一匹上好布料，讓林依拿回去做衣裳。

林依推脫不過，只好收下，開玩笑道：「我來與大嫂送謝禮，反賺了一筆。」
李舒笑道：「這叫什麼話，我這也是謝禮。妳若嫌不恭敬，我親自與妳送上門去。」
林依連稱不敢，笑著起身告辭。李舒得了好方法，就開始擔心跟去祥符縣的兩名通房丫頭，急急地催促甄嬸去祥符縣看房子，又吩咐小丫頭們收拾行李。
林依回到家，還沒歇多久，張仲微就回來了，稱張伯臨剛上任，事務繁忙，根本沒空與他吃酒，因此他只將禮物留下，略坐了坐就回來了。
林依道：「橫豎離得近，改日再去也是一樣。如今爹的官司已了，你去與他商量商量差遣一事是正經。」
張仲微連連點頭，喝了幾口水，便朝隔壁去，問張棟道：「爹，咱們明日去審官東院走一趟？」
張棟端著一盞茶，慢慢吃著，道：「照著李太守的意思，是要你不偏不倚。」
張仲微點頭道：「是，我自當遵守，免得爹又惹上官司。」
張棟的臉色，不經意地沉了一沉，道：「既是哪一派都不能投靠，就只有翰林院編修一職合適。」
翰林院編修，只有頭甲前三名的考生有資格擔當，是極有榮耀的職務，但張仲微聽張伯臨講過，此職有名無實，不過是做些記錄書寫的清閒活兒，還不如去縣城當個主簿。
張仲微對張棟此建議很不滿，但不敢表露，便尋了個藉口道：「東京物價貴，翰林院編修的俸祿養不了家。」
張棟不悅道：「你才入仕途，毫無資歷，能做什麼大官？」
張仲微道：「不敢想高位，只盼能謀個主簿。李太守雖要求我保持中立，卻未限定我不能到地方為官。」
張棟見他不聽話，很是窩火，心道，過繼的兒子到底靠不住，還沒做官，就開始不服管教，若他日官位高過於他，豈不更加囂張？他這樣想著，愈發起了壓過張仲微一頭的心思，發狠道：「你不滿我的安排，想必是另攀了高枝，那還管我叫爹做什麼，不如拜到別人門下去。」

張仲微見張棟放了狠話，哪還敢辯駁，連忙道：「兒子不敢，一切聽從爹安排。」

張棟這才緩了神色，道：「翰林院雖清閒，卻是天子近臣，你用心當差，前程指日可待。」

張仲微諾諾不敢言，默默聽了，行禮辭去。回到房內，林依問結果，張仲微答道：「爹的意思是讓我進翰林院，做個翰林編修。」

林依歡喜道：「我聽人講過翰林院，極有身分的地方，爹為你作的好打算。」

張仲微苦笑道：「翰林編修俸祿微薄，根本養不了家，這倒還是其次——我頭一回入京時，就從歐陽翰林那裡聽到過，如今的翰林院亦是分作兩派，紛爭不休，而李太守憑著官司在手，只許我中立，到時我一人孤立，又無後臺，只怕熬得十數年也出不了頭。」

洪員外誣陷官司，李簡夫以勢壓人，這些事情才剛過去，林依對於張仲微入仕，很有顧慮，此刻聽了這話，愈發忐忑，忍不住勸道：「仲微，要不咱們不做官了，回鄉下做個富家翁，平平安安過一輩子。」

張仲微只是不想進翰林院而已，並非不願入仕，他對於官場仍有嚮往，因此輕輕搖了搖頭。

林依嘆道：「既然你想做官，咱們又無後臺，那在哪裡都是一樣，就聽從爹的意思，到翰林院去吧。」

張仲微前後想想，也只能如此，大不了進去後先明哲保身，再另謀出路。他這裡差遣已定，張棟卻還沒著落，楊氏難免著急，催著他去審官東院打聽。張棟前些天已打聽到消息，得知馬知院夫人回了京城，他自己也覺得時候到了，於是就聽了楊氏的話，動身去審官東院，尋到馬知院，問他還有什麼缺。馬知院與張棟是舊識，常一起吃酒的人，寒暄幾句，得知他來意，爽快道：「河州缺個知州，你看如何？」

這差事不錯，但河州卻是個窮地方，張棟就不太滿意，問道：「沒得別處？咱們多年老友，可別蒙我。」

更好的缺自然是有的，但馬知院對張棟的情況一清二楚，曉得他拿不出錢來，便只搖頭。張棟不再多問，另轉了話題，邀他道：「咱們多年未見，且去酒店吃兩杯。」

馬知院以為張棟是要伺機送禮，便笑了，嘴上卻推辭道：「天色不早，我得回家了。」

張棟見四下無人，就朝馬知院跟前湊了兩步，神神祕祕道：「正是天黑才好吃酒。」

馬知院懼內，唬道：「伎館可不敢去。」

張棟再三保證，要帶他去的乃是酒樓，而非伎館，馬知院這才肯了，隨他朝街上去。

張棟帶馬知院去的，的確是酒店，只不過前頭還有個「庵」字，這庵酒店，外面看起來，與尋常酒店並無不同，只有進到二樓閣兒裡去，將門一關，才能發現其妙處，原來屋裡除了酒桌椅凳，屏風後還暗藏一床。

馬知院見了閣內陳設，並未發問，張棟也不多加解釋，只叫小二上酒上菜，又喚了兩名伎女來陪酒。酒過三巡，張棟尋了個藉口離開，只把兩名伎女留在房內。

他在外候了半個多時辰，才見馬知院一臉心滿意足地出來，忙迎上去，扯謊道：「馬知院，方才有你家家丁出來尋你，問到我這裡來了。」

馬知院大吃一驚，冷汗暗流，心道家中夫人疑心太重，這才出來個把時辰，就尋人來了。他急急忙忙問張棟道：「你怎般作答的？」

張棟凜然道：「我才去過東院，看見馬知院公務繁忙，抽不開身。」

馬知院大呼好險，趕忙朝外走，道：「我得趕在家丁前頭回家去，不然可不好說道。」說完又再三叮囑張棟，莫要走漏了消息。

張棟連聲保證，搶先幾步出去，替他把轎子雇好，送他上轎家去。過了幾日，張棟再去尋馬知院時，雖然還是沒備禮，但仍獲了個好差遣，到衢州知州一職。

楊氏十分驚訝，問道：「你只不過當了一件衣裳就得了個好職位，如何辦到的？」張棟得意洋洋，卻不肯與她講實情，只道馬知院與他關係好，這才優待於他。楊氏當了真，佩服他好本事，將家中僅剩的幾百錢拿出來，先請二房一家，後請娘家人，連吃了兩日酒。

此時二房一家已全搬去了祥符縣，方氏與張棟雖有不愉快在前，但到底是至親，接到消息，還是都趕回京來，兩房人熱熱鬧鬧聚了一天。

請楊氏娘家人吃酒這日，牛夫人沒來，不過很給面子，叫楊升帶來一箱子銅錢相賀，解決了他們的路資問題。楊氏頓感關鍵時刻，還是得靠娘家人，張棟亦感激牛夫人雪中送炭，隔日兩口子便帶了張仲微與林依去向牛夫人道謝並辭行。

因張棟重新做了官，牛夫人客氣不少，不但上了茶，還留他們吃飯。席間，楊氏指了張仲微夫妻，向牛夫人道：「娘，妳外孫與外孫媳要留在京城，他們才來不久，萬事不懂，還要勞煩妳照拂一二。」

吃茶時，牛夫人已得知張仲微也做了官，因此臉上笑意盈盈，滿口答應，又與楊升道：「都是至親的人，須得多走動，不然生分了。」

楊升提議道：「姊夫與姊姊馬上要去衢州，何不叫外甥一家搬到咱們家來住？」

牛夫人連連點頭，與林依道：「你們總共才主僕三人，租個房子好不合算，住到我們家來，方便不說，還能省些賃錢。」

林依見識過牛夫人厲害的一面，豈敢輕易答應，忙道：「租金已付，此時搬出，只怕更不合算。」

牛夫人道：「那有何難，轉租出去便得。」

牛夫人盛情難以拂卻，楊氏又不表態，林依只好講了個活話，道：「爹娘走後，要空出來一間，待得那間房子租出去再說吧。」

牛夫人見她委婉拒絕，也只得罷了，又道：「我是妳外祖母，別跟我客氣，若是缺什麼，儘管來拿。」

林依忙應了，舉杯敬她，謝她好意。

因牛夫人今日和藹，一桌人相談甚歡，張棟幾人盡興而歸。回到家，張棟感嘆道：「岳母好幾年不曾正眼看我，今日謀了好職位，終於肯留我們吃飯。」

楊氏清點著楊升送來的銅錢，道：「繼母送的錢不少，咱們哪裡花得完，與兩個孩子留下一半吧。」

張棟無錢時斤斤計較，如今得了肥缺，倒不在乎了，大方道：「妳自作主吧。」

楊氏將錢送到林依房中，叮囑她道：「錢不多，省著些花，若是不夠了，寫信告訴我，我與妳送些回來。」

林依心下感激，把錢推了回去，道：「仲微也有俸祿，不能孝敬你們已是過意不去，哪還好意思要你們的錢。」

楊氏執意要給，道：「東京物價貴，妳還是留著，再說妳替我們還債的錢，說好要還妳的，這些還不夠，待得妳爹領了俸祿，再補上。」

林依只得收下，再三謝過楊氏。

張棟好不容易得了好差事，急著要赴任，盡最快的速度辦好一應手續，別過親朋好友，帶著楊氏與流霞，啟程朝衢州去了。

張仲微與林依將他們送至城外驛站，方才回轉。林依感嘆道：「不久前還是熱熱鬧鬧一大家子人，轉眼只剩了我們兩個。」

張仲微道：「為官便是這樣，總湊不到一處。」說完又打趣她道：「妳再不必在婆母面前立規矩，我還以為妳很高興呢。」

林依拍了他一下兒，笑道：「我有這樣的好婆母，八輩子修來的福氣，才不怕立規矩。」

二人說說笑笑，並肩回家。青苗正在收拾空出來的那套房，門口掛了一塊牌子，上頭有歪歪斜斜幾個大字：有房出租。張仲微一看就樂了，笑話青苗道：「妳這幾個字，也就我和二少夫人認得，換作別個，以為是鬼畫符。」

青苗臊紅了臉，將牌子一把扯下，躲進屋去了。林依嗔怪張仲微道：「大戶人家的小娘子，會寫字的有幾個，她一個丫頭，能寫成這樣，算不錯了。」

張仲微叫了聲「糟糕」，道：「我把青苗得罪了，中午吃飯，她不會朝我碗裡多撒一把鹽吧？」

青苗自窗口探出頭來，啐道：「我才沒那樣小氣。」

張仲微大笑，回房磨墨，親自寫了一張招租廣告，貼到隔壁門口。當天晚上，就有人來問價錢，卻是鄰居家的丫頭春妮。春妮進門，與林依行過禮，道：「林夫人，我們夫人想租妳隔壁那間屋，不知妳要價多少？」

林依道：「上等房是每間八貫錢租來的，妳想必也曉得價錢，那套房共有兩間，我們的租期，還剩大半個月。」

春妮道：「我這就回去稟報，若是我們夫人同意，就明早過來看房，再商討價錢。」

林依點頭，叫青苗送她出去。第二日大早，林夫人來了，到空房裡外看過一遍，爽快道：「把牌子摘下吧，我付妳整月的房錢。」

林依當初向林夫人借個碓臼，她都捨不得，今日怎變得大方起來？林依心下奇怪，便問她是自住，還是替別人租的。林夫人指了春妮道：「妳家丫頭單獨有間屋，我家丫頭見了眼紅，因此也租一間與她住。」

林依聞言更加奇怪，林夫人竟肯租一套上等房與丫頭住，真是匪夷所思，不過既是有人送錢，何樂而不為。她回房問過張仲微的意思，出來與林夫人道：「妳若租了這套房，中間隔了我們一家，好不方便，不如將我們現住的這間騰出來租給妳。」

林夫人卻擺手道：「不必麻煩，就是這間，很好。」

她執意如此，林依便不強求，請她進屋，簽訂契約，交付房錢。她等十六貫錢拿到手，還有些不敢置信，進裡間與張仲微道：「實在沒想到，這位林夫人如此乾脆，還白送我們幾天的房錢。」

張仲微正準備去翰林院，隨口答道：「許是他們家有錢。」

林依還想與他講講碓臼的事，但見他已出門，只得住了，走到後頭吩咐青苗道：「二少爺今日上任，炒兩個好菜來。」

楊氏臨走前把了錢，方才又收回十六貫的房租，再加上林依的嫁妝，連青苗都曉得他們如今不愁生計，提著菜籃到菜市割了半斤羊肉，回來做了一鍋油汪汪紅通通的麻辣火鍋。

中午，張仲微很早就回來了，見到一桌子好菜，難免擔心花費太過。

林依與他夾了一塊肉，道：「你只管做官，家裡開銷有我呢。」

張仲微仍舊不放心，道：「咱們三人，哪怕天天吃素喝粥，一個月下來也得花去三貫錢，再加上房錢，一共要二十多貫，著實不少，還是省著些好。」

林依寬慰他道：「咱們現在只有三人需要養活，擔心什麼？別忘了眉州還有我的幾十畝地，每年能賺不少錢呢。」

青苗在旁插話道：「我如今除了賣薑辣蘿蔔，還添了醬甘露子，每天能賣百來文，雖不夠吃肉，買菜蔬盡夠了。」

張仲微有些慚愧，誇讚道：「妳們都是能幹人，只有我是吃閒飯的。」

林依笑道：「你如今拿兩份俸祿，可算不得吃閒飯的。」說著又推他：「閒話少說，快與我們講講今日見聞。」

張仲微苦笑道：「歐陽翰林講的不錯，翰林院果然分作兩派，我夾在中間無人理睬，抄了一上午的書，就回來了。」

林依奇道：「難道歐陽翰林也不理你？」

張仲微道：「歐陽翰林已出任開封府尹，再說他與李太守……」

林依記起，歐陽翰林乃李太守好友，之間必然有千絲萬縷的聯繫，於是另轉了話題，安慰張仲微道：「不求你富貴，但求平安，別去蹚渾水。」

張仲微點頭，仍有些無精打采，林依笑道：「你如今能養家，就是能耐，為何不高興？」

張仲微想到自己再不是吃閒飯的，這才稍稍開懷，朝林依一笑，舉筷吃飯。

飯畢，張仲微歇了會子，仍去翰林院。青苗收拾起碗筷，準備拿去後面清洗，但才出門，就又退了回來，驚訝道：「二少夫人，我瞧見隔壁林夫人領著個男人進了她才租的房。」

林依不以為然道：「興許是賈老爺，有什麼好奇怪。」

青苗不曾見過賈老爺，便信了林依的話，笑道：「瞧我這一驚一乍。」她端了碗盤重新出門，又朝隔壁瞧了一眼，見門窗都關得緊緊的，暗自奇怪，大白天的，賈老爺與林夫人藏到丫頭房裡做什麼。她洗過碗，將疑惑講與林依聽，林依嗔怪道：「雖是鄰居，又不大熟，管別個做什麼。」

青苗得了教訓，吐了吐舌，不敢再提。

林依翻開帳本，仔細計算她的嫁妝錢，尚有銅錢一千餘貫，加上嫁進張家時瞞報的那些，一共將近三千貫。錢雖不算太少，但經不起坐吃山空，她又開始盤算起賺錢的門道。

青苗嘆道：「要是眉州的錢能運進京來就好了。」

林依道：「方才我是安二少爺的心罷了，那些賣糧的鐵錢折算成銅錢，才幾千文，能頂什麼用，還不如讓三少夫人幫忙，繼續買田。」

青苗聞言，也犯起愁來，眉頭皺起老高，林依覺著好笑，道：「咱們家又不是揭不開鍋，只不過想求個生財之道罷了，妳這般模樣做什麼？」

青苗道：「在鄉下時，處處能生錢，到了城裡，花錢快，賺錢難。」

林依笑道：「說難也不難，妳看對面的賣酒婆婆，一個小酒肆養活一家人呢。」

青苗得了提示，歡喜起來，拍著手道：「二少夫人，咱們又不是沒本錢，也盤一個鋪子，開門做生意呀。」

林依點頭道：「身在城中，要想賺錢，也只有做買賣了。明日咱們上街逛逛，瞧瞧行情。」

青苗興致頗高，嘰嘰喳喳出主意，琢磨著從哪裡逛起才好。

主僕二人正議論，外面響起敲門聲，青苗走去開門，原來是林夫人，雙頰紅豔似桃花，站在門口問道：「你們家可有碓臼，借我一用。」

林依在裡間聽見，好不驚訝，轉念一想，興許是她家的碓臼壞了，於是走出去吩咐青苗，命她去後面將碓臼搬來。

林夫人等待碓臼的時間裡，不住地打量林依，林依被看到不好意思，只好尋了個話題，問道：「我打算做點小生意，卻不知東京城什麼賺錢。林夫人來得比我早，可有什麼好主意？」

林夫人道：「那可巧了，我也正想尋些事情來做，不如咱們合夥？」

兩家雖是鄰居，可都是租的房子，做不得準，這般輕易就開口相邀，不怕林依是個騙子？林依覺得林夫人舉動很是奇怪，但還是道：「合夥容易，尋個賺錢的門路難。」

林夫人道：「這有什麼難的，若是本錢少，就雇人去夜市賣點心；若是本錢多，就盤個房子開酒店。」

林依見她說得這樣容易，奇道：「會做點心的人，自己做了上夜市賣即可，怎會甘願受雇於我？開酒店更不是件容易的事，別的不說，咱們在東京人生地不熟，尋個好廚子就不易。」

林夫人笑道：「看來林夫人果真是頭一回來東京，對這裡的行情不甚瞭解。東京城裡，有一門好手藝卻又買不起材料的人多著呢，妳也不必遠去，就到咱們後面的下等房轉一圈，就能尋出好幾個來。」

青苗取了碓臼來，聽見這話，插嘴道：「夜市裡都是小本生意，本來就賺的不多，若雇個人來做，賺頭就更少了，沒得意思。」

林夫人驚奇道：「妳倒是個懂行的。」

青苗得意道：「那是，我每日都到夜市賣薑辣蘿蔔和醬甘露子呢。」

林夫人道：「那咱們各出一半本錢，開個酒店，又賺錢，又省力。」

林依不想與這位林夫人合夥做生意，但能套些話，瞭解下東京行情還是好的，於是問道：「林夫人能尋著好廚子？」

林夫人笑道：「尋廚子做什麼，東京許多酒店，東家並不出面經營生意，只是提供場所而已。妳把開店的消息一放出去，就自有無數的酒保、茶博士和經紀人上門來洽談生意，要求到妳酒店裡來兜售他們自己的酒水、點心和小菜。」

林依對此經營模式十分好奇，問道：「那我相當於是個二房東，靠著向酒保等人收取場地費為生？」

林夫人笑道：「林夫人一點就通，有做買賣的天分。」又道：「我還有些生意經，等妳與我合夥，我再告訴妳。」

這位林夫人前面講得頭頭是道，有理有據，因此林依雖不願與之合夥，卻想聽聽她後面的話，就捨不得斷然拒絕，而是問道：「林夫人好爽快，不用同賈老爺商量？」

林夫人道：「我家老爺是個行商，常年天南地北地跑，難得在家。」

林依與青苗對視一眼，心裡都在想，既然賈老爺不在家，那方才隨林夫人去隔壁房裡的男人是誰？

林依道：「林夫人一人在家，想來很辛苦。」

林夫人彷彿就在等這一句話，迅速接道：「幸虧我有個娘家兄弟在東京，時不時地來看我，剛才還與我擔了兩桶水來。」

林依雖還有疑惑，但人家都這樣講了，也就只能點點頭，表示相信。林夫人起身，接過碓臼，又問林依道：「合夥開酒店的事……」

林依講了個活話，道：「我還要與官人商量，改日再與林夫人傳消息。」

林夫人轉身朝外走，道：「那我等林夫人的話。」

青苗與她打開門，送她出去，待得她一走，就將門關上，回身與林依道：「娘家兄弟，誰信哪。」

林依看了她一眼，沒作聲。青苗以為是鼓勵，繼續道：「既是娘家兄弟，有什麼不好見人的，大大方方在廳裡接待便是，有必要躲到丫頭房裡，關上門窗……」

林依喝止道：「青苗，妳還是待嫁丫頭，嘴上留些分寸。」

青苗忙住了嘴，道：「我是怕二少夫人上那林夫人的當，她送房錢與妳，又拉妳合夥做生意，必是有所圖謀。」

林依已將事情猜了個七七八八，輕笑道：「我能有什麼讓她覬覦的，不過是想與我們綁在一起，圖個封口罷了。」

青苗急道：「我看那林夫人不是正經人，咱們趕緊搬家吧？」

青苗意指暗娼，但林依覺得不像，他們在這裡已住了個把月，林夫人家來往的男人，也就今日這位「娘家兄弟」而已，因此林夫人多半是不守婦道，而非娼妓。

青苗覺得林依所講有理，道：「既然還算是正經人家的娘子，那就算了，咱們只當不曉得，留與她家老爺去管吧。」

林依點頭道：「極是，這裡與鄉下不同，咱們都是租房子住，今天還在這裡，明日說不定就搬走了，因此少惹是非為好。」

青苗遺憾道：「可惜了，不答應與她合夥，套不出生意經。」

林依笑道：「還是該謝謝林夫人，聽她講了那一通，我茅塞頓開，原來在東京開個酒店，並不像我想像的那樣難。」

青苗問道：「二少夫人想開酒店，這主意不錯，不過酒店有大有小，分好幾種呢，咱們開哪一種才好？」

林依道：「我沒去過酒店，哪裡曉得，還是尋機會上街瞧瞧再說。」

青苗覺著這話有理，興致高漲，道：「事不宜遲，咱們這就去？」

林依笑道：「妳也太性急，咱們兩名女子獨自去酒店坐著，好不尷尬，且等二少爺回來後再行事。」

青苗哪裡等得了，想獨自先去街上瞧瞧，又不放心留林依一人在家，好不容易熬到張仲微回來，連忙迎上去道：「二少爺，咱們去街上瞧酒店。」

張仲微聽得沒頭沒腦，忙看向林依。林依開錢匣子取了錢，道：「晚上咱們不開伙，上街吃去。」

張仲微問道：「去夜市？」

林依問他道：「你可曉得有一種酒店，東家只是房東，並不出面經營，只把店租與別人做買賣？」

張仲微一時還沒聽明白，笑道：「絕少有人為了開酒店，還特特去蓋個房子吧，大多不都是租屋來開？」又問：「妳想開酒店？咱們可沒經驗。想出租酒樓？咱們沒房子。」

林依捶了他兩下，道：「你當差才一天，口齒就變伶俐了，再去得幾日，只怕要油腔滑調起來。」

張仲微笑道：「我只是講實話，不過有些腳店，小本經營，店家只專賣酒，其他下酒菜都是外入。」

林依滿意道：「這與隔壁林夫人講的差不多，咱們就去這樣的腳店瞧瞧，順便吃晚飯。」

張仲微大笑，指了對門道：「妳若只是想見識這樣的腳店，不必遠走，對面的小酒肆便是。」

林依正經道：「別瞧不起小酒肆，咱們才來東京，萬事不熟，又沒有做過買賣，貿然投太多本錢不是上策，唯有從小本生意做起，積累些經驗再說。」

這想法很務實，張仲微大為贊同，於是待林依戴上蓋頭，一家人朝對面酒肆去。林依每天都見著這家小酒肆，卻從未進來過，今日到店裡一瞧，果然那婆婆只賣酒，櫃檯裡三只酒罈子，兩罈子便宜酒，按碗賣，還有一罈子稍貴的蜜酒，論角賣。北宋量酒的角，大小不同，這家酒肆裡的角很小，約莫是二兩，大概是因為來往的都是窮人，少有人吃得起。

林依夫妻坐了，與青苗也添了條板凳，喚來婆婆，將便宜酒各叫了一碗，蜜酒點了一角，請她溫過後端上來。婆婆見他們三人都點了酒，服侍殷勤，林依藉機問道：「婆婆，這些酒都是妳自家釀的？」

婆婆笑道：「腳店哪能自己釀酒，都是從正店買來的。」正巧門口有輛牛拉的平頂車經過，她指了道：「那便是正店來送酒的。」

林依了然，悄聲向張仲微道：「開這樣的店倒也不難，不過是尋個所在，再進些酒來賣罷了，不消什麼專門的手藝。」

子來？」

張仲微點頭道：「是，雖賺得不多，但也沒什麼風險。」

青苗不善吃酒，喝了一口，皺起眉頭，道：「光吃酒可填不飽肚子，我回去端些薑辣蘿蔔與醬甘露子來？」

林依點頭，叫她去了，又問張仲微道：「若想點下酒小菜，到哪裡去買？」

話音剛落，就有個經紀人，挽著個籃子，笑嘻嘻上前報喜：「正巧這裡有新上市的香糖果子，客官來一份？」

林依問道：「一份幾個錢？」

經紀道：「一份八文。」

林依道：「這可不便宜。」

經濟辯道：「這酒肆裡的經紀，我是最便宜的。」

林依不肯信，揮手叫他去了。

張仲微道：「按酒果子填不飽肚子，不買也罷，我去隔壁小食店端幾碗鵓鴿餶飿兒過來？」

林依點頭，數出錢與他，張仲微便走到隔壁，點了三碗，請店家幫忙端了過來。所謂鵓鴿餶飿兒，與鵓鴿並無關係，只是形容其味美罷了。林依吃了幾口，又有個經紀人上前，兜售自家醃製的鹹菜，稱一份只要五文。恰逢青苗回來，一手端著碟薑辣蘿蔔，一手端著盤醬甘露子，道：「五文還便宜？我這蘿蔔與甘露子，每樣只消三文，若兩樣都買，更便宜一文。」

那經紀不服氣，夾了筷子鹹菜叫青苗嘗，青苗嘗過，也不服氣，把自家的薑辣蘿蔔和醬甘露子，也推過去請他嘗。經紀的鹹菜，醃好後只用清水煮過一道，而青苗的兩樣小菜，是加過油的，味道自然更好，經紀嘗過，自覺技不如人，竟挽著籃子走了。

林依笑話青苗道：「妳才來，就搶了別個生意。」

青苗忿忿不平道：「我到夜市，一份小菜才賣三文錢，他那淡而無味的鹹菜，竟要價五文。」

張仲微道：「他可是要提著籃子，各個腳店到處跑的，比不得妳輕鬆，自然賣得貴些。」

青苗一想，確是如此，這才平復了心情，笑道：「他賺的是辛苦錢，我不眼紅。」

方才青苗與經紀鬥菜，酒肆中的酒客都瞧在眼裡，隨後就陸續有人上來問：「這兩樣小菜賣不賣？」

偶下一回館子，竟有錢送上門，青苗喜出望外，連忙回家，把薑辣蘿蔔和醬甘露子全搬了來，當場兜售。林依與張仲微吃完鵪鶉餶飿兒，青苗還不肯回家，稱好不容易有賺錢的機會，不能放過。林依好笑，同張仲微商量道：「反正家就在對面，留她在這裡賣完再回？」

張仲微點頭同意，交待了青苗幾句，與林依先行回家。沒過一會兒，青苗就回來了，薑辣蘿蔔和醬甘露子卻沒有賣完，林依問道：「怎麼，賣不出去，還是有人搶生意？」

青苗搖頭，道：「怪不得酒肆的經紀將吃食賣得貴，原來酒肆的酒客都是慢慢吃，半日才換一撥，我要在那裡候許久才能賣出兩碟子，還不如在夜市薄利多銷呢。」

張仲微笑道：「不然那些經紀怎會各個腳店到處跑？妳只守在一處，自然賺不了錢。」

青苗聞言更加沮喪，道：「我哪有空去滿城跑，看來這錢是賺不了了。」

林依道：「我倒有個法子。」

青苗驚喜問道：「什麼法子，二少夫人快講。」

林依笑道：「咱們自己開個酒肆，妳把薑辣蘿蔔和醬甘露子放在那裡賣，豈不美哉。」

青苗歡喜道：「那我多做幾樣，湊個攢盤，保準人人都愛吃。」

林依讚許點頭，又道：「小酒肆就開在家門口最好，可惜對面已有一家。」

張仲微道：「熱鬧的地方多的是，改日我有空時，帶妳上街逛逛，選一人多處將酒肆開起來。」

林依擔憂道：「離家太遠總覺得不放心，萬一有潑皮上門搗亂，怎辦？」

張仲微笑道：「好歹我也是個官，開張時請幾位同僚上酒肆來坐坐，還有哪個潑皮敢來？」

林依起身福了一福，玩笑道：「往後還要靠張編修照拂生意。」

青苗一見她兩口子有打情罵俏的苗頭，忙悄悄退了出去。

林依笑罵一聲，問張仲微道：「聽你這口氣，與各位同僚關係有改善？」

張仲微苦笑道：「我與李太守不和的事，才半日功夫就傳遍了，有幾人開始拉攏我，他們熱衷，我卻苦惱。」

林依道：「那你還道要請同僚來照顧生意，若被李太守懷疑你投靠了另一派，怎辦？」

張仲微道：「官場上的那些人，哪怕腰裡別著刀子，面兒上也是一團和氣，兩派雖政見不同，暗地裡爭得你死我活，但表面功夫都足得很，經常聚在一處飲酒作樂呢。」

林依道：「既是這樣，那等我們酒肆開張，你請各位同僚去正店吃頓飯。」

張仲微驚奇道：「娘子，妳不是不許我去正店的，那裡可有伎女。」

林依狠捶了他兩下，道：「你只許吃酒，伎女都召來陪別個。」又問：「難道你們這些男人個個都愛伎女？總有例外的吧？」

張仲微想了想，道：「還真有一位上司，既不納妾也不召妓；還有一位同僚，不納妾，只愛伎女。」

林依驚喜道：「真有這樣的人？還是你上司？這可得跟著學學。」

張仲微不以為然道：「我本來就是這樣，有什麼好學的。」

林依見他自誇起來，笑著朝他腰間戳了一下兒，張仲微順勢捉住她的手，低聲笑道：「這幾日忙碌，咱們好幾天不曾……」

林依推他道：「還沒洗澡。」

張仲微只當沒聽見，嘴上不停，手下不停，迅速抱著她滾到了床上去，一陣快活。

第二日起床，二人吃過早飯，張仲微照常去翰林院當差，林依送他到門口，見青苗蹲在屋前，望著對面發呆，奇道：「妳在這裡做什麼？」

青苗道：「姜辣蘿蔔和醬甘露子端過去就是錢，可惜我沒功夫在那裡候著。」

林依道：「我與妳出個主意，端去叫婆婆幫妳賣，一份五文錢。」

青苗質疑道：「雖是近鄰，她也未必那樣好心。」

林依道：「每賣一份，與她抽取一文錢，妳看她熱心不熱心。」

青苗歡天喜地跳將起來，嚇了林依一跳：「二少夫人好主意，我這就去。都是街坊鄰居，也不怕她賴皮。」她動作極快，話音未落，人已跑到對面去了，林依望著她背影搖頭笑笑，走進屋去。

沒一會兒，鄰居林夫人來敲門，問道：「合夥開酒店一事，林夫人可想好了？」

林依先前還對林夫人口中的開店祕訣很感興趣，但現在她只想踏踏實實從小本生意做起，就對其失去了興趣，於是扯謊道：「我家官人做著官，不肯讓我做生意呢。」

林依本是隨口一說，沒想到林夫人當時就信了，不再糾纏。她不禁驚訝，連市井百姓都相信做官的人不願做生意，難道北宋官員真的都認為做生意是有辱身分的事？她想到這裡，又暗自慶幸，幸虧張仲微沒那些固執的念頭，不然他們家就真的要受窮了。

坐在她對面的林夫人，聽說張仲微是個官，肅然起敬，道：「我有眼不識泰山，竟來邀林夫人做生意，莫怪，莫怪。」

林依忙道：「這有什麼，林夫人多慮。」

林夫人拘束起來，不敢多坐，稱家中有事，起身辭去。過了一時，她家丫頭春妮又來敲門，歸還先前所借的碓臼，並奉上蜀錦一匹，作為謝禮。

這般厚禮，價值超過碓臼，林依哪裡敢收，忙推辭道：「都是鄰居，借個物事還要收謝禮，叫我臉沒處擱。」

春妮開口，講的卻是別的事：「我們老爺與夫人的娘家兄弟素來不和，若林夫人見到我家老爺回來，千萬別在他面前提起我們夫人娘家兄弟來過的事。」

林依至此才真正恍然大悟，原來林夫人不是真想開什麼酒店，只不過是聽林依提起想賺錢，就順著朝下說，藉個由頭送封口費罷了。林依會錯了意，以為林夫人只是想拉攏，拒絕了她的好意，這才令她直截了當送了蜀錦來。

林依想通這關節，倒覺得這匹蜀錦，不好不收了，不然林夫人哪會心安。反正她沒打算管鄰居家的家務事，便將蜀錦接了過來，道：「多謝林夫人，我省得了。」

春妮完成了差事，回去報與林夫人知曉，林夫人心中石頭落地，卻不敢鬆懈，隔三差五都要送些小禮物過來，叫林依很是為難，不收嘛，怕林夫人多心；收嘛，大有同流合污之嫌，於是與張仲微商量，把這處房子轉租出去，另尋個住處。

張仲微聽林依講了緣由，也覺得該搬家，於是寫了塊牌子，掛到門外，但這回他們運氣不太好，過了好幾日，也無人來問津，只好暫時繼續住在這裡，等把這處房子租出去再作搬家的打算。

說來也怪，林夫人見了那牌子，倒不上門打擾了。林依揣測，大概是林夫人以為林依一家要搬走，認為沒必要再封口，這便消停下來。

這日張仲微沐休，得了一日空閒，便帶了林依與青苗上街考察行情，他本來只想選址，但林依執意要多看幾家再作打算，於是三人走走停停，看了一家又一家。

此行很有成績，林依對都城酒店，有了大致瞭解——東京城共有七十二戶正店，既釀酒，也賣酒；

其餘皆謂之「腳店」，只賣酒，不自釀，全靠正店供應；腳店又名分茶酒店，或有規模更小的，曰「拍戶」、曰「打碗頭」，名稱極多。

看過許多家店，林依忍不住感慨，這些店都是為男人開的，一切服務以男人的口味為宗旨，當她坐在店裡，看見周圍酒客摟著伎女，大有坐立不安之感，往往待了沒多大一會兒，就想離去。

看到最後，林依開始有個想法，要開一家只接待女人的酒店，她將這打算講與張仲微聽，道：「我們女人平日裡就沒個去處，想必都憋壞了，我開個酒店，讓她們閒暇時能有地方坐坐、聊聊天，生意應該不錯。」

她本以為這想法在大宋，當屬奇思異想，張仲微必不會輕易同意，不料張仲微卻歡喜點頭，道：「妳開個尋常酒店，不好拋頭露面，還要請人打理，若是只賣酒與女人，就能親自上陣，豈不便宜？」

林依倒還沒想到這個，連連點頭，笑道：「開這樣的店，我與青苗兩個就能應付，咱們先租個小地方，若是生意好，再擴店面，這樣也不怕虧了本錢。」

張仲微望著路邊一家人聲鼎沸的酒店，有些疑慮，道：「妳想想，若是這店裡坐的都是女人，得引來多少人圍觀，女人家又面皮薄，能坐得下去？」

林依也思考起來，道：「店址確是個問題，不能開在大路邊，得隱蔽些才好。」

張仲微道：「不開在熱鬧處，哪有人來？」

青苗在旁聽了這些時，插嘴道：「所謂酒香不怕巷子深，再說，若咱們開了這女人酒店，就是整個東京城的頭一家，又沒人搶生意，還怕沒主顧上門？」

林依搖頭，喃喃道：「不能開在熱鬧處，也不能太偏僻……」

青苗道：「既不熱鬧，也不偏僻，這樣的地方，還真是難找。」

主僕二人，站在路邊苦思冥想，張仲微忙道：「咱們先回家去，既是要做長久生意，急不得。」

主僕三人回到家中，繼續商討開酒店一事。東京城腳店極多，遍佈大街小巷，蓋因各大正店提供酒水，眾多經紀人提供下酒菜，使得開腳店成為極容易的一件事。

雖然店址還沒著落，但林依依舊興致勃勃，道：「這腳店真是說開就能開，怪不得街頭巷尾隨處能見。」

張仲微被她的情緒感染，笑道：「妳這娘子店，不用開在鬧市，盤店的錢還能省下不少。」

青苗走到後窗前，朝外一指，道：「我看這裡就不錯，不如把我住的下等房改成店面。」

張仲微質疑道：「開在這裡，哪裡有人來？」

青苗道：「咱們這條巷子裡，住的娘子也不少，怎會沒人光顧？」

張仲微駁道：「也就前面這排上等房的租戶寬裕些，餘下的那些都是吃了上頓沒下頓，哪有閒錢來吃酒。」

林依也不同意，道：「咱們是想搬離的，還在這裡開個店做什麼。」她雖不贊同青苗的建議，但卻因此話突生靈感，何不尋個大些的房子，前開店，後住家，豈不美哉。

她將這想法講與張仲微聽，張仲微覺得很不錯，道：「正好咱們準備要搬家，就尋個達官貴人聚居的所在，租一間房子住。」

他是為客源考慮，想法不錯，但達官貴人聚居的地方，房屋租金一定很貴，林依不免猶豫。張仲微笑道：「說了妳別不信，歐陽翰林，如今的歐陽府尹，還有我那位上司王翰林，都租住在小巷中，屋子還不如咱們這間呢。」

林依質疑道：「既然都是窮官，咱們將腳店開在那近前，哪有人肯來花錢？」

張仲微道：「他們雖不富裕，倒也算不得窮，只不過是無錢買房而已，誰叫東京房價高得離譜。」

林依緩緩點頭，道：「官宦夫人，想必比商人婦更風雅，閒在家中又無事，時常來吃兩杯也是有的。」

張仲微卻道：「怎會沒事，聽說她們時常需要應酬呢。前幾日還有同僚替她夫人向妳問好，大概是要邀妳聚一聚。」

林依越聽越興奮，道：「你說她們都是租屋住，哪來的地方聚會，不如都到我的腳店來，我與他們便宜些。」

張仲微謹慎，建議道：「娘子，妳還是先算算成本。」

青苗馬上磨墨鋪紙，林依坐到桌前，開始羅列條目：「房租、酒水、桌椅板凳及櫃檯，溫酒的爐子、炭火費、酒器碗盤和人工。」

張仲微道：「我看費用不少，妳還是先去打聽清楚再行事。」

此話有理，林依將這差事，派給了青苗。青苗最怕閒著，聽說有事做，十分高興，將成本表朝袖子裡一塞，立時就去巷口打聽桌椅板凳的價錢去了。

林依給張仲微也派了活計，讓他當差時，向同僚們打聽租房資訊，又叮囑他不可將開店一事講出去，免得有人也窺見商機，捷足先登。

林依如今也是位官宦夫人，不比在鄉下時，事事可以親力親為，張仲微不陪著，她就不好到處跑，因此等她分派完活計，發現自己反倒是最清閒的那個，雖不習慣，卻也無法，只好向青苗學了手藝，在家做薑辣蘿蔔和醬甘露子。

青苗白日裡四處打聽價格，搜羅資訊，晚上則去夜市，賣林依做的那兩樣小菜。放在對面小酒肆代賣的小菜也銷得極好，婆婆每日都要來端上數十碟，為他們增添了些許收入。

過了兩三日，青苗將價格打聽齊全，來報與林依知曉。她自懷裡掏出一張單子，遞與林依，笑道：「多虧二少夫人教會了我寫字，不然這許多條目我可記不住。」

林依展開報價單，先來看酒水，各大正店皆有粗劣黃酒出售，每斤十文至三十文不等。她搖頭道：「既是想接待有頭臉的娘子，怎能以這樣的酒水示人，若是怕投入太大而虧本，哪怕種類少些，也切莫檔次太低。」

青苗點頭，用心記下。

再看桌椅板凳及櫃檯各項，青苗細心，每種樣式還畫了簡圖，桌子是八仙桌，凳子為圓凳或方凳，櫃檯同對面小酒肆的差不多。林依極想做幾張吧椅來，仔細思忖一番，覺得太過特立獨行，恐怕夫人們並不會太喜歡，只得罷了。吧椅做不了，吧台倒是能做個改良的，北宋已有瓷製酒瓶，林依便想在櫃檯後豎一面格子櫃，用來擺放各種好酒。

青苗聽過她的想法，卻質疑道：「二少夫人，做格子櫃不難，但妳擺上一牆的酒瓶，誰分得清哪種是哪種？」

林依道：「貼上酒名即可，這有什麼難的？」

青苗好笑道：「二少夫人，咱們家的幾位夫人都識字不假，可不認得字的夫人也很多呢。」

這倒是個問題，不過並不難解決，林依想了想，道：「酒瓶只管擺精緻的，能引得客人來問就行。她不識字，妳便報給她聽。」

青苗笑道：「我認得字，倒不難，往後咱們招工，只怕招不到能識字的。」

林依道：「這有何難，叫她們記住各個酒瓶的方位即可。」

青苗歡喜道：「還是二少夫人有主意。」

林依看了看價錢，青苗本著節約的原則，挑的都是最便宜的，八仙桌每張一百文，方凳圓凳價錢都是一樣，每個四十文。林依敲著桌子想了想，問道：「這家賣桌椅的，是木匠本人嗎？」

青苗點頭道：「是，不然不會這樣便宜。」

林依又問：「若是訂做，是不是貴些？」
青苗搖頭道：「這個不知，得去問問，二少夫人要做什麼？」
林依提筆，畫給她看，八仙桌改為長方形，使得客人能兩兩對坐，方便聊天；凳子坐久了累人，因此改為椅子，但北宋椅子多為交椅，費工又占地，因此林依只畫了一把樣式簡單的靠背椅。
這圖青苗一看就懂，心想木匠應是會做的，於是將圖紙收起，等聽完林依其他的意見，再出門去問。
林依繼續看報價單，接下來的一項是溫酒的器具。她回想在各酒店打探時看到的情形，道：「我看那些酒店不論大小，都有個嫂嫂專事燙酒，可有什麼講究？」
青苗道：「涼酒可不中吃，時人不論天冷天熱，酒都是要溫過才端上來的。」
林依又問：「妳可會溫酒？」
青苗答道：「不會，但想來應該不難，多試幾回就會了。」
張仲微自翰林院回來，聽見這話，連連搖頭，道：「溫酒可是有講究的，太冷不行，太燙也不行，哪家酒店有個好『焌糟』，吸引多少人。」
「你們管那溫酒的嫂嫂叫『焌糟』？」林依好奇問道。
張仲微點頭稱是。林依心想，整個東京城，各腳店所賣的酒，皆出自七十二家正店，在品種上的確沒什麼競爭之處，要想勝人一籌，只能在溫酒上下功夫，這確是很有道理。
她提筆在溫酒器具一項中，添上「焌糟」二字，接著再看炭爐等物，叮囑青苗：「我看這幾樣炭都便宜，等到買時，各種先少買一些，看哪種好用，再大量購進。」
青苗點頭記下，走上前捂了下一項，不好意思笑道：「酒杯碗筷我只挑了套粗瓷的，待我重新選過，再來與二少夫人瞧。」
林依笑道：「使得，挑套青白瓷的吧，好看又耐用。」

張仲微從旁道：「少買些，等到開張，說不準就有人備了瓷器來賀。」

青苗驚喜叫道：「當官就是好，還有人送禮。」

張仲微道：「我又不是什麼大官，哪有人送禮，不過是同僚間禮尚往來罷了，等到他們家有喜事，還要還回去的。」

青苗滿腹興奮，被他澆熄了，不自主噘起了嘴，林依瞧著好笑，忙把她推了出去，道：「趁著還沒天黑，把桌椅的圖紙拿去與巷口木匠瞧。」

她看著青苗出門去，回身問張仲微：「住處打聽得如何？」

張仲微撓著頭，極為難的樣子。林依以為無果，忙安慰他道：「我這裡成本還沒算出來呢，房子不急的。」

張仲微卻道：「不是沒找著，而是太多，不知選哪一處好。」

原來翰林院眾同僚聽說張仲微要尋住處，紛紛回去幫他打聽，好幾個都稱他們家附近有空房出租，這讓張仲微犯了難，生怕租了某一處，會得罪其他幾人。

林依不解道：「此等小事，也能得罪人？是不是你想得太多？」

張仲微苦笑道：「不是我想太多，而是我剛露出要租某處的意思，另幾人就私下尋我講那人的壞話。」

林依初時認為他那些同僚舉止幼稚，想了想才悟過來，定是他們租出房屋，能拿房東的回扣，因此才這般熱絡，且競爭激烈。想通了這些，她又覺得有些心酸，問張仲微道：「你們翰林院竟清貧如此？」

張仲微道：「家中人口少的，還過得去，人口多的，就難說了。」

林依又問：「若是有錢，還罷了，既然缺錢使用，為何不做些小買賣，若是嫌做生意丟人，暗地裡行事便得。」

張仲微解釋一番，林依明白了，那些官宦人家不願做生意，不是在意旁人的眼光，而是真的認為做生意是件折辱身分的事，骨子裡有了這份清高，自然寧願受窮，也不願靠做買賣賺錢。

林依不能理解他們的想法，忽地想起，所謂觀念差異，乃是相互的，既然她不能理解，那他們是不是也一樣？她擔憂道：「仲微，你那些同僚夫人若見了我開腳店，會不會看不起我？」

不等張仲微回答，她又道：「看不起我也就罷了，我寧願被人看不起，也不願受窮，只擔心她們因此不來照顧生意。」

張仲微安慰她道：「妳雖然做生意，卻不是商籍，怕什麼，再說——」他把胸膛一挺：「妳家官人好歹也是個官哩，誰敢瞧不起妳。」

林依笑罵：「果真當了幾天的差，就油腔滑調起來了。」

說話間青苗已回來，稟報道：「二少爺、二少夫人，事情辦妥了，巷口的木匠答應幫咱們做那套奇形怪狀的桌椅，價錢同先前一樣。」

林依暗自腹誹，不過稍稍改了形狀，作了簡化而已，哪裡就奇形怪狀了。張仲微關心自家未來的生意，拿起報價單看了看，驚訝道：「桌椅板凳好便宜，青苗會辦事。」

青苗謙虛道：「哪裡，木匠一聽說我們家二少爺是個官，問也不問就主動降了價。」

林依微微一笑，這木匠倒也會做生意，懂得廣告效應，估計他馬上就會對外宣稱有「大官」到他那裡買過桌椅，藉以提高銷售量了。

時間已晚，青苗到後面炒了兩個小菜，端上來與他們吃，道：「林夫人的『娘家兄弟』又來了。」

張仲微皺眉道：「竟有如此不知檢點的婦人，真是有傷風化。」

林依拿筷頭點了他一下，道：「趕緊吃，理別人作甚，咱們趕緊搬家即是。」

青苗急著去夜市做買賣，捧著碗在灶台前扒了兩口，提著籃子出門去了。

張仲微與林依吃過飯，正準備洗一洗做運動，忽然聽見廳外有敲門聲，張仲微嘀咕了兩句，走出去開門。

門外站的卻是個陌生男子，年紀不大，一臉鬍子，向張仲微作了個揖，問道：「這位官人，我是你鄰居，姓賈，敢問官人可曉得我家娘子去了何處？」

原來是林夫人的官人賈老爺，這話問的可不太妥當，讓人乍一聽，還以為張仲微與林夫人有姦情似的，因此張仲微不悅道：「你家娘子去了哪裡，我怎會曉得。」

賈老爺醒悟到自己問錯了話，連連道歉，春妮自後面上來，拽住他道：「老爺，夫人去串門子，馬上就回來，你怎地就是不信我？」

賈老爺唬著臉道：「天都黑了，能去哪裡串門子，妳只曉得騙我。」

春妮急道：「真是去串門子了，老爺才回來，車馬勞頓，且先回家歇一歇，待我去喚夫人。」

賈老爺想了想，點頭道：「那我先回去，妳趕緊去叫她。」

春妮鬆了大口氣，忙向張仲微道聲打擾，將賈老爺送至家門口，看著他進去關了門，再一溜煙地朝林依租給林夫人的那間房子跑。張仲微皺著眉搖頭，走進來與林依道：「隔壁賈老爺回來了。」

林依道：「我聽見了，春妮不是把他支了嗎，想來要瞞天過海。」

張仲微道：「那賈老爺既是個商人，哪有不精明的，豈會叫春妮那妮子糊弄過去。」

話音未落，就聽見隔壁傳來女子尖叫聲，男人喝罵聲。張仲微想出去瞧瞧，被林依拉住，兩口子隔牆聽了不多時，發現外面圍了不少人，將門打開一條縫，探頭一看，周圍街坊，至少來了半巷子，圍在隔壁門口看熱鬧，每人臉上表情，還各有不同，男人們都是樂呵呵，女人卻是氣憤不平，有幾個潑辣的，當場就揪了她們家的男人，打罵起來。

林依大感好奇，又瞧得人多，加她一個也不顯突兀，便拉了張仲微，也出去看戲。他們到了外面才發現，原來林夫人同她那「娘家兄弟」已被賈老爺捆住。林夫人上半身衣裳，還未穿好，半個抹胸耷拉著，露出大半胸脯，在燈下白花花地晃人眼，怪不得圍觀的男人們都瞧得津津有味。

張仲微一見，嫌惡地別過臉去，倒省了林依的力氣，她先將張仲微趕回房，再重新出來，見賣酒婆婆也在那裡看熱鬧，便向她打聽道：「這是要報官？」

賣酒婆婆搖頭道：「家務事，報官作甚。再說這林夫人又不是正室，賈老爺多半是想敲那姦夫一竹槓了。」

林依驚訝道：「林夫人不是正室？那怎會以夫人自居？」

賣酒婆婆道：「大婦遠在蘇州，這裡她一人獨大，自然不把規矩當回事。」

林依朝屋裡看了一眼，賈老爺不知從哪裡尋了把笤帚來，正在抽打那姦夫，令他鬼哭狼嚎，她不禁抱怨道：「這要鬧到什麼時候去，吵得人沒法安歇。」

周圍的人都笑道：「那得看姦夫有多爽快，還得看賈老爺胃口有多大。」

林依搖了搖頭，捂住耳朵回房，將剛才打聽來的消息講與張仲微聽，道：「什麼林夫人，原來是個妾。」

雖關了門，還是能聽到隔壁傳來的淒厲慘叫，讓張仲微那份興致全無，他氣惱地踢了踢凳子，道：「明兒咱們就搬家。」

林依附和著道：「搬，搬，明兒一早就搬。」

二人正說著，青苗氣喘吁吁地跑進來，道：「我正在夜市忙活，忽聽人說咱們家出了事，急急忙忙跑回來一看，原來不是我們家，乃是隔壁。」

林依見她跑得滿頭是汗，道：「既是回來了，就別去了，早些歇著吧，明日咱們去看房，準備搬家。」

青苗應了一聲，轉身去了。林依端來水，與張仲微二人洗過，也上床就寢。

半夜時分，二人正睡得迷迷糊糊，忽聽得外面人聲鼎沸，哭喊聲響作一片。張仲微率先披衣坐起，準備出去看看，卻發現屋內有嗆人的煙味。他扭頭一看，窗外火光一片，不禁驚呆了，愣了一愣，才想起去推林依，慌道：「娘子，快些起來，失火了。」

林依起身一看，也是呆住了，張仲微又推了她一把，急道：「娘子，不是發愣的時候，趕緊跑。」

林依回過神來，忙到後窗邊大叫青苗，青苗驚慌失措地跑出道：「二少夫人，怎地起火了？」

林依責道：「哪有功夫理這些，趕緊搶物事出來。」

漾小說 41

北宋生活顧問 2

國家圖書館出版品預行編目資料

北宋生活顧問 / 阿昧 著. -- 初版. -- 臺北市 :
麥田, 城邦文化出版 : 家庭傳媒城邦分公司發行,
2012.02
面 ; 公分. --（漾小說 ; 41）
ISBN 978-986-173-733-1（平裝）

857.7　　100028249

作者　阿昧
繪圖　游素蘭
責任編輯　施雅棠
副總編輯　林秀梅
編輯總監　劉麗真
總經理　陳逸瑛
發行人　凃玉雲
出版　麥田出版
城邦文化事業股份有限公司
104台北市中山區民生東路二段141號5樓
電話：（886）2-25007696　傳真：（886）2-25001966
發行　英屬蓋曼群島商家庭傳媒股份有限公司城邦分公司
104台北市中山區民生東路二段141號2樓
客服服務專線：（886）2-25007718；25007719
24小時傳真專線：（886）2-25001990；25001991
服務時間：週一至週五上午09:00~12:00；下午13:00~17:00
劃撥帳號：19863813；戶名：書虫股份有限公司
讀者服務信箱：service@readingclub.com.tw
麥田部落格　http://blog.pixnet.net/ryefield
香港發行所　城邦（香港）出版集團有限公司
香港灣仔駱克道193號東超商業中心1樓
電話：852-25086231　傳真：852-25789337
E-mail：hkcite@biznetvigator.com
馬新發行所　城邦（馬新）出版集團【Cite(M) Sdn. Bhd.(458372U)】
11,Jalan 30D/146, Desa Tasik, Sungai Besi, 57000 Kuala Lumpur, Malaysia.
電話：（60）3-90563833　傳真：（60）3-90562833
美術設計　洸譜創意設計股份有限公司
印刷　鴻霖印前數位整合股份有限公司
初版一刷　2012年 02月02日
定價　250元
ISBN　978-986-173-733-1